AVE VINUM

DAS AHRTAL
Altendorf
Fritzdorf
L 267
61
Todenfeld
Golcdorf
Ringen
L 261
L 492
L 83
B 257
Vettelhoven
Hilberath
Berg
L 78
Ahrweiler
Houverath
B 267
Dernau
Walporzheim
Mayschoß
ALTENAHR
L 76
Rech
Kreuzberg
Altenburg
Lind
Ahr
Ramersbach
Brück
L 85
Kesseling
Staffel
Ahrbrück
Hönningen
L 85
Deckenbach
Weidenbach
Liers
B 257
L 73
Dümpelfeld
Insul
Herschbach
L 90
N
W
E
S
0
5km
B 412
Hohenleimbach
Kartographie: U. Beha, U. Baaser

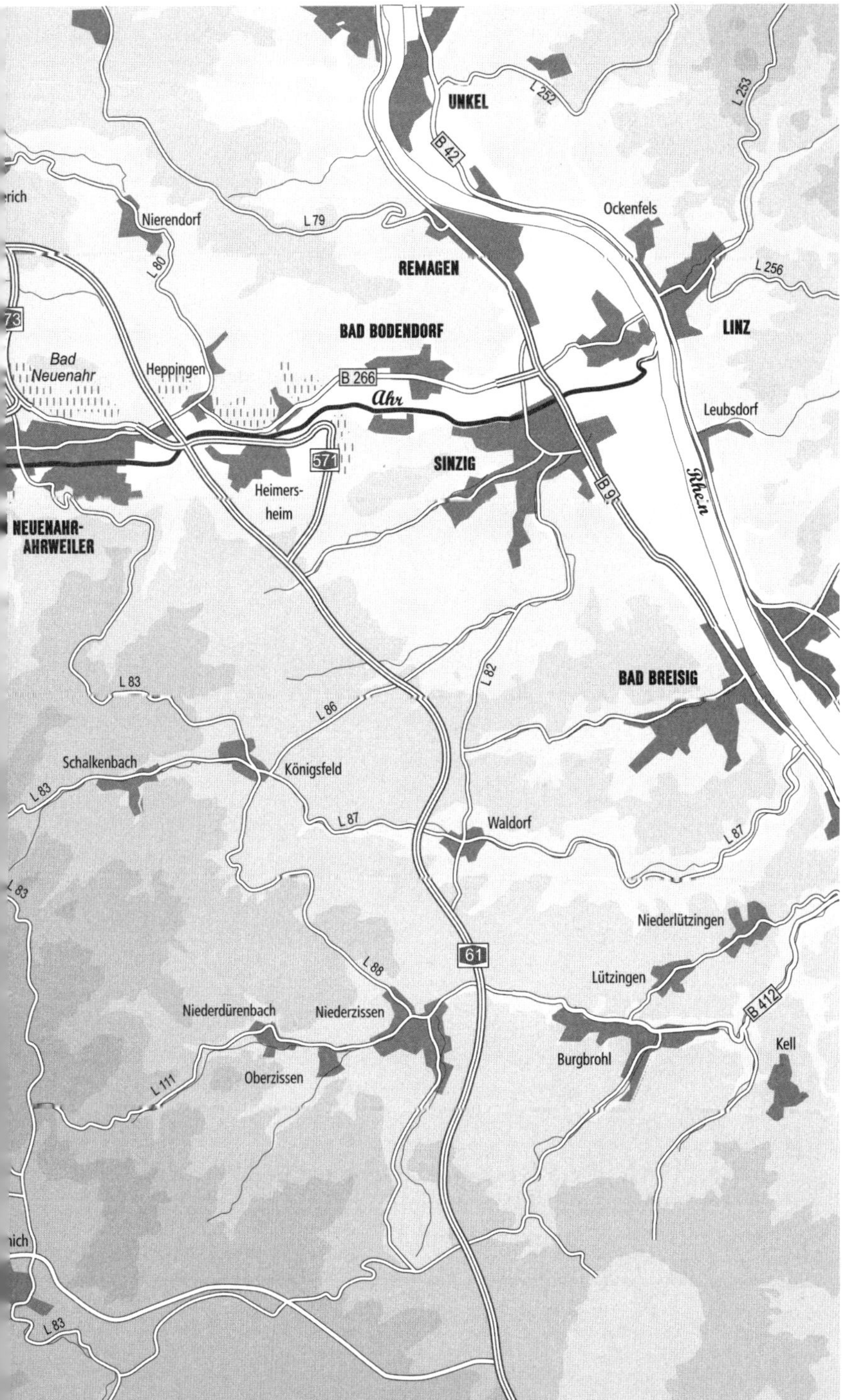
UNKEL
L 252
L 253
B 42
Nierendorf
L 79
Ockenfels
REMAGEN
L 256
L 80
LINZ
BAD BODENDORF
Bad
Neuenahr
Heppingen
B 266
Ahr
Leubsdorf
571
SINZIG
Heimers-
heim
B 9
Rhein
NEUENAHR-
AHRWEILER
L 82
BAD BREISIG
L 83
L 86
Schalkenbach
Königsfeld
L 83
L 87
Waldorf
L 87
L 83
Niederlützingen
L 88
61
Lützingen
B 412
Niederdürenbach
Niederzissen
Kell
Burgbrohl
L 111
Oberzissen
L 83

Dieses Buch ist ein Roman. Handlungen und Personen sind frei erfunden. Ähnlichkeiten mit lebenden oder toten Personen sind nicht gewollt und rein zufällig.
Im Anhang befinden sich zwei exklusive Rezepte.

Carsten Sebastian Henn

AVE VINUM

Kulinarischer Kriminalroman

Der siebte Fall für Julius Eichendorff

emons:

Bibliografische Information der Deutschen Nationalbibliothek
Die Deutsche Nationalbibliothek verzeichnet diese Publikation in der Deutschen Nationalbibliografie; detaillierte bibliografische Daten sind im Internet über http://dnb.d-nb.de abrufbar.

FSC
www.fsc.org
MIX
Papier aus verantwortungsvollen Quellen
FSC® C083411

Die Erstausgabe erschien 2014
Umschlagmotiv: shutterstock.com/Purple Anvil
Umschlaggestaltung: Nina Schäfer
Gestaltung Innenteil: César Satz & Grafik GmbH, Köln
Druck und Bindung: CPI – Clausen & Bosse, Leck
Printed in Germany 2019
ISBN 978-3-7408-0708-5
Kulinarischer Kriminalroman
Neuausgabe

Für Akka Wolfshohl und Hans-Georg Rabe – danke, dass ihr mir beim Laufenlernen geholfen habt

»Es ist mir völlig gleichgültig, wohin das Wasser fließt, solange es nicht in den Wein läuft.«

Gilbert Keith Chesterton (1874–1936),
englischer Kriminalautor, Erzähler und Essayist

1

Wasser, marsch!

Es war wunderbar, endlich wieder ohne das Geräusch prasselnden Regens aufzuwachen. Julius war es so leid. Vier Tage lang hatte es ohne Unterlass geregnet, und er hatte schon überlegt, ob der Bau einer kleinen Arche sinnvoll sei. Für Anna und ihn, seine zwei Kater sowie sämtliche Lebensmittel aus der »Alten Eiche«.

Also nur das Wichtigste.

Doch obwohl die Regentropfen nun das Hämmern eingestellt hatten, war das Aufwachen nicht vollends positiv. Denn die normalerweise neben ihm schlummernde Anna fehlte, wie auch die meist auf ihm schlummernden Kater.

Die drei schliefen in Heppingen, in seinem schönen, großen Bett mit der Matratze, die sich so perfekt seinem Rücken anpasste. Oder umgekehrt. Julius selbst befand sich in Dernau, im Gästezimmer seiner Cousine Annemarie. Er hörte sie im Nebenzimmer schnarchen. Der komplette Hunsrück hatte über Nacht dran glauben müssen. Das würde er ihr natürlich nicht sagen. Schließlich schnarchten Frauen nicht. Zumindest offiziell. Sie gaben nur süße Grunzgeräusche von sich. Nein, Grunzgeräusche war auch nicht das richtige Wort, es konnte ihn den Kopf kosten. Sägegeräusche? Nein. Brummeln? Auch nicht. Schnorcheln vielleicht? Klang nach Tauchurlaub. Sie gaben sanfte Schlafgeräusche von sich? Das war es! Ganz unspezifisch, da konnte nix schiefgehen!

Es war das erste Mal, dass er Annemaries Gästezimmer in Anspruch nahm. Eine Kammer, die eigentlich ihrer Nähmaschine als Heimstatt diente, aber auch mit einer hellbraunen Schlafcouch versehen war, welche die Festigkeit eines Mürbeteilchens aufwies. Gestern Abend hatte Großtante Edeltraud ihren siebenundneunzigsten Geburtstag in der Dernauer Winzergenossenschaft gefeiert. Sie feierte ihren Geburtstag jedes Jahr groß, denn es konnte ja ihr letzter sein. Und jedes

Jahr kamen alle Mann, denn es konnte ja ihr letzter sein. Und jedes Jahr blieb man bis zum Schluss, denn es konnte ja ihr letzter sein. Dabei würde die Frau sicher Jopi Heesters überrunden, und wenn auch nur, um der Familie eins auszuwischen. Julius hatte Anna früher freigegeben und selbst die Stellung gehalten. Halbes Leid war besser als geteiltes Leid. In Fällen wie diesen.

Mit einem missmutigen Brummen drehte Julius sich noch einmal auf die Seite. Doch Annemaries Schlafgeräusche hätten ein Camp kanadischer Holzfäller in pure Versagensängste versetzt, und er konnte nicht ins Land der Träume zurückfinden. Also raus aus der Koje und Frühstück zubereiten.

Während der Chefkoch und Besitzer des Heppinger Sternerestaurants »Zur alten Eiche« die Treppe im gestreiften Pyjama heruntertaperte, strich er sich über die müden Augen. Weswegen er nicht sah, was vor ihm lag. Plötzlich wurden seine Füße feucht, und er stand im Wasser. Genauer gesagt in einer schlammigen braunen Brühe. Wasserrohrbruch, na wunderbar! Dabei war Annemarie erst vor Kurzem in ihr neues Domizil eingezogen.

Das Wasser musste raus, je schneller, desto besser. Deshalb stakste Julius durch die kalte Suppe zur im Hochparterre liegenden Haustür und öffnete sie.

Das Wasser floss allerdings nicht ab.

Ganz im Gegenteil. Es floss herein. Julius beobachtete, wie der Wind es in kleinen Wellen in Annemaries Haus trieb.

Vor ihm lag eine große Wasserfläche.

Keine Straße mehr zu sehen, kein Bürgersteig, nur noch die Dächer der parkenden Autos und braunes Wasser.

Das Ahrtal war zum Meer geworden.

Es wirkte fast idyllisch. Eine Entenfamilie schwamm schnatternd vorbei. Fehlte nur noch eine Insel. Julius liebte Inseln. Und wünschte sich oft auf eine. Warum gab es keine um die Ecke? Aus vielen Fenstern blickten Nachbarn, der von gegenüber winkte ihm sogar fröhlich zu.

»Nicht zu fassen, was? Da rutscht gestern Abend was vom Berg bei Marienthal runter, und wir hier in Dernau kriegen nasse Füße! Das hat die ganze Ahr gestaut, und die Regenfälle über Nacht haben den Rest erledigt. Hoffentlich ist die Annemarie gut versichert.«

Julius nickte. »Besser als die Königin von England.« Dabei hatte er keine Ahnung, wie gut Annemarie versichert war. Normalerweise gab sie ihr Geld nur für Dinge aus, die andere sehen konnten. Die drei großen Ks in ihrem Leben: Kleider, Klunker, Kürschnerwaren. Könnte man Versicherungen um den Hals tragen, hätte sie sicher welche mit einhundert Karat.

Einige Nachbarn hatten ihre Hauseingänge bereits verbarrikadiert und schippten jetzt Wasser in Eimern zu den Fenstern hinaus. Ein junger Mann hatte ein rotes Gummiboot aufgeblasen und paddelte Richtung Mayschoss – vielleicht war dort bereits ein Hafen errichtet worden.

Julius zwickte sich innerlich. Doch es war kein Traum. Dies war eine Welt, die er in- und auswendig kannte und die mit einem Mal doch völlig anders war. Die Skyline Dernaus – sofern man bei einem Zweitausend-Seelen-Ort von so etwas sprechen konnte – war dieselbe. Auch die steilen, jetzt im Herbst mit prallen Reben vollhängenden Weinberge ringsum waren unverändert. Nur die untere Hälfte des Bildes war falsch, weil komplett voll Wasser gelaufen.

Der Wind frischte auf, die Wellen wurden größer und klatschten an Annemaries Hauswände, als wären sie ein Damm. Stöcke trieben mit einem Mal herein, Blätter, ein Falschparker-Knöllchen und auch etwas bedeutend Größeres. Es trieb auf den Eingang des Hauses zu, und Julius war so perplex, dass er automatisch zurückwich und den Platz freimachte, damit es hereinkommen konnte.

Was da mehr unter als über Wasser trieb, hatte Arme und Beine, die allerdings schlaff im Wasser wogten. Es war ein Mann mit streichholzkurzem blondem Haar, ehemals weißen Jeans und einem ehemals weißen Muscle-Shirt. Im Nacken befand sich ein Totenkopf-Tattoo nach Seemannsart. Julius ging nach dem ersten Schock in die Knie und wuchtete den Körper herum, damit der Mann wieder Luft bekam. Doch als er in dessen Gesicht sah, aufgedunsen vom Wasser, darin matte Augen, in denen kein Funken Leben mehr glomm, wusste er, dass es zu spät war. Wie grelle Brandmale befanden sich Lippenstiftspuren über und über auf dem fahlen Gesicht, die von einem wild küssenden Mund stammen mussten.

Julius' Herz pumpte wie verrückt, und sein Atem stolperte. Er hatte bereits mehr Leichen gesehen, als ihm lieb war, doch jedes Mal jagte ihr Anblick eiskalte Nadeln durch seinen Körper. Jedes Mal tat es ihm so unglaublich leid für das Leben, das geendet hatte. Ob er den Toten kannte oder nicht.

Diesen kannte er.

Martin Schenk. Winzerssohn aus Dernau.

Einst war er Praktikant bei ihm gewesen. Seine Eltern, die Julius schon seit Jahren kannte, hatten darum gebeten. Julius hatte ihn richtig ins Herz geschlossen. Der Junge wollte etwas werden im Leben, wollte etwas bewegen. Wollte hoch hinaus – nun war er tief gesunken.

»Herr im Himmel«, entfuhr es Julius. Viel lauter als gedacht. So laut, dass plötzlich Annemarie an der Treppe erschien. In fleischfarbener Unterwäsche. Es war Stoff gewordene Verhütung. Hundertprozentig sicher.

»Wie siehst du denn aus?«, fragte Julius, dessen Augen nicht wegschauen konnten, wie bei einem Autounfall. Annemaries Anblick riss ihn aus seiner Fassungslosigkeit. »Ziehst du dir bitte was über?«

»Nu stell dich mal nicht so an. Wir sind doch Verwandtschaft. Hast du Armer etwa noch nie eine Frau in Dessous gesehen?«

»Wenn das Dessous sind, dann ist der Altkleidersack die neue Lagerfeld-Kollektion.«

Annemarie warf ihm einen grimmigen Blick zu und zeigte dann auf die Leiche. »Was will der denn hier?«

»Nichts. Er kam nur zufällig vorbei.«

»Der soll ein andermal wiederkommen.«

»Annemarie, er ist tot!«

»Um die Uhrzeit?«

»Ihm wäre es später sicher auch lieber gewesen.« Julius hätte sich am liebsten die Haare gerauft, aber dafür besaß er zu wenige.

»Schieb ihn bitte wieder raus.«

»Meinst du, er macht dir den Teppich dreckig? Oder er könnte dich in … Dessous sehen? Ziehst du dich jetzt endlich an? Oder muss erst der olle Peters von nebenan reinrudern?«

»Schieb den da erst mal wieder in die Strömung. Der soll abtreiben, drei Häuser weiter. Da wohnt die bekloppte Triblewska. Die könnte mal wieder Herrenbesuch vertragen. Hier gehört der nicht hin. Er will doch sicher nicht im Haus einer verwitweten Frau gefunden werden. Wie schnell gibt es da Gerede!«

»Annemarie, du bist über siebzig!«

»Ich bin einundsiebzig. Na und? Musst nicht meinen, mir würde das Mannsvolk nach dem Gottesdienst nicht hinterherschauen. Weißt du, wie viele sich jetzt im Herbst auf dem Friedhof wieder anbieten, mit mir meinen seligen Gatten winterfest zu machen? Glaubst du, die wollen alle nur das Schäufelchen halten?«

Gegen das Ahrtal waren Sodom und Gomorrha wie Kindergärten mit U3-Betreuung.

»Ich werde ihn nicht wieder hinausschieben, sondern rufe jetzt die Polizei.«

»Wer ist es denn überhaupt? Lass mich mal gucken.« Annemarie kam die Treppe herunter. »Das ist doch der Schenk-Junge! Du weißt schon, der diese Ballermann-Partys im Kurpark veranstaltet. Erst vor drei Tagen war da doch so eine. Die Nacht, wo es so doll gewittert hat – fast so schlimm wie letzte Nacht. Der Erhard Schenk ist dem sein Vater, dem das Weingut an der Burgunderstraße gehört. Das ist der große Hagere, weißte bestimmt. Die Frau von dem, die Josephine, die ist ja ganz anders, zentnerschwer. Ich sag immer: Die sieht aus wie Reiner Calmund. Nur mit Locken. Die kann essen, also so was habe ich noch nicht gesehen. Da sollte man lieber die Kinder von der Straße holen, wenn die vorbeikommt. Die zwei haben nur ein Kind, den Martin, also … hatten nur ein Kind. Hat ihnen viel Kummer gemacht. Na ja, jetzt ist er tot. Weißt du jetzt, wen ich meine?«

»Annemarie, ich weiß schon die ganze Zeit, wen du meinst.«

»Warum sagst du denn dann nix?«

»Weil ich fassungslos bin, dass du mich beim Anblick eines Toten über die Essgewohnheiten seiner Eltern aufklärst. Und jetzt rufe ich endlich die Polizei an.« Julius stieg die Treppe wieder hinauf. Als er ein verdächtiges Plätschern hörte und kurz zurückblickte, sah er, dass Annemarie die Leiche mit dem Fuß in Richtung Haustür stupste.

»Annemarie!«

»Was denn? Wollte nur testen, ob er wirklich tot ist.«

»Er liegt die ganze Zeit mit dem Kopf im Wasser.«

»Als ich jung war, konnte ich minutenlang die Luft anhalten. Sie haben mich die Nixe genannt.« Annemarie blickte zur Tür hinaus. »Ach, guck. Die Özdemirs pumpen das Wasser schon raus.« Sie winkte ihnen zu. »Jetzt schießen sie Fotos mit ihren Telefonen. Heutzutage schießt man ja von allem Fotos. Also die Uschi, du weißt schon, dieses Flittchen aus Sinzig, die hat mir Sachen gezeigt, da würde sogar Boris Becker rot werden.«

Julius stellte die Telefonsuche kurz ein.

»Annemarie?«

»Ja?«

»Weißt du, was die Özdemirs gerade fotografiert haben?«

»Na, was für eine blöde Frage. Das Wasser natürlich!«

»Nein. Sondern das neue Pin-up der Seniorenresidenz Waldesruh: die halb nackte Annemarie von gegenüber. Herzlichen Glückwunsch, Sie sind ein Pornostar!«

Es dauerte eine Dreiviertelstunde, bis die Polizei eintraf. Julius nutzte sie, um sich anzuziehen – Annemarie erfreulicherweise auch. Dann wartete er in der geöffneten Haustür. Schließlich ertönte das Röhren von gleich drei motorisierten Schlauchbooten des Katastrophenschutzes, die kurz danach auch zu sehen waren. Sie fuhren langsam, um keine großen Wellen zu verursachen. Seine Frau Anna, Kommissarin bei der Kripo Koblenz, saß im Heck des ersten Bootes und steuerte es, die beiden anderen waren mit jeweils drei Beamten besetzt. Auf dem letzten befand sich eine Bahre mit Anschnallriemen. Anna hatte am Telefon darauf bestanden, zu kommen, obwohl nichts auf einen Mordfall hindeutete. Doch wenn Julius eine Leiche fand, konnte es sich ihrer Ansicht nach nur um Mord handeln.

Anna trug eine Art olivgrüne Anglerhose und darüber einen Bundeswehrparka. Sie warf Julius ein Tau zu und ließ sich die letzten Meter mit ausgeschaltetem Motor zur Haustür ziehen, wo er ihr dabei half, vom Boot zu kommen. Zuerst gab es einen Kuss, der nach frisch gebrühtem Kaffee schmeckte, dann verknotete sie das Tau an der Türklinke. Julius merkte erst jetzt, wie sehr sie ihm beim Aufwachen gefehlt hatte. Es war einfach nicht das Gleiche, wenn er nicht sehen konnte, wie sie sich nochmals brabbelnd umdrehte – und ihm dabei die Decke wegzog.

»Vor dir steht die Futterkellnerin von zwei ausgesprochen unglücklichen und unfassbar hungrigen Katern.«

»Hast du ihnen etwa noch keine Dose aufgemacht?«

»Wann denn? Mein Göttergatte hat mich eben aus dem Bett geklingelt, und dann musste es ratzfatz gehen.«

»Für Frühstück sollte immer Zeit sein. Ob bei Mensch oder Katze! Toter als tot wird die Leiche hier bestimmt nicht. Aber wenn wir Pech haben, gibt es gleich beim Nachhausekommen nur noch eine Katze. Eine doppelt so dicke.«

Anna beugte sich hinunter zur Leiche und fühlte den Puls.

Julius konnte es nicht fassen. »Du kannst mir schon glauben, wenn ich sage, dass er tot ist. Die Leichenstarre ist bereits eingetreten, und blauviolette Totenflecken haben eine Menge Schlusspunkte unter dieses Leben gesetzt. Weißt du, nach all den Jahren mit Mordopfern ist das ein oder andere tatsächlich in meiner dicken Rübe hängen geblieben.« Man konnte sich manchmal nicht aussuchen, was einen das Leben lehrte.

»Er ist dem ersten Eindruck nach ertrunken«, sagte Anna. »Ich sehe zumindest keine Zeichen für Gewalteinwirkung, keine Einstiche, Einschusslöcher, Male von Strangulation. Hast du ihn schon von hinten gesehen?«

»Da war nichts.«

Anna nickte und winkte die anderen Boote herbei. »Ich werde es gleich den Hinterbliebenen mitteilen. Weißt du, wo Martin Schenk gelebt hat?«

»Bei seinen Eltern hier im Ort. Sie haben für ihn das Souterrain ausgebaut. Das wird jetzt natürlich komplett geflutet sein.«

Anna stand wieder auf. »Tauchparadies Dernau.« Sie lächelte gequält. »Egal, ich fahr da jetzt hin, und du, mein dicker Seebär, gehst am besten schnell zurück nach Hause und fütterst unsere beiden Raubtiere. Ich setz dich im Trockenen ab. Mach schon mal das Tau los.« Sie winkte das zweite Boot zu sich. »Ihr könnt den Leichnam jetzt abtransportieren.«

»Dein dicker Seebär kommt mit zu den Schenks.«

Anna schüttelte entschieden den Kopf. »Du weißt, was wir bei unserer Hochzeit vereinbart haben: keine kriminalistische Arbeit mehr! Das ist mein Job. Deiner ist die Küche.«

»Ist ja gar keine kriminalistische Arbeit. Ich führe dich hin. Oder weißt du etwa, wo die Schenks wohnen und wie du mit deinem Bötchen hinkommst?«

Anna blickte ihn lange an, dann knuffte sie ihn in die Seite. »Aber ich sitze am Ruder.«

»Natürlich.« Genau wie zu Hause, dachte Julius.

»Hast du was gesagt?«

»Nee, nix.« Konnte sie jetzt schon seine Gedanken lesen? Gehörte das etwa zur Ehe dazu? Warum hatte ihm das niemand gesagt? Verdammt, er hätte wirklich das Kleingedruckte lesen sollen!

Julius war überrascht, wie sehr das Boot nachgab, als er einstieg, und wie routiniert Anna es steuerte. Fehlte nur noch die Kapitänsmütze.

»Wohin, Maat Eichendorff?«

»Smutje, bitte schön! Erst mal Richtung Pfarrkirche.«

Mit leisem Tuckern steuerte Anna die gut sichtbare Kirchturmspitze an. »Du kanntest ihn gut, den Toten?«

Julius versuchte, genau in der Mitte des Boots zu sitzen, um es mit seinem in harter Arbeit erfutterten Gewicht nicht zum Kentern zu bringen. »Er hat mal bei mir gearbeitet. Und das Tal ist so klein, dass man sich immer wieder über den Weg läuft. Was Vor- und Nachteile hat – je nachdem, wen du wiedertriffst. Ich weiß noch, wie Martin und ich letztes Jahr auf dem Dernauer Weinfest nebeneinandergestanden haben. Es waren noch ein paar andere Leute dabei, und wir haben rumgesponnen, was Martin mit seinem Leben anfangen könnte. Antoine schlug vor, er solle eine Nobel-Currywurst-Bude aufmachen und sie ›Br-Ahr-twurst‹

nennen, FX war für einen Cocktailschuppen, der ›Barb-Ahr-ossa‹ heißt, und ich schlug ›Ball-Ahr-mann-Nächte‹ im Kurpark vor. Allesamt Schnapsideen – im wahrsten Sinne des Wortes.«

Anna wandte sich zu ihm. »Und keiner ist auf die Idee eines Ladens mit allerlei Schaltern namens ›Schaltj-Ahr‹ gekommen?« Sie grinste.

»Nein.« Julius grinste nicht.

»Oder eine Kneipe mit dem Namen ›Absturzgef-Ahr‹?« Anna grinste breiter.

»Auch nicht. Nein.« Julius grinste noch weniger.

»Ihr seid echt Luschen.«

»Ich wusste, dass du das sagst. Mehr Steuerbord. Das ist rechts.«

»Weiß ich doch.«

»Und warum fährst du dann links?«

»Ich fahre eine Schleife. Das ist hübscher so.«

»Da spricht der erfahrene Traumschiff-Kapitän.«

Sie zwickte ihn in seinen körpereigenen Rettungsring. »Kritik am Kapitän ist verboten, sonst Mann über Bord.«

Anna hielt sich in der Mitte der neu entstandenen Dernauer Grachten und streifte weder parkende Autos noch Häuserwände.

»Smutje an Kapitän, Smutje an Kapitän. Die Nächste rechts und dann nur noch geradeaus, das Fachwerkhaus am Ende ist es.« Julius' Stimme wurde ernst. »Ich kenne Martins Eltern schon sehr lange, soll ich es ihnen lieber sagen?«

»Nein, lass mich mal machen. Es gibt Regeln dafür, wie für praktisch alles im Polizeidienst. Aber danke, dass du es übernehmen wolltest. Und danke, dass du während der Fahrt keine Seemannslieder singst.«

»Ich hatte zuerst an ›Junge, komm bald wieder‹ gedacht – aber das ist im Moment doch ein wenig unpassend. Deswegen nehme ich ›Käpt'n Bay-Bay aus Shanghai‹.«

»Genau so was in der Art hatte ich befürchtet.« Julius gab seine beste Hans-Albers-Interpretation inklusive rollendem »R«:

»Käpt'n Bay-Bay aus Shanghai war ein Rabenvieh,
und hatte er Weiber geladen

nach dem zehnten, zwölften Glas schlug er sich aufs Knie
und brüllte nach ihren Waden!«

Anna schüttelte lachend den Kopf. »Heute singst du Shantys, früher hast du deinen Vorfahren zitiert. Ändert sich noch irgendetwas durch die Ehe? Sag's mir lieber jetzt.«

Julius warf sich in die Brust. »Ich kann beides! Durch die Ehe werden nämlich lauter neue Applikationen freigeschaltet. Und wer Eichendorff will, der bekommt auch weiterhin Eichendorff:

Die Fisch und Musikanten
Die trinken beide frisch
Die Wein die andern Wasser
Drum hat der dumme Fisch
Statt Flügel Flederwische
Und liegt elend im See
Doch wir sind keine Fische
Das geht gleich in die Höh.«

Dafür bekam er einen Kuss. »Aber jetzt Ruhe, mein Dichterfürstennachfahre.« Sie näherten sich dem Haus der Schenks. Vom Tuckern des Außenbordmotors angelockt, erschienen die Bewohner der nahen Häuser an den Fenstern. Auch bei Nummer vierundfünfzig. Josephine Schenk war eine großformatige Erscheinung, der jedoch jede Lebensfreude abging. Julius hatte gehört, bei den Schenks hinge in jedem Zimmer ein Bild des Gekreuzigten – auch über dem Ehebett. Dort hatte dieser sich angeblich freiwillig kreuzigen lassen.

Anna wandte sich der skeptisch blickenden Frau zu, die aus dem größten Fensterrahmen der ersten Etage blickte, die Arme auf ein Kissen gebettet. »Mein Name ist Anna Eichendorff, Polizei Koblenz, sind Sie Josephine Schenk?«

»Ja.«

»Frau Schenk, es geht um Ihren Sohn Martin.«

»Der ist nicht hier. Den habe ich seit drei Tagen nicht mehr gesehen, seit er zu seiner Ballermann-Party losgefahren ist. Will gar nicht wissen, wo der sich wieder rumtreibt.«

»Ich muss Ihnen eine schlimme Nachricht überbringen. Darf ich reinkommen?«, fragte Anna, obwohl Julius nicht wusste, wie dies möglich wäre. Der Hauseingang lag zu einem guten Drittel unter Wasser. Sie müsste durch ein Fenster steigen.

»Was für eine schlimme Nachricht denn? Schlimmer als das ganze Wasser?« Josephine Schenk lachte trocken. »Was es auch ist, raus damit.«

»Ich möchte das ungern hier draußen machen, vor allen Nachbarn.«

»Ich habe keine Zeit für solche Mätzchen.« Josephine Schenk drehte sich um.

Anna atmete tief ein. »Ihr Sohn wurde tot im Wasser aufgefunden. Noch wissen wir nicht, wie lange er darin gelegen hat, also wann sein Tod eingetreten ist. Auch nicht, wo er gestorben ist oder woran. Das wird die Obduktion ergeben. Sind Sie allein, Frau Schenk?«

Julius wusste von Anna, dass man den Empfänger einer solchen Nachricht möglichst nicht allein lassen sollte. Doch Josephine Schenk gab keine Antwort.

»Ist Ihr Mann bei Ihnen?«

Sie nickte.

Der Blick der alten Frau war trübe geworden, sie blickte aufs Hochwasser, doch eigentlich ganz woandershin.

»Frau Schenk?«

»Ja?«

»Kann ich Ihnen ein paar Fragen stellen? Die Antworten können uns vielleicht helfen, die Todesumstände Ihres Sohnes zu klären.«

»Ja, ja, natürlich.« Josephine Schenks Stimme war dünn wie ein durchgelaufener Teppich.

»Wann haben Sie Ihren Sohn das letzte Mal gesehen und wann das letzte Mal gesprochen?«

Die Antwort kam stockend, doch Josephine Schenk riss sich merklich zusammen. Vielleicht auch, weil mittlerweile einige Nachbarn hinter ihren Gardinen zuschauten. »Auf seiner Party am Donnerstag, also vor drei Tagen. Er war so glücklich, dass viele Leute da waren, so gelöst habe ich ihn lange nicht mehr gesehen.« Durch den Wind drehte sich das Boot leicht, und jetzt erst bemerkte Josephine Schenk den durch Anna zuvor verdeckten Julius.

Plötzlich war das Gesicht der alten Frau so rot, als habe jemand einen Farbeimer darauf entleert, sie riss die Fäuste empor und brüllte in Julius' Richtung.

»Du! Du hast ihn auf die Idee mit diesen Partys gebracht. Nur Geld verloren hat er damit, nur Unglück hat es ihm gebracht. Und jetzt ist er tot nach einer dieser saudummen Ballermann-Nächte. Warum hast du nicht deinen Mund halten können, Julius? Du weißt doch, wie die jungen Leute zu dir aufschauen. Aber nein, du hast ihm ja diese Flausen in den Kopf setzen müssen. Statt ihn in deinem Betrieb zu übernehmen!«

Julius stand schwankend auf. »Martin passte einfach nicht in die Küche. Ich hab es doch versucht! Und das mit der Ballermann-Nacht war ein Scherz, Josephine, nichts als ein Scherz. Ich konnte ja nicht ahnen, dass er die Idee ernst nimmt. Niemand hat sie ernst genommen.«

Die Antwort ließ Josephine Schenk nur noch wütender werden. »Martin war also niemand, ja? Was bist du nur für ein Mensch, Julius Eichendorff? Du hättest ihn davon abbringen müssen. Dann wäre er heute nicht tot. Auf dich hätte er gehört. Aber du interessierst dich ja nur für dein Restaurant. Ob es anderen gut geht, ist dir völlig egal, du bist ja ein Spitzenkoch und hast deine Schäfchen im Trockenen. Schämen solltest du dich!«

Anna startete den Motor und setzte zurück, diesmal nicht in langsamem Tempo, sondern so schnell es ging. »Wir halten Sie auf dem Laufenden, Frau Schenk«, sagte sie zu der immer noch zeternden Frau.

Julius war ganz still geworden. Anna legte ihm zärtlich eine Hand auf die Schulter. »Du weißt, dass sie unrecht hat, Schatz.«

Langsam blickte Julius auf. Seine Augen waren glasig. »Wir müssen herausfinden, was passiert ist. Ich möchte dabei sein. Kannst du das verstehen?«

Anne sah Julius lange an, dann nickte sie und küsste ihn zärtlich auf die Wange.

Er wusste, dass zu Hause zwei ausgehungerte Stubentiger auf ihn warteten. Zwar waren Herr Bimmel und Felix Freigänger, aber morgens wünschten die Herrschaften, dass ihre Speisen von den Lakaien zubereitet wurden. Vorher musste Julius aber unbedingt noch einen Blick auf den Erdrutsch werfen – und er war bei Weitem nicht der Einzige, dem es so ging. Die Marienthaler Straße war fast bis Walporzheim zugeparkt, rechts und links wand sich ein bunter Lindwurm aus Autokarossen.

Nachdem Julius ein Plätzchen für seinen geliebten alten VW Käfer gefunden hatte, ein 1950er Modell in Grau-Weiß, mit Brezelfenster und Faltdach, schritt er die Straße mit schnell schlagendem Herzen entlang. Wie sich herausstellte, hatte bereits ein Imbisswagen den Weg hergefunden. »Wurst-Willy« verkaufte schwarze Artefakte in Wurstform an die Schaulustigen. Die Ü-Wagen gleich dreier Fernsehteams hatten noch näher am Geschehen einen Platz ergattert.

Und alles wegen einem Haufen Dreck. Einem riesigen, lang gestreckten Haufen Dreck, wie Julius nun sehen konnte. Er ging bis auf einige Schritte heran, hielt respektvoll Abstand, denn von der Schüttung ging etwas Gefahrvolles, fast Drohendes aus. Sie maß an ihrer höchsten Stelle dreißig und selbst an ihrer niedrigsten sicher noch zehn Meter und verschloss das an dieser Stelle enge Tal wie ein Damm. Die Erde war dunkel, spitze Steine ragten abwehrend aus ihr hervor, wie bei einem militärischen Wall, einer Verteidigungsanlage. Nur dass dahinter keine Garnison ihr Lager aufgeschlagen hatte, sondern sich unvorstellbare Wassermassen stauten, darauf wartend, durchzubrechen und auch diesen Teil des Tals zu fluten. Sie waren gespeist vom sintflutartigen Regen der Nacht und der Ahr, die immer noch mehr Wasser hineinschwemmte.

Die Sonne beschien die unwirkliche Szenerie mit goldenem Herbstlicht, ließ die Schieferstücke im Geröll funkeln wie Diamanten. Der aufgewühlte Boden roch nach dem langen Regen wie ein Konzentrat aus Wald, Moos und Feuchtigkeit. Das Parfum der Erde.

Es mochten rund hundertfünfzig, vielleicht auch zweihundert Menschen sein, die sich vor dem Wall gesammelt hatten. Viele fotografierten mit ihren Handys die Wand aus Erde – oder sich selbst davorstehend, den Daumen gereckt. Wie ein Bergsteiger vor dem Aufstieg. Das Geräusch eines Hubschraubers war zu hören, der kurz danach über ihnen auftauchte und den Wall abflog. An seinem Rumpf prangten die drei Buchstaben eines Kölner Privatsenders.

Julius hielt sich etwas abseits, zu viele kannten sein Gesicht, und er wollte in diesem Moment mit niemandem reden müssen, wollte etwas Zeit haben, um zu begreifen, was nicht zu begreifen war. Er ließ seinen Blick schweifen. Ringsum war alles wie immer, die reife rote Trauben tragenden Rebstöcke standen fest verwurzelt in der Erde, unbeeindruckt von dem, was um sie herum passiert war, genauso die hohen Bäume an den Nordhängen, wo sich Weinbau nicht lohnte. Doch dann kam die dunkle braune Erde in sein Sichtfeld, die aussah, als habe ein Riese ins Tal geschissen. Vermutlich strunzbesoffen nach dem Besuch eines Weinfestes.

Tief in Julius' Eingeweiden breitete sich die unangenehme Erkenntnis aus, dass alles sich ändern konnte, nichts wirklich Bestand hatte, ja, selbst Felsen ein Verfallsdatum aufwiesen.

Auch wenn es bedeutend länger als das von Leberwurst war.

Bei Leberwurst musste er sofort wieder an seine beiden Kater denken. Er musste zurückgehen. Sofort.

Ein Mann mit orangefarbener Warnweste sperrte den Schüttungsbereich nun großräumig ab und verscheuchte die Schaulustigen mit einer Art Gebell. »Zurück, Herrschaften, lassen Sie mich meine Arbeit machen! Ja, noch weiter zurück. Oder wollen Sie unter den Erdmassen da beerdigt werden?« Der Westenträger kam bei Julius an. »Das gilt auch für Sie, Herr Eichendorff!«

Er erntete einen fragenden Blick von Julius. »Kennen wir uns?«

»Habe mal einen Kochkurs bei Ihnen belegt, ist aber schon Jahre her. Mit Selberwursten.«

Jetzt erinnerte Julius sich. Leider. Der Mann hieß Schäng, den Nachnamen hatte er vergessen – oder verdrängt. »Sie haben damals eine Schokoladen-Mettwurst gemacht.«

Der Mann boxte ihn auf die Brust. »Die beiden leckersten Sachen der Welt in einer Pelle vereint!«

Es war die schlimmste Wurst gewesen, die Julius jemals gegessen hatte. Es gab einfach Dinge, die passten nicht zusammen. Der ADAC und Statistiken, Uli Hoeneß und Steuerbescheide, Schokolade und Mett. Der Mann hatte damals alle guten Ratschläge in den Wind geschlagen.

»Sie wollten Ihre ›Schomett‹ doch in Supermärkten verkaufen. Was ist da draus geworden?«

»Die Welt war noch nicht reif dafür.« Julius roch in Schängs Atem Mettwurst mit tüchtig Zwiebeln. »Sie wollen bestimmt wissen, was hier los ist, oder? Hat mit einem Ihrer Detektiv-Fälle zu tun, was?« Er blickte sich um, niemand stand in der Nähe. Sein Kollege fuhr mit einem Metallsuchgerät rund hundert Meter entfernt die Schüttung ab. »Ich sag Ihnen alles, was ich weiß, gegen ein Essen in Ihrem Restaurant. Aber mit allem Pipapo, versteht sich. Deal?«

Julius blickte auf den Erdwall, der aussah wie der billige Special-Effect eines RTL-Movies. Er passte einfach nicht hierhin. Und Julius wollte unbedingt wissen, was es mit ihm auf sich hatte. Natürlich würde er das später auch aus den Nachrichten erfahren, doch er wollte nicht warten, die Neugierde war einfach zu groß.

»Deal«, sagte er. »Ist es eine natürliche Schüttung?«

Schäng grinste und zeigte dabei seine Zahnreihen, in denen noch Mettwurstzitzel hingen. »War mir schon klar, dass Sie direkt an so was denken. Die Frage können wir jetzt allerdings noch nicht beantworten. Wir wissen nicht, ob jemand über Nacht für den Abgang gesorgt hat, der zu dieser Schüttung hier führte. Falls ja, muss der sich aber verdammt gut mit so was auskennen. Unsere Experten kommen erst noch. Geologen und so Leute. Aber solche Schüttungen wie die hier hat es auch früher schon gegeben, natürlich nicht in der Größe. Meiner Meinung nach war es nach dem elendig langen Regen eigentlich nur die Frage, wo was runterrutscht, und nicht, ob überhaupt. Der ganze Kladderadatsch ist gestern Abend um kurz nach elf ab ins Tal. Da war das Gewitter am stärksten, und keine Sau hat gemerkt, dass dieses Rumpeln kein Donner war. Unterwegs war zu dem Zeitpunkt auch keiner, der es hätte melden können.«

»Und ist da auch ganz bestimmt niemand drunter?«, fragte Julius.

Schäng juckte sich am Ohr – mit der Geschwindigkeit eines Terriers. »Soweit wir wissen, wird niemand vermisst. Manchmal wird so was aber auch erst nach ein paar Tagen gemeldet. Aber vielleicht hat der Erdrutsch einen Fuchs erwischt. Oder eine Eule.« Er ahmte den Ruf einer Eule nach. Es klang wie die Sirene eines Öltankers. »Nachher kommt eine Hundestaffel mit Spürnasen, die für so was top ausgebildet sind.«

»Wie lange wird es dauern, das wegzuräumen?«

»Puh, gute Frage. Wir sind gerade dabei, das zu schätzen. Es kommt natürlich darauf an, ob wir die benötigten Bagger und Kipplaster schnell genug bekommen. Ich schätze, zwei bis vier Wochen brauchen wir schon, bis wir die Straße wieder freihaben. Aber dafür muss auf der anderen Seite vom Damm natürlich auch das Wasser weg sein. – Machen Sie mir eine Schoko-Mettwurst, wenn ich bei Ihnen esse?«

Julius wollte nicht, dass ein solches Wurst-Monster jemals wieder in seiner Küche erschaffen wurde. »Nee, dafür reichen die Infos noch nicht.«

Plötzlich piepste es. Durchdringend. Der Metalldetektor.

»Schaff die Leute weg«, rief der Kollege vom Damm aus. »Sofort!«

»Sie müssen gehen, Meister.«

»Wenn Sie mich anrufen und sagen, was Sie gefunden haben, sind wir im Geschäft.«

Der Kollege Metalldetektor wurde unruhig. »Jetzt mach schon, die schießen schon Fotos!«

Schäng nickte Julius kurz zu, dann lief er zum Kastenwagen des Katastrophenschutzes, um sich ein Megafon zu greifen. Als er es einschaltete, war Julius längst auf dem Weg zu seinen Katern.

Herr Bimmel und Felix warteten im Flur, als Julius die Haustür öffnete. Katzen können anatomisch gesehen nicht vorwurfsvoll gucken – Herr Bimmel und Felix schafften es trotzdem. Sie scherten sich einfach nicht um Anatomie. Herr Bimmel maunzte seinen Verdruss zusätzlich in die grausame Welt hinaus, Felix kratzte an der Wand. Dort befanden sich bereits allerhand Spuren. Es sah aus, als habe er versucht, sich bis zur Küche durchzuarbeiten, vermutlich um das Fach mit dem Katzenfutter von hinten leer zu räumen. Bankräubertaktik.

Ein Futterautomat wäre wohl eine sinnvolle Investition.

Und deutlich günstiger, als das ganze Haus neu zu tapezieren.

Auf dem Weg in die Küche schmiegten sich die beiden Kater so heftig an Julius' Beine, dass er mehrfach beinah über sie stolperte. Und als er das selbst eingekochte Katzenfutter auf ihre Näpfe verteilte, stießen sie Laute aus, die an verhungernde Vogeljunge erinnerten. Sobald sie ihr Futter vor sich hatten, klangen sie allerdings wie ausgehungerte Löwen.

Es war Zeit, in die »Alte Eiche« zu gehen. Jetzt, um die Mittagszeit, kochte stets sein Sous-Chef, abends versuchte Julius jedoch, immer selbst am Herd zu stehen.

Das Restaurant lag nur einen Steinwurf entfernt, er musste bloß über die Landskroner Straße, und schon stand er vor dem Haupteingang. Doch er ging nicht hinein, sondern außen herum zum Garten des Restaurants. Denn seit Kurzem gab es auch hier Tiere, die seine Aufmerksamkeit erforderten. Sie hießen Goldi, Martha, Lissie, Maggie, Rodi sowie Gerda, hatten Federn und Schnäbel und legten jeden Tag ein Ei und sonntags auch mal zwei. Als sie Julius sahen, stürmten sie zum Zaun und gackerten wild, denn wenn er kam, hatte er meist frische Salatblätter dabei, und das mochten sie noch viel lieber als das Körnerfutter.

»Na, ihr Süßen! Habt ihr fleißig Eier gelegt?«

Sie gackerten.

»Ja, fein. Da freu ich mich aber.«

Sie gackerten wild.

»Und du, Martha? Heute endlich wieder gelegt? Seit zwei Wochen kein Ei mehr. Müssen wir mal zum Onkel Doktor gehen?«

Gackern beendet. Martha pickte einen Wurm und tat, als hätte sie kein Wort gehört.

»Sprichst wieder mit deinen Hühnern, Maestro?«

Hinter Julius tauchte der Maître d'hôtel der »Alten Eiche« auf, Franz-Xaver, genannt FX, ein Mann, der zur Verwunderung vieler stolz auf seine österreichische Herkunft war und seinen Zwirbelbart so trug, als führen immer noch Dampflokomotiven durch das Ahrtal und die Männer gingen nur mit Gehstöcken sowie Hut aus dem Haus.

»Wie schön, dass du dich blicken lässt. Strahlend Licht in unserer Hütten! Und im Garten natürlich auch. Schau, die Hühner sonnen sich gerade drin.«

Julius legte den Arm um FX' Schultern. Es war gut, den alten Freund zu sehen; es war gut, mit jemandem über alles reden zu können. »Hast du davon gehört? Von der Überschwemmung?«

FX formte mit den Lippen einen Fischmund. »Wir haben deshalb extra a bisserl mehr Fisch auf die Karten gesetzt. Und die Tageskarten steckt in einer leeren Weinflasche. Als Flaschenpost, sozusagen.«

Julius musste lächeln. Das schaffte FX doch immer wieder. Genauso regelmäßig brachte er ihn allerdings auch mit voller Absicht auf die Palme. Heute allerdings nicht. Also erzählte Julius FX vom Leichenfund im Wasser, von den Vorwürfen Josephine Schenks und von seinem Vorhaben, die Umstände von Martins Tod zu klären. Aber er wollte noch mehr, das war ihm auf der Rückfahrt klar geworden: Julius wollte all den Dernauern helfen, deren Häuser nasse Füße bekommen hatten. Schließlich waren sie alle Ahrtaler, und im Ahrtal half man sich gegenseitig.

»Was hältst du von einem großen Benefizessen? Sieben-Gang, mit Weinbegleitung, richtig teure Buddeln, ein stattlicher Preis pro Person, alles geht ohne Abzug an die Dernauer Ortsgemeinschaft. Kannst du das in die Wege leiten? Ganz schnell? Sagen wir: am Mittwoch.«

FX salutierte. »Des mach ich ausnehmend gern. Apropos schnell. Der Verlag hat angerufen. Sollst schnellstens des erste Kapitel für dein Gemüse-Buch abgeben. Sie werden etwas krawällisch. Weißt, was ich mein? Fickrig.«

»Ich hab's schon beim ersten Mal verstanden. Aber danke für den kleinen Österreichisch-Kurs.«

»Lernst niemals aus im Leben. Selbst so a Wunderwutzi wie du.«

Julius hob die Augenbrauen.

»Alleskönner. Aber Wunderwutzi klingt a bisserl respektvoller.«

»Aber nur in Österreich.«

FX ging zurück ins Restaurant, und Julius folgte ihm, nachdem er der Hühnerschar einen halben Salatkopf zur Verköstigung zerrupft hatte.

Die Küche schnurrte wie sein Käfer, wenn er frisch geölt und der Keilriemen brandneu war. Sein Team grüßte ihn mit freundlichem Kopfnicken.

»Weitermachen«, sagte Julius grinsend. »Wer aufhört, kommt in den großen Bräter! Ungewürzt!«

Unter scherzhaften Buh-Rufen ging er in sein kleines, fensterloses Büro und zog sich die Kochjacke an. Die Begrüßungsrunde im Restaurant stand an. Vor den Salontüren, die in den Gastraum führten, atmete er noch einmal tief durch, dann trat er ein. Dieser Teil der »Alten Eiche« war eine Bühne, und ob Julius es wollte oder nicht, er war darauf die Hauptfigur.

Die Gerichte sahen phantastisch aus und dufteten genau so, wie sie sollten, das merkte er gleich beim Eintreten. Der Duft war Julius stets das Wichtigste. Zwar schrieb er seine Rezepte, ja, er schoss sogar Fotos der Speisen, damit jeder Koch wusste, wie sie angerichtet werden sollten, doch er selbst merkte sie sich eigentlich an ihrem Duft, denn darin lag alles, nicht nur die Aromen der Gewürze, der Kräuter, des Gemüses, von Fleisch oder Fisch, die Röstnoten von Bratkartoffeln oder das herrliche Hartweizengrieß von Pasta. Im Duft lagen auch die unterschiedlichen Temperaturen, trafen sich die kühle Frische des Salates mit der Ofenwärme des Rinderbratens, ja, selbst die Konsistenzen schienen sich einzuweben.

Julius meinte erschnuppern zu können, ob das Lamm auf den Punkt gegart oder der Thunfisch zu trocken war. Wie kleine Schiffe aus Duft lagen die Gerichte im Restaurant vor Anker, und er machte an ihnen fest, wenn er von Tisch zu Tisch ging, um seine Gäste zu begrüßen. Den Duft seiner Lieblingsgerichte hätte Julius sich am liebsten in Flakons füllen lassen. Für ihn gab es nichts, was besser duftete, kein noch so teures Parfum einer Frau hatte ihm je so den Atem geraubt wie ein Risotto mit weißen Alba-Trüffeln oder eine Erbsensuppe mit Speck.

Als er mit seiner Runde fertig war, fühlte Julius sich plötzlich unglaublich müde – dabei war es erst kurz nach ein Uhr mittags. Aber der Schock, auf den toten Martin Schenk zu stoßen, die Vorwürfe von dessen Mutter Josephine, dann die Unfassbarkeit des Erdwalls, all das hatte ihn körperlich angestrengt. Er fühlte sich, als seien seine Kraftreserven verbraucht. Doch er konnte jetzt nicht nach Hause gehen und sich hinlegen, er musste in die Küche.

Also sah er seiner Mannschaft über die Schulter und naschte hier wie da etwas aus den Töpfen und Pfannen. Nicht um seine Köche und Köchinnen zu kontrollieren, sondern um sie zu loben. Das ging im Stress des Alltags manchmal unter. Dabei war Loben so viel schöner als Kritisieren. Sein Chef hatte ihn in der Ausbildung kaum gelobt; seine höchste Auszeichnung hatte so geklungen: »Wenn ich nichts sage, schmeckt's.« Leider war er nicht der schweigsame Typ gewesen. Stattdessen hatte er immer nur geschrien, in der festen Überzeugung, dass Jähzorn zum Berufsbild des Koches einfach dazugehörte.

Zum Schluss aß Julius einen großen Teller rheinische Bohnensuppe und ließ sein Team machen; auch das war manchmal wichtig, Vertrauen zeigen. Noch bevor er leer gegessen hatte, fiel ihm vor lauter Müdigkeit der Löffel aus der Hand.

Da schickte FX ihn nach Hause. Widerworte zwecklos. Ja, sein österreichischer Maître d'hôtel drohte Julius sogar an, ihn eigenhändig zu entgräten, wenn er vor dem Abendservice wieder den Kopf zur Tür reinstreckte.

Da konnte Julius nicht anders, als sich auf den Weg zum heimischen Bett zu begeben.

Kurze Zeit später stieg er hundemüde die Stufen ins Schlafzimmer empor, fuhr die Rollläden herunter, zog die Schuhe aus und ließ sich auf die Matratze fallen wie ein nasser Seesack. Das Bett knarzte, aber es krachte nicht zusammen. Gutes Bett. Er lag noch keine Minute, da kletterten Herr Bimmel und Felix auf seinen Bauch. Julius kraulte ihre Köpflein, und einer nach dem anderen rollte sich neben ihm wie eine Schnecke zusammen. Ehe Julius es sich versah, legte sich eine warme Decke aus wohligem Schlaf auf seine Welt.

Gefühlte zwei Sekunden später wurde sie wieder fortgezogen.

Die Rollläden gingen in die Höhe, dann wurden die Fenster aufgerissen. Feuchte Lippen gaben ihm einen Kuss auf die Stirn. Leider waren es nicht Annas. Neben ihn hatte sich stattdessen seine Schwiegermutter aufs Bett gesetzt und strich ihm jetzt wie einem Baby über den Haarflaum. Das Letzte, was ein Mann in seinem eigenen Schlafzimmer erleben wollte.

»Julius, wie geht es dir? Bist du krank? Kann die Sybille was für dich tun?«

»Nein«, sagte Julius matt, dem das Sonnenlicht in die Augen stach. »Bin nicht krank.«

»Dann musst du sehr viel gearbeitet haben, dass du nachmittags ein Schläfchen machst. Da wird mir richtig das Herz schwer, weißt du das? Du solltest nicht so viel arbeiten. Ruh dich einfach mal aus.«

Was meinst du, was ich gerade versucht habe, dachte Julius, aber er kam nicht dazu, es zu sagen, denn Sybille sprach bereits weiter.

»Schau, ich hab dir Tee gemacht und auch ein paar Plätzchen gebracht, die ich gestern extra gebacken habe.« Sie hob seinen Kopf sanft, aber bestimmt an und schlug das Kopfkissen auf. »So hast du es gut. Männer müssen auch mal verwöhnt werden.«

Eigentlich kein Satz, bei dem Julius widersprach. Allerdings hätte er gerne ein Mitspracherecht gehabt, wann Verwöhnen angesagt war. Und von wem.

Um seine Schwiegermutter nicht zu enttäuschen, steckte er sich ein Plätzchen in den Mund. Es war so trocken wie der Sandkuchen, den er im Kindesalter an der Nordseeküste fabriziert hatte.

»Superlecker«, sagte er mit vollem Mund.

»Das hör ich gern! Iss nur, iss. Ich mag es, wenn Männer stattlich sind.« Sie kniff prüfend in seinen Arm. Es tat sauweh. »An dir ist richtig was dran, Julius.« Er fühlte sich plötzlich wie Hänsel und Gretel. Wollte sie ihn etwa essen? »Meine Anna hat wirklich großes Glück mit dir.«

Sibylle von Reuschenberg war alter Landadel und hätte jederzeit als properes Model für die »Landlust« posieren können, wobei sie hochgeschlossene Blusen bevorzugte, lange Faltenröcke und Trachtenjanker. Die Haare hatte sie, wie in ihrer süddeutschen Heimat üblich, stets zu einer Art Brezel geflochten. Sibylle war eine Frau, die fast ohne Unterlass sanft lächelte, für alles Verständnis hatte und es gut meinte. Immer. Fatalerweise hatte Anna ihrer Mutter, die während ihres ausgedehnten Besuchs eigentlich in einer Ferienwohnung zwei Straßen weiter wohnte, einen Hausschlüssel gegeben. Sie konnte kommen und gehen, wann es ihr beliebte. Und genau das tat sie auch.

Julius war sehr froh, sich vor dem Schläfchen nicht seiner Hose entledigt zu haben. Er hätte vor Scham die Plätzchen am Stück geschluckt, in der Hoffnung zu ersticken. Nun goss Sibylle ihm Tee ein und führte die Tasse zu seinem Mund. Julius setzte sich schnurgerade im Bett auf, damit er das selbst erledigen konnte.

»Hier, iss noch ein Plätzchen.« Sybille schob es ihm zwischen die Lippen. Es hatte überraschenderweise die Konsistenz eines Autoreifens. Was kam wohl als Nächstes? Glibschig wie eine Nacktschnecke?

»Ich weiß natürlich, dass ich nicht so gut koche oder backe wie du, aber ich mache es mit ganz viel Liebe. Ich hoffe, das schmeckt man!«

Julius nickte. Er wollte das in seinem Mund nicht runterschlucken; die Gefahr, den Mageneingang wie mit Zement zu verschließen, war einfach zu groß. Julius blickte sich um. Im Nachttisch lagen noch drei Notfalltrüffel in einer Pralinenschachtel. Wenn er die leer machte, konnte er den Sondermüll in seinem Mund schnell loswerden. Bis sich eine Gelegenheit ergab, musste er ihn nur in der rechten Wange zwischenlagern. So mussten sich die Bewohner von Gorleben fühlen.

Sibylle spuckte in ein Taschentuch. »Du hast da einen Krümel am Mund.« Und ehe Julius sich wehren konnte, wischte sie ihn mit ihrer feuchten, warmen Spucke fort.

Vor lauter Schreck schluckte er das Plätzchen herunter.

Julius sah seinen Magen schon mit einem Anwalt vor sich

stehen. Er musste diese Frau loswerden! Sofort! Und wenn er sie mit den Backwaren rausprügeln musste!

Sybille lächelte ihn selig an. »Weißt du was? Wir haben immer viel zu wenig Gelegenheit, um miteinander zu reden. Dabei rede ich so gerne mit dir. Komm, wir nutzen die Chance. Wie war dein Tag? Was hat dich so angestrengt?«

Julius' Kopf fing an zu pochen. Es schien überall daran zu ziehen. Vermutlich wollte er weg.

»Hast du Kopfschmerzen?«

»Ja, die habe ich tatsächlich.« Wegen dir, Sybille, nur wegen dir!

Verständnisvoll legte sie die Stirn in Falten und nickte. »Weißt du, dass oft eine gestörte Darmflora in Verbindung mit einem überlasteten Verdauungssystem die Ursache ist? Kein Wunder, bei deinem Beruf. Dann häufen sich Gifte an und führen zu Kopfschmerzen. Ein Einlauf wird dir im Handumdrehen Erleichterung schaffen. Ich fahre schnell zur Apotheke und besorge alles Nötige. Bei meinem Mann habe ich das auch immer gemacht.«

Um Gottes willen. Ein Einlauf. Von der Schwiegermutter. Unter keinen Umständen! Warum wurde dieser Tag nur immer noch schlimmer?

»Nein, es ist Migräne, habe ich immer mal wieder.«

»Davon hat mir Anna gar nichts gesagt.«

»Ich rede nicht so gerne darüber. Könntest du die Rollläden wieder …?«

»Sag nichts!«, flüsterte sie. »Ich weiß, was zu tun ist. Dunkelheit und Stille, sollst du haben. Mein armer Schwiegersohn.« Noch ein Kuss, diesmal auf die Wange.

Dann wurde die Tür leise geschlossen. Und Julius lag hellwach im Dunkeln. Dabei musste er langsam mal zurück ins Restaurant. Aber wenn er jetzt versuchte, das Haus zu verlassen, würde Sybille vorsorglich den Notarzt rufen. Er musste also liegen bleiben. Bis sie das Haus verlassen hatte. Oder er verstarb.

Wenigstens würde er um den Einlauf herumkommen.

Julius merkte nicht, wie er wieder einnickte.

Doch er merkte, wie sich plötzlich ein warmer Körper an ihn schmiegte, eine Hand auf seine Brust legte, Lippen auf seinen Hals.

Julius betete, dass es Anna war und nicht Sibylle, die in der Apotheken-Umschau gelesen hatte, dass Kuscheln gegen Migräne half.

»Hallo, kranker Mann.« Anna, Gott sei Dank! Dafür musste er unbedingt eine Kerze in der Rosenkranzkirche aufstellen. »Du hast also Migräne, ja? Und redest nicht gerne darüber? Noch nicht einmal mit deiner Frau?« Ihr Lächeln war deutlich zu hören.

»Ganz genau. Deshalb weißt du auch nichts davon.«

»Dabei wollten wir doch keine Geheimnisse voreinander haben!« Sie zog ihn neckisch am Ohr.

»Ja, das stimmt. Aber im Kleingedruckten stand, dass eingebildete Krankheiten und der genaue Inhalt meines Weinkellers davon ausgenommen sind.«

»Davon wusste ich nichts.«

»Tja, und jetzt ist es zu spät. Nun bist du für alle Ewigkeit an mich gebunden.«

Sie schmiegte sich noch näher an ihn. »Ich kann mir Schlimmeres vorstellen.«

»Aber nicht viel, was?«

Sie legte ihren Kopf auf seine Brust. »Warum habe ich dich bloß geheiratet?«

Julius wollte antworten, weil keine andere verrückt genug war. Aber manche Witze behielt man besser für sich, wenn man es bevorzugte, den Kopf auf dem Hals zu tragen, und weiter gekuschelt werden wollte.

Plötzlich knipste Anna das Licht an und setzte sich im Schneidersitz auf die Matratze. »Die Autopsie von Martin Schenk hat eine Überraschung ergeben.«

Auch Julius setzte sich aufrecht hin. Über den Tod sprach man einfach nicht im Liegen. »Erzähl!«

»Martin Schenk ist tatsächlich ertrunken.«

»Das ist jetzt aber keine wirkliche Überraschung.«

»Er ist ertrunken – aber nicht im Hochwasser der Ahr.«

»Nein? In was denn dann?«

»In …«

»Nun sag schon!«

»Martin Schenk ist in Sangria ertrunken.«

»Bitte?«

»Du hast richtig gehört. Heute hab ich den Bericht der Gerichtsmedizin erhalten. Offenbar hatte Martin Schenk eine Histaminallergie und vertrug keine großen Mengen Alkohol. Am Abend seines Todes aber muss er deutlich zu viel davon erwischt haben und daran erstickt sein.«

Erst jetzt erinnerte sich Julius daran, dass Martin während seines Praktikums in der »Alten Eiche« kaum etwas getrunken hatte. Immer musste er noch fahren, hatte gerade Medikamente genommen oder verzichtete wegen eines Fußballspiels auf Alkohol. »Aber das heißt …«

»Ja, das heißt, Martin Schenk hat sich nicht an Sangria zu Tode gesoffen, sondern wurde eventuell von jemandem ermordet, der von dieser Allergie wusste. Und die Rechtsmedizin sagt, es ist mehr als eventuell, denn sie ermittelte aufgrund von Abschürfungen im Gesicht auch noch, wie er vermutlich starb.«

Anna strich sich die Haare mit beiden Händen zurück, was sie nur tat, wenn sie etwas beunruhigte.

Julius hörte auf, im Raum herumzugehen, und blickte sie fragend an.

Erst nach einem langen Atemzug fuhr Anna fort. »Martin Schenk wurde wahrscheinlich in einem Sangria-Eimer ertränkt.«

2

Gemüsewasser

Der Abend in der »Alten Eiche« wurde lang, und Julius war beim Kochen nicht immer so konzentriert, wie er es sich gewünscht hätte. Seine Gedanken drehten sich mehr um Martin Schenk als um die rotfüßigen Rebhühner mit Trauben und Maronen vor ihm oder die Vogelmiere auf gegrilltem Mais, die dank Butterbröseln und Mohnschmelze auch völlig ohne Fleisch funktionierte. Julius wurde die Vorstellung dieses Mordes nicht mehr los: den Kopf gewaltsam in einen Sangria-Eimer gesteckt, verzweifelt um Luft und Raum kämpfend, und in dieser Enge sterben.

Die Polizei würde versuchen, Martin Schenks letzte Stunden zu rekonstruieren, minutengenau aufzuschlüsseln, mit wem er wo wann worüber gesprochen hatte. Sie würde akribisch vorgehen, genauer: Anna würde es tun. Aber sie stammte nicht aus dem Tal, verstand nicht wirklich, wie die Menschen hier tickten, musste immer erst herausfinden, wer mit wem wie verbandelt war oder ob man einander nicht ausstehen konnte. In Julius' Kopf war dies dagegen alles gespeichert, denn seine mentale Festplatte war von Kindheit an mit allen möglichen wichtigen und unwichtigen Ahrtaler Infos gefüllt worden. Die nun, wie schon so oft, bei der Ergreifung eines Täters unentbehrlich sein konnten.

Die Vorwürfe von Josephine Schenk nagten an ihm. Hätte er auf dem Dernauer Weinfest nicht einfach den Mund halten können? Aber wurde man wirklich schuldig durch eine einzige dumme Bemerkung, die in neunundneunzig Komma neun Prozent der Fälle zu überhaupt nichts geführt hätte? Konnte man überhaupt für etwas verantwortlich sein, das nicht abzusehen war? Die Antwort war Nein und nochmals Nein.

Und doch.

Julius konnte sich von dieser Schuld nicht freimachen.

Hätte er ihm eine Anstellung in seinem Restaurant gegeben

oder später zumindest seinen Mund gehalten, würde Martin Schenk jetzt noch leben. Das hieß: falls der Mord überhaupt etwas mit den Ballermann-Nächten im Bad Neuenahrer Kurpark zu tun hatte. Dabei sollte es häufig hoch hergehen, bis spät in die Nacht, auch Raufereien waren an der Tagesordnung. Aber ein Mord?

Plötzlich fiel ihm auf, dass er eine Vogelmiere in der Hand hielt – und FX ihn ansah, die Arme vor dem Brustkorb verschränkt.

»Stehst unter Drogen, Maestro?«

»Was? Nein!«

»Isses wegen dem Hochwasser? Weißt eigentlich schon, dass sie noch zwei weitere Leichen gefunden haben? Rebecca Laurent, siebenundzwanzig Jahre alt, eine Steuerfachgehilfin aus Sinzig, die wohl auf dem Nachhauseweg von den Fluten erfasst wurde, sowie ein gewisser Hubert Brecker, neunundachtzig Jahre, Rentner, der sein Zimmer im Keller hatte und im Schlaf ertrunken ist.«

Julius legte die Vogelmiere auf den gegrillten Maiskolben, obwohl dieser mittlerweile nicht mehr die richtige Temperatur hatte und so nicht mehr rausgehen konnte.

»Ist des jetzt der neue Schick?« FX deutete auf das Gericht. Julius hatte, ohne es zu merken, ein Kreuz mit den Kräutern gelegt – er leerte den Teller in den Mülleimer und begann das Gericht neu.

FX redete unverdrossen weiter. »Etliche Gäste kamen heut net pünktlich, weil sie den Umweg über die Grafschaft fahren mussten. Des wird auch noch eine ganze Weile so bleiben.« Er klopfte Julius auf den Rücken. »Willst deinen Rundgang machen? Ich glaub, die Gäste würden sich freuen.«

Julius lächelte, der alte Freund war manchmal sensibler, als er je zugeben würde. FX hatte genau gespürt, dass Julius eine Luftveränderung brauchte – und sei es nur von der Hitze der Küche zur perfekt eingestellten Temperatur des Gastraums. Ein bisschen hirnloser Small Talk, ein wenig Lob einstreichen. Doch Julius kam gar nicht dazu, alle zu begrüßen, denn plötzlich trat jemand ein, der seine ganze Aufmerksamkeit erforderte: Antoine Carême, Koch und Besitzer des »Frais Löhndorf«, der, aus der

Normandie stammend, tiefere Wurzeln im Tal geschlagen hatte als sämtliche Reben zwischen Heimersheim und Altenahr.

Antoine sah gar nicht gut aus, die Augen wie gejagte Kaninchen hin- und herspringend, die Haut weiß wie Parboiled-Reis. Julius bugsierte ihn in Richtung einer Eckbank und bestellte mit einem Handzeichen zwei Gläser Champagner. Selten wurde er seinem geliebten Ahrtal untreu, aber nichts half so schnell wieder auf die Beine wie ein großer Schluck französischer Aristokraten-Limo.

Sie tauschten drei französische Wangenküsse aus, bevor sie sich setzten. »Du isst doch eine Kleinigkeit, oder? Keine Widerworte, Antoine! Ohne lasse ich dich nicht gehen.«

Antoine schien zu schwach für Widerworte. »Dein Essen ist immer einen Freude.«

»Eifeler Reh mit karamellisierten Rüben und Steinpilzen oder lieber Steinbutt mit Kohlrabi, Speck und Rotweinbutter?«

»Was für schönen Klassiker aus deine Küche. Entscheid du, liebe Julius.«

»Dann von beidem eine kleine Portion, ja?« Er rief FX herbei und bestellte. Für sich selbst Felchenfilet vom Laacher See in Rieslingsauce mit Mangold und Kartöffelchen. An einem Tag mit so viel Wasser musste man schließlich Fisch essen.

Antoine faltete die Hände auf dem Tisch zusammen, als wolle er beten. »Ich brauche deinen Hilfe, Julius. Mein Verleger steht mir auf die Füßen. Mein neuen Kochbuch wird und wird nicht fertig.«

»Was ist denn diesmal das Thema? Wieder Kräuter? Oder Trüffel?«

»Gemüsen.«

»Nein, das ist jetzt nicht wahr, oder?«

»Doch, wieso? Was hast du gegen Gemüsen? Sehr gesund! Du musst einmal meinen Ofengemüse mit Gewürzaromen, Sommer-Trüffel, Wildkräuter und die Waldkresse-Vinaigrette probieren.« Jetzt kam wieder etwas vom alten Glanz in Antoines Augen. »Oder den Normandie-Poulardenbrust mit die Enten-Foie-Gras, Mangold und Waldlakritzsauce! Das mach ich mit die Wurzel vom Engelsüß.«

Julius nahm die Hand des alten Freundes. »Ich würde dir bei allem helfen, Antoine. Ja, ich würde sogar Pferde mit dir stehlen – und nicht nur, um Sauerbraten draus zu machen!« Er zwinkerte ihm zu. »Ich würde mich auch jede freie Minute mit dir in die Küche stellen, um gemeinsam Gemüserezepte auszutüfteln, und mein Name müsste dafür noch nicht mal in die Danksagungen.« Julius kam richtig in Fahrt. »Wenn du es auftischst, würde ich sogar fermentierte Heuschrecken oder Ameisenbrei essen. Aber ich kann dir leider nicht helfen.«

»Was? Wieso kannst du mir denn nicht bei die Buch unterstützen?«

»Weil ich auch eins schreiben muss.«

»Nein!«

»Doch.«

»Nein!«

»Doch.«

»Oh.«

Julius kam sich plötzlich vor wie in einem Louis-de-Funès-Film. Antoine zeigte derweil auf sein leeres Glas.

»Dann hätte ich gern noch einen Glas von die Champagner.«

»So soll es sein!« Julius goss ihre Gläser noch einmal voll. Er spürte den Alkohol schon. Junge, Junge, schoss das Zeug schnell in die Hirnwindungen. Musste am Kohlendioxid liegen, das funktionierte wie Raketentriebwerke in den Blutbahnen. Wie musste sich dann Antoine erst fühlen? Der Normanne war so klein, dass man ihm bei McDonald's reflexartig das Kindermenü angeboten hätte – wenn er denn jemals einen Fuß in solch ein Etablissement setzen würde.

Sie stießen an.

»Was ist denn die Thema von deinen Buch?« Antoine nahm einen großen Schluck.

»Gemüse.«

Der Champagner wählte einen ungewöhnlichen Ausgang – er spritzte aus Antoines Nase. Der kleine Koch prustete vor Lachen. »Du nimmst mich in die Armen!«

»Du meinst auf. Aber in die Arme ist mir auch lieber. Es ist wirklich wahr. ›Meine heimische Gemüseküche‹ soll es heißen.«

Antoine hob sein leeres Glas. »Mach voll bis zu die Rand!«

Julius kam dem äußerst verständlichen Wunsch nach.

Nachdem Antoine getrunken hatte, schüttelte er ungläubig den Kopf. »Meins soll ›Das neue Eifeler Gemüseküche‹ heißen. Ach, guck mal! Mein klein Glas ist schon wieder leer. Muss einen Loch haben.«

»Das ist ja unerhört! Dafür werde ich den österreichischen Oberkellner auspeitschen lassen! Ist sowieso längst überfällig!«

Sie prosteten sich zu. Dann beugte Julius sich verschwörerisch vor. »Lass uns eine Wette abschließen, ja? Wer zuerst sein fertiges Manuskript beim Verlag abgibt …«

»… der bekommt das Restaurant von die anderen.« Antoine grinste breit.

»Nein, das ist zu viel.«

»Bekommt das Sommelier von die anderen? Die Maître d'hôtel? Ich bekomme dein FX!«

»Menschen als Wetteinsatz gehen nicht, sonst wäre FX schon lange nicht mehr hier.«

Antoine goss sich mürrisch sein Glas wieder voll. »Unseren Haustieren?«

»Ein Hund gegen zwei Katzen? Das wäre unfair.«

»Aber Rouen ist einen Trüffelhund! Sehr wertvoll!«

»Herr Bimmel ist eine Leberwurstkatze und Felix ein Thunfischkater. Sie finden beides immer, ganz egal, wo du es hinpackst.«

»Ich hab einen Idee! Oh, das ist einen großartigen Idee!«

»Sprich, mein roter … äh, französischer Bruder. Und trink noch mehr Feuerwasser mit mir!« Julius machte den Indianergruß.

»Die Name von die Restaurant. Wenn du gewinnst, darfst du meine ›Frais Löhndorf‹ umtaufen, und wenn ich, deinen ›Alte Eiche‹.«

Julius' Kopf senkte und hob sich, was als Nicken interpretiert werden konnte. »Muss!«, sagte er. »Der Gewinner *muss* das Restaurant des Verlierers umtaufen. Ich hab dich übrigens unheimlich gern, Winnetou.«

»Winne-wer?«

»Tou! Win-ne-tou. Auch bekannt als Pierre der Brice. Ein berühmter Franzose. Prost!«

»Nicht in mein Frankreich.«

Sie stießen nochmals an. Die Flasche war komischerweise leer. »Als Beweis gilt die Eingangsbestätigung des Verlags. Schlag ein! Das mit der Blutsbrüderschaft machen wir nach dem Essen, sonst ist es irgendwie eklig.«

Antoine schlug ein – und beide lachten herzlich.

Dann kam das Essen. Und der nächste Schampus.

Es war ein Wunder, dass die beiden mit ihren Gabeln den eigenen Mund trafen, statt sich Eifeler Reh und Laacher Felchen tief in die Augenhöhlen zu jagen.

Es war FX, der Julius nach Hause brachte und ihm dabei unentwegt in breitestem Österreichisch Vorwürfe machte, wie er sich am frühen Abend (»Kruzifixsakrament!«), vor den Gästen (»Kreuzbirnbaumundsalatbuschen!«) dermaßen zulaufen lassen konnte (»Dia homs ins Hirn einigjausnet!«). Damit Anna nicht aufgeweckt wurde, brachte er ihn auf dem Sofa im Wohnzimmer unter und zog ihm dort sogar die Schuhe aus.

»Ich will nicht schlafen«, protestierte Julius. »Ich muss ein Kochbuch schreiben! Aber die Wette mit Antoine war nur ein Scherz, das weißt du doch, oder?«

»Ja, sicher des. Ein Scherzerl.«

»Um so was wettet man ja nicht.« Julius' Worte klebten immer mehr zusammen, wie ein zäh werdender Teig.

»Na, des macht man wirklich net.«

»Und außerdem muss ich rausfinden, wie Martin Schenk gestorben ist, und ich muss Martha dazu bringen, wieder Eier zu legen.«

»Is scho recht. Jetzt legst erst mal selber ein Ei. Augen zu und legen. Des schaffst bestimmt. Und für dich gibt's nimmermehr Champagner.«

Dann gingen die Lichter aus.

***

Eigentlich veränderte sich der Umfang des Kopfes ab einem gewissen Alter nicht mehr, doch als der Wecker am nächsten Morgen klingelte, hatte Julius den Eindruck, dass seiner sowohl die Grenze zur Niederlande wie auch die nach Polen überschritten hatte. Überraschenderweise lag er in seinem Bett. Keine Ahnung, wie er dahingekommen war. Eingeschlafen war er doch auf der Couch, oder?

Die Matratze neben ihm war leer, Anna also bereits aufgestanden. Sie hatte ihn netterweise schlafen lassen, und er war sich sicher, dass sie ihm vor dem Hinausgehen einen sanften Kuss auf die Wange gegeben hatte.

Als Julius langsam und möglichst ohne Erschütterungen in seinem Gehirn zu verursachen, die Treppe Richtung Küche hinunterging, kam er im Flur auch an Herrn Bimmel und Felix vorbei, die nicht einmal die Köpfe hoben, um ihm einen guten Morgen zu wünschen.

Sie waren also gefüttert worden.

Als er den Kühlschrank öffnete, standen sie trotzdem mit gereckten Schwänzen neben ihm.

Er legte ihnen etwas gekochten Schinken auf ein Tellerchen und stellte das Radio auf leisester Stufe an. Für sich selbst würde er jetzt einen Strammen Max zubereiten. Der Gasherd sprang ins Leben, Julius stellte die gusseiserne Pfanne darauf, die Butter schmolz verheißungsvoll. Wie köstlich doch einfache Butter aussah, wenn man wusste, dass sie sich gleich mit Schinkenspeck und einem Ei von den eigenen Hühnern vermählen würde!

»… schlossen die beiden Ahrtaler Spitzenköche Julius Eichendorff und Antoine Carême am gestrigen Abend eine Wette darüber ab, wer als Erster sein Gemüsekochbuch fertigstellt. Den Wetteinsatz kann man nur als bizarr bezeichnen: Der Gewinner darf das Restaurant des anderen umbenennen! Antoine Carême war am Morgen zu keiner Stellungnahme bereit und Julius Eichendorff nicht zu erreichen. Wir bleiben für Sie natürlich an der Sache dran! Und würden uns über Vorschläge für die neuen Restaurantnamen freuen. Für den besten gibt es einen Sechserkarton Frühburgunder vom Bachemer Karlskopf.

Also los! Her damit! Einfach per Mail, Fax, oder Sie rufen auf unserer Studiohotline an. Passend zum Thema kommt jetzt Jona Lewie mit ›You'll always find me in the kitchen at parties‹ …«

Bitte *was*?

Julius sprintete zum Telefon. Tatsächlich: Jemand hatte dreimal versucht, ihn zu erreichen, immer dieselbe Nummer. Anna hatte das Klingeln auf stumm gestellt. Schnell drückte er die Kurzwahl für Antoine, der würde sicher schon im Restaurant sein. Es wurde abgehoben. Gut. Jetzt würde er alles richtigstellen können, dann ein Anruf beim Radiosender, und der Spuk hatte ein Ende.

»Guten Tag, hier ist das ›Frais Löhndorf‹, Natalie Krause am Apparat, wie kann ich Ihnen helfen?«

»Hallo, Natalie, ich bin's, der Julius. Ich müsste ganz dringend Antoine sprechen. Egal, was er gerade macht, hol ihn bitte ans Rohr.«

Natalie Krause räusperte sich und sprach plötzlich wie ein Automat. »Herr Dumaine lässt Ihnen ausrichten, dass er alles nur für einen Scherz gehalten hat. Sie aber anscheinend nicht, und dann mussten Sie es auch noch dem Radio stecken. Herr Dumaine findet das gar nicht lustig und nimmt die Wette nun ebenfalls ernst. Ich soll Ihnen mitteilen, dass Ihr Restaurant bald ›Zu die hinterlistige Freund‹ heißen wird.«

»Kann ich *bitte* mit Antoine sprechen?«

»Er schüttelt den Kopf.«

Antoine stand also in der Nähe. Julius holte tief Luft, dann brüllte er in den Hörer: »Antoine, das ist ein blödes Missverständnis!«

»Er sagt, erst wenn der Erste sein Manuskript abgibt, also er, würden sie wieder miteinander sprechen. Ich soll jetzt auflegen. Auf Wiederhören.«

Klick. Tut.

Julius griff zu den Kopfschmerztabletten.

Obwohl das Ei von seinem Lieblingshuhn Goldie stammte und der Schinkenspeck vom Schwäbisch-Hällischen Landschwein aus

Eichelmast, konnte Julius den Strammen Max nicht genießen. Jetzt durfte er sich auch noch überlegen, wie er die Freundschaft mit Antoine wieder kitten konnte. Und zur Sicherheit sollte er verdammt schnell dieses vermaledeite Kochbuch schreiben. Das konnte doch nicht so schwer sein! Kapitel eins: Rotkohl. Kapitel zwei: Grünkohl. Kapitel drei: Weißkohl. Kapitel vier: Rosenkohl. Da war das Buch doch fast schon voll!

Herr Bimmel und Felix folgten ihm auf dem Weg zur »Alten Eiche« – die vielleicht bald in »Antoines fürchterliche Rache« umgetauft werden musste. Doch für ihn war es die »Alte Eiche« und würde es auch immer bleiben. So wie die Heimstatt des 1. FC Köln das »Müngersdorfer Stadion« blieb, egal welcher Sponsor sich die Namensrechte gerade gesichert hatte.

Julius betrat das Restaurant durch die Vordertür und hielt sie für seine beiden Kater auf, die sich unschicklich viel Zeit ließen. Der Holzboden war poliert, die Plätze eingedeckt, alle Tischdecken makellos gestärkt, die Blumen frisch. Gut so!

Er klatschte mehrmals in die Hände. »Auf, auf, ihr faules Gesocks. Herkommen, sofort! Alle Mann!«

Alle Mann – und alle Frau – erschienen. Darunter Sommelier François van de Merwe, der viel zu lange fort gewesen war, und Patissière Vanessa Hohenhausen, die gerade bei der Weltmeisterschaft der Chocolatiers in Brügge hervorragend abgeschnitten hatte.

»Was gibt's, Maestro?«, fragte FX. Die anderen grinsten – und Julius hatte keine Ahnung, warum.

»Gemüse«, sagte Julius. »Sprecht es mir alle nach. Ge-mü-se! Und jetzt noch mal alle Buchstaben einzeln, damit es in eure Köpfe reingeht: G! E! M! Ü! S! E! Ich will, dass ihr in den nächsten Tagen an nichts anderes denkt, ich will von jedem von euch Gemüsegerichte – das gilt auch für dich, Vanessa. Und für dich, François, gibt es folgende Hausaufgabe: Weine, die zu Gemüsegerichten passen. Von mir aus auch Gemüsesäfte oder Gemüsecocktails, die zu Gemüse passen. All das wird für mein neues Kochbuch gebraucht. Selbstverständlich werdet ihr im Buch genannt, mit Foto. Und Lobhudelei! Aber, und das ist das Wichtigste: Es muss schnell gehen. Wegen einer dummen, einer sehr, einer regelrecht saudummen Wette. Der dümmsten Wette in der Geschichte des Ahrtals. Ich werde ab jetzt an den Tagen, an denen wir geschlossen haben, jede Stunde in der Küche verbringen und freue mich auf jeden, der mit mir im Gemüse-Labor ›Alte Eiche‹ werkelt. Und jetzt hopp, an eure Stationen!«

Doch keiner bewegte sich.

FX blickte zu François. »Bist du so weit?«

François nickte, dann ging er zum Ende des Gastraums, kniete sich hin – und zog eine Leinwand an einem Ständer empor. Danach stellte er sein Handy mitsamt einem Mini-Beamer auf einen der Tische. Es ging alles ganz schnell. »Bin so weit. Machst du das Licht aus, FX?«

»Was soll denn das hier?«, fragte Julius. Aber keiner antwortete. »Habt ihr nicht gehört, was ich eben gesagt habe? Gemüse? Muss ich erst ein Shanty dichten, in dem es um Gemüse geht, bis ihr in Stimmung seid? Alle, die Porree und Möhren kochen, müssen Männer mit Bärten sein, etwa so?«

FX schaltete das Licht aus und klopfte Julius kameradschaftlich auf den Rücken.

»Weißt, Maestro, des ist ja schön und gut mit dem Gemüs, aber wir alle kennen dich schon eine ganze Weile. Wennst gerade mit einem Mordfall beschäftigt bist, kannst dich net richtig aufs Kochen konzentrieren. Deswegen haben wir stante pede eine SOKO gegründet – die SOKO Eichelhäher. Ich war ja für Holzmichel, aber damit waren die Weibsleut nicht einverstanden.«

»Genauso wenig wie mit dem Begriff Weibsleut, FX«, rief Vanessa.

»Die Damen«, korrigierte sich FX nonchalant und zog eine Augenbraue empor. »Ist es jetzt genehm?«

»Sehr genehm«, antwortete die junge Patissière.

»Ja, is des net allerliebst? Na dann: Film ab!«

»Was für ein Film?« Julius blickte sich fragend um. »Und was hat der mit dem toten Martin Schenk zu tun? Ich hab wirklich keine Zeit für solchen Blödsinn wie die Eröffnung eines Heppinger Küchen-Kinos!«

FX bedeutete François, doch noch nicht zu starten, während

die anderen sich Stühle bereitschoben und ihre Plätze einnahmen.

»Wart's doch einfach ab! In einer Nacht-und-Nebel-Aktion haben wir alle möglichen Handy-Videos von Martin Schenks letzter Ballermann-Party im Kurpark zusammengesammelt – was die Polizei übrigens parallel auch macht. Aber nicht alle geben denen ihre Videos, uns dagegen schon. François hat versucht, sie chronologisch hintereinanderzuschneiden. Eine Heidenarbeit war des. Dafür gehört dem jungen Burschen aus Südafrika ein besonderes Lob, wennst mich fragst. Nur so ein dezenter Hinweis. So, jetzt weißt genug. Film ab!«

»Warte!« Die Stimme gehörte François dem Fleißigen. »Ich hol noch schnell Cola und Bier – wie im richtigen Kino!« Er zwinkerte Julius vergnügt zu. Kurz danach ging es endlich los.

Es begann mit verwackelten Bildern eines leidlich gefüllten Kurparks, bei dem sich eine Traube Menschen um einen Sangria-Stand scharte – gut zu erkennen an den spanischen Nationalfarben Gelb und Rot. Wie Julius erst jetzt bemerkte, wurde das gepanschte Süßgetränk ›Sangri-Ahr‹ geschrieben. Gar keine schlechte Idee von Martin Schenk.

»Ihr notiert euch bitt schön alle Anwesenden, die noch nicht auf unserer Liste stehen!«, bellte FX wie ein Feldmarschall in die Runde.

Auf der Leinwand füllte sich der Kurgarten im selben Maße, wie das Sonnenlicht schwand. Auch einige Ahrtaler Berühmtheiten tauchten auf. Der neue Landrat, ein Pelzmodemacher aus Bad Neuenahr, der Besitzer des »Sanct Paul«, der Architekt des Bademantelgangs in Bad Neuenahr, der Vorsitzende der Ahrtaler Winzervereinigung, mit Pfarrer Hendrik Unkel sogar ein Geistlicher, der jedoch fix wieder verschwand, bevor es richtig losging. Noch früher gingen nur Martins Vater und sein Onkel Jochen Schenk, allerdings nicht zusammen, da die beiden sich nicht riechen konnten. Aber für Männer in ihrem Alter war halb neun auf einer Party mit Musik von Menschen, die sich Tim Toupet oder Oberförster Otto Tanne nannten, schon eine stolze Leistung.

Von einigen Gästen gab es Aufnahmen, wie sie Martin Schenk

ihre Aufwartung machten. Dieser verteilte seine Freibons aber vorzugsweise an attraktive junge Frauen. Ansonsten nervte er vor allen Dingen den DJ und trieb den Koch an. Der war für Julius die größte Überraschung, denn Dieter Rutz stammte nicht aus dem Tal, sondern aus Bonn, wo er die »Prummetaat« betrieb, ein gutbürgerliches Restaurant, das dank seiner Lage am Rhein im Sommer ständig Hochbetrieb hatte. Warum stand er im Kurgarten am Herd, wo an der Ahr doch so viele gute Köche wirkten?

»Mach doch mal einer Popcorn! Das ist schließlich Public Viewing hier«, rief einer der Azubis und kicherte, worauf Vanessa sich tatsächlich auf den Weg machte. Kurze Zeit später hörte man es aus der Küche poppen, und als sie das Ergebnis hereintrug, breitete sich warm-süßer Butterduft in der »Alten Eiche« aus. Vanessa hatte das Popcorn mit Lavendelzucker bestreut und leicht karamellisiert. Es war köstlich.

Die Aufnahmen vom weiteren Verlauf des Abends wurden immer dunkler und unschärfer. Aufgrund seiner weißen Kleidung war Martin Schenk zwar gut auszumachen, aber die Menschenmasse wurde so dicht, dass er immer seltener auftauchte. Anhand des eingeblendeten Zeitcodes war zu erkennen, dass die letzte Aufnahme mit ihm von zwei Uhr vierzehn stammte. Julius schaute genauer hin. Ein dickes Geldbündel lugte aus der Tasche von Martins knallenger weißer Jeans. Er tanzte und schob dabei ständig sein Muscleshirt empor, um sein Sixpack zu zeigen. Oder das, was er wohl dafür hielt.

Martin Schenk tanzte nicht allein.

Bei ihm war eine athletische junge Frau mit einer Kurzhaarfrisur, wie sie in den achtziger Jahren Trend gewesen war: den Nacken ausrasiert. Sie trug hochhackige Lederstiefel, eine schwarze Lackhose, ein Netztop und darunter einen äußerst stoffsparenden BH in Pink – und sie schaute Martin Schenk unentwegt an.

»*Des* is ein Blick! Voller Feuer«, sagte FX bewundernd.

»Ach was«, erwiderte François. »Was meinst du, Vanessa?«, fragte er die Patissière, wohl um eine Fachmeinung des anderen Geschlechts einzuholen. Doch sie antwortete nicht. »Ich werte das als Nein.«

»Doch, des war einer. Und was für einer!«, unterstrich FX. »Die will ihn, und zwar noch in dieser Nacht. Kannst Slow-Mo?«

François konnte tatsächlich Zeitlupe. Und er konnte auch heranzoomen. Danach musste Julius zugeben: Es war ein Blick. Inklusive eines Augenaufschlags.

»Diese Frau müssen wir finden!«, sagte Julius. »Wie ist ihr Name?«

Aber niemand kannte sie. »Kriegt das raus, fragt jeden, vor allen denjenigen, der das Video gefilmt hat!« Die SOKO nickte und Julius hatte das Gefühl einer heißen Spur.

Julius war mit vielen Köchen der Region befreundet. Eigentlich mit allen. Aber nicht mit Dieter Rutz von der »Prummetaat« in Bonn. Dieser war so von Neid zerfressen wie ein Stück Bergkäse, nachdem Micky Mouse und Konsorten vorbeigeschaut hatten. Als Jäger und Jagdhornbläser liebte er die Wildküche – nur hatte er keinen blassen Schimmer davon. Ihm fehlte einfach jegliches Gefühl für Reh, Wildschwein, Hase oder Rebhuhn. Bei ihm schmeckte nachher alles wie Rind. Altes Rind. Das tat dem Gästezuspruch aber keinen Abbruch, denn die »Prummetaat« lag herrlich am Rhein, mit Blick auf das nahe Siebengebirge. Doch Dieter wollte mehr, wollte in die Restaurantführer, wollte allen zeigen, dass er es draufhatte und mit den großen Jungs in den Schnee pieseln konnte.

Julius hatte beschlossen, ihn vor seinem Besuch nicht anzurufen, sondern einfach vorbeizuschauen, weil er »zufällig« in der Nähe war. FX kannte einen Kellner aus dem Serviceteam, ebenfalls ein Österreicher, über den er herausgefunden hatte, dass Dieter definitiv im Haus weilte – wo er Angst und Schrecken verbreitete. Dieter war nämlich ein Anhänger der alten Küchenschule, wonach Untergebene wie Leibeigene behandelt werden mussten. Lehrjahre waren schließlich keine Herrenjahre. Bei Dieter waren sie Hundejahre.

Schon als Julius sich aus seinem alten Käfer schälte, fühlte er sich unwohl. Heinrich IV. war es 1077 auf dem Weg zur Burg Canossa sicher nicht viel anders ergangen. Aber Dieter konnte ihm etwas über Martin Schenk und dessen letzten Abend erzählen.

Wenn dieser blöde Angeber sich nicht querstellte.

Der »Prummetaat« drang die Gutbürgerlichkeit aus jeder Pore ihres Fachwerkgebälks, aus den dunklen Holztischen, den samtbezogenen Polsterstühlen und natürlich aus den alten Schinken samt röhrenden Hirschen an den Wänden, die von Wäldern kündeten, die längst in praktische Einbauschränke von Ikea verwandelt worden waren. Ein gekachelter Kamin wachte wie ein Turm inmitten des Gästeraums, in den sich jetzt, um kurz nach zwölf, erst wenige Gäste verirrt hatten.

Kellner waren nicht zu sehen.

Julius ging zur Küchentür, klopfte kurz an und steckte dann den Kopf hinein.

»Hallo zusammen, ich wollte …« Doch da tauchte Dieter schon in seinem Blickfeld auf. Der Schock zog dessen Gesicht zusammen, als hätte er in eine unreife Zitrone gebissen. Aber er fing sich schnell wieder.

»Julius, was führt dich denn her? Willste mir etwa in die Töpfe gucken? Und ein Rezept mopsen? Vielleicht gehen wir besser in mein Büro.« Er nahm Julius lächelnd am Arm. Doch Julius spürte, dass es nur halb scherzhaft gemeint war. Welches Rezept sollte er Dieter schon stehlen? Überfahrener Hund in Mondaminglibber? Und wer dachte, dass andere ihm Rezepte stehlen, der stahl selber welche.

Dieters Büro glich mehr dem Audienzzimmer eines Fürsten als dem üblichen kleinen, mit Zetteln, Plänen, Werbeprospekten und Rechnungen übersäten Kabuff der meisten Köche. Dieter residierte hier, ja, es gab sogar ein Fenster und Zimmerpflanzen.

»Setz dich, lieber Julius«, sagte der Hausherr gönnerhaft. »Möchtest du etwas essen? Oder ist dein Gaumen schon zu fein für einfache, gute Genüsse, wie es sie bei mir gibt?«

Dieters Sätze waren mit spitzen Gräten durchsetzt, als wären sie Hechte.

»Nein danke, ich muss ein wenig auf meine Linie achten.« Julius tätschelte seinen Bauch. In Wirklichkeit wollte er einfach nichts hier essen und erst recht nicht aus Höflichkeit etwas Nettes darüber sagen müssen.

»Die Ehe macht fett«, entgegnete Dieter. »Deswegen bin ich auch noch Junggeselle.« Wieder dieses Lachen, das wie von einem Band zu kommen schien. Dann machte Dieters Stimmung eine Einhundertachtzig-Grad-Drehung, und er wurde ernst. »Also, weshalb bist du da?«

Julius rückte sich auf dem schmalen, unbequemen Stuhl zurecht. »Du hast von Martin Schenks Tod gehört?«

Dieter blies die Wangen auf und entließ die Luft lautstark. »Wer nicht? Oder denkst du, so etwas dringt nicht bis zu uns nach Bonn? Die Polizei vermutet Mord, stand im ›Generalanzeiger‹. Bist du etwa wieder als Detektiv unterwegs? Ich dachte, das hätte sich mit deiner Heirat erledigt. Hörte man so. Aber geht mich natürlich nichts an.« Er streckte die Arme abwehrend empor. »Und jetzt willst du den guten Dieter wegen Informationen anzapfen?« Er fuhr sich genüsslich mit der langen Zunge über die Lippen.

Julius hätte nicht kommen sollen.

Er wollte weg.

»Willst du wissen, wer es war – oder ob ich es selbst getan habe?« Dieter zog die Augenbrauen fragend empor.

»Wenn du eine Vermutung hast, würde ich sie tatsächlich gern hören. Du warst ja bei seiner letzten Ballermann-Nacht vor Ort. Und danach wurde er nicht mehr lebend gesehen.«

Dieter lehnte sich vor. »Hättest du auch gern gemacht, da gekocht, was? Kann ich verstehen, war eine große Sache. Ich glaube, der Martin wollte frischen Wind ins Ahrtal bringen, nicht immer dieselben Köche mit denselben Gerichten. Das ödet ja an auf die Dauer.«

Julius lehnte Gewalt strikt ab – aber manchmal wäre es doch schön, jemanden bei sich zu haben, der dies legerer handhabte.

»Du hast doch bestimmt einen Verdacht, Dieter. Ein Koch wie du sieht doch alles.« Weil er nicht auf sein Essen achtete …

»Na ja, das stimmt schon, bin immer aufmerksam, am Puls der Gäste, weißt du. Das ist wichtig, das spüren die. Julius, das ist das kleine Einmaleins!«

Ob er wohl kurz in die Schreibtischplatte beißen durfte? Mit ein paar Rosinen schmeckte sie bestimmt genau wie Dieters Sauerbraten. Es würde ihn seelisch enorm entlasten. Erstaunlich, dass dort keine Bissspuren zu sehen waren.

Dieter schwadronierte weiter. »Also, der Martin war den ganzen Abend super drauf, so gut wie schon lange nicht mehr, überall war der zu sehen, vor allem bei den Frauen, obwohl ich nicht weiß, ob er eine feste Freundin hat oder an ganz vielen Blütenkelchen nascht, wenn du weißt, was ich meine.« Er zwinkerte brüderlich.

Eine Zyankali-Kapsel wäre jetzt auch eine prima Option ...

»So um zwei Uhr rum habe ich ihn dann das letzte Mal gesehen. Da war die Party gerade auf dem Höhepunkt. Keine Ahnung, wieso er da wegging. Frag jetzt bloß nicht, mit wem, das weiß ich nämlich ausnahmsweise nicht. Ich würde ja mal mit dem jungen André Erlen vom Weingut Sonnehang reden – also wenn ich die Polizei wäre. Steck das denen ruhig mal. Der hat auch im Sangri-Ahr seine Finger drin. Und ist auch beim Ahrathon mit an Bord und bei dem Neuenahrer Burgunderfest. Komische Type, sag ich dir. Ganz im Gegensatz zum Martin. Was für ein großartiger Bursche das war!« Dieter wischte sich über die Augen, obwohl sie völlig trocken waren. »Das war einer mit Ideen, der auch mal was gewagt hat. Diese Ballermann-Nächte waren ja auf dem besten Weg, eine Erfolgsgeschichte zu werden.«

»Nur jetzt ist das Buch zugeklappt ...«

»Was? Wie meinst du das?«

»Na ja, die Erfolgsgeschichte ist zu Ende, Buch zu.«

»Das werden wir ja sehen!« Eine selbstzufriedene Sonne ging in Dieters Gesicht auf.

»Wie meinst du das? Martin wird kaum von den Toten auferstehen, um die nächste Party ins Rollen zu bringen.«

Dieters Hände schlugen einen Trommelwirbel auf der Schreibtischplatte. »Aber ich! Die Ballermann-Nächte sind Geschichte, die Mallorca-Nächte beginnen. Habe schon mit der Verwaltung gesprochen und die Termine klargemacht. Ich übernehme so weit alles, werde das Ganze aber noch größer und noch besser durchziehen. Und mit meiner Wildküche auch die Gourmets anlocken. Beim letzten Mal wollte Martin ja Paella und so Kram, nur spanisches Zeug. Ab jetzt bringe ich da das, was die ›Prummetaat‹ groß gemacht hat!« Dieter blickte auf seine goldene Uhr. »Sag bloß, es ist schon so spät. Ich muss wieder arbeiten, Julius. Ein guter Koch gehört in die Küche! Solltest du dir auch ruhig zu Herzen nehmen.«

Julius war kein Mensch der Rache, aber in diesem Moment beschloss er, dass er sich an Dieter rächen würde. Der Moment würde kommen – und er würde ihn so was von genießen.

»Komm, lass uns noch schnell ein Foto machen, wie du mich hier besuchst und ich dir mein Kochbuch überreiche.«

Was zu viel war, war zu viel. »Muss leider ganz dringend weg, Dieter. Ein andermal gern, ja? Alles Gute und danke für deine wertvolle Zeit.«

Und raus.

An die frische Luft.

Durchatmen.

»Sekunde!«, erklang es hinter ihm.

Herrgott noch mal, nicht noch einen blöden Spruch. Julius drehte sich um, doch dort stand nicht Dieter, sondern ein junger, braun gebrannter Kellner mit gegeltem Lockenschopf.

»Kann ich Sie kurz sprechen?«

Der Akzent war leicht, aber unverkennbar. Ein Österreicher.

»Du bist FX' Kumpel?«

»Ja, aber nicht so ein grauenhafter Wiener wie er, ich komm aus Vorarlberg. Hab aber keine Zeit, um über die Heimat zu plaudern. Eben hab ich zufällig gehört, worüber Sie sich unterhalten haben. Ich sag Ihnen jetzt, warum Dieter bei der Ballermann-Nacht gekocht hat: weil keiner aus dem Ahrtal es mehr wollte. Der Martin hat alle gefragt, die finanziell gepasst hätten. Alle haben abgewinkt.« Er schaute sich nervös um. Doch sein Chef war nicht zu sehen.

»Und warum nicht? Martin war doch ein Netter.«

»Ja, aber ein Netter, der nicht zahlt. Oder erst viel später. Dieter war das zwar nicht egal, aber die Chance, im Ahrtal zu kochen, vor der Nase aller heimischen Köche, vor allem Ihrer, die wollte er sich nicht entgehen lassen.«

»Kamen er und Martin denn gut klar?«

Der junge Mann lachte auf. »Sie haben sich gehasst und ständig gestritten, auch an Martins letztem Abend. Um kurz nach zwölf hat der Dieter die Party dann verlassen, ab da musste der Rest der Truppe alleine klarkommen.«

»Mir hat er eben gesagt, dass Martin ab zwei Uhr nicht mehr zu sehen gewesen war. Woher will er das denn so genau wissen?«

Der junge Österreicher zuckte mit den Schultern und ging schnell wieder hinein. »Grüßen S' den FX und sagen S' ihm, er ist ein alter Anpumperer.«

»Ausgesprochen gern«, sagte Julius und quetschte sich in seinen Käfer.

Dieter Rutz hatte also gelogen. Hatte er vielleicht etwas mit Martin Schenks Mord zu tun?

Oder wäre das zu schön, um wahr zu sein?

Julius saß kaum hinter dem Steuer, als Anna anrief. Offiziell wollte sie nur wissen, was er so trieb. Ihrem Tonfall zufolge wollte sein holdes Weib ihm aber vor allem mitteilen, dass sie bei den Ermittlungen alles im Griff habe und er sich zurückhalten möge. Julius konnte mittlerweile schon am ersten »Hallo« hören, was folgen würde, manchmal reichte sogar bereits ein Atmer. Es war unfassbar, wie diese Frau atmen konnte. Und blicken. Blicken und atmen. Wenn sie wütend war, eine teuflische Verbindung.

Wie gut, dass sie am Telefon nicht blicken konnte.

Mist!

Irgendwie gelang es ihr selbst dort.

Sie hatte ihm geraten, seine Kräfte ganz auf Gemüse zu konzentrieren, schließlich wolle er doch nicht, dass die »Alte Eiche« bald »Zur billigen Buche« oder »Zur lausigen Linde« heißen würde. Recht hatte sie. Es war an der Zeit, mal wieder über Gemüse nachzudenken.

G! E! M! Ü! S! E! Julius fuhr mit seinem gemütlich schnurrenden Käfer von der Autobahn und murmelte das Wort wie ein Mantra immer wieder vor sich hin. Schon bald tauchten die ersten Häuser des Ahrtals auf. Einige davon waren so bunt wie die Weinberge, in denen die Farben so hell strahlten, als wäre ein Malerbedarf explodiert.

Julius stellte WDR 4 an, klassische Musik, gerade lief Debussy, eine Phantasie. Wunderbar! Klassische Musik half ihm schließlich immer beim Komponieren von Gerichten. Gemüse, er musste an Gemüse denken, Gemüse, Gemüse und noch mal Gemüse. Und welches davon er in sein Kochbuch aufnehmen sollte und natürlich in was für Kombinationen.

Das gelbe Ortsschild Bad Neuenahrs flog an ihm vorbei.

Wie wäre es zum Beispiel mit dem zweigeschossigen Kürbis, den jemand sich rechter Hand mit Balkon errichtet hatte? Ein knackfrischer Brokkoli schmiegte sich an ihn – vielleicht ein Zeichen? Andererseits fuhren drei rote Paprikaschoten vor ihm im Kreisverkehr … wie in einer Suppe! Und die Kirsche in der Mitte könnte dem Ganzen den Kick geben – ein Kirschgazpacho. Links tauchte ein gewaltiger Blumenkohl auf, richtig angsteinflößend. Man müsste ihn klein schneiden, hauchdünn, dann fein in Butter anbraten oder eine Mousse daraus machen, eine ganz leichte, mit ein wenig Amalfi-Zitrone, oder ein Risotto, mit gehackten Pinienkernen, um das nussige Aroma zu betonen. Natürlich ginge auch eine Crème brûlée. Deren karamellige Note, wie auch die Tahiti-Vanille, würden dem Blumenkohl hervorragend stehen! Herrlich wäre außerdem eine Essenz, klar und pur, ohne Schnickschnack, eingekocht und immer wieder eingekocht – oder alles zusammen auf einem Teller. Variation vom Blumenkohl! Das Teil war schließlich riesig!

Was hupte ihn denn da die blöde gelbe Steckrübe von hinten an? Und blendete sogar auf? So käme das freche Gemüse bei ihm nicht ins Buch. So ganz bestimmt nicht! Dafür ließ ihn der Mangold jetzt netterweise abbiegen. Vielleicht sollte man dieses sympathische Gemüse mit genau den Gemüsen vereinen, mit denen es sich auch im Garten gut vertrug. Also kein Spinat. Stattdessen Möhren, Radieschen, Rettich oder die Buschbohne! Auch farblich wäre dies mit Orange, Rot, Weiß und zweierlei Grüntönen ein attraktiver Teller. »Gemüsebeetfreunde« würde er es nennen. Und im Zentrum des Tellers hätte der Mangold seinen Platz, weil er solch eine nette Rübensorte war. Obwohl man sich auch bei ihm nie sicher sein konnte, manchmal wurde er bitter. Ja, geradezu böse. Wäre ihm ein Mord zuzutrauen?

Julius rieb sich unwillkürlich die Augen. Was phantasierte er da eigentlich die ganze Zeit für wirres Zeug!

Als könnte ein Mangold einen Mord verüben!

Rotkohl ja, aber nie Mangold. Weiß man doch.

Julius rieb sich wieder die Augen. Und mit einem Mal war die heimische Straße wieder von Häusern gesäumt und nicht von gesunden Nahrungsmitteln. Dann tauchte rechts eine große Plakatwand auf, die dort gestern noch nicht gestanden hatte. Julius rieb sich erneut die Augen, mehrmals, denn er hoffte, dass auch sie eine Illusion war. Dass es diese Werbung eigentlich gar nicht gab. Nicht geben durfte. Sie war für ein Theaterstück mit seiner Schwiegermutter. Eine griechische Tragödie. »Antigone« von Sophokles. In der Sibylle die Hauptrolle spielte. Eine Aufführung der »Marienthaler Klosterspieler«. Und wie er von dem Plakat erfuhr, hatte das Stück auch einen Hauptsponsor.

Es war die »Alte Eiche«.

Vor lauter Schock hätte er beinahe eine Gurke gerammt.

3

Weihwasser

Etwas knabberte an seinem Ohr. Herr Bimmel hatte wohl ordentlich Hunger.

»Du hast schlecht geträumt, oder?«

Anna. Deutlich besser als Herr Bimmel.

»Schlecht geträumt? Ich?«

»Ja, du. Sonst liegt hier nämlich keiner mit mir im Bett.«

»Wieso denn schlecht geträumt? Sieht man mir das an? Hab ich Ränder unter den Augen?«

»Nicht mehr als sonst.«

»Na, danke.« Julius setzte sich auf. Die Rollläden standen bereits auf Ritze, und Anna lag neben ihm auf einen Ellbogen gestützt.

»Du hast geredet. Die ganze Nacht. Es ist dein schlechtes Gewissen, Grizzly. Wegen Martins Tod. Du hast seinen Namen genannt. Und dass er bei dir arbeiten solle, egal als was. Du würdest ihm auch zahlen, was immer er will. Du hast ihn angefleht.«

Anna nannte ihn jetzt manchmal Grizzly, weil er sich zuerst Teddy und dann Bärchen verbeten hatte. Mit Grizzly konnte er leben.

»Kein guter Traum.«

»Du musst so was nicht träumen, dich trifft keine Schuld. Er passte halt nicht in eine Küche, schon gar nicht mit einer Histaminallergie.«

Sein Traum sagte da etwas anderes, und der war schließlich das Tor zur Seele. Aber vielleicht hatte er sich diesmal einfach in der Etage vertan.

Ein Geräusch war zu hören, ein Scheppern wie von Porzellan. Es schien aus der Küche zu kommen. Die Katzen plünderten! Sie fielen gerade sicher wie gefräßige Waschbären über den Käse her, den Julius gestern Abend schon für das Frühstück herausgestellt hatte.

»Hast du das gehört?« Er blickte Anna an, die merkwürdigerweise ganz ruhig wirkte. »Für die zwei Rabauken gibt es heute nichts mehr! Mein schöner Brie de Meaux ist sicher schon in ihren Bäuchen.«

»Das ist meine Mutter«, antwortete sie grinsend. »Und ich bezweifle sehr, dass der Käse in ihrem Bauch ist. Sie macht doch gerade Trennkost.«

Das lächelnde Dirndl war unten, also bloß leise sein. Am besten Augen zu!

Anna schmiegte sich an seinen Rücken und küsste ihn in den Nacken. »Willst du etwa wieder schlafen? Es war ziemlich spät, als ich zu dir ins Bett gekrochen bin. Da hatten wir gar keine Zeit, noch zu kuscheln.« Sie begann mit den Kuschelvorbereitungen.

»Bin noch gar nicht richtig wach. Kuscheln ist sehr erwünscht, aber leise. Komm am besten näher und flüstere.« Sybille durfte nicht auf sie aufmerksam gemacht werden.

Anna kam noch näher. »Du willst doch nur, dass ich mich ganz fest an dich drücke.«

»Ja, das auch. Aber eben leise. Deine Mutter ist doch in der Küche.«

»Da fühl ich mich gleich wieder, als wär ich sechzehn und du mein erster fester Freund.« Anna gab ihm einen wilden Kuss.

»Habt ihr gestern Abend eigentlich noch irgendwas Wichtiges rausgefunden?«

»Ich hab die Augen noch nicht richtig auf und soll schon über meine Arbeit reden?«

»Du darfst die Augen vorher ruhig richtig aufmachen.«

Sie zwickte ihn. »Blödmann! Sag mir erst was Liebes!«

»Du siehst … zauberhaft aus?«

Dafür wurde er wieder gezwickt. »Du hast mich ja noch nicht mal angeguckt.«

»Du siehst immer zauberhaft aus. Dafür muss ich dich nicht angucken. Das weiß ich einfach.«

»Hm.«

»Komm, sei gnädig. Das war für die Uhrzeit ein ganz passables Kompliment.«

»Ja, schon.«

»Na also. Und jetzt erzähl endlich was von den Ermittlungen … du süße Schnecke.«

Der letzte Satzteil rettete ihn zwar nicht vor einem erneuten Zwicken in den stattlichen Hüftspeck, aber immerhin berichtete Anna nun.

»Was wir noch nicht gefunden haben, ist Martins Wagen. Mehrere Zeugen haben berichtet, wo er ihn bei den Ballermann-Nächten immer geparkt hat, aber da steht er nicht, und niemand hat ihn in der Nacht wegfahren sehen. Es fing ja irgendwann an zu gewittern, da hatten alle nur noch im Sinn, heil nach Hause zu kommen, das war so gegen drei Uhr früh.«

Anna strich sich eine Haarsträhne aus dem Gesicht. »Wir haben mittlerweile Schenks Konten gecheckt, ein paar sind im Dispo, zwei knietief. Es gab allerdings keine merkwürdigen Überweisungen oder Zahlungseingänge. Er ist nicht aktenkundig, keine Prügeleien, Drogendelikte, Diebstähle, nichts. Allerdings sieben Punkte in Flensburg – alle wegen Rasens. Und Falschparken gehörte wohl auch zu seinen Hobbys. Seine berufliche Laufbahn kennst du ja zum Teil: Zuerst Berufsschule für Büromanagement, nebenbei einige Praktika, bei dir, aber auch in einem Hotel und einer Rechtsanwaltskanzlei, also ziemlich wahllos, dann hat er umgesattelt auf eine Ausbildung zum Weinbautechniker in Bad Kreuznach und seinen Abschluss gemacht. Aber in dem Beruf hat er dann nie gearbeitet, auch nicht im elterlichen Betrieb. Er wollte was anderes machen.« Anna schmiegte sich an ihn.

»Hatte er eine Beziehung?«

»Soweit wir wissen, nicht. Seine Eltern haben zumindest von keiner gewusst – und Martin hat ja noch bei ihnen gelebt. In einer Einliegerwohnung im Souterrain. Seine Mutter hat bei ihm geputzt und er bei ihr gegessen. Sie hatte alles im Blick. Also ist eine Freundin eher unwahrscheinlich.«

»Schützenverein? Oder Hutenschaft?«

Julius spürte, wie Anna den Kopf schüttelte, da ihre Haare dabei über seinen Nacken glitten und ihn leicht kitzelten.

»Er mochte die Musik von Guildo Horn, Dieter Thomas

Kuhn, den Ärzten und den Toten Hosen. Außerdem stand er auf amerikanische Autos und fuhr einen schwarz lackierten Ford Mustang mit aufgemalten Flammen.«

Julius nickte, den Wagen kannte er. Wer ihn einmal gesehen hatte, vergaß ihn nicht wieder.

»Seine Freizeit verbrachte er vor allem mit Computerspielen«, fuhr Anna fort, »und mit Filmegucken auf seinem riesigen 3-D-Fernseher mit 7.1-Heimkinoanlage. Er hatte wohl auch Spaß daran, falsche Wikipedia-Einträge zu schreiben.«

»Was?«

»Er hat zum Beispiel mal den Zusatznamen ›Wilhelm‹ in den Wikipedia-Eintrag von unserem ehemaligen Minister Karl-Theodor Maria Nikolaus Johann Jakob Philipp Franz Joseph Sylvester Freiherr von und zu Guttenberg geschmuggelt.« Der Stolz, diesen Namen ohne Stolpern über die Lippen gebracht zu haben, war Anna anzuhören. »Sogar der ›Spiegel‹ hat das damals übernommen! Und auch der ›Kía Tutácel‹ geht auf sein Konto – angeblich ein mexikanischer Vulkan. Den es allerdings gar nicht gibt.«

»Und das merkt keiner?«

»Doch. Aber beim Vulkan erst nach drei Jahren. Dann wurde der Eintrag gelöscht. Am schönsten fand ich aber den Eintrag, der sich stolze sieben Jahre hielt. Er war über die Rockband ›Tillery‹. Laut Wikipedia starben Musiker und Crew bei einem dramatischen Flugzeugabsturz. Alles erstunken und erlogen.«

»Ein ganz schönes Früchtchen.«

Annas Stimme wurde wieder ernster. »Martins Vater macht dir übrigens keine Vorwürfe, nur dass du es weißt. Er sagt, das Gerede seiner Frau sei dummes Gewäsch. Er schien mir sogar noch betroffener vom Tod seines Sohnes, auch wenn er es versucht zu verbergen. Martin war das einzige Kind der beiden, weißt du.«

»Ja.« Da war er wieder, dieser Kloß in Julius' Hals, der ihm das Atmen schwer machte.

»Und die Mutter kriege ich auch noch so weit, dass sie einsieht, wie dumm ihre Vorhaltungen dir gegenüber sind. Du machst dir keine Vorwürfe mehr, versprochen?«

Julius nickte, und doch tat er es. Auch für jemanden mit einer Histaminallergie gab es einen Platz in einem Restaurant. Er hätte es mit ihm im Service versuchen können, vielleicht hätten FX' Fittiche ihm gutgetan. Oder er hätte ihm woanders einen Job suchen, er hätte sich des Jungen annehmen sollen. Warum hatte er es nur nicht getan? Ihn aufs richtige Gleis setzen. Jetzt war es zu spät dafür.

»Mütter sind manchmal schwierig, weißt du«, fuhr Anna fort, die nichts von seinen Gedanken ahnte.

»Apropos Mutter«, sagte Julius. Gut, dass sie das Thema angeschnitten hatte.

»Meine Mutter natürlich ausgenommen«, sagte Anna lachend. »Sie hat bei ›Antigone‹ jetzt übrigens die Hauptrolle bekommen. Toll, oder? Obwohl sie kein festes Ensemblemitglied ist.«

»Über deine Mutter wollte ich sowieso mal mit dir reden.« So ging das schließlich nicht weiter. Es galt, reinen Tisch zu machen. Raus damit, ein heftiger, aber doch irgendwie herzlicher Streit unter jungen Liebenden, und dann würde die dauerlächelnde Schwiegermutter zurück ins schöne München dirndln. »Also, deine Mutter …«, setzte Julius abermals an.

»Sie ist wunderbar, oder?«

»Also …« Julius legte all seinen Zweifel in dieses eine Wort.

»Wusste ich, das war mir so klar!«

Sie wusste es, wie gut. Das Verständnis unter Eheleuten, das keine Worte brauchte, es existierte also wirklich! »Was bin ich froh, dass du es auch so siehst.«

»Und ich erst. Sie ist unglaublich, oder?«

»Also, da sagst du was.«

»Sie ist so ein wundervoller Mensch. So warmherzig und fürsorglich.«

Da es noch früh am Morgen war, brauchte die Information lange, bis sie durch die schläfrigen Nervenbahnen in Julius' Bewusstsein gelangte. In der Zwischenzeit redete er schon mal weiter.

»Am meisten nervt mich ja …«

Dann trafen sie ein.

»Was nervt dich?«

Einhundertachtzig-Grad-Wende!

»… dass einige Leute das nicht sehen.« Er musste jetzt einen Weg finden, Anna seine Meinung über ihre Mutter sensibel beizubringen. Durch die Hintertür. Mit einem Lächeln.

»Ja, oder?« Sie setzte sich auf und gab ihm einen stürmischen Kuss. »Das geht mir genauso! Ein blöder Cousin von mir meinte mal, sie sei nervig. So ein Schwachsinn! Ich war mir ganz, ganz sicher, dass du sie ins Herz schließen würdest. Weißt du, wenn du mit meiner Mutter nicht klarkämst, dann würdest du irgendwann mit mir auch nicht mehr klarkommen. Wer mich liebt, der muss auch sie lieben. Wir sind uns einfach so ähnlich. Julius. Du machst mich gerade richtig glücklich, weißt du das?«

»Ich hatte es gehofft.« Julius schüttelte innerlich den Kopf, und als er damit fertig war, rannte er noch ein paarmal mit dem Kopf gegen die Wand.

»Meine Mama hat dich auch sehr lieb, das hat sie mir eben erst gesagt. Wir haben nämlich schon eine Tasse Kaffee zusammen getrunken. Und nur weil sie dich so mag, hat sie ihren Urlaub im Tal auch immer wieder verlängert. Eigentlich wollte sie ja nur kurz, aber jetzt ist sie hier richtig heimisch geworden. Mit Theatergruppe und allem.«

»Was meinst du mit heimisch, wie lange wird sie …?« Julius wollte es nicht aussprechen. Er hatte Anna vor gut einem Jahr geheiratet – von einer weiteren Frau hatte nirgendwo etwas gestanden. Er wollte nichts gratis dazu. Das war meist Tinnef.

»Hoffentlich für immer!«, sagte Anna. »Platz haben wir ja genug.«

Mit einem Mal kam Julius sein schönes, großes Haus eng wie eine Hundehütte vor. »Ich muss dringend ins Restaurant, am neuen Kochbuch arbeiten. Ich zieh mich ganz leise an und verschwinde durch den Garten, um deine Mutter nicht zu stören.« Er wollte Anna einen Kuss geben, doch sie drückte seinen Kopf wieder ins Kissen zurück.

»Ach was! Stören!« Dann drehte sie sich in Richtung Zimmertür. *»Mama! Er ist wa-hach. Kannst kommen!«*

Sie knöpfte Julius den obersten Knopf seines Pyjama-Oberteils zu. »Normalerweise würde ich das ja nicht wollen, dass sie uns beide hier stört. Aber sie freut sich doch schon die ganze Zeit darauf, dass du wach wirst.«

»Was? Wieso das denn? Ist doch nicht so spektakulär, wenn ich wach werde. Man hat wirklich nichts im Leben verpasst, wenn dieser Anblick nicht dabei ist. Ist ja nicht das Oktoberfest oder so.«

Er wuchtete sich aus dem Bett – doch da klopfte es schon an der Tür.

»Darf ich reinkommen, ihr zwei?«

»Du darfst, wir sind beide züchtig angezogen«, rief Anna.

Leise öffnete sich die Tür, und Sybille trat mitsamt einem über und über gefüllten Tablett ins Schlafzimmer. Sie schaute zuerst Anna an, und nachdem diese ihr zugenickt hatte, wandte sie sich an Julius. »Du darfst mich ab jetzt Mama nennen!« Sie stellte das Tablett ab, küsste ihn auf den Kopf und drückte dabei ihren mütterlichen Busen in sein Gesicht.

Julius rang um Luft. Hatte er nicht irgendwo Verwandte im Ausland, die ihn beim Auswandern unterstützen konnten? An einem Ort, wo sie ihn niemals finden würde? Nowosibirsk oder ein anderes sonniges Plätzchen?

»Schau mal, ich habe dir Rührei gemacht, und dabei Käse untergehoben. Ganz, ganz lecker. Nein, bleib liegen, die … Mama kommt zu dir.« Sie kicherte fröhlich. »Mund auf!«

Was hatte sie gerade gesagt? Mund auf? Julius war kurz davor, unter die Bettdecke zu schauen, ob sie ihm in der Nacht eine Windel angelegt hatte.

»Na, wo kommt das kleine Flugzeug?« Sie machte Brummgeräusche. Sollte ein Flugzeugmotor sein, klang aber wie eine besoffene Hummel.

Julius öffnete den Mund nicht. Niemals würde er den Mund öffnen. Er war doch keine Landebahn. Schon gar nicht für eine derart kleinmotorige Maschine. Er griff sich den Löffel und schaufelte den Inhalt so schnell rein, dass seine Geschmacksknospen hoffentlich nichts davon mitbekamen.

»Und? Ist lecker, oder?«, fragte Anna.

Julius nickte. »Köstlich.« Angebrannt. Versalzen. Und mit viel zu viel Käse. Es gab eigentlich nicht viel mehr, was man falsch machen konnte. Dafür war es mit Liebe zubereitet. Aber selbst davon hatte sie eindeutig zu viel genommen.

»Jetzt kommt ein gaaanz großes Flugzeug.« Es war Anna, die nun lachend den Jumbojet unter den Käserührei-Gabeln flog. Und er befand sich im Sturzflug. Julius musste den Mund öffnen, wollte er keinen Crash riskieren.

Er brauchte ein Wunder, ein Himmelreich für ein Wunder, es musste doch einen Ausweg aus dieser Situation geben! Irgendeinen! Wieso gab es nie ein Wunder, wenn man mal eines brauchte? Alles konnte man mittlerweile online bestellen. Nur Wunder hatten die Luschen immer noch nicht im Express-Versand.

Das Telefon klingelte.

War Telefonklingeln nicht das schönste Geräusch auf der Welt? So schrill und durchdringend, dass es selbst Schwiegermütter und Ehefrauen hören mussten?

»Das wird was Wichtiges sein, höre ich sofort«, sagte Julius und sprang auf, dem landenden Cargo-Carrier ausweichend.

»Woher willst du das denn wissen? Lass es doch einfach klingeln«, kam es von Anna, doch Julius war schon aus der Tür.

»Ich weiß es einfach.«

»Eichendorff«, sagte er nach dem kurzen Sprint aus der Horizontalen heraus atemlos in den Telefonhörer.

»Julius, ich bin's, François. Habe ich dich geweckt?«

»Geweckt? Nein, woher?«

»Ich kann auch gerne später noch einmal anrufen.«

Anna erschien hinter ihm, den Kopf schief gelegt.

»Ach so, es ist dringend? Das hatte ich gleich im Gefühl.«

»Dringend? Nein, eigentlich gar nicht. Ich will dir nur etwas zeigen. Wenn du mal Zeit hast. Gerne bei mir, ansonsten auch in der ›Alten Eiche‹, also bei der SOKO. Aber es eilt wirklich nicht.«

»Was? Es eilt?«, fragte Julius.

»Nein, gar nicht.«

»Sofort? Na ja, wenn du das sagst.«

»Aber das sage ich doch gar nicht!«

»Dann komme ich natürlich. Auch wenn ich gerne noch

länger zu Hause bei meiner Frau und meiner … Mama geblieben wäre.«

Es klang, als würde François plötzlich nicht mehr in den Hörer sprechen, sondern mit sich selbst. »Stimmt irgendwas mit dem Telefon nicht?« Ein Klopfen auf die Sprechmuschel war zu hören. »Hallo, Julius? Verstehst du mich? Verflixter Tarifwechsel.«

»Ich verstehe dich, bin gleich bei dir. Rühr dich nicht vom Fleck!«

François schaffte es gerade noch »Bring Gummistiefel mit!« in den Hörer zu rufen, bevor Julius auflegte.

Anna blickte ihn streng an.

»Das war François, ganz dringend, tut mir so leid, mein Hasenohr. Dann musst du jetzt halt den Flugverkehr im Schlafzimmer allein durchführen.«

Sie verschränkte die Arme vor der Brust. »Ich traue dir nicht, Julius Remigius Eichendorff. Wenn ich herausfinde, dass du mich angeschwindelt hast, gibt es gehörig Ärger!«

»Kasalla«, sagte Julius.

»Was?«

»Das heißt Kasalla. Wenn schon, dann möchte ich keinen Ärger, sondern rheinischen Kasalla. Ist zwar fast das Gleiche, klingt aber schöner. Wobei es bei Kasalla meist handgreiflich wird.«

»Das kannst du dann gerne haben. An mir soll es nicht scheitern.«

»Eine Frage noch.«

»Frag.«

»Weißt du zufällig, wo ich meine Gummistiefel hingetan habe?«

François lebte in der Hartbergstraße in Dernau. Gegenüber, am anderen Ufer der Ahr, lag der Campingplatz. Theoretisch. Nun befand sich dort Wasser. Die Bewohner des Tals hatten es kurzerhand das »Ahrtaler Meer« getauft. Davor lag passenderweise »Der Strand«. Die Sonne blickte an diesem Sonntag wie ein guter Onkel über das Tal und verteilte großzügig ihre

Strahlen, sodass sich viele Besucher am Strand einfanden, wo bereits mehrere Holzstände mit Federweißem, Blumensträußen und Äpfeln aufgebaut waren. Auch der fahrbare Imbiss-Stand von »Wurst-Willy« hatte hier Quartier bezogen. Ja, es gab sogar bereits Paddelboottouren zum Damm.

Das Ganze hatte Volksfestcharakter. Für einige war es eine prima Gelegenheit, die fernsteuerbaren Motorbötchen zu Wasser zu lassen, andere ließen sich auf ihrer Luftmatratze treiben oder zeigten ihre Qualitäten an diesem warmen Herbsttag in Kraul- und Brustschwimmen.

Fehlte nur noch, dass die Grundschule hier ihre Seepferdchenkurse abhielt und eine Wasserskianlage installiert wurde. Es war nur eine Frage der Zeit, bis sich eine Bürgerinitiative gründete, die für den Erhalt des Meers stritt.

Ohne Gummistiefel wäre Julius auf dem Weg zu François ordentlich nass geworden. Glücklicherweise wohnte er im hochwassersicheren ersten Stock. Seine Wohnung war groß – und leer. An jeder Wand gab es ein Foto, das großformatig Südafrika zeigte, François' Heimat. Zum Beispiel den beeindruckenden Tafelberg, den Seehafen von Kapstadt oder einen enorm hoch springenden Springbock. Ein kleines Regal enthielt neben Sachbüchern zum Thema Wein und Wein-Speisen-Kombinationen vor allem Romane, die im »Alten Rom« spielten. Wie Julius wusste, war François durch das Museum Römervilla auf den Geschmack gekommen – und nicht, wie die meisten anderen seiner Generation, durch Asterix-Comics.

Außerdem zu sehen: eine offene Küche in Echtholz und ein großes Lederpolsterensemble in Sandfarben. Dazu ein teurer Weinklimaschrank, in den problemlos die Jahresproduktion eines ganzen Weinbaugebiets gepasst hätte. Doch irgendetwas war komisch. Julius ging näher heran, noch etwas näher und noch einen Schritt, bis seine Nase sich fast an der kühlen Glasscheibe platt drückte.

»Du siehst ganz richtig, Julius«, sagte François aus der Küche. »Bier. Und in einem Fach darunter findest du Säfte sowie Wasser. Und ganz rechts unten sogar Softdrinks. Für Cocktails, weißt du.«

»Das ist aber nicht die reine Lehre, um nicht zu sagen: Verunreinigung von kostbarem Alkohol mittels Früchten.«

François zuckte mit den Schultern. »Der Mensch lebt nicht vom Spätburgunder allein.«

»Für den Spruch wird dich die Heilige Inquisition exkommunizieren, ganz bestimmt. Du solltest schon mal mit dem Sammeln von Reisig beginnen, für deinen Scheiterhaufen.«

»Komm, setz dich zu mir an die Küchentheke.« François rückte einen Barhocker vor. »Ich hab gerade etwas Rührei gemacht, möchtest du? Ich esse es immer mit ein bisschen Chakalaka.«

Bei der Erinnerung an das Rührei seiner Schwiegermutter wurde Julius spontan übel. »Nie wieder Rührei. Ist für mich gestorben.«

»Von gestern ist auch noch etwas Bobotie da. Südafrikanischer Hackbraten. Schmeckt aufgewärmt sowieso am besten.«

Julius wusste, dass es unhöflich war, wenn man Speisen ablehnte. Das war seiner Meinung nach auch der einzige Grund, warum er solch titanische Ausmaße hatte. Schlichte Höflichkeit!

Das Bobotie mitsamt Mandeln und Rosinen servierte François mit Safranreis sowie Chutney. Es war zwar nicht als spätes Frühstück gedacht, schmeckte aber auch zu dieser Uhrzeit einfach phantastisch. »Das ist gut«, sagte Julius kopfschüttelnd.

»Du klingst ja ganz schön überrascht.«

»Also richtig, richtig gut!«

François zog lächelnd eine Flasche aus dem Weinklimaschrank-Hochhaus, entkorkte sie im Handumdrehen und goss Julius beinahe zärtlich ein Glas ein. »Dazu ein samtiger, fruchtintensiver Pinotage von Spice Route, der macht das Gericht erst richtig gut, wirst sehen.«

François hatte völlig recht. Die beiden schienen wie füreinander geschaffen. »Gib's zu, du hast den Gang auf den Wein hin gekocht.«

Der Südafrikaner nickte. »Ja, hab ich tatsächlich. Ertappt. Mit den Gewürzen habe ich die aromatische Brücke geschlagen. Ein Wein kann einem Gericht weit entgegenkommen, aber du kannst ihn nicht verändern, deshalb muss das Essen die letzten Meter gehen, bis sie sich in die Arme fallen können.«

In Julius' Mund knutschten die beiden gerade wild miteinander. »Ich weiß genau, was du meinst!« Er genoss den Bissen noch, bevor er weitersprach. »Und jetzt erzähl mir mal, warum ich so dringend kommen sollte.«

»Du solltest gar nicht dringend kommen. Das war ein totales Missverständnis.« François löffelte das Rührei aus der Pfanne auf einen Teller, ließ dann Wasser hinein und stellte sie zurück auf den Herd. »Du hast das völlig falsch verstanden.«

»Da war so ein Drängen in deiner Stimme, so etwas erkennt ein guter Vorgesetzter. Keine Widerrede und Schwamm drüber. Also, leg los!«

»Ein Drängen?«

»Leg los!«

Zuerst erhielt Julius ein Glas Wasser, um den Mund zu neutralisieren. Dann hantierte der südafrikanische Sommelier einige Zeit mit dem Rücken zu ihm, um, was auch immer er tat, zu verdecken. Schließlich drehte er sich um und stellte drei Gläser vor Julius hin.

»Probier.«

»Ist Rotwein!«, sagte Julius mit Augenzwinkern.

»Da erkennt man doch sofort den Weinexperten.«

Julius schnupperte am ersten Glas. Nach einer geschätzten Millisekunde wusste er, was François ihm vorgesetzt hatte. »Sangria.«

François nickte. »Weiter.«

Das erste Glas roch nach billiger Orangenlimonade. Julius trank und verzog das Gesicht. »Klebrig.«

Das zweite Glas roch immerhin nach billigem Orangensaft. Er probierte den Wein – und verzog das Gesicht etwas weniger. »Nicht ganz so klebrig.«

Das dritte Glas roch … nach Wein! Aber auch frischen Orangen und einem Hauch Weinbrand, Gin, Zimt und Pfirsich. Julius verzog das Gesicht – zu einem Lächeln. »Erfrischend«, sagte er selbst ganz überrascht. »Das wäre etwas für ein Dessert, ein Spanisch Ahrtaler Dialog! Dazu eine lauwarme Orangenmousse, darüber uralter Aceto Balsamico, und ein Cognac-Eis. Was meinst du?«

»Du denkst wirklich immer nur ans Essen! Was machst du eigentlich, wenn dich eine attraktive Frau anspricht? Denkst du als Einziges daran, was wohl ihre Lieblingsspeise ist und wie du sie für sie kochen kannst?«

»Und was ist falsch daran?«, antwortete Julius augenzwinkernd.

»Kein Kommentar!« François hob die Bobotie-Form hoch. »Noch Nachschlag?«

»Welcher ist denn jetzt von Martin?«

»Der zweite«, antwortete François. »Der erste ist billigste Supermarktware, von ganz unten im Regal. Wenn du mich fragst, mäuselt der, riecht nämlich echt ein bisschen nach Mäuseharn. Ich möchte nicht wissen, welcher minderwertige, fehlerhafte Wein dafür verwendet wurde. Der hätte eigentlich nur noch zur Essigproduktion getaugt.«

»Und der dritte? Der war richtig gut.«

»Fandest du?« François erlaubte sich ein Lächeln.

»Ja, fand ich. Wusste gar nicht, dass Sangria so gut schmecken kann. Wo gibt's den?«

François zog ein farblich perfekt auf die Küche abgestimmtes Geschirrtuch von einer Rotweinkaraffe. »Nur hier! Man nehme dreihundert Milliliter kräftigen Rotwein, fünfzig Milliliter Cointreau, fünfundzwanzig Milliliter Gin, den Saft von drei Orangen, mindestens fünfzehn Eiswürfel, je eine ungespritzte, in Scheiben geschnittene Limette und Orange, einen geachtelten Pfirsich, zwei kleine Zimtstangen und zwei Esslöffel Zucker.«

In seinem Kopf schrieb Julius fleißig mit. »Das ist aber nicht das Originalrezept.«

»Jede spanische Familie hat *ihr* Originalrezept. Ich habe oft genug in Spanien Urlaub gemacht, um nun auch eines besitzen zu dürfen.« François schlug sich vor die Stirn. »Ach, Mist. Ich hätte dir das Rezept nicht einfach so verraten sollen. Es wäre ideal gewesen, um dich zu erpressen, bei der Jubiläumsweinversteigerung im Casino ein paar traumhaft gereifte Weine für die ›Alte Eiche‹ zu kaufen oder, noch besser, mir meine längst überfällige Gehaltserhöhung zu gewähren.«

»Tja, zu spät. Jetzt wirst du dich stattdessen anstrengen müssen, um deinen gestrengen Chef durch Leistung von einer Erhöhung deiner Bezüge zu überzeugen.«

François gönnte sich einen Schluck der Eigenkreation. »Ich will mich ja nicht selber loben, aber …«

»Dann mach es auch nicht. Das hab ich ja schon erledigt.« Julius stieß mit ihm an. Die teuren Gläser erklangen dabei wie Glöckchen.

»Würdest du gerne noch mehr Grund haben, mich, deinen unterbezahltesten Mitarbeiter, zu loben?«

Julius zögerte, François hatte einen Schalk im Nacken. Von der Größe eines Sumo-Ringers. »Vielleicht.« Er sollte ruhig etwas zappeln.

»Vielleicht?«

»Wahrscheinlich.«

»Gut, das reicht mir.« François setzte sich elegant neben Julius auf einen der ledernen Barhocker. »Hier ein paar Hintergrundinfos zum ›Sangri-Ahr‹: Zuerst hat Martin ihn mit dem jungen André Erlen vom Weingut Sonnehang gemacht, da war die Qualität noch sehr ordentlich. Aber die Gewinnspanne wohl nicht groß genug. Deswegen hat er dann fassweise irgendeine billige Plörre aus der Pfalz und Rheinhessen gekauft und ab dafür. Der Zuckergehalt ist mit dem Wechsel exorbitant gestiegen. Nach der alten Regel: Je süßer ein Wein, desto mehr werden die Fehler maskiert.«

»Und was hat André Erlen dazu gesagt?«

»Der war wie der miese Wein, den Martin Schenk gekauft hat.«

Julius musste nicht lange raten. »Säuerlich?«

»Genau.«

»Sehr säuerlich?«

»Wohl nahe am Essig.«

»Heißt das …«

»… er hätte ein Mordmotiv gehabt? Dafür müsste man wissen, ob es ihm finanziell schlecht geht und der Sangri-Ahr ein großes Geschäft war.« François griff sich eine schlichte, schwarzmetallische Fernbedienung, und plötzlich erklang aus

Boxen, die nirgendwo zu sehen waren, warm-elektronische Musik. »Martins Vater gefiel das Gepansche wohl auch nicht.«

»Warum hat Martin eigentlich keinen Wein seines Vaters genommen?«

»Das wollte der Alte nicht. Und Martins Onkel auch nicht. Die ganze Familie hat sich verweigert. Der Sangri-Ahr war für sie Panscherei.«

»Kann ich verstehen.«

»Es wird noch besser.« François lehnte sich vor. »Dein besonderer Freund, der Dieter von der ›Prummetaat‹, wollte unbedingt mit ins Boot. Doch den hat Martin nicht gelassen.«

»Es wäre so schön, wenn ich mir einmal im Leben den Mörder aussuchen könnte. Aber das Leben ist kein Wunschkonzert. Es ist mehr wie Schlagerradio mit viel zu viel Werbung und nervigen Staumeldungen.«

Julius griff kopfschüttelnd zum Glas mit François' Sangria. Aber Kopf schütteln und gleichzeitig greifen vertrug sich schlecht. Das Weinglas kippte um. Gott sei Dank war nicht mehr viel drin, sodass der Fleck auf der Küchentheke klein blieb – und das Glas zudem heil. Julius wollte den Schlamassel gleich mit einem Taschentuch wegwischen, doch François hielt ihn davon ab.

»Nicht wegwischen, lass mich erst gucken.«

»Gucken? Willst du sehen, wie gut ich schlabbern kann? Das kann ich dir sagen: Ich bin ein Meister im Schlabbern. Aber noch besser im Wegwischen. Geht ganz schnell.«

François hielt die Hand seines Chefs fest. »Es sieht aus wie ein Vogel, oder?«

Julius blickte auf die kleine rote Pfütze. »Na ja, so ein bisschen. Könnte eine Möwe sein. Schlabberst du eher Amphibien?«

»Das bedeutet etwas, Julius! Ein Vogel steht für Freiheit. Er kann aber auch bedeuten, dass du eine Reise machst. Oder vielleicht ist es ein Zugvogel und du ziehst weg? Allerdings liegt er von dir aus gesehen auf dem Rücken und ist tot. Ein toter Vogel, der nicht mehr fliegen kann.«

Hm, dachte Julius. Und noch einmal nachdrücklicher: Hmmm. »Nach etwas Nachdenken finde ich, dass es viel mehr wie ein Drachen aussieht.«

»Nicht pfuschen! Wichtig ist immer das Erste, was man erkennt. So läuft das Weinorakel.«

»Du willst mich vergackeiern.«

François schoss ein Foto mit seinem Smartphone der neuesten Generation. »Wirst schon sehen.«

Julius wischte den Fleck nun fort. »Wenn morgen eines meiner Hühner von der Stange fällt, bist du schuld. Apropos Hühner, ich muss kochen. Für das Kochbuch. Und du musst dann die Weinempfehlungen dazu schreiben.«

»Dafür bin ich ja da, trotz Unterbezahlung.«

Julius sah ihn sich an, diesen hochgewachsenen, eleganten, naturadeligen Kerl, stets wie aus dem Ei gepellt. Und was mancher für eine leichte Spur von Überheblichkeit in Sachen Wein halten mochte, war in Wirklichkeit ein unfassbares Wissen darüber – und eine große Leidenschaft dafür. »Darf ich dich was fragen?«

François hörte den ernsten Unterton anscheinend genau. Er setzte sich auf seinen ledernen Barhocker und sah Julius an. »Natürlich.«

»Du hattest Angebote von berühmteren Restaurants, bei denen Köche mit drei Sternen das Nudelholz schwingen.«

»Ja, aber ich wollte zu dir.«

»Warum?«

François legte Julius eine Hand auf die Schulter und blickte ihm in die Augen. »Weil du ein unglaubliches Gefühl für Speisen hast. Du siehst eine Kalbshaxe, riechst an ihr, berührst sie und weißt, ja, du weißt einfach, wie sie zubereitet werden muss. Dasselbe mit Fischen, Früchten oder Gemüse. Du musst sie nur ansehen, dann sprechen sie zu dir. Und du bist ein Koch, der zuhören kann. Viele Köche können das nicht, selbst die vermeintlich besten. Du bist anders. Das hat mir gleich imponiert. Und tut es immer noch. Außerdem bist du ein guter Mensch, Julius. Und das ist noch seltener – nicht nur unter Köchen.« Seine Hand schloss sich fest um Julius' Schulter. »Aber das wusste ich damals nicht, mir hat es einfach nur bei dir geschmeckt. Ich weiß noch, wie aromenintensiv die Karotten waren. Die musst du lange angeschaut haben.«

Julius schniefte und drehte den Kopf weg.

»Alles klar bei dir?«

»Jaja, mir ist nur was ins Auge geflogen. Ich muss jetzt auch weg, nimm es mir nicht übel, ja?«

»Natürlich nicht. Was willst du denn machen? Gemüse anschauen?«

»Ganz genau. Aug in Aug mit dem Brokkoli.«

Sie grinsten sich an.

Und dann überredete Julius seinen Sommelier noch, ihm den Rest der selbst gemachten Sangria in eine Flasche zu füllen und mitzugeben – nur für den Notfall. Also falls er auf der kurzen Fahrt zur »Alten Eiche« eingeschneit werden sollte.

Julius ging nicht direkt ins Restaurant, sondern die wenigen Schritte zum Gemüsegarten, um sich dort für neue Gerichte inspirieren zu lassen. Was für eine Freude zu sehen, wie selbst im Herbst noch allerlei Grün emporstrebte; es war, als warte ein ganzes Menü nur darauf, aus dem Boden geholt und von Erde befreit zu werden.

Julius kniete sich neben die Reihe mit den Radieschen und begann mit der Ernte. Was für ein glücklicher Moment war es doch, eines der kleinen roten Dinger aus dem Boden zu ziehen. Wenn das verheißungsvolle Rot aus dem dunklen Braun auftauchte, diese wunderschöne Zwiebelform erschien, darüber das sprießend-saftige Grün. Radieschen waren wirklich ein schönes Gemüse. Julius biss in eines aus dem Bündel in seiner Hand. Lecker! Und so knackig! Schade, dass man Radieschen meist gehobelt zu essen bekam.

Dann ändere das doch, Julius!

Wer hatte das gesagt? Julius blickte das Radieschen an. Das Radieschen … nein, es blickte Julius nicht an, aber wirkte doch sehr aufmerksam für ein Gemüse. Und es hatte gerade mit ihm gesprochen.

Es ging bergab mit ihm, keine Frage.

Das sagte er dann auch gleich dem Bündel Radieschen in seiner Hand.

In der Küche der »Alten Eiche« herrschte wie an jedem Nachmittag die Ruhe vor dem abendlichen Sturm. Die Köche bereiteten ihr Mis en Place vor, die Speise- und Weinkarten wurden auf den neuesten Stand gebracht, der Gästeraum nochmals gesaugt und die Tische entsprechend den Reservierungen eingedeckt. FX schwang das Zepter und knuffte Julius freundschaftlich in die Seite, als er die Radieschen unter laufendem Wasser abspülte.

»Grüß Gott, Maestro. Heut is Mallorca-Nacht, weißt des? Vom Dieter von der ›Prummetaat‹.«

Julius wusste es nicht. »Ja, klar. Weiß doch jeder.«

»Gehst hin? Wegen deiner Ermittlungen?«

Julius ließ die Radieschen abtropfen. »Vielleicht später. Ich muss erst mal kochen. Also für das Gemüsekochbuch. Den Restaurantbetrieb muss die Truppe heute hinkriegen. Und jetzt schleich dich.«

»Charmant wie immer, der Herr Chefkoch. Weißt, was ich mir wünsche? Dass du nur einmal so nett zum armen FX wärst wie zum Gemüse!« Mit einem triumphierenden Grienen verschwand FX blitzschnell in Richtung Gastraum.

In den nächsten Stunden ließ er Julius allerdings meist in Ruhe, während dieser so gut wie alle Küchenmaschinen, Öfen und Töpfe benutzte, um das Radieschen in ein geniales Gemüsegericht zu verwandeln. Doch es gelang ihm nicht. Julius hatte es im Ofen gedörrt, in der Pfanne angebraten, er hatte es gekocht, gedünstet, im Eisfach gefroren. All das schien dem Radieschen nicht zu gefallen, denn es schwieg eisern.

Hm.

Vielleicht sollte er doch jetzt schon zur Mallorca-Nacht im Bad Neuenahrer Kurpark fahren? Er hatte schließlich alle Zeit der Welt beim Gemüsekochbuch. Antoine war sicher noch nicht weiter als er, ganz im Gegenteil. Der Normanne war schließlich jemand, der Gerichte immer Ewigkeiten durchdachte, da gab es keine Schnellschüsse.

Also ab zur Mallorca-Nacht? Einfach mal schauen, wer so da war?

Spitzen-Idee!

Er nahm die Schürze ab. FX stürmte in die Küche, schnurstracks auf Julius zu. »Du glaubst ja net, was grad geschehn is.«

»Du wirst es mir sicher sofort sagen.«

»Aber freilich. Da is ein Gast, der hat ein Gericht bestellt.«

»Wahnsinn! In einem Restaurant! Was bildet der sich ein?« Julius grinste. »Also bis jetzt reißt die Geschichte mich noch nicht so richtig vom Hocker.«

FX verzog keine Miene. »Er hat ein Gemüsegericht bestellt. Im Ganzen gebratene Steinpilze mit Wildkräutern und hausgemachten Eier-Tagliatelle.«

»Das steht doch gar nicht auf der Karte.«

FX hob den Zeigefinger. »Bei uns net, aber beim Antoine! Der Gast meinte, des wäre bereits des erste neue Gericht für Antoines Kochbuch – und dass du anscheinend noch net ein einziges zusammenbracht hättest. Bald würden wir ›Zum Langsamen Julius‹ heißen, meinte der Seppl noch.« FX lachte jetzt aus voller Brust und klopfte Julius dabei auf den breiten Rücken.

Dieser war not amused.

»Musst du mir das denn so herzlos sagen? Das ist selbst für dich ganz schön unsensibel, du Wiener Elefant im Mozartkugelladen. Also wirklich!«

Das war es dann mit der Mallorca-Nacht. Na super! Julius griff sich wütend das nächste schweigende Radieschen.

FX rümpfte die Nase, drehte sich in einer eleganten Pirouette und ging zeternd von dannen. »Mimose«, konnte Julius noch aufschnappen sowie »Prinzessin auf der Erbse« und schließlich »Semmeltrenzer«.

Als er seinem Maître d'hôtel nachrief, reagierte der schon gar nicht mehr. Dabei wollte er ihn doch noch gefragt haben, warum es im Gästeraum so merkwürdig ruhig war. Stattdessen bekam nun der hereinrauschende François die Frage gestellt.

»Heute ist stilles Restaurant«, antwortete der Sommelier. »FX' Idee! Er hatte doch gelesen, dass das New Yorker ›Eat‹ seinen Gästen zu reden verbietet und sie sich nach der Bestellung vollends auf das Essen konzentrieren sollen. Nach der Ankündigung waren wir innerhalb von wenigen Stunden ausgebucht. Hast du das etwa vergessen?«

»Nein, natürlich nicht. Ich hatte nur das Datum nicht mehr auf dem Radar.«

In Wirklichkeit hatte FX die Idee nur einmal kurz am Rande erwähnt, und Julius hatte unvorsichtigerweise genickt. Als Zeichen, dass er die Information akustisch verstanden und verarbeitet hatte. FX hatte das anscheinend als Aufforderung verstanden, diese Schnapsidee innerhalb kürzester Zeit umzusetzen.

»Die sind alle still wie Topfpflanzen. Aber die Pärchen gucken sich richtig verliebt an und halten Händchen auf der Tischdecke – oder darunter. Ich habe auch den Eindruck, dass alle sich viel mehr mit dem Essen beschäftigen, jetzt wo sie nicht schwätzen dürfen. Sie lassen sich ganz anders darauf ein. Was wäre es doch toll, wenn ich jetzt ein paar gereifte Weine ausschenken könnte, wie es sie demnächst bei der Jubiläumsversteigerung im Casino zu erstehen gibt.«

»Topfpflanzen?« Eine Idee rankte sich in Julius' Kopf mit rasender Geschwindigkeit gen Himmel.

»Ja, wie kleine Topfpflanzen, still und niedlich. Aber um noch mal auf die Versteigerung zu kommen, ich habe da im Katalog schon einige traumhafte Bouteillen …«

Doch ohne ein weiteres Wort flitzte Julius in den Garten und holte ein paar klitzekleine Tontöpfchen, in die er manchmal Samen einpflanzte. Er würde den wunderbaren Moment der Ernte nachstellen!

Er brauchte dafür nur etwas, das aussah wie Erde. Klein gehackte Haselnüsse! Und Malzmehl! Leicht angeröstet, dann etwas feucht gemacht, sodass es durchaus kernigen Biss hatte und trotzdem weich wie fruchtbarer Boden war. Das Radieschen würde darin stecken und nur das Grün herausschauen. Es würde ohne Kommentar auf den Tisch gestellt, als kleiner Gruß aus der Küche.

Julius raufte sich in der nächsten Stunde so oft die Haare, dass der Hubschrauberlandeplatz auf seinem Kopf sich eigentlich in ein Rollfeld für Jumbojets hätten verwandeln müssen.

Verdammt, verdammt, verdammt! Diese blöde Erde kriegte man ja kaum mehr zwischen den Zähnen hervorgepult. Und das Malzige war viel zu bitter. Es war auch alles zu trocken. Es bräuchte etwas Cremiges, Frisches, das einen Ausgleich schaffte und alles wieder in Balance brachte, so wie im Orchester die filigranen Streicher die schwerfälligen Blechbläser. Kühl sollte die weitere Zutat auch noch sein …

Joghurt! Mit Estragon!

Ja, das war es. Unter die Erde gehörte dieser Kräuterjoghurt. Dann hatte man beides am Radieschen und konnte es immer wieder hineintunken. Dafür brauchte es nicht mal Besteck!

Gesagt, ge… nein, nicht getan. Es klang viel einfacher, als es dann wirklich war. Zwar sprach das Radieschen nun unentwegt mit Julius, ja, es stellte sich als richtiges Plappermäulchen unter den Gemüsen heraus, aber das richtige Verhältnis von Radieschen zu Erde zu Joghurt wollte sich nicht einstellen.

Plötzlich erfüllte der Duft von Tahiti-Vanille den Raum, und eine leichte Hand legte sich auf seine Schulter.

»Die anderen trauen sich nicht. Und FX ist eingeschnappt wegen eben.«

Julius blickte auf, neben ihm stand seine Patissière Vanessa Hohenhausen. »Wie? Was? Trauen?«

»Es zu sagen. Du machst uns alle nervös.«

»Nervös? Ich? Aber ich bin die Ruhe selbst.«

Vanessa schüttelte den Kopf und zeigte auf die unzähligen misslungenen Versuche des Radieschengerichts, die sich bis ans Ende der Arbeitsplatte hinzogen.

»Geh zur Mallorca-Nacht. Das macht den Kopf frei. Und dann kommst du mit neuer Energie zurück.«

Julius rührte sich nicht.

Vanessa hielt ihm seinen Mantel hin. »Ab durch die Tür. Wir wollen dich hier nicht mehr haben.«

»Na danke!«

»Wir wollen den alten Julius wieder zurück, den entspannten. Der ist hier jederzeit herzlich willkommen.«

»Das ist immer noch mein Restaurant und meine Küche.«

»Von mir aus, aber im Moment besetzen wir es gerade. Auf nach Mallorca, Chef!«

Julius packte sich das nächste Radieschen. »Nein, ich gehe nicht!«

»Mit dieser Reaktion habe ich gerechnet.« Vanessa drehte sich um. »Jetzt müsst ihr doch alle ran. Hab ich ja gleich gesagt.« Sie hob die Arme wie ein Dirigent. »Eins, zwei, eins, zwei, eins, zwei, drei, vier ...«

Dann erklang der »Köche-Chor Alte Eiche e. V.«: »Ich bin der König von Mallorca / Ich bin der Prinz von Arenal / Ich habe zwar einen an der Krone / doch das ist mir scheißegal!«

Julius hielt es nicht lange aus. Denn so gut die Truppe kochen konnte, so miserabel war sie beim Singen. Doch als er sich seine Kochschürze abband, musste er breit grinsen. »Ist ja gut, ihr habt gewonnen, könnt aufhören. Habt ihr gehört? Ihr könnt aufhören!« Er griff sich den Mantel aus Vanessas Hand und ging, so schnell er konnte, zur Hoftür.

Doch der Chor machte mit der zweiten Strophe weiter.

Und Julius dachte: So viel zum Thema »Stilles Restaurant«.

Die Bässe der Schlagermusik waren schon von Weitem zu hören und dröhnten wie Trommelschläge für Galeerensklaven durch das enge Tal. Ein an den Himmel geworfener Lichtstrahl, der an Flakscheinwerfer erinnerte, führte die Besucher zum Ort des Geschehens.

Im Tal wurde darüber spekuliert, wie ausgelassen, ja, womöglich orgiastisch es auf diesen neumodischen Partys zuging, doch als Julius ankam, sah er sofort, dass zumindest die heutige Mallorca-Nacht so weit von einer Orgie entfernt war wie Angela Merkel von einem Strip für ihren Gatten. Hoffte Julius jedenfalls. Für den Gatten.

Das Gelände war großräumig mit mannshohen Gittern abgesperrt, am Eingang standen vier Security-Schränke in Bomberjacken, die Julius völlig humorlos nach Waffen oder mitgebrachten Alkoholika abtasteten. Julius lächelte sie demonstrativ an und kicherte wie ein kleines Mädchen, als sie an seine Hüfte kamen – dabei war er dort gar nicht kitzelig. Es war dem Schrank merklich unangenehm.

Julius war zufrieden.

Er blickte auf die Uhr. Kurz nach neun und damit relativ früh für eine Party. Es war noch nicht viel los, und die wenigen Besucher verteilten sich in Grüppchen auf dem großen Areal. DJ Klawe – eigentlich Klaus-Werner Pütz – gab auf der überdachten Bühne alles. Er trug sogar eine Sonnenbrille, Bermuda-Shorts und Badelatschen. Seine behaarten Zahnstocherbeine zuckten im Licht der Lasershow. Einige leicht bekleidete Damen schwoften vor der Bühne. Wobei vermutlich kein Mensch mehr schwofen sagte. Und Damen auch nicht.

Julius war sich bei ihrem Anblick nicht sicher, ob bauchfrei immer eine gute Idee war. Er trug das selbst ja auch eher selten. Im Interesse der Allgemeinheit.

Die ganze Veranstaltung fühlte sich fremd an für Julius, der jetzt über das Gelände schlenderte und nach bekannten Gesichtern Ausschau hielt. Das von Martin Schenks Onkel war das erste, das er sah. Jochen Schenk besaß wie Martins Vater ebenfalls ein Weingut, das sich in Dernau befand. Der Betrieb der Eltern war seinerzeit zwischen den Brüdern aufgeteilt worden – im Streit, wie alle im Tal wussten. Der schwergewichtige Jochen Schenk produzierte Wein von ordentlicher Qualität für die Touristen, hatte nie mehr gewollt, keine Medaillen oder Auszeichnungen. Zum Weingut gehörte auch ein kleines Hotel mit Gaststätte, in der fast alle Flaschen verkauft wurden.

Jochen war ganz in Schwarz gekleidet und im Anzug, was überhaupt nicht zu ihm passte. Sonst sah man ihn stets mit Cowboyhut und -stiefeln; er liebte den Wilden Westen und konnte ganze John-Wayne-Filme auswendig aufsagen. Deshalb nannte ihn auch keiner Jochen, sondern alle nur Johnny. Normalerweise äußerst redselig, drehte sich der stämmige Mann mit den Koteletten weg, als Julius sich ihm näherte. Julius wollte ihm hinterher, doch in dem Moment kam André Erlen auf ihn zu, die Arme ausgebreitet. Den wollte er ohnehin sprechen.

»Ich fass es nicht, die Prominenz ist auch da.« Der Bad Neuenahrer Winzer war groß wie ein Baum, hatte kurze dunkle Haare, sonnengegerbte Haut und einen Händedruck wie ein Jahrmarkt-Boxer. »Willste was abhotten?« Er knuffte Julius auf die Brust. »Komm, ich lad dich zu einem guten Schluck ein.«

»Dank dir.« Julius musste fast brüllen, um verstanden zu werden. Hervorragende Voraussetzungen für investigative Gespräche. »Gibt es denn hier Wein von dir?«

»Nicht direkt.« Erlens Augen funkelten. Kurze Zeit später standen sie vor einem Stand mit Weingummi.

»Das gibt es doch nicht«, sagte Julius, als er die Schildchen vor den bis obenhin gefüllten Aluwannen las: »Spätburgunder«, »Frühburgunder«, »Portugieser«, »Dornfelder«, »Domina«, »Riesling«, »Weißburgunder«, »Grauburgunder«, »Müller-Thurgau«, »Sangri-Ahr«. »Das ist jetzt nicht wahr, oder?«

»Petra, eine Runde für den jungen Mann hier«, rief Erlen über den Tresen und bekam wenig später eine schicke dunkelrote Papiertüte gereicht. »Probier! Los, keine Widerrede.«

Julius kostete ein Weingummi mit Frühburgunder. »Da ist ja Alkohol drin!«

»Na klar. Darum geht es ja. Pass auf: Ich mach mir ein Cuvée.« Erlen warf Dornfelder, Portugieser und Riesling zusammen ein. »Das bringt es richtig.«

Julius tat es ihm nach.

»Toll!« Tatsächlich schmeckte es nach Schlumpf-Pipi.

»Horiba, die Firma, die das Weingummi herstellt, hat ihre Zentrale in Frechen«, erklärte Erlen kauend. »Aber bald wird in Grafschaft eine Produktionsstätte gebaut, das Gelände ist schon gekauft. Die haben auch schon zwei Ahrweingüter übernommen, deren Produktion fast komplett in Weingummi fließen wird.«

Julius drehte sich kurz zur Seite und spuckte die Weingummis unauffällig aus. »Und deins ist eines von den verkauften Gütern?«

»Wo denkst du hin? Ich berate die bloß. Hier, nimm eins mit Sangri-Ahr.«

Faszinierend: Es schmeckte genau wie das klebrige Gesöff. Armes Weingummi.

Dieter Rutz von der »Prummetaat« kam vorbei. Er grüßte Julius mit einem überheblichen Kopfnicken, für André Erlen hatte er keinen Blick übrig.

»Was war das?«, fragte Julius den jungen Winzer. »Ist da irgendwas zwischen dir und Dieter?«

»Nee. Da ist gar nix. Aber wirklich. Null und nix. Uns verbindet nichts, kein Wort muss ich mit dem sprechen.«

»Was ist denn los?«

»Ach, lass uns nicht drüber reden, ja?«

Dabei war es gerade das, worüber Julius mit Erlen reden, oder besser brüllen, wollte. Aber es gab auch noch andere Kriegsschauplätze.

»Du hast früher den Sangri-Ahr gemacht, oder?«

Erlen nickte. »Ein gutes Produkt.«

»Und jetzt …?«

»Ich weiß, worauf du hinauswillst.« Erlen warf noch ein paar Sangri-Ahr-Weingummis ein, lächelte der Verkäuferin zu und ging mit Julius Richtung Hauptbühne. »Es stimmt, Martin hat mich abgesägt, und es stimmt auch, dass mir dadurch viel Geld durch die Lappen gegangen ist. Aber ich bin's selber schuld. Ich hätte einen Vertrag machen sollen, stattdessen habe ich Martin vertraut. Ich glaub halt immer an das Gute im Menschen, Julius.«

»Aber leider ist das Gute nicht in allen drin.«

»Wem sagst du das?« Erlen legte seinen Arm um Julius – er schien komplett aus Muskeln zu bestehen. »Ich erspare dir jetzt die Peinlichkeit, mich zu fragen, ob ich es war. Wobei die Frage natürlich sowieso völliger Blödsinn wäre, weil ich es nie sagen würde, wenn ich es getan hätte. Aber ihr Kriminalisten könnt an der Art und Weise, wie man antwortet, sehen, ob einer lügt, oder?«

»Du liest zu viele Ahr-Krimis. Aber Gestik und Mimik geben manchmal tatsächlich einen Hinweis auf den Wahrheitsgehalt«, antwortete Julius.

Erlen stellte sich frontal vor ihn und blickte ihm tief in die Augen. Mit unbeweglichem Gesicht sagte er: »Ich war's nicht.« Dann musste er lachen. »Also jetzt wirklich.«

»Hast du denn eine Idee, wer es gewesen sein könnte?«

»Ja, hab ich.«

Sie gingen etwas zur Seite, um nicht direkt vor den Boxen zu stehen. André Erlen war es anscheinend leid zu schreien. »Also der Martin wollte den Mantel drüberbreiten, keine schlechte Presse, das verstehst du sicher.«

»Den Mantel worüber?«

»Na ja, da war so ein Schlägertrupp, der tauchte nachmittags vor der letzten Ballermann-Nacht auf und hat etliches kurz und klein geschlagen, bis Martin die Security endlich hertelefoniert hatte.«

»Wo kamen die Schläger denn her?«

Erlen zuckte mit den Achseln. »Keine Ahnung. Die hatten so Motorradmasken auf. Das kann jeder gewesen sein.« Er zündete sich eine Zigarette an und nahm einen tiefen Zug.

»Was hat Martin denn gesagt, warum die kamen? Das sieht doch sehr nach einer geplanten Aktion aus. Also so früh da zu sein, wenn die Security noch nicht vor Ort ist.«

»Ja, jetzt, wo du es sagst. Stimmt.« Erlen blies einen kunstvollen Rauchkringel in den Neuenahrer Nachthimmel.

Ohne es zu merken, hatten sie sich dem Eingang genähert. Außerhalb des Gitters hatte mittlerweile eine kulinarische Institution Stellung bezogen.

»Ist es zu fassen«, sagte Erlen. »Da steht doch schon wieder diese komische Bude, dieser ›Wurst-Willy‹. Und die Leute kaufen sich zu Dumpingpreisen Currywürste, anstatt hier auf dem Gelände zu essen. Dieter, der neue Spitzenorganisator dieses Events, ist fuchsteufelswild.« Erlen grinste. »Aber der Herr Willy steht auf öffentlichem Gelände, da kann man gar nix machen. Tja, Pech für Dieter.«

»Auch dass heute wenig los ist?«

»Ja, auch das. Der Mord an Martin hat doch einige abgeschreckt. Aber Dieter wollte es ja unbedingt durchziehen. Wer vom Pferd fällt, muss sofort wieder aufstehen, hat er angeblich gesagt.«

»In diesem Fall ist das Pferd aber umgebracht worden. Ist es dann nicht ein bisschen blöd im Sattel?«

Erlen nickte. »Dieter reitet trotzdem fröhlich weiter. – Meine Frau winkt, komm, wir gehen tanzen.«

»Ich kann nicht tanzen.«

»Jeder kann tanzen.«

»Nur wenn du führst!«, sagte Julius mit einem Augenzwinkern, das hoffentlich deutlich genug war.

Erlen zog ihn mit – und besaß die Kraft eines Baukrans. Auf der Fläche vor der Bühne hatten sich mittlerweile auch ein paar Jungs in Hawaiihemden eingefunden, die linkisch versuchten, mit coolen Moves näher an die Mädels zu tanzen. Die ihrerseits versuchten, sich unauffällig in Sicherheit zu tanzen.

Julius bewegte sich, so gut es ging, rhythmisch zur Musik und blickte empor zum Himmel, wo die Sterne dank der klaren, kühlen Luft dieser Altweibersommernacht hell funkelten. Solch eine Lightshow ließ er sich jederzeit gefallen. Es hätte eigentlich ein wunderschöner Abend sein können, zum Beispiel wenn er jetzt mit Anna durch die nächtlichen Weinberge flaniert wäre. Doch nun musste er ja tanzen. Wobei er – wie sein Tanzschullehrer einst sagte – aussah wie ein Baum, der gerade gefällt wurde.

Doch plötzlich stoppte die Musik, und DJ Klaus-Werner griff sich ein Mikrofon. »Es ist mir eine wahnsinnige Freude, euch jetzt eine ganz besondere Überraschung ankündigen zu dürfen«, sagte er mit einem Gesicht, als stülpe sich gerade sein Magen um. »So etwas hat es hier bei uns noch nie gegeben, aber unser aller Landrat bat darum. Und ohne unseren Landrat dürften wir hier nicht feiern. Deshalb begrüße ich nun zu einem Kurz-Auftritt …«, Julius war erstaunt, dass man »Kurz« so aussprechen konnte, als wäre es fettgedruckt und dreimal unterstrichen, »… die Ahrweiler Klosterspieler mit ›Antigone‹!«

Julius' Knie gaben nach. Es sah aus wie Breakdance, nur ohne Dance.

Seine Schwiegermutter betrat in einem wallenden Gewand die Bühne, die Haare zu etwas hochgesteckt, das entfernt an das Empire State Building erinnerte, aber wohl eine griechische Frisur darstellen sollte. Sybille legte sofort los und spielte mit so viel Einsatz und Dramatik, dass es für die ganze Truppe und sämtliche anderen Laientheater der Eifel gereicht hätte. Ab und an baute sie sogar ein paar Sprünge und Pirouetten ein.

Bei der Verbeugung strahlte sie vor Glück, nannte die Aufführungstermine, die Eintrittspreise und auch die Telefonnummer, unter der die Karten gekauft werden konnten. Sie nannte sie gleich dreimal.

Es war Julius' Privatnummer.

»Und ein ganz besonderer Dank geht an meinen Schwiegersohn Julius Eichendorff für seine Unterstützung. Ohne ihn stünde ich heute ganz bestimmt nicht hier.«

Prima. Das würde ihm sicher säckeweise Dankesbriefe einbringen ...

Aus den Augenwinkeln sah er den feixenden Dieter.

Was für eine Schmach.

Plötzlich kam Julius eine Idee. Eine verdammt böse, aber ebenso gute. Er trat zu seiner strahlenden Schwiegermutter und griff sich das Mikro von ihr.

»Und für alle, die an den Terminen nicht können, habe ich noch eine wundervolle Nachricht. Dieter Rutz von der ›Prummetaat‹ hat sich eben bereit erklärt, die ›Antigone‹ bei sich als Dinnertheater anzubieten. Und zwar gleich eine ganze Woche lang! Den Schauspielern wird sogar Honorar gezahlt. Ein großer Applaus für Dieter Rutz, den Förderer des Theaters!«

Der Applaus war stürmisch.

Dieter feixte nicht mehr.

Stattdessen verschwand er zeternd in seinem Kochpavillon.

Jetzt war dieser Abend doch noch richtig schön geworden!

DJ Klaus-Werner sorgte mit »Zehn nackte Friseusen« wieder für dezibelstärkere Unterhaltung. In Julius' Jackentasche vibrierte es. Er fischte sein Handy heraus und ging schnellen Schrittes fort von der Bühne.

»Eichendorff, einen Moment bitte«, rief er ins Telefon.

»Hallo, Julius, ich bin's.«

Es war so laut, dass Julius kaum etwas verstehen konnte.

»François?«

»Nein, hier ist jemand anders. FX mein Name, hast mich etwa schon vergessen? Seit deiner Hochzeit sind die kleinen grauen Zellen in deiner Rübe wirklich net mehr dieselben, Maestro. Gibt's etwa a Ehedemenz?«

»Kannst du etwas lauter reden?«

FX brüllte fortan. »Sehr gern! Ich schreie ohnehin niemanden lieber an als dich! Hier ist jemand, der den Maestro unbedingt sprechen will. Ich hab den Burschen noch nie zuvor gesehen, er will net sagen, wie er heißt oder worum's geht, er tut sehr geheimnisvoll, aber meint, es wäre ungemein dringend.«

»Dann gib ihn mir halt.«

»Du sollst herkommen.«

Julius schwieg. Was sollte das? Er wollte nicht weg, wollte noch etliche Gespräche führen, gleichzeitig flackerte in ihm diese Neugierde. Sie gab nie Ruhe, sie wollte immer wissen, was hinter den Dingen steckte. Doch erpressen lassen wollte er sich deshalb nicht!

FX brüllte wieder etwas. »Er sagt gerade, dass er nur noch eine Viertelstunde wartet.«

»Bin schon unterwegs«, antwortete Julius.

Sämtliche Gäste blickten auf, als Julius in die »Alte Eiche« trat. Es war immer noch gespenstisch still, außerdem enorm friedlich wie in einem Kloster. Julius machte seine Runde erstmals im Leben völlig wortlos, ging zu jedem Tisch und verbeugte sich lächelnd, aber stumm. Es war überraschend schön, den Gästen einfach nur in die Augen zu schauen; dadurch fühlte Julius sich ihnen sogar näher, als wenn sie ein paar Floskeln miteinander gewechselt hätten. Allein aufgrund ihrer Mimik konnte er sagen, wie es ihnen heute geschmeckt hatte – und dass er seinem Koch am Grill auf die Finger klopfen musste, denn das Chateaubriand an Tisch sieben war einen Tick zu durch gewesen!

FX kam ihm mit dem Pre-Dessert für Tisch drei entgegen: gefüllte Feige mit Banyuls-Gelee.

»Wo steckt denn der mysteriöse Bursche?«, fragte Julius flüsternd.

»In der Küche«, antwortete FX.

»Ja sind wir hier denn im Irrenhaus?«, fragte Julius laut. Die Stille gewohnten Gäste blickten erschrocken auf, Gott sei Dank fiel keiner tot von der Stange. Zur Sicherheit drückte Julius die Schwingtür zur Küche so sanft wie niemals zuvor auf.

Doch auch dort fand sich der mysteriöse Fremde nicht.

François entkorkte gerade mit traurigem Blick einen »Wolfgang H.« von der Porzermühle. Als Julius ihn fragend ansah, deutete er auf die Tür rechter Hand. »Im Vorratsraum.«

»Im Vorrats… *was*? Ist das hier ein Supermarkt, wo jeder sich bedienen darf?«

»Er wirkte äußerst überzeugend.«

»Wofür habe ich euch eigentlich alle angestellt? Damit ihr jeden einfach reinlasst?«

Die Tür zum gekühlten Vorratsraum nahm Julius mit Wut im Bauch – und da passte ordentlich was davon rein. Endlich sah er den Eindringling. Zuerst wusste Julius nicht, wer da vor ihm stand, weil die orange Weste fehlte. Doch dann dämmerte es ihm: der Mann vom Katastrophenschutz, der die Schüttung abgesperrt hatte. Schäng – die Schokoladen-Mettwurst. Solche Menschen vergaß man nicht. Leider.

Erst jetzt fiel ihm auf, wie eng die Augen des Mannes zusammenstanden und wie spitz dessen Nase zulief. Er hatte etwas von einem Geier. Und dieser Geier aß gerade etwas, das verdächtig wie eine ungemein teure weiße Alba-Trüffel aussah.

»Wahnsinn, so habe ich mir den Geschmack überhaupt nicht vorgestellt. Also nicht so gut!«, sagte er mit vollem Mund. »Mann, Mann, Mann, was ich mit dem ganzen Kram hier kochen könnte. Das Steak dahinten würde ich zum Beispiel supergerne mit grober Leberwurst füllen. Und dann mit Westfälischem Knochenschinken ummanteln. Das wäre was!«

»Es wäre Fleisch mit Fleisch und Fleisch. Sehr elsässisch.«

Schäng griff sich eine weitere Trüffel und biss herzhaft hinein. Julius hätte sie ihm ja aus der Hand gerissen, aber er wollte damit jetzt ohnehin nicht mehr kochen. »Aber ich bin eigentlich wegen was ganz anderem hier. Der Metallsucher hat ja schon etliche Male ausgeschlagen – war immer falscher Alarm. Kein Auto oder so was gefunden. Jetzt aber ist der Alarm echt. Jetzt haben wir was gefunden. Also der Lutger hat's gefunden. Gerade erst, die Nachricht ist also noch brühwarm, sozusagen frisch aus der Pfanne, brandheiß auf dem Teller, wenn Sie verstehen, was ich meine.« Er zwinkerte. »Die Sache selbst dagegen ist … völlig erkaltet.« Wieder dieses Zwinkern. Würde gut in einen Mafiafilm passen. Fehlte nur noch der Zahnstocher im Mundwinkel.

»Sie können mitkommen. Also jetzt sofort. Die Leiche ist

gerade erst gefunden worden, die Bullen noch nicht verständigt, das habe ich so mit Lutger besprochen. Sie können den Toten als Erster sehen. Na, wär das was? Sie finden doch gerne Leichen.«

»Es nutzt sich irgendwann ab.«

»Die hier hat was Besonderes, glauben Sie mir.« Schäng griff sich eine Salsiccia und biss ab. Julius blutete das Herz, weil seine Schätze so achtlos … gefressen wurden.

»Und was wollen Sie dafür, Herr …?«

»Sonnenschein.« Schäng lachte. »Nee, nicht Sonnenschein, so nennt mich nur mein Häschen zu Hause. Üllich ist der Name. Aber nennen Sie mich Schäng, tun sowieso alle.«

»Was willst du, Schäng? – *Nicht in die Leberpaté mit den bloßen Fingern!*« Julius hatte alles hier in seinem Vorratsraum sorgsam ausgewählt, kannte häufig die Erzeuger, die dafür sorgten, dass es ihren Enten und Schafen gut ging, die mit Liebe ihre Kartoffeln oder Tomaten großzogen. Den Respekt, den sie ihren Produkten entgegenbrachten, wünschte Julius sich auch beim Essen. Wertschätzung für Dinge, die es wirklich wert waren, setzte die Maßstäbe richtig. Wer Wein genießt, kostet Geheimnisse, hatte Salvador Dalì einst gesagt. Das galt für alle Lebensmittel. Schäng genoss nicht, Schäng verschlang die Geheimnisse wie die Schlange ein ganzes Tier. Geschmack war nebensächlich.

»Dann geben Sie mir halt einen Löffel!«, verlangte er jetzt.

Julius verschränkte die Arme vor der Brust. Er wollte diese Leiche wirklich sehen, bevor die Spurensicherung alles abräumte. Aber nicht auf Kosten der Leberpaté! Selbst gekühlt konnte er ihren köstlichen Duft wahrnehmen.

»Ohne Leberpaté keine Leiche«, sagte Schäng.

Julius zeigte hinaus.

»Oder diesen Fisch hier!«

Es war ein Prachtstück, sechsunddreißig Kilo schwer, Atlantiklachs, Bio-Qualität. Er lag auf einem Bett aus Eisstückchen, duftete nach Meer, Salzwasser und Tang.

»Raus«, sagte Julius. Keine Leiche war einen solchen Brocken wert.

»Dann nur die Bäckchen?«

Na klar! Gerade die Bäckchen! Die waren doch das Beste am ganzen Fisch. »Auf gar keinen Fall.«

»Dann machen Sie mir ein Gegenangebot.«

»Du hast ja schon die Zusage für ein Essen in meinem Restaurant. Wenn ich die Leiche als Erstes sehen darf, darfst du noch jemanden dazu einladen.«

»Vier!«

»Zwei.«

»Drei.«

»Zwei. Und es gibt Pralinchen für den Nachhauseweg.« Julius streckte die Hand aus.

»Deal«, sagte Schäng und schlug ein. »Na, dann mal ab zur Leiche, bevor der Hang wieder abbricht. Die Geologen meinen, die Situation wäre weiterhin instabil. Aber keine Sorge, ich hab im Auto einen Bauarbeiterhelm für Sie, und Lutger hat einen Bernhardiner, der ist fast so was wie ein Lawinensuchhund!«

4

Bitterwasser

Der Himmel lag so tief über dem Tal, als könne man sich die Sterne wie reife Früchte greifen. Sie spiegelten sich im fast wellenlosen Wasser des Ahrtaler Meers. Schäng hatte Julius auf den Damm geführt, der Aufstieg über die aufgewühlte Erde war beschwerlich gewesen, tief waren sie bei jedem Schritt eingesunken, und immer wieder waren kleine Lawinen hinunter ins Tal gerauscht.

»Schon ein toller Ausblick, oder?«, fragte Schäng nun. »Fast wie ein Kurzurlaub an der Nordsee. Alles im Preis inbegriffen! Sie haben schließlich das All-inclusive-Angebot gebucht, Leiche angucken und den neuen See gleich dabei. Wie nennt man das noch? All you can see!«

Schängs Handy klingelte, und er verschwand, um ungestört reden zu können.

Julius nutzte die Gelegenheit, um den Blick schweifen zu lassen. Was lag wohl alles unter der schwarzen undurchdringlichen Fläche verborgen? Wie Tinte, die nicht geschrieben werden wollte, bedeckte sie das Land. Wer der Tote wohl war? Vermisst wurde im Ahrtal niemand, doch was, wenn es ein Besucher von außerhalb war, aus Münster, Rothenburg oder München? Wenn es weitere Leichen gab? Vielleicht ahnte niemand, dass sich derjenige nun am Grund des Ahrtals befand? Dort, wo sonst Autos fuhren, schwammen jetzt Fische, wo Verliebte sich küssten, tauchten Reiher hinab. Wenn einem das Ahrtaler Meer etwas zu sagen hatte, dann die ebenso schlichte wie fundamentale Wahrheit, dass man etwas genießen sollte, solange es währte, denn es konnte ganz einfach fortgespült werden.

»So, jetzt aber weiter, Meister. Ich will heute Abend nämlich noch ein bisschen was in der Glotze gucken. Hab mir was mit Jason Statham ausgeliehen. Meine Inge, die guckt ja lieber diese Soaps, da kannst du mich aber mit jagen. Am liebsten ›Verliebt in Berlin‹. Wissen Sie eigentlich, dass die ursprünglich ›Alles nur aus Liebe‹ heißen sollte? Das haben sie sich dann aber anders überlegt, weil diese Serien ja immer mit den Anfangsbuchstaben abgekürzt werden. Wie bei ›Gute Zeiten Schlechte Zeiten‹, das ist ja ›GZSZ‹. Und ›Alles nur als Liebe‹ wäre …« Schäng klopfte sich auf den Hintern und stieg lachend hinunter.

Lutger, der sich als wortkarger Schlacks herausstellte, ging mit seinem Bernhardiner systematisch den Damm ab. Der Hund trug zwar kein Fässchen um den Hals, sah aber so träge aus, als habe er eines auf Ex getrunken.

»Der Lutger macht seine Runde immer wieder. Es rutscht ja jeden Tag Erde nach. Wir sind auch schon mit Stäben alles durchgegangen. Da heißt es tüchtig reinstechen und schauen, ob man auf was Festes – oder Weiches – stößt. Wie Fleisch, nä?«

Julius war das direkt klar gewesen.

»Gleich kommen wir zum Höhepunkt unserer Tour«, sagte Schäng mit einer Stimme, die an einen Reiseführer erinnern sollte. »Leiche im Mondschein – klingt fast wie ein Gericht bei Ihnen.«

Julius war nicht nach Reden. Die ganze Situation bedrückte ihn, drückte auf seine Schultern, seine Brust und seinen Magen. Lutger hatte vier Lampen um den notdürftig freigelegten Leichnam postiert, sodass es aussah, als läge er unter Flutlicht in einem Fußballstadion. Die Gliedmaßen des Mannes waren grotesk verrenkt, das linke Bein so gewinkelt und gebrochen, dass der Fuß neben der Hüfte zu liegen kam. Der Mann trug eine Stoffhose, einen Pullover, alles schwarz bis auf einen weißen Stehkragen, auch als Kollar bekannt. Denn es war ein Mann Gottes. Hendrik Unkel, Priester der Pfarrkirche St. Johannes in Dernau. Julius hatte ihn erst vor Kurzem gesehen: auf dem Video von Martin Schenks letzter Ballermann-Nacht. Da hatte er ebenso fröhlich wie ungelenk Macarena getanzt.

Am erschütterndsten war der Kopf des Priesters, der fast im rechten Winkel zum Rumpf lag. Julius musste unwillkürlich an den Archaeopteryx denken, dieses Bindeglied zwischen Dinosaurier und Vogel, das ihm als skelettöse Versteinerung in der Schule begegnet war. Flach gedrückt und unnatürlich. Die beiden vom Katastrophenschutz hatten den Dreck nicht vollständig aus dem Gesicht des Geistlichen gewischt, nur Schlieren waren zu sehen, die darauf hindeuteten, dass sie die gröbsten Erdklumpen mit dem Spaten weggekratzt hatten. Selbst in den geöffneten Augen war Schmutz. Durch Julius' Adern strömte Kälte, als er hineinblickte.

»Wir vermuten Genickbruch. Der Irre muss bei dem Dreckswetter nachts unterwegs gewesen sein.«

Pfarrer Hendrik Unkel war bekannt dafür gewesen, dass er nichts so liebte wie das Wandern. Die Strecke oberhalb des Hangs ging er mehrmals im Jahr, denn als Mitglied des Wandervereins hatte er die Instandhaltung der Markierungen übernommen.

Julius war sich sicher, dass mit diesem Unfall etwas nicht stimmte. Wer wanderte schon nachts bei stürmischem Wetter? So viel Gottesvertrauen konnte man selbst als Priester nicht besitzen.

Er kniete sich neben den Toten. Mit einem Taschentuch wischte er ihm vorsichtig den Dreck von den Augen und schloss sie sanft. In ihnen hatte viel Güte gelegen, Verständnis und tiefer Glaube, so deutlich zu erkennen wie die Augenfarbe des Priesters, ein warmes Braun, wie Mahagoni.

Mit einem Mal bellte der Bernhardiner. Dann brodelte und grummelte es im Himmel, als habe er mittags Kohl mit Bohnen, Linsen und einem Berg Zwiebeln gegessen.

»Gleich geht's los«, sagte Lutger mehr zu seinem Bernhardiner als zu Schäng.

»Das wird heute Nacht ordentlich rumsen!«, gab Schäng trotzdem zurück. »Wir sollten fix die Bullerei informieren und sehen, dass wir ins Trockene kommen.«

Lutger deckte den Leichnam notdürftig mit einer Plastikplane ab und beschwerte sie an den Seiten, damit sie nicht fortfliegen konnte, während Schäng telefonierte.

Sie waren bereits wieder heruntergeklettert, als ein alter, aber gut gepflegter Ford Taunus vor der Absperrung hielt und jemand hastig ausstieg. In der Hand hielt er etwas, das aussah wie ein Schirm ohne Bespannung. Die Wagentür hektisch zuschlagend, stiefelte er auf den Damm zu.

»Siehst du den Mann dort?«, fragte Julius.

»Ja klar sehe ich den. Bin ja nicht blind«, sagte Schäng und zog den Reißverschluss seiner Öljacke bis zum Anschlag hoch.

»Der darf da doch gar nicht hin«, sagte Julius.

»Klar darf er das, schließlich hat er den Eintrittspreis bezahlt – genau wie Sie. Aber vergessen Sie einfach, dass Sie ihn gesehen haben.« Er schubste Julius leicht, damit er weiterging.

»Der … der … der …« Julius kam ins Stammeln vor Fassungslosigkeit. »Der steigt auf den Damm. Mit diesem Ding in der Hand. Den wird der Blitz treffen.«

»Na, hoffen wir's.«

»Wie bitte?« Julius blieb stehen.

Schäng ging unbeeindruckt weiter. »Genau das will er doch. Der ist ja nicht blöd. Obwohl, vielleicht ist er das doch. Er will vom Blitz getroffen werden, will einen Rekord im Guinnessbuch brechen. Er hat ausgerechnet, dass hier, also auf dem Damm, die Einschlagswahrscheinlichkeit zurzeit am größten ist. Hat irgendwas mit Wasser und elektrischem Widerstand zu tun, aber frag mich was anderes. Ab und zu sammelt ihn die Polizei wieder ein, also wenn ihn einer meldet. Manchmal haben sie aber auch einfach keine Lust, ihn bei so einemUeckswetter einzusammeln.«

»Meldest du ihn jetzt?«

»Nö. Bezahlt wird pro Begehung. Im Erfolgsfall, also Blitzeinschlag, gibt's was extra. Ganz sauberer Deal.«

Sie kamen zurück beim Wagen an.

»Wie heißt der Mann?«

»Bei uns nur ›Der Blitzableiter‹.« Schäng schob die Unterlippe vor. »Aber in Wirklichkeit wohl Josef Sonndingens. Sonnleitner oder Sonnborn oder so was.« Er lachte.

»Wie oft hat der Blitz ihn denn schon getroffen?«

»Dreimal, sagt er.«

Wenigstens einen davon, dachte Julius, hätte Thor durchaus für Schäng verwenden dürfen.

***

Als Julius am nächsten Morgen am Frühstückstisch saß, war es plötzlich wieder genau wie früher. Nur er in einem japanischen Kimono und seine beiden Kater in der Küche. Anna saß schon in ihrer extra eingerichteten SOKO-Zentrale in Dernau, also

West-Dernau, dem trockenen Teil. Und seine Schwiegermutter kaufte, wie sie ihm durch einen handgeschriebenen Brief auf der Nachtkommode mitgeteilt hatte, in Köln Requisiten ein.

Julius gönnte sich eine große Tasse Tee, genoss es, wie dieser seinen Bauch von innen wärmte und sich Wohlgefühl einer aufgehenden Sonne gleich im Körper ausbreitete.

Die Zeitung lag bereits auf dem Tisch. Es gab eine unpassende, wohl vor Martins Tod geschaltete Werbung zu »Sangri-Ahr« (»Sangri-Ahr – schmeckt mördergeil!«) sowie einen ganzseitigen Artikel zur bevorstehenden Jubiläumsweinversteigerung im Bad Neuenahrer Casino, bei der alle Weingüter des Tals teilnehmen durften. Auf der dritten Seite des Lokalteils prangte ein großes Foto – und darauf FX. Überschrift: »Stilles Restaurant ein tosender Erfolg«. Keiner hatte Julius gesagt, dass die Presse eingeladen und gekommen war. Der Redakteur war voll des Lobs. Doch mit einem Mal schoss Julius vor Lachen der Tee durch die Nase wieder heraus. Heiße Getränke und Prusten vertrugen sich einfach miserabel. Der Absatz lautete:

> *Zwei überraschende Einlagen gab es am Abend des »Stillen Restaurants«. Zum einen sang die Küchenbrigade lautstark »König von Mallorca«, was bis in den Gästeraum zu hören war. Eine geschickte Anspielung auf das genaue Gegenteil dieses Abends: lautstarke Mitgrölfestivitäten, bei denen es weder um Essen noch um Getränke geht. Eine weitere, sehr skurrile Einlage stammte vom Chef höchstpersönlich. Julius Eichendorff fragte seinen Maître d'hôtel, Franz-Xaver Pichler, im Gästeraum lautstark: ›Ja sind wir hier denn im Irrenhaus?‹ Dieser skurrile Scherz zauberte allen Gästen ein Lächeln auf die Gesichter. Beides wirkte so natürlich, dass man kaum merkte, wie perfekt es einstudiert war. Und es setzte subtile Kontrapunkte an diesem bemerkenswerten Abend des schweigenden Genusses.«*

Tief die Morgenluft in seine Lungen saugend, spazierte Julius zur »Alten Eiche«, oder genauer: zu seinen Hühnern. Deren Stalltür öffnete sich zwar dank eines Sensors bei Sonnenaufgang automatisch, doch ein fröhliches »Hallo, schon was gelegt?« rief es der kleinen Schar nicht entgegen. Das musste Julius schon erledigen. Die Hühner freuten sich wie erwartet darüber und waren, wie ebenfalls erwartet, enttäuscht, dass er es nicht mit dem Werfen einiger Salatblätter begleitete.

In der »Alten Eiche« selbst war noch nicht viel Betrieb, der Geschäftsmotor lief untertourig im ersten Gang, nur wenige Mitarbeiter waren anwesend, darunter wie immer seine früh aufstehende Patissière Vanessa Hohenhausen und, zu Julius' großer Überraschung, auch François.

»Guten Morgen allerseits!«, rief Julius in die kleine Runde und dann zu François gewandt: »Was führt dich denn schon so früh her, mein südafrikanischer Bruder?«

Dieser hielt die Zeitung hoch. »Hast du schon gelesen? Wir konnten gar nicht mehr aufhören zu lachen.«

»Ja, hab ich. Ging mir auch so. Also, was machst du hier? Stimmt was mit dem Weinkeller nicht?«

»Er sucht die Weine zu meinen neuen Dessertkreationen aus«, erläuterte Vanessa. »Und ich komme den von ihm ausgesuchten Weinen dann entgegen.«

François hob wie zum Beweis eine Flasche Billecart-Salmon in die Höhe. »Ich möchte endlich einmal einen Champagner zum Nachtisch einsetzen – und Vanessa liebt Champagner!«

»Soso«, sagte Julius, der seinen Sommelier so enthusiastisch gar nicht kannte, was Desserts betraf. Eigentlich war François überhaupt kein Süßer, aber Fräulein Hohenhausen ließ ihn gerade zuckersüß werden.

»Deine Anna hat übrigens angerufen«, sagte François zwischen zwei Gabeln Karamellschokolade mit Kumquats, Clementinen und Punschpraline. »Du sollst zu ihr nach Dernau kommen.«

»Warum ruft sie mich nicht selbst an?«

»Sie sagt, bei euch zu Hause sei besetzt gewesen, und du hättest dein Handy wieder mal nicht an.«

Julius holte es aus der Jackentasche. Doch, an hatte er es, aber auf lautlos gestellt. Er vergaß immer, das zurückzuändern. Und warum zu Hause besetzt war, stellte auch kein Rätsel dar. Seine Schwiegermutter, die nun fast mehr bei ihm als in ihrer Ferienwohnung lebte, hängte das Telefon aus, wenn sie der Meinung war, ihr Schwiegersohn habe sich seinen Schlaf redlich verdient.

François musste Julius' Zögern so interpretiert haben, als überlege er, nicht zu fahren. »Vanni und ich kommen schon alleine zurecht.«

Soso, jetzt war es also schon Vanni. Na, das ging ja fix. Julius blickte auf seine Armbanduhr. Er hatte tatsächlich noch etwas Zeit vor dem Mittagsgeschäft. Eigentlich hatte er sie für das Gemüsekochbuch nutzen wollen, doch wenn einen das holde Weib rief, dann hatte Mann zu erscheinen. Keine Widerrede.

Außerdem war er verdammt neugierig. Vielleicht hatte sie schon etwas zum neuen Toten im Ahrtal herausgefunden.

Als Julius aus der Tür der »Alten Eiche« auf die Landskroner Straße trat, um mit seinem alten Käfer Richtung Dernau zu brausen, fiel sein Blick auf eine weiße Würstchenbude. Es war dieselbe, die ihm in den letzten Tagen schon mehrfach aufgefallen war. Am neuen Damm, am Ahrtaler Meer, vor der Mallorca-Party und nun hier. Merkwürdige Platzwahl.

Wurst-Willy blickte frontal zur »Alten Eiche«.

Julius beschloss, einen kleinen Umweg zu machen.

Als er sich näherte, begann der Bursche hektisch mit einem dreckigen Lappen Grillzangen zu putzen – die nachher schmutziger waren als vorher. Ein einsames Würstchen lag auf der Grillplatte und näherte sich der Saftigkeit von Kohle an. Niemand stand vor der Wursteria. Kein Wunder, dies war Heppingen, das kaum mehr Einwohner als eine Einsiedelei aufwies und aus gutem Grund noch nie einen Würstchenstand gesehen hatte.

Wurst-Willy sah nicht aus, wie man sich einen Wurst-Willy vorstellte. Der sollte ein verschwitztes Feinrippunterhemd mit Flecken tragen, die Haare auf halb acht, das Kinn unrasiert, eine Fluppe im Mundwinkel und die Hand am Hintern, weil der unentwegt gekratzt werden musste. Der Haarschnitt dieses Wurst-Willys war dagegen perfekt, eine modische Kurzhaarfrisur, sein Teint war nicht aschfahl, sondern leicht gebräunt. Das Hemd schließlich saß so gut, als wäre es maßgeschneidert.

Wurst-Willy sah aus, als verkaufe er nicht Würste vom Grill, sondern Versicherungspolicen.

»Morgen, Chef«, begrüßte Julius ihn. »Was haben wir denn heute Schönes?«

»Wurst«, antwortete Wurst-Willy. So stand es auch hinter ihm auf der beleuchteten Speiseliste. Es gab Bratwurst, Currywurst, Pommes frites und Schaschlik.

»Und Schaschlik?«, fragt Julius.

»Ist aus.«

»Aber Pommes.«

»Sind auch aus.« Wurst-Willy versuchte wie jemand zu klingen, der aus der Arbeiterklasse stammte, aber bei ihm hörte es sich an wie eine Fremdsprache. »Sie sind doch dieser Koch, oder? Dieser feine Pinkel. Wollen Sie mich verscheuchen, weil ich Ihnen Konkurrenz mache?«

»Nein. Ich hätte nur gerne eine Wurst.«

»Curry- oder Brat-?«

»Was können Sie denn empfehlen?« Die Sache fing an, Julius Spaß zu machen – weil sie seinem Gegenüber merklich unangenehm war.

Wurst-Willy zuckte mit den Achseln. »Sind beide gut. Was Sie halt lieber essen. Ist eh dieselbe Wurst, nur einmal eben mit Currytunke und klein gehäckselt.«

»So, wie Sie das beschreiben, klingt es köstlich, also einmal Currywurst.«

»Ich leg Ihnen eine neue drauf, die hier ist …«

»… von uns gegangen«, ergänzte Julius und schlug ein Kreuz. »Die können Sie an die Bratwurst-Universität in Bratwursthausen als abschreckendes Beispiel verkaufen.«

Wurst-Willy grunzte missmutig, doch selbst das klang falsch, als käme der Laut aus der verkehrten Körperöffnung. Julius achtete auf Wurst-Willys Umgang mit der Grillzange beim Wenden der Wurstwaren. Mal packte er sie zu hoch, mal zu tief an, manchmal reichte nicht einmal der Druck aus, um die Wurst zu drehen. Wurst-Willy war eine Lusche.

»Schönen Wagen haben Sie da.«

»Find ich auch.«

»Aber nicht mehr der neueste.«

»Er tut's noch.«

»So unter uns Köchen: Sie machen das noch nicht lange, oder?«

Wurst-Willy zögerte einen Moment. »Doch, doch, schon seit Jahren.« Er log. Und er log schlecht.

»Und vorher? Immer nur Wurstbude?« Julius schaute sich die Hände seines Gegenübers ganz genau an. Zu wenig Schnitte, zu wenig Verbrennungen von heißem Fett, einfach zu … intakt.

»Warum wollen Sie das denn wissen?«

»Nur so, unter uns Brutzel-Brüdern. Ich hab Sie schon ein paarmal gesehen in letzter Zeit.«

»Ja, bin jetzt hier im Tal. Ist ja nicht verboten.«

»Und wo haben Sie vorher Würste verkauft?« Julius trat ein paar Schritte zurück und blickte auf das Kfz-Kennzeichen. »Frankfurt am Main? Das liegt ja doch ein ordentliches Stück entfernt.«

Wurst-Willy hob die Grillzange. »Wird das hier ein Kreuzverhör? Darf man als Frankfurter im Ahrtal nix verkaufen, oder was?«

»Doch, klar.«

»Das lass ich mir sowieso nicht verbieten, und von Ihnen schon mal gar nicht.« Er nahm die Wurst vom Grill und ließ sie durch die Häckselmaschine laufen.

»Käme mir auch nie in den Sinn. Ich wundere mich einfach nur. Sie wechseln so häufig den Platz, das ist doch schlecht fürs Geschäft, dann können sich die Leute ja gar nicht an Sie gewöhnen. Und hier ist außerdem wirklich kein besonders guter Platz. Hier hat noch nie eine Bude gestanden.«

»Einer ist immer der Erste. Hier, Ihre Wurst, zwei Euro fünfzig.«

»Da fehlen noch Currysauce und Currypulver.«

»Sind aus«, sagte Wurst-Willy.

Beim Essen hörte der Spaß auf. Das hier war eine Frage des Respekts vor der Wurst. Diese wollte mit Currysauce und Currypulver gegessen werden. Das war ihr gutes Recht. »Dann behalten Sie Ihre Wurst. Ich sehe von hier aus außerdem, dass der korrekte Bräunungsgrad nicht erreicht ist. Mit Ihnen stimmt was nicht, mein lieber Wurst-Willy. Und ich hab Sie im Auge!« Julius machte sich auf den Weg zum Käfer.

Wurst-Willy reagierte mit einer Werbeoffensive. »Würste! Leckere Würste! Leckerer als die vom Eichendorff! Drei-Sterne-Bratwurst. Garantiert bezahlbar.«

Julius sah sich um, während Wurst-Willy seine Litanei wiederholte: keiner da, der sie hören konnte.

Egal.

»Lecker essen bei Eichendorff! Gesünder als Wurst-Willys Kohle-Bolzen. Mit Eiern von Heppinger Hühnern. Gekocht von Köchen, die wissen, was sie tun. Kommen Sie in die ›Alte Eiche‹, lecker Happa für Papa! Ganz viel Yummy für Mami!«

Mit Entzücken stellte Julius fest, dass er deutlich lauter brüllen konnte als Wurst-Willy. Wenn es mit der Spitzenküche mal nicht mehr klappte, konnte er also immer noch auf dem Fischmarkt arbeiten.

Es gab doch immer Karriere-Optionen!

Die Dernauer Straße führte über die Höhen, weswegen man von ihr einen herrlichen Blick hinab in den Ort hatte. Das Ahrtaler Meer lag ungemein friedlich im Tal, das nun wie eine gefüllte Badewanne aussah. Der Spiegel war ein wenig gesunken, der Strand hatte sich deshalb einige Meter verlegt, aus den nun wieder trockenen Fußes begehbaren Häusern wurde mit großen Schläuchen Wasser gepumpt. Doch wenn es noch einmal stark regnete, konnten sie wieder von vorne anfangen. Die Pessimisten unter den Hausbesitzern sicherten ihre Eigenheime deshalb mit Sandsäcken ab. Julius fand, dass es ein wenig nach Krieg aussah, nach Schützengräben. Aber vielleicht war es ja tatsächlich eine Art Krieg, in diesem Fall der Natur gegen den Menschen. Und die Natur gewann.

Die Koblenzer Kripo hatte ein Dernauer Hotel umfunktioniert, um einen Ort für die SOKO Jürgen Drews zu schaffen. Da die »Ahrklause« und der »Kölner Hof« immer noch mit den Füßen im Wasser standen, war die Wahl auf den »Rebstock« gefallen, der Julius komischerweise schon immer ein bisschen wie ein Boot vorgekommen war – wie ein Mississippi-Dampfer, nur ohne Schaufelräder. Drei Etagen hatte das Hotel, die oberste schieferverkleidet mit Flachdach und vorne extravielen Fenstern für den Kapitän, damit er alles sah, wenn er den Fluss hinuntersteuerte.

An acht Schreibtischen saßen Beamte und starrten auf ihre Bildschirme, telefonierten oder blätterten in Unterlagen. Der größte Schreibtisch mit den höchsten Stapeln gehörte Julius' Liebster. Er wurde mit einem Kuss begrüßt und hielt kurze Zeit später ein Weinglas in der Hand.

»Komm, trink doch einen mit. Sangri-Ahr! Schmeckt super zu Butterkeksen.«

»Nein danke. Ich mag meinen Mund.«

»Also sooo schlecht ist der gar nicht.«

»Doch, ist er.«

Anna goss sich trotzdem ein. »Snob! Guck, den schwenke ich sogar wie echten Wein!« Sie schwenkte und schwenkte. Der Sangria wurde schlecht, und sie sprang aus dem Glas. »Oh Mist, jetzt hab ich rumgesaut. Ich Schussel!« Sie wollte es sofort wegwischen, doch Julius hinderte sie daran.

»Warte! Weinflecken-Orakel!«

»Weinflecken-*was*?«

»Orakel. Es geht um die Zukunft, liebste Ehegattin. Ja, ich weiß, du glaubst das jetzt nicht, aber es stimmt, ich habe es erlebt. Ich habe einen toten Vogel erschlabbert, und kurze Zeit später wird ein toter Priester gefunden, dessen Leichnam aussieht wie ein vom Himmel gestürzter Vogel. Zufall? Ich bin mir da nicht so sicher.«

»Sieht aus wie eine Pfütze«, meinte Anna trocken. »Was sagt mir das?«

»Es sieht aus wie ein … Pilz. Guck doch! Hier oben das Runde und da der Stiel. Ein Pilz, ganz klar.«

»Und was bedeutet das? Heute Abend kochst du Pfifferlinge?«

»Ein Pilz steht für Urtümlichkeit, für Wald, für … Gift! Ein Giftmord!«

»Manchmal ist ein Fleck auch einfach nur ein Fleck, Julius. Und jetzt wische ich das weg.« Julius wusste nicht, woher Anna so schnell ein Taschentuch hatte, aber das wusste man bei ihr nie.

Es war ihr ganz persönlicher Zaubertrick. Dann blickte sie ihn streng an. »Mein Lieber, ich bin von den Kollegen zu der Leiche gerufen worden, deshalb weiß ich von dem toten Pfarrer. Sag du mir doch bitte schön, woher du es hast. Der Vorfall ist noch nicht an die Medien gegeben worden. Willst du mir vielleicht was erzählen?«

Julius nahm nun doch einen Schluck Sangri-Ahr. »Ach, das habe ich nur so aufgeschnappt.«

»Von einem Mitarbeiter des Katastrophenschutzes, dem du dafür ein Essen spendierst?« Anna zog die Augenbrauen fragend empor.

»Mit Begleitung.«

»Das wollte ich gerade hinzufügen.«

Julius stellte das Glas ab. »Wenn du schon alles weißt, warum quälst du mich dann so?«

»So machen das gute Ehefrauen. Sie lassen Männer für ihre Fehler leiden, damit sie daraus lernen können. Ich tue das nur für dich.« Anna klimperte mit den Wimpern.

»Danke, du Guteste. Ich weiß nicht, womit ich dich verdient habe.«

»Ich auch nicht. Und meine Mutter sieht das übrigens genauso.« Sie streckte ihm die Zunge raus.

Julius überging dies geflissentlich. »Und? Was meinst du? Haben wir jetzt einen Serientäter?«

Anna ließ sich in ihren Stuhl fallen und strich eine Haarsträhne hinters Ohr – es wurde also ernst. »Es gibt keinen Zusammenhang zu dem Mordfall Martin Schenkel. Pfarrer Unkel wird bei einer Nachtwanderung die Strecke abgegangen sein, die er in zwei Wochen mit seinen Messdienern hatte gehen wollen. Dabei hat es ihn erwischt.« Anna zeigte in Richtung einer Tafel, an der die Fotos des Leichenfundes klebten. »Die Vermisstenmeldung für ihn ging erst gestern Abend ein. Er hatte nur eine Putzfrau und keine Haushälterin, deshalb wurde seine Abwesenheit so spät bemerkt.«

Julius trat davor. Und wie schon gestern Abend stellte sich wieder das Gefühl ein, dass hier etwas nicht zusammenpasste.

Dann sah er es.

»Ohne Regenjacke? Als erfahrener Wanderer? Bei dem Wetter?«

»Vielleicht hat er die Jacke im Fallen verloren.«

Julius verschränkte die Arme.

»Ja, ich geb's zu«, sagte Anna. »Es gibt ein paar Ungereimtheiten, aber die gibt es immer. Auffällig wäre es, wenn es keine geben würde, dann würde ich hellhörig werden. Die Jacke finden wir wahrscheinlich noch, aber das kann dauern.«

Julius verschränkte weiterhin die Arme. Er war noch nicht überzeugt.

»Es gab keinerlei private Verbindung zwischen den beiden«, führte Anna deshalb weiter aus. »Sie kamen zwar beide aus Dernau, und Martin Schenk ist Teil der Gemeinde des Pfarrers gewesen, aber kein aktiver Kirchgänger. Mehr war da nicht.« Sie nahm sich einen Butterkeks und biss herzhaft hinein. »Ich liebe dieses knackend-krachende Geräusch. Schon allein das schmeckt lecker. Weißt du, was ich meine? Hier, nimm auch einen.«

»Ich will keinen. Und lenk nicht ab. Könnte Unkel den Erdrutsch verursacht haben? Vielleicht sogar willentlich?«

»Das untersuchen wir selbstverständlich gerade. Wobei ich nicht wüsste, warum man so etwas willentlich verursachen sollte. Und erst recht nicht, warum *er* es tun sollte.«

Julius wollte nicht loslassen, irgendwie hingen diese beiden Toten zusammen, ganz bestimmt. »Vielleicht um ein Verbrechen zu vertuschen? Den Mord an Martin Schenk? Vielleicht lag der zu Füßen des Hangs, und der Pfarrer hoffte, dass die Erde ihn begräbt und alles nach einem Unfall aussehen lässt. Als erfahrener Wanderer wusste er, wo Gefahr bestand, dass es zu Abgängen kommt.«

»Das ist jetzt aber sehr weit hergeholt, Herr Eichendorff.«

»Regenjacken, die sich im Fallen ihres Besitzers entledigen, etwa nicht? Ich denke eben inspiriert, Frau Eichendorff!«

»Zum einen wurde Martin Schenk vermutlich drei Tage vor der Schüttung ermordet. Sprich: in der letzten Ballermann-Nacht, nach der er nicht mehr gesehen wurde. Auch die Mordmethode ist ein Indiz dafür, dass die Tat bei dieser Veranstaltung stattfand. Wäre der Pfarrer wirklich der Täter, hätte er wohl noch in der Tatnacht für ein Verschwinden der Leiche gesorgt, nicht erst drei Tage später. Zum anderen fehlt das Motiv.«

»Der Pfarrer war auch auf Martin Schenks letzter Ballermann-Nacht. Ich habe ihn auf einem Video gesehen.«

»Mhm.« Anna nahm sich zögerlich ihren nächsten Butterkeks.

»Wieso mhm?«

»Das könnte ein Zusammenhang sein. Vor allem, da man Geistliche eher weniger auf solchen Events erwartet.«

Julius sagte nichts, obwohl er wusste, dass der Pfarrer ein großes Herz für Schlagermusik gehabt hatte. Manchmal hatte Unkel sogar in seine Predigten Zitate aus berühmten Liedern eingebaut. Allen voran seine im Tal berühmt gewordene Flippers-Predigt mit »Weine nicht, kleine Eva«, »Lotosblume« und »Die rote Sonne von Barbados«. Aber er wollte die zarte Flamme bei Anna nicht auslöschen, dass die beiden Morde irgendwie zusammenhingen. Stattdessen war dies wohl eher der Moment, um zu erzählen, was er noch wusste.

»Da war wohl auch eine Gruppe von Schlägern …«

»… die einiges verwüstet haben. Wir sind dran, mein Großer.« Anna stand auf, und ihre Stimme wurde plötzlich ganz sanft. »Möchtest du noch etwas Sangri-Ahr? Oder doch einen Butterkeks? Kann ich denn gar nichts Gutes für dich tun? Du siehst ja total verspannt aus.« Sie begann ihn zu massieren.

Oha, sie wollte etwas von ihm. Jetzt kam sie also auf den Grund zu sprechen, weswegen er herkommen sollte. Es war gar nicht in erster Linie um den Austausch von Informationen gegangen.

»Raus mit der Sprache.«

»Hier bist du besonders verspannt.«

Oh Gott, tat das gut. »Was soll ich für dich tun?«

»Ach, nichts. Nur falls du nichts anderes vorhast und sowieso in der Nähe bist.«

Sie hatte den Punkt gefunden, wo es sich am allerbesten anfühlte. Er hatte nur noch wenige Sekunden bei klarem Verstand. »In wessen Nähe?«

»Horiba. Du weißt schon, die Weingummi-Leute.«

»Du willst, dass ich bei denen mal vorfühle?«

»Nur falls es dich auch interessiert. Das könnte für dich kulinarisch ja ganz interessant sein.« Sie hörte auf mit der Massage.

Julius' graue Zellen sprangen wieder an. Gerade noch rechtzeitig. »Das Zeug ist eklig.«

»Du könntest sie beraten.«

»Sag doch einfach klipp und klar, dass ich für dich da hingehen soll. Dann mach ich es. Ein einfaches Bitte genügt. Aber wieso überhaupt Horiba?«

Anna setzte sich wieder an ihren Schreibtisch und nahm einen weiteren Butterkeks. »Es ist nur so ein Gefühl. Die Firma hat Martin Schenk die Rechte an Sangri-Ahr abgekauft. Dieter Rutz prahlt zwar so, als sei er Herr im Haus, doch in Wahrheit ist er bloß Minderheitsgesellschafter. Es gab schon eine Befragung von Horst Richartz, dem Eigentümer und Geschäftsführer von Horiba. Alles ist wohl sauber gelaufen, aber da ist irgendwas, weißt du, das habe ich im …«

»Sag jetzt nicht Urin! Ich will nicht darüber nachdenken, dass du auf die Toilette gehst. Getrennte Badezimmer sind das Geheimnis jeder guten Ehe.«

Anna lächelte zufrieden. »Ich sag das Wort nicht, und du gehst zu Horiba. Ich habe schon einen Termin für dich ausgemacht. Natürlich als deine Sekretärin. Du interessierst dich sehr für das Weingummi, weil dich dessen geschmackliche Qualität so begeistert, außerdem wolltest du Horst Richartz schon lange einmal kennenlernen.« Sie reichte ihm einen Zettel mit Uhrzeit und Adresse.

Doch Julius nahm ihn nicht, sondern stand stattdessen auf. Das ging jetzt doch zu weit. So nicht! »Das ist nicht dein Ernst, oder? Ich lass mich doch nicht einfach so verplanen!«

»Ach, Julius. Nun stell dich nicht so an. Du willst es doch auch.«

»Was sind denn das für Sprüche! Ist das hier eine Ermittlungs-Vergewaltigung?«

»Nu ist aber gut!«

»Ich gehe!«, sagte Julius. Und ging.

Erst als er schon vor seinem Käfer stand, öffnete sich ein Fenster im »Rebstock«.

»Und wohin fährst du?«

»Zum Weingummibärchen.«

»Na siehste! Geht doch!«

»Aber ich fahre da nicht hin, weil du das willst.«

»Nein?«

»Sondern weil ich es will. Hatte das sowieso vor.« Rein ins Auto. Tür zu. Abfahrt. Julius hörte nicht mehr, was Anna sagte. Er hörte es ganz entschieden nicht. Er war sich absolut sicher, dass er nicht gehört hatte, wie sie »Alter Blödbär!« rief.

Die Firma Horiba hatte ihren Hauptsitz im Kölner Vorort Frechen-Bachem. Der Firmenname war ein Konglomerat aus Eigentümer und Ort: Horst Richartz, Bachem. Man hatte für Julius extra einen Parkplatz neben dem des Firmeninhabers reserviert. Dort stand eine alte beige S-Klasse, auf dem Beifahrersitz lagen Mütze, Handschuhe und Sakko des Chauffeurs. Alles ganz alte Schule hier.

Der Hausherr thronte im obersten Geschoss eines Fünfziger-Jahre-Nutzbaus. Der Aufzug war so alt, dass das Schutzgitter noch per Hand zugezogen werden musste. Es wunderte Julius deshalb nicht, dass die Vorzimmerdame so verdorrt und grau aussah, als wäre sie in letzter Zeit ebenso wenig gewässert worden wie die Zimmerpflanzen. Die ließen ihre Blätter so tief hängen, als bettelten sie um einen Tropfen Nass.

Nach kurzer Wartezeit öffnete Richartz' Sekretärin die zweiflüglige Tür aus schwerem dunklem Holz und ließ Julius über einen leicht durchgelaufenen bordeauxroten Teppich in das Reich des Weingummimagnaten ein.

Er nahm den Raum in Augenschein. Ein alter Squash-Schläger hing an der Wand, mit dem, wie ein Schild verriet, Horst Richartz einst die deutsche Meisterschaft im Herrendoppel gewonnen hatte. Zudem gab es Modelle und technische Zeichnungen von Sportwagen, auch einige Fotos, die belegten, dass Richartz immer noch Rennen fuhr. Die Wände erzählten Horst Richartz' Leben – wie auch die überlebensgroßen Weingummi-Skulpturen, die um den gewaltigen Schreibtisch standen wie eine Terrakotta-Armee.

Richartz sah mit seinem rundlichen Gesicht aus wie ein guter Onkel, die Arme weit ausgebreitet, begrüßte er Julius lächelnd und schüttelte ihm die Hand, während er mit der anderen seinen Unterarm packte. Fehlte nur noch der Bruderkuss. Julius hatte großen Respekt vor solchen Patriarchen, die häufig eine Vaterfigur für ihre Angestellten waren.

»Setzen Sie sich, junger Mann. Freu mich sehr, Sie zu sehen, wollte Sie schon lange einmal kennenlernen. Was kann ich Ihnen anbieten? Sicher einen Kaffee, das sehe ich doch direkt. Doris? Einen Kaffee für unseren Gast. Und mir meinen Blasentee. Will doch nicht, dass Sie alleine trinken müssen.«

Wieder dieses onkelige Lachen. Wir werden gute Freunde, sollte es sagen. Julius erhielt eine kleine Führung durch das Büro, die beim Bundesverdienstkreuz erster Klasse sowie der Auszeichnung des französischen Außenministeriums zum Ritter der Ehrenlegion endete. Als sie zurück zum Schreibtisch kamen, stand der Kaffee bereits dort, Doris musste ihn lautlos hereingebracht haben. Vier Schalen mit Weingummi standen daneben.

»Probieren Sie, na los! Oder wollen Sie mich beleidigen?« Richartz reichte ihm eine Schale, seine Hand zitterte leicht. Julius musste einfach etwas nehmen.

Er probierte. »Sehr gut.«

»Ach was! Schrecklich sind die. Sie wissen das, und ich weiß das. Schmecken überhaupt nicht nach Spätburgunder. Hier, spucken Sie sie wieder aus.« Richartz streckte Julius ein ausgebreitetes Taschentuch entgegen. »Immer rein damit. Keine Scheu! Sehen Sie, geht doch.« Horst Richartz musste unbedingt seine Schwiegermutter treffen. Sie hätten sich gegenseitig mit Taschentüchern im Gesicht herumfummeln können. »Wissen Sie, ich prüfe die Chargen gerne selbst. Ich prüfe immer alles noch mal. Jeden Tag. Natürlich habe ich da meine Leute für, aber ich sag immer: Vertrauen ist gut, Kontrolle ist besser. Dafür muss man die Arbeitsschritte natürlich auch kennen und zur Not selber machen können. Und das ist bei mir auch nach all den Jahren noch so.«

»Tatsächlich?« Julius konnte ein verschmitztes Lächeln nicht unterdrücken. »Ich habe gehört, Sie haben einige Weingüter im Ahrtal gekauft. Sind Sie denn jetzt auch unter die Winzer gegangen?«

Richartz lachte. »Sie gefallen mir! Nein, bin ich nicht.« Sein Blick wurde wieder ernst. »Aber ich bin dabei, mich in die Materie einzuarbeiten. Gerade am Anfang, wenn man einen Betrieb übernimmt, muss man zeigen, dass man sich nicht übers Ohr hauen lässt. Ganz wichtig! Merken Sie sich das, vielleicht übernehmen Sie ja mal ein weiteres Restaurant.«

Wenn er Pech hatte, wurde seines erst mal umbenannt.

»Wie viele Güter haben Sie denn gekauft? Ich habe gehört, es seien zwei.«

Richartz machte eine ausladende Geste. »Einige.«

»Auch das von Martin Schenks Familie? Weil Sie mit ihm ja zusammengearbeitet haben.«

»Er hat für mich gearbeitet, ja, aber sein Vater, der wollte ums Verrecken nicht verkaufen. Weiß einfach nicht, was gut für ihn ist. Martins Onkel dagegen, das ist ein kluger Mann, der wird bald überschreiben. Dann habe ich natürlich dieses Ökoweingut gekauft, Aprilfluss heißt das, da ist es ja in den letzten Jahren hoch hergegangen, will gar nicht wissen, wie viele Millionen dort versickert sind, also da räume ich jetzt auf. Dann die Flächen von einigen Genossenschaftswinzern, und beim Weingut Sonnehang bin ich dran, aber der junge Erlen will noch nicht. Ich glaube, der ziert sich nur. Den kriege ich schon noch.«

»Kannten Sie Martin eigentlich gut?«

Richartz lehnte sich in seinem gepolsterten Chefsessel zurück. »Tja, der Martin. Guter Junge. Klasse Idee von ihm, das mit dem Sangri-Ahr. Traurig, sehr traurig, was ihm passiert ist. Manchmal verstehe ich die Menschen nicht. Die Polizei war sogar schon bei mir deswegen, stellen Sie sich das vor! Bei mir! Ich habe meine Staatsbürgerpflicht getan, Auskunft gegeben, aber ich habe meine Zeit auch nicht gestohlen, weiß Gott. Das war so eine junge, attraktive Polizistin, wissen Sie. Eine von den modernen. So was sieht man ja sonst nur im Fernsehen. Die sagte ständig, ich müsse unbedingt mal mit ihrem Mann sprechen. Als interessierte mich der Mann einer Polizistin! In welcher Welt lebt diese Frau nur? Bin froh, wenn ich diesem Mann nie begegnen muss. Sicher baut der den Kölner Dom aus meinen Weingummis nach oder irgendeinen anderen Blödsinn.«

Nein, dachte Julius, er sitzt bei Ihnen im Büro und horcht Sie aus, ohne dass Sie es merken. »Waren Sie eigentlich selbst mal auf einer von Martins Ballermann-Nächten?«

»Oh nein, dafür bin ich zu alt. Ich war bei seiner letzten nur nachmittags mal kurz da wegen unseres Stands. Ich kontrolliere den gerne selbst. Die hatten prompt falsch aufgebaut!«

»Haben Sie irgendwas von den Schlägern mitbekommen, die da gewütet haben?«

»Nein. Die waren ja ganz woanders. Also, habe ich gehört. Bei der Hauptbühne. Diesen Jugendlichen wird heutzutage einfach keine Perspektive geboten, dann greifen sie zu solchen Mitteln. Deshalb schaffe ich ja Arbeitsplätze, deshalb bilde ich aus. – Hier, probieren Sie die, die sind besser, oder?«

Julius probierte aus einer anderen Schale. »Nein, sind sie nicht. Es fehlt an Säure. Das soll die Portugieser-Traube sein, oder? Der Geschmack ist viel zu matt.«

»Ach?« Richartz schien erstaunt, griff sich selbst eines und kaute lange darauf herum. »Ja, Sie haben recht, tatsächlich, die schmecken wirklich matt, ist mir noch nie aufgefallen. Deshalb laufen die wahrscheinlich nicht.« Er drückte erneut den Doris-Knopf. »Doris, notieren: Mehr Säure an Portugieser, Termin mit Dr. Schubawski.«

Richartz blickte Julius wieder an und nickte anerkennend. »Sie haben einen guten Gaumen, junger Mann.« Er räusperte sich, dann wurde seine Stimme tiefer, als hätte er einen anderen Gang eingelegt. »So, dann mal zum Geschäftlichen. Ich war sehr froh, als Ihre charmante Sekretärin heute Morgen wegen eines Termins angefragt hat. Wusste ja schon lange, dass da einer im Ahrtal ist, der gut kochen kann und auch was von Wein versteht. So einen kann ich gebrauchen, dachte ich mir – aber Sie müssen das Maul aufmachen und ehrlich sein. Wie eben: immer raus mit der Sprache! Ich schätze ein offenes Wort. Ich gebe Ihnen gutes Geld, ja, ich werfe Sie zu mit Geld, aber dafür will ich auch was sehen. Ich frage Sie: Kann ich mit Ihnen rechnen?«

»Ja, wieso nicht?« Als Berater Weingummis besser machen und dafür einen Haufen Geld bekommen klang … fair. Er hatte Richartz wohl an einem seiner generösen Tage erwischt. Julius griff sich gleich einen weiteren Weingummi.

»Dann werden Sie also das Gesicht unserer Sangri-Ahr-Weingummis! Famos! Ich wollte sowieso nur Sie. Von Anfang an!« Richartz klatschte in die Hände, dann drückte er wieder den Sprechknopf. »Doris, der Thieltges aus der Personalabteilung soll kommen. Und sagen Sie ihm, ich hoffe, diesmal hat er alles vorbereitet.«

»Was? Gesicht des Sangri-Ahr?« Julius verschluckte sich fast an dem Weingummi. »Das ist ein Missverständnis. Berater gern, aber ich kann als Sternekoch doch nicht für Weingummis werben. Das verstehen Sie sicher.«

Richartz schlug mit beiden Fäusten auf den Tisch. »Warum verschwenden Sie dann meine Zeit, Herrgott noch mal? Raus mit Ihnen! Wissen Sie eigentlich, in wie viele Länder wir exportieren? Und wer sich um alles kümmern muss? Ich. Und dann kommt so ein Herr Eichenholz her und raubt mir die Zeit! Eine Unverschämtheit ist das. *Raus!*«

»Aber Herr Richartz!«

»Raus, habe ich gesagt.« Er drückte wieder den Knopf. Jetzt erst fiel Julius auf, dass er hochrot war. »Doris, den Sicherheitsdienst. Schnell. Hier ist gerade ein Verbrechen geschehen. *Mir wurde Zeit gestohlen!*«

Julius ging dann mal lieber.

Die Vorzimmerdame blickte nicht auf, als er an ihr vorbeirauschte. In der Eile bog Julius falsch ab und fand sich kurze Zeit später in einem Flügel des Gebäudekomplexes wieder. Doch auch hier gab es ein Treppenhaus, das nach unten ging, und im Erdgeschoss dann einen breiten Gang, der zurück zum Eingang führte. Dieser fungierte gleichzeitig als Galerie der »Mitarbeiter des Monats«. Julius musste laut lachen, als er sah, dass Richartz selbst diesen Titel in den meisten Fällen errungen hatte, auch seine Sekretärin hatte sich einige verdient, ansonsten nur vereinzelte Gesichter. Wie eine Galerie mit den deutschen Fußballmeistern: fast immer die Bayern.

Doch das jüngste Foto ließ Julius innehalten.

Augenblicklich erstarb sein Lachen.

Es war das Porträt einer jungen Frau mit einer Kurzhaarfrisur wie in den achtziger Jahren, den Nacken ausrasiert. Julius konnte zwar nicht erkennen, ob sie ein Netztop, darunter einen pinken BH sowie eine schwarze Lackhose trug, doch er war sich sicher: Es war die Frau aus dem Video. Die Frau, mit der zusammen Martin Schenk auf seiner letzten Ballermann-Nacht getanzt hatte. Und nun hatte er auch einen Namen zu dem Gesicht: Katrin Jolik.

Julius wollte gerade mit seinem Handy ein Foto von ihr schießen, als vor ihm der Sicherheitsdienst mit den Worten »Da ist ja der Kollege!« auftauchte.

Der Sicherheitsdienst trug einen grauen Hausmeisterkittel.

Julius ließ sich nicht lange bitten.

Er war froh, wieder draußen zu sein. Zurück in der Zukunft. Zurück im 21. Jahrhundert. Auf dem Weg zum Wagen kam ihm jemand entgegen, mit dem er nun gar nicht gerechnet hatte, über den er sich aber wahnsinnig freute: Antoine Carême. Endlich eine Chance, das Kriegsbeil zu begraben!

»Mensch, Antoine, so ein Zufall. Hast du einen Moment Zeit? Können wir irgendwo was trinken gehen? Ich lade dich ein. Du siehst gut aus. Nur ein bisschen ernst. Komm, Antoine, was sagst du?«

Antoine sagte gar nichts.

Stattdessen ging er an Julius vorbei zum Haupteingang von »Horiba«.

»Mensch, Antoine, nun sei doch nicht so. Gib dir einen Ruck!«

Nicht mal ein Zucken. Wortlos verschwand er im Gebäude.

Julius warf sich frustriert in seinen Käfer und griff sofort zu seinen Notfallpralinen. Sie waren gekrönt von gesalzenen Macadamia-Nüssen und taten richtig gut. Aber wenn jetzt noch etwas Schlimmes passierte, wäre er aufgeschmissen – denn er ließ keine übrig.

Erst als Julius den Motor startete, stellte er sich die Frage, was Antoine hier überhaupt zu suchen hatte.

Julius beschloss, einen Abstecher zu seinem Gemüsebauern in Bornheim zu machen, um mit ihm über Rezepte zu reden und frische Ware mitzunehmen, mit der er nach Lust und Laune rumexperimentieren konnte. Doch in Höhe Brühl klingelte sein Handy, und er verfluchte sich zum tausendsten Mal dafür, dass er noch keine Freisprecheinrichtung in den alten Käfer hatte einbauen lassen. Nachdem er rechts rangefahren war, nahm er ab. Es war eine Dernauer Nummer, die er nicht kannte. Also vermutlich Anna von ihrem neu bezogenen Quartier.

»Rollendes Einsatzkommando Eichendorff, wie kann ich Ihnen helfen, Verehrteste?«

»Hier ist Schenk, also Erhard Schenk«, kam es aus dem Handy.

»*Wer* ist da?«

Es war Martins Vater. Julius schlug das Herz im Hals. »Hier ist der Julius.«

»Du musst sofort kommen, dein Restaurant hat mir die Nummer gegeben. Ich brauch deine Hilfe.«

Julius atmete durch. »Das wird deiner Josephine nicht gefallen.«

»Die muss ja nichts davon wissen. Komm schnell, ich brauch dich. Ich bin im Pfarrwingert.« Erst jetzt fiel Julius auf, dass lautes Windrauschen aus dem Handy erklang. Erhard musste mitten im Weinberg stehen.

»Und wo da? Der Pfarrwingert ist zehn Hektar groß.«

»Du wirst es wissen, wenn du ankommst.«

»Wie denn?«

»Du wirst es wissen.« Erhard legte auf.

Der Pfarrwingert stieg nordwestlich Dernaus auf. Linker Hand lag die Schieferlay, über und neben ihm der mächtige Hardtberg, der den Pfarrwingert umschloss wie eine Mutter ihr Kind. Mit zehn Hektar war er die kleinste Lage des Ortes aber auch die beste. Die Kirchenväter wussten stets, wo es das beste Land gab, deshalb war er einst im Besitz der katholischen Pfarrkirche des Ortes gewesen und verdankte ihr seinen Namen. Das Weingut Schultze-Nögel hatte den steilen Pfarrwingert mit seinen Spätburgundern später deutschlandweit bekannt gemacht, doch viele

Winzer besaßen hier Parzellen. Im Herbst war es normalerweise eine Pracht, die legendäre Lage zu sehen. So auch diesmal – aber nicht in Gänze. Erhard hatte recht. Es war schon von Weitem zu sehen, dass etwas nicht stimmte.

Es war die Farbe des Weinberges. Eine Parzelle sah … falsch aus. Natürlich unterschieden sich Parzellen häufig, je nachdem mit welcher Rebsorte sie bestockt waren, wie gut gedüngt der Boden, ob mit Begrünung gearbeitet wurde oder welche Art des Blattmanagements gewählt worden war. Doch dies alles ergab Farben, die im Spektrum des Bekannten lagen. Selbst Unregelmäßigkeiten durch leichten Befall mit Rebkrankheiten kannte Julius' Auge. Doch der Hang war so braun, als hingen an den Rebstöcken Nüsse statt Trauben. Er zwinkerte unwillkürlich, doch das Bild änderte sich nicht, es wurde nur noch deutlicher, je näher er dem Pfarrwingert kam. Es wirkte fast, als strahle die unwirkliche Dunkelheit des Weinbergs auf die umliegenden Parzellen aus.

Julius parkte in der Bachstraße. Der Gestank traf ihn beim Aussteigen wie ein Schlag. Es roch sauer und krank. Er wusste sofort, was los war. Der Schimmelpilz Botrytis Cinerea hatte zugeschlagen. Traf er auf reife Trauben, ab achtzig Grad Öchsle, bildete sich Edelfäule, die beim edelsüßen Weißwein erwünscht war, doch einen Rotwein unmöglich machte, da die Farbpigmente nicht im Saft, sondern in den Häuten lagen und diese befallen waren – eine lange Maischestandzeit, bei der sie herausgelöst werden konnten, war also unmöglich. Allerhöchstens Rosé wäre dann noch machbar. Doch traf der Pilz auf unreife Beeren, bildete sich die gefürchtete Sauerfäule. Der Winter war in diesem Jahr lang gewesen, der Sommer kühl, und die Trauben hatten die Grenze zur Reife noch nicht überschritten. Die Beerenhäute waren braun verfärbt, der Most wäre sauer und unreif. Wenn der Pilz die Traubenstiele befiel, würde es zur Stielfäule kommen und die Beeren abfallen.

All das ging Julius durch den Kopf, als er sich Erhard Schenks rotem Weinbautraktor näherte, einem alten Schanzlin Gigant. Der Lack war an vielen Stellen abgeschürft, Dellen und Kratzer überzogen sein Metall, und doch strahlte er verlässliche Kraft aus, selbst jetzt, in ausgeschaltetem Zustand. Der hagere Erhard Schenk, die wenigen grauen Haare wie immer streng zurückgekämmt, saß mit Blaumann und grünen Gummistiefeln auf dem Bock, die Hände um das Lenkrad gekrampft, und blickte den steilen Weinberg empor. Ein Mann von Prinzipien, ein stolzer Mann, einer, der an den Wert von harter Arbeit glaubte und nun auf einen Weinberg blickte, der wie eine Strafe Gottes wirkte.

Als Julius neben ihn trat, blickte er nicht zu ihm. »Jeder einzelne Rebstock, Julius.«

»Und bei den Nachbarn keiner«, sagte Julius, sich umsehend.

»Kein einer. Ist alles über Nacht passiert.«

Plötzlich hielt ein VW Passat im Weinberg. Josephine Schenk hievte sich aus dem Wagen und zeigte auf Julius, schaute aber ihren Mann wütend an. »Luise hat gesehen, wie er hochgefahren ist. Was macht der hier? Und warum redest du überhaupt mit dem? Der ist doch an allem schuld!« Martins Mutter musste kurz entschlossen hergekommen sein; sie trug nur einen Hauskittel und Schlappen. Und jetzt kam sie in diesen schnell auf Julius zu.

Es traf ihn, wie viel Abscheu sie in das kleine Wort »der« legen konnte.

»Er soll mir helfen«, antwortete Erhard und stellte sich ihr in den Weg. Sie versuchte, an ihm vorbeizukommen, doch er hielt sie fest.

»Der? Dieser Möchtegern-Detektiv schafft es ja nicht mal, Martins Mörder zu finden. Obwohl er selbst Schuld an seinem Tod hat. Der wird dir ganz bestimmt nicht helfen! Der sorgt höchstens dafür, dass du auch noch unter der Erde landest. Der bringt nur Unheil, ich sag es dir!«

»Geh nach Hause, Frau. Lass mich das hier machen.«

»Was willst du denn noch machen? Guck dich doch um! Es ist eh alles zu spät. Alles!«

»Geh nach Hause. Lass mich in Ruhe.«

Josephine drehte sich kopfschüttelnd um; als sie wieder im Wagen saß, schlug sie die Tür mit aller Wucht zu und fuhr mit röhrendem Motor im ersten Gang zurück Richtung Weingut.

»Es tut mir leid. Das mit ihr«, sagte Erhard.

»Muss es nicht. Ich werfe ihr nichts vor. Martins Mörder wird gefunden. Und dann wird er büßen.«

»Büßen? Wer einen umbringt, der gehört selber umgebracht. Auge um Auge, Zahn um Zahn. Einsperren, was soll das, da liegen die noch dem Steuerzahler auf der Tasche. Umbringen und Ende ist. Erst dann hat man doch seinen Frieden.«

Julius sagte nichts, denn in Erhards Worten steckte so viel Blut und Galle. Er trat in den Weinberg und besah sich einen Rebstock von Nahem. »Was willst du mit den Trauben machen?«

»Nichts. Da ist nichts zu machen, die muss ich komplett abschreiben.«

»Das ist dein größter Weinberg, oder, Erhard?«

»Ja. Und mein bester noch dazu. Hier hängen drei Viertel meines Jahreseinkommens.«

»Bis du versichert?«

Der Winzer lachte trocken. »Solche Versicherungen kosten ein Vermögen.«

»Der Hubschrauberpilot muss bei der Spritzung deine Parzelle vergessen haben.«

»Beweis das mal. Und außerdem glaube ich es nicht. Wenn, dann vergisst er ganze Bahnen, aber nicht so haargenau eine Parzelle. Hier hat einer nachgeholfen.« Erhards Augen wurden feucht, und er drehte sein Gesicht fort von Julius. Ein lautstarkes Räuspern war zu hören, dann blies er in ein Taschentuch.

»Hast du genug Rücklagen?«, fragte Julius. Die meisten Winzer hier konnten nicht klagen, denn viele Touristen strömten ins Tal und verließen es nicht ohne die eine oder andere Flasche Wein. Auch die Gastwirtschaften sorgten dafür, dass der Ahrwein ausreichend durch die Kehlen floss. Aber selbst im reichen Ahrtal ging es nicht allen gut.

»Ich weiß es nicht«, sagte Erhard. »Julius, ich weiß es nicht. Wer rechnet schon mit so was? Die ganze Ernte. Zuerst Martin und jetzt das.«

Erhard war wie Hiob, dachte Julius, der im Alten Testament auch immer noch mehr Leid und Kummer ertragen musste.

Erhard hob den Kopf, seine Miene verhärtete sich. »Das war

mein Bruder. Der will mir den Rest geben. Jochen hat den Weinberg infiziert. Und du musst mir helfen, das zu beweisen. Deshalb hab ich dich angerufen.«

Julius hatte von Mitteln gehört, die Botrytisbefall herbeiführten. Winzer mit einem Markt für edelsüße Beeren- und Trockenbeerenauslesen konnten sie gut gebrauchen. Möglich war es also. Aber war es auch denkbar?

»Das würde dir dein Bruder nie antun.«

»Nein? *Nein?*« Erhards Stimme überschlug sich wie ein stolpernder Riese. »Dann geh mal da drüben in den Rebgang und schau dir den Boden an. Na los!«

Dort war ein Abdruck zu sehen. Julius schoss sogleich Fotos mit seinem Handy. Der Abdruck war nicht deutlich oder tief, aber es war eindeutig der eines Stiefels, der vorne spitz zulief. Eines Cowboystiefels. Und im Tal gab es nur einen, der so etwas trug, immer trug; einige vermuteten, selbst im Bett.

Jochen, genannt Johnny, Schenk.

5

Wasserhärte

Gerda war mit dem Po drin, wie immer als Letzte, und Julius drückte die Klappe des Hühnerhauses hinter ihr zu. Keine Chance für den Habicht, der über Heppingen seine Runden zog. Da Julius am Morgen bereits Eier eingesammelt hatte, fand er jetzt nur zwei – er hatte seine Damen trotzdem gelobt. Ein kurzer Lupfer des Daches verriet ihm, dass sie wieder eng aneinandergekauert auf der Stange saßen.

»Schlaft gut, Mädels!«, sagte Julius und legte es leise wieder auf.

Er trug die Eier so vorsichtig … wie rohe Eier. So ein Ei war etwas Phantastisches, damit musste sich doch ein schönes Rezept kreieren lassen! Aber erst einmal waren für die Gäste in der »Alten Eiche« die abendlichen Menüs zu kochen.

Es hatte immer etwas Beruhigendes, sich in die Handbewegungen fallen zu lassen, die so natürlich für Julius waren wie für Tiger Woods der Abschlag. Die Routine gab ihm Gelegenheit, seine Gedanken schweifen und den Tag passieren zu lassen. Der Besuch bei Richartz, das Entdecken von Katrin Jolik, Erhard Schenks Weinberg. Wie passte all das zusammen, wenn es überhaupt zusammenpasste? Julius arbeitete konzentriert vor sich hin, genau wie der Rest seiner Truppe. Doch obwohl er den niedrigen Lärmpegel sehr genoss, stimmte etwas nicht mit der Geräuschkulisse. Er rieb sich die Hände an seinem Torchon ab und warf einen Blick in den Gästeraum. Stille. Er schlüpfte zurück in die Küche. Auf dem großen Terminkalender neben der Tür stand nichts von »Stillem Restaurant«.

FX bemerkte seinen verwunderten Blick. »Die Herrschaften haben abgestimmt. Sie wollten unbedingt ein ›Stilles Restaurant‹. Hatten davon in der Zeitung gelesen. Es gab net eine Gegenstimme!«

»Das ist doch kein Wahlbüro hier!«

»Solange ich hier arbeite, ist der Gast König in der ›Alten Eiche‹.«

Julius verbeugte sich. »Touché!«

»Es gibt da nur ein klitzekleines Problemerl. Sie wollen …«

»Sag es nicht!«

»… dass wir singen. ›König von Mallorca‹. Das habe so in der Zeitung gestanden und sei Teil der Show.«

»Das ist ein Restaurant und keine Konzertbühne!«

»Sie bestehen drauf.«

»Nein! Nein und nochmals nein!«

»Außerdem erwarten Sie unseren Streit, Maestro.«

»Die können lange auf einen Streit warten!«, brüllte Julius.

Aus dem Gastraum war spontaner Applaus zu hören.

FX griff sich einen Kochlöffel, hob ihn wie einen Taktstock und gab dem Küchenteam den Einsatz, das daraufhin »Der König von Mallorca« schmetterte.

Diesmal sogar zweistimmig.

Zugabe-Rufe erklangen aus dem Gastraum.

Doch Julius' Blick machte eindeutig klar, dass der Erste flöge, der auch nur einen Pieps, einen Huster oder einen lauten Atmer von sich gäbe. Für die nächste Zeit war »Stille Küche« angesagt.

Julius fand nun endlich Zeit, sich den Eiern zu widmen, genauer den sechs Eiern von gestern. Denn am besten waren Eier einen Tag nach dem Legen. So ein Ei gehörte ins Gemüse-Kochbuch. War ja fast Gemüse. Wuchs auch im Garten. Gut, es wuchs in einem Huhn, aber das wuchs im Garten. Julius fand, diese Argumentation ließ sich bestens vertreten.

Wenn auch nur vor schwer Dementen.

Er blickte das Ei an. Erfreulicherweise sprach es nicht zu ihm. Das war doch schon mal was. Aber im übertragenen Sinne rief es danach, weich gebettet zu werden. Zum Beispiel in … Julius blickte sich um … Erbsen! In einem Erbsenpüree! Einem lauwarmen, das wäre doch nett. Also, wenn er ein Ei wäre, so ein perfekt pochiertes, bei dem das Eigelb flüssig, aber das Eiweiß hart war, dann würde es ihm famos im Erbsenpüree gefallen. Dazu bräuchte es dann noch etwas, das die leichte Süße der Erbsen aufnahm und mit Säure sowie einer anderen Textur, am besten etwas Knackigem, ergänzte. Zudem wäre es schön, wenn dieser fehlende Teil der Menage à trois einen anderen farblichen Akzent setzte. Also quasi eine eierlegende Wollmilchsau. Die gab es ja an jeder Ecke. Julius grummelte. Sah sich das Ei an und grummelte noch mehr.

Mit einem Mal erhielt das Grummeln eine Melodie. Es war die fröhlich-federnde aus Prokofjews Oper »Die Liebe zu den drei Orangen«, die Julius aufgrund des kulinarischen Themas immer schon gemocht hatte. Aber warum fiel sie ihm gerade bei diesem Gericht ein? Sollte er etwa Orangen dazunehmen? Mit Erbsen und Ei?

Eher nicht.

Diesmal half ihm der russische Komponist also kein bisschen weiter. Verdammt.

Sekunde …

Russischer Komponist?

Was war das Nationalgemüse der Russen?

Rote Bete! *Natürlich!*

Julius kochte nun wie in Trance. Wenn ein Gericht vor seinem geistigen Auge – und an seinem geistigen Gaumen – Gestalt angenommen hatte, waren mit einem Mal alle Schritte dorthin klar, und das Kochen wurde zu einem Tanz. Dieser sah leicht aus und war doch harte Arbeit. Allerdings war es eine Freude, mit dem Gemüse aus dem heimischen Garten zu kochen, so frisch konnte man es halt nicht kaufen. Julius roch immer wieder lange und zufrieden daran.

Bis FX neben ihm auftauchte und sich räusperte. Ein Räuspern seines Maître d'hôtel hatte stets die Lautstärke eines einstürzenden Hochhauses.

»Melde gehorsamst: An Tisch zwei sitzt so a Gschissana. Merkwürdig schaut der aus. Hat einen Bart, mit dem ich mich net auf die Straßen trauen würd. Krumm ist der. Mit dem Bürscherl stimmt was net. Willst mal schauen? Mach doch deine Lächelrunde.«

»Jetzt schon?«

»Beim ›Stillen Restaurant‹ ist halt alles a weng anders. Bist denn net neugierig?«

»Doch«, sagte Julius, kontrollierte Sitz und Sauberkeit seiner Küchenmontur im Spiegel und begann seine Runde. Der Bursche mit dem Bart war wirklich merkwürdig. Er blickte nicht einmal auf, als Julius ihm seine Aufwartung machte, nickte nur kurz und murmelte etwas Unverständliches. Sein Bart sah zottelig aus, mehr wie Fell. Und das Brillengestell war ein Modell, für das jeder Designer bis an sein Lebensende mit Brillenputztüchern ausgepeitscht werden müsste. Aus billigstem Plastik hing es schief auf der Nase. Obwohl der Raum von Julius' Speisen erfüllt war, schlich sich plötzlich ein fremder Duft in seine Nasenlöcher: Currywurst!

Und mit einem Mal wusste er, wer da einen penibel gepflegten Sitzplatz in seiner »Alten Eiche« beschmutzte und sich an Feinstem aus seiner Küche delektierte: Willy Wurst höchstpersönlich. Der Mann hatte ja wohl einen an der Wurst, hier dreist und stümperhaft verkleidet einzudringen! Unter Druck stehend wie ein Schnellkochtopf beendete Julius seine Runde. Zurück in der Küche griff er sich FX.

»Welchen Gang hat Tisch zwei als Nächstes?«

»Hirschkotelett mit karamellisiertem Rotkraut und Kampot-Pfeffer-Birnen.«

»Das ändern wir. Ich koche ihm einen ganz speziellen Gang. Und den bringe ich höchstselbst hinein.«

»Willst mich arbeitslos machen?«

»Das würde auf jeden Fall zu einer deutlichen Steigerung der Service-Qualität führen.«

»Du mich auch!«

Julius musste kurz lachen, wofür er von FX einen spielerischen Tritt in den Hintern erntete, dem ein spielerischer Haarzerzauser retour folgte.

Der spezielle Gang dauerte zwar etwas, aber Julius wollte, dass er perfekt war: die Eichendorff'sche Currywurst. Mit bestem Wildschweinwürstchen, in Haselnussöl fein angebraten, dazu eine Sauce, die Fruchtigkeit und Schärfe perfekt vereinte, mit einer Currymischung von Ingolf Niederland bepudert, dazu in Erdnussöl dreifach frittierte Pommes frites. So was hatte die Welt noch nicht gesehen!

Julius holte tief Luft, balancierte den Teller formvollendet auf einer Hand, über den Unterarm ein blütenweißes Geschirrtuch drapiert, und schritt durch die Schwenktür in den Gastraum. Als Extra zündete er noch eine Wunderkerze an, die er in die Wurst gesteckt hatte.

Mit den Worten »Ein ganz besonderer Gruß aus der Küche für unseren Gast von der Schnellstraßenverpflegung« stellte er das Wunderwerk vor Wurst-Willy auf den Tisch. In diesem Moment war ihm völlig egal, dass heute »Stilles Restaurant« angesagt war. »Ich nenne es: Wurst an Kashmir-Curry mit Äpfeln der Erde à la Willyam.«

Wurst-Willy blickte auf, das Feuer eines Holzgrills in den Augen. »Eine Unverschämtheit!«

»Essen Sie.« Julius verschränkte die Arme vor dem imposanten Brustkorb.

»Ich werde das nicht anrühren.«

Julius beugte sich vor, die Hände auf den Tisch gestemmt. Er konnte auch anders – und gerade wollte er auch anders. Und wie er anders wollte! »Sie essen jetzt ein Stück Currywurst und eine Fritte.« Er senkte seine Stimme, bis sie wenig mehr als ein Grollen war. »Und wenn ich sie Ihnen mit Hilfe meiner kompletten Brigade reindrücken muss!«

Wurst-Willy zögerte kurz, schaute grimmig, dann aß er wie befohlen. In seinem Gesicht tobte der Kampf zwischen kulinarischem Entzücken und kalter Wut.

Julius genoss diesen Anblick noch mehr als ein Risotto mit Alba-Trüffeln.

»Und jetzt raus, Sie Würstchen! Sie Zipfel einer aufgeplatztten Brühwurst! Sie Enddarm, Sie! Sie haben in meinem Restaurant nichts zu suchen!«

Diesmal brandete nicht nur Applaus auf, diesmal gab es sogar begeisterte Pfiffe und Johlen. Diese Einlage war schließlich unangekündigt und somit ein Gratis-Event.

Als Julius in seine Küche zurückkehrte, stand Anna darin und naschte an der zweiten Portion Currywurst, die Julius eigentlich für sich zubereitet hatte.

»Gilt das jetzt auch schon als Gemüse?«, fragte sie mit vollem Mund.

»Unter Kannibalen schon«, antwortete Julius, bewaffnete sich mit einer Gabel und versuchte zu essen, was noch zu essen war.

»Ich brauch was zur Stärkung«, sagte Anna. »Gerade hat mir meine Mutter nämlich das gesamte Theaterstück erzählt. Ich liebe meine Mutter, versteh mich bitte nicht falsch, aber ›Antigone‹? Kann sie nicht irgendwas von Millowitsch spielen? Den ›Etappenhasen‹ oder so was?«

Die Currywurst war wirklich gut, dachte Julius. Vielleicht was für die Karte der »Eichenklause«, seinem gutbürgerlichen Zweitrestaurant, das im selben Gebäude wie die ›Alte Eiche‹ untergebracht war und aus derselben Küche bekocht wurde. Dort gab es schließlich auch original Wiener Schnitzel – wenn sie nicht wie jetzt gerade renoviert wurde. Viel zu langsam renoviert wurde.

»Was stimmt denn nicht an Antigone?«

»Alles, mein Ehegatte, einfach alles. Und der Rest von der Wurst ist mir, sonst falle ich dich an, verstanden?« Sie nahm den Teller an sich. »Da lässt König Kreon die Verlobte seines Sohnes lebendig einmauern, und es geht lustig los mit allerlei Selbstmorden, bis die Bühne quasi leer ist.«

»Also ein großer Spaß für die ganze Familie.«

»Es gibt unheimlich viel zu lachen. Da sind griechische Tragödien ja bekannt für.« Plötzlich zeigte Anna auf das neue Eier-Gericht. »Wieso hast du in den Spinat eigentlich einen Namen geschrieben?«

»Was? Wieso Namen?«

Julius blickte auf den Gang. Tatsächlich, da stand Katrin Jolik drauf. Im Erbsenpüree. Geschrieben mit gerösteten Rote-Bete-Stückchen.

Hatte er gar nicht gemerkt.

Julius schmiss das ohnehin erkaltete Gericht in den Mülleimer.

»Katrin Jolik stand da, oder?«, fragte Anna. »Hast du mit Richartz über sie gesprochen?«

»Nein, warum sollte ich? Du hast nicht gesagt, dass ich mit ihm über alle Mitarbeiter des Monats reden soll.«

»Mitarbeiterin des Monats? Ist sie das etwa geworden?« Anna grinste.

»Was gibt es da zu grinsen?«

»Na ja, ist schon irgendwie komisch, dass sie Mitarbeiterin des Monats ist, oder?«

»Wieso denn?«

»Na, weil sie … weißt du das etwa nicht?«

»Was weiß ich nicht?«

»Na, du bist mir ein schöner Detektiv.«

»Was weiß ich nicht?«

Anna kam mit ihrem Mund ganz nah an sein Ohr. »Dass sie Richartz' Freundin ist.«

Dann gab sie ihm einen Kuss, der sich fast wie ein Biss anfühlte.

***

Es hatte Vorteile, ein Sternekoch zu sein. Man kannte viele Menschen. Und diese Menschen kannten ihrerseits viele Menschen. Auf diese Art kannte Julius fast jeden im Ahrtal. Als er am nächsten Morgen aufstand und die richtige Telefonnummer wählte, wusste er deshalb genau, wo Katrin Jolik an diesem Dienstag zu finden war. Der Ort allerdings versetzte Julius in Erstaunen.

Denn er lag unter Wasser.

Katrin Jolik war Mitglied des »Tauchclubs Atlantis e. V. Bad Neuenahr«, der sich bereit erklärt hatte, im Ahrtaler Meer nach weiteren Leichen zu suchen sowie allgemein die Lage unter Wasser zu sondieren. Julius hatte sich deshalb bei FX ein aufblasbares Gummiboot geliehen, das sich dieser in Österreichs Nationalfarben Rot und Weiß zugelegt hatte. Wie Julius feststellte, nachdem er es aufgepumpt und am Dernauer Strand zu Wasser gelassen hatte, war Paddeln viel anstrengender als gedacht; man kam kaum vorwärts, wurde nass dabei, es schaukelte, und der Tiefgang war enorm – was zum Teil, aber wirklich nur zum Teil an einigen der Pfunde liegen mochte, die Julius aus sentimentalen Gründen mit sich herumtrug und die nur aus feinsten Leckereien bestehen konnten.

Das moderne Motorboot des Tauchclubs erschien trotzdem

nach kurzer Zeit am Horizont. Rund sechs Taucher sowie ein Steuermann hatten auf ihm Platz. Der Club arbeitete in Schichten, und Katrin Joliks war gleich vorbei, wie Julius wusste. Er holte Luft, legte eine kurze Pause ein, wischte sich den Schweiß von der Stirn und griff sich wieder das Paddel. Es war ein warmer, geradezu lieblicher Herbsttag, der in seinen bunten Blättern den Sommer nachglühen ließ. Julius spürte die Sonne im Gesicht. Wahrscheinlich bekam er direkt wieder einen Sonnenbrand. In seiner Familie wurde man nicht braun, man wurde rot. Puterrot.

Der Steuermann des Atlantis-Motorboots rauchte gerade eine Zigarette, als Julius ihm zuwinkte.

»Aye, aye, Kapitän. Ich suche Katrin Jolik.«

Der Raucher zeigte ins Wasser. »Die ist gerade unten. Was Wichtiges?«

»Ja, schon, aber ist privat.«

»Soso, muss privat und wichtig sein, wenn Sie dafür extra hier rausgepaddelt kommen. Das machen Sie sonst nicht so oft, oder?«

Julius trieb ab und versuchte gegenzusteuern. Es gelang ihm – allerdings nicht besonders elegant. Beinah hätte eine Ente dran glauben müssen. »Ich bin einer von den unorthodoxen Paddlern. Man nennt sie auch Autofahrer.«

»Das habe ich mir fast gedacht.« Der Steuermann klemmte sich die Zigarette in den Mundwinkel. »Da kommt sie schon.« Luftblasen stiegen neben dem Boot auf. »Die anderen sind nämlich alle erst später rein.«

Ein Kopf mit schwarzer Taucherhaube, großer Taucherbrille sowie dem Mundstück des Atemapparats erschien, wobei nicht zu erkennen war, wer oder was da dem Wasser entstieg. Erst als die Person ins Boot kletterte, war Julius klar, dass es definitiv eine Frau sein musste oder ein Mann, der sich zwei Pfirsiche auf die Brust gepappt hatte. Katrin Jolik streifte elegant die Sauerstoffflaschen ab. Ihre Achtziger-Kurzhaarfrisur lag platt am Kopf, unverändert dagegen ihre sportliche Figur mit den breiten Schultern.

»Frau Jolik? Katrin Jolik?«

»Gibt im ganzen Tal nur eine Jolik, Herr Eichendorff.« Sie begann, sich die Haare trocken zu rubbeln, und band sich das Handtuch schließlich um den Kopf.

»Kennen wir uns?«

»Na ja, zum einen kennt Sie im Tal so ungefähr jeder, und zum anderen war ich mal bei Ihnen essen. Ist aber sicher schon zwei Jahre her. Sie haben mich anscheinend vergessen. So unwichtig war ich also.«

»Nein ... natürlich nicht ... also ... mein Gedächtnis.« Sie hatte ihn kalt erwischt.

»Ist schon gut.« Katrin Jolik lächelte Julius gewinnend an. »Bloß keine sprachlichen Verrenkungen. Sind Sie extra hier rausgepaddelt, um mit mir über Ihre Vergesslichkeit zu reden?«

»Nein«, sagte Julius, »über Martin Schenk.«

Sie nickte. »Verstehe.« Katrin Jolik wandte sich an den Steuermann. »Ich mach dann für heute Schluss. Kümmerst du dich um meine Ausrüstung? Dann würde ich jetzt nämlich in die Gummifähre umsteigen.«

»Hau ruhig ab«, sagte der Mann am Außenbordmotor.

Katrin Jolik salutierte und stieg zu Julius ins Boot.

»Na, dann paddeln Sie mal los. Soll ich den Schlag vorgeben? Wie auf der Galeere?«

»Das wird eine ganz gemächliche Fahrt. Ist Ihnen nicht kalt in dem Ding?« Julius deutete auf den Neopren-Taucheranzug.

»Das ist ein Trockenanzug. Das geht. Nur die Haare sind nass, deshalb der Handtuch-Turban.«

Julius nickte und begann zu paddeln. »Irgendwas gefunden?«

»Autos, aber Gott sei Dank ohne Insassen. Es ist echt kein Spaß zu tauchen, wenn man jeden Augenblick damit rechnen muss, dass eine Leiche vor einem auftaucht. Die Sicht ist nämlich kaum einen Meter weit. Da käme jeder Tote überraschend. Es ist auch kein Spaß, mit Ihnen über Martin Schenk reden zu müssen. Aber ich weiß ja, wie Sie sich in so was verbohren können.«

Da ging aber jemand gleich zum Angriff über. »Ach ja?«

»Oh ja. Also, was ist denn mit Martin Schenk? Ich hatte mit dem Projekt ›Sangri-Ahr‹ als Verantwortliche für das Export-Marketing nur ganz am Rande zu tun.«

»Es gibt ein Video, ein Handyvideo, und darauf sind Sie beide zu sehen. Sie werfen ihm einen Blick zu, einen eindeutigen.«

Katrin Jolik lachte auf. »Einen Blick? Ich weiß nicht, was Sie meinen. Ich war auf der Party, zuerst mit Horst, doch der wollte dann schnell nicht mehr. Ist nicht sein Ding. Ich hab an dem Abend sicher mit Männern gesprochen und die dabei auch angeschaut, aber von einem ›Blick‹ weiß ich nix.«

Julius stellte das Paddeln ein. »Machen Sie mir doch bitte nichts vor, da war was zwischen Ihnen beiden. Ich bin nicht die Polizei, mit mir kann man reden, sich auch was von der Seele reden. Klar, meine Frau ist die ermittelnde Kommissarin, aber vielleicht ist es besser, zuerst mit mir zu sprechen und dann mit ihr. Eine Trainingsrunde sozusagen.«

Katrin Jolik fixierte ihn. Dann zog sie den Reißverschluss ihres Taucheranzugs auf und holte einen Kaugummi hervor, den sie grinsend auspackte. »Sie sind ja ganz schön gerissen. Sehen aus, als könnten Sie kein Wässerchen trüben, aber das täuscht. Ich sag Ihnen was: Ich will nicht mit Ihrer Anna reden.« Sie kannte sogar ihren Namen. »Aber mit Ihnen … okay. Ich weiß, dass man Ihnen vertrauen kann.«

»Sie scheinen sehr viel über mich zu wissen.«

»Ja, das stimmt.« Wieder dieses überlegene Grinsen. Julius konnte nicht behaupten, dass er es sympathisch fand.

»Sollen wir bei Horst und mir anfangen?«

»Wo immer Sie wollen. Die Bühne gehört Ihnen.«

»Und bald Ihrer Schwiegermutter.« Katrin Jolik lachte laut.

Langsam wurde diese Frau ihm unheimlich.

»Ich weiß sogar, was Sie über mich und Horst denken: Er ist so alt und ich so jung. Ja, klar, das stimmt, aber deshalb muss es nicht gleich bedeuten, dass ich nur scharf auf seine Kohle und er auf Frischfleisch ist. Manchmal liegen die Dinge nicht so einfach. Vielleicht habe ich einen Vaterkomplex, vielleicht ist er aber auch einfach nur ein toller Mann mit Visionen und Power, und vielleicht bin ich nicht nur jung, sondern auch clever. Schon mal daran gedacht? Oder nur Ihre spießbürgerlichen Vorurteile über die Beziehung gestreift?«

Julius beschloss, sich nicht provozieren zu lassen. Es kostete ihn einige Mühe. »Wie passte Martin Schenk denn in diese traumhafte Beziehung rein?«

Sie schnaufte. »Ja, wie passte der rein? Gar nicht, Herr Eichendorff. Hat er nie. Das ist einfach so passiert. Klar gibt es Dinge, die Horst mir nicht mehr so geben kann, wie ich sie will. Martin hat mir gutgetan. Dieser dumme Junge mit den großen Augen und den großen Träumen. Wie ein Hundewelpe hat er geguckt, verstehen Sie? Nee, oder? Sie sind einer, der nur an Essen denkt.«

»Sie sind ja unwahrscheinlich charmant. Jetzt ist mir endlich klar, was Horst Richartz an Ihnen findet.«

Sie löste das Handtuch und rubbelte sich nochmals über den Kopf. Ihre Augen funkelten angriffslustig. »Hey, Sie sind ja ganz spaßig. Sagt man dicken Männern also zu Recht nach.«

»Mein Ego wird heute ja mal so richtig poliert.«

Katrin Jolik wurde wieder ernst. »Denken Sie, ich könnte ihn umgebracht haben? Oder Horst? So eine Eifersuchtssache? Der Ältere killt den jüngeren Nebenbuhler? Oder anderes Szenario: Martin droht mir, Horst alles zu erzählen, und ich bringe ihn zum Schweigen? So was in der Art?«

»Wäre das so abwegig?«

»Nö«, antwortete Katrin Jolik. »Sondern naheliegend. Es steht viel auf dem Spiel, für Horst und für mich. Aber ich war es nicht. Und was Horst angeht, der ist an dem Abend nach Hause gefahren und hat gearbeitet.«

»Sind Sie sicher?«

Katrin Jolik nickte. »Er hat Mails vom Büro-Account aus geschrieben. Ich weiß noch genau, wie ich morgens dachte, dass er ein völlig bekloppter Workaholic ist und dass er irgendwann einfach umkippt und tot ist, wenn ich ihn nicht bald ändere.«

»Wer war es dann? Vielleicht haben Sie mit Martin darüber gesprochen, wer ihm Böses will?«

»Wir haben nicht so viel geredet, Herr Eichendorff.«

Julius bemerkte, wie gut es ihr gefiel, dass er nun leicht errötete. Sie spielte mit ihm, wusste genau, wie Provokationen und Tabubrüche zu setzen waren, um ihren Spaß zu haben.

Das konnte er auch.

»Sie haben stattdessen gerammelt wie die geisteskranken Karnickel.«

Katrin Jolik prustete los. Es dauerte etwas, bis sie wieder zu Luft kam. Dann spritzte sie Julius leicht nass. »Sie gefallen mir. Jetzt weiß ich, warum meine Schwester unbedingt bei Ihnen arbeiten wollte.«

»Ihre …?« Weiter kam Julius nicht. Denn plötzlich fiel es ihm wie Schuppen von den Augen, als wäre jemand mit einer großen Drahtbürste darübergeschrubbt. Wenn Katrin Joliks Haare länger wären, rot und lockig, dann sähe sie genau aus wie: »… Vanessa Hohenhausen!«

»Grüßen Sie die Kleine schön von mir. Den Rest der Strecke schaffe ich alleine.«

Dann sprang Katrin Jolik ins Ahrtaler Meer und zog mit kräftigen Kraulbewegungen zum Strand.

Es dauerte ewig, bis Julius die Luft wieder so weit aus dem blöden Gummiboot herausgedrückt hatte, dass er es auf die Rückbank des Käfers gequetscht bekam. Jetzt schnell ab zur »Alten Eiche« und Vanessa Hohenhausen befragen! Warum hatte sie den Mund beim Videoabend nicht aufgemacht? Sie musste ihre Schwester doch erkannt haben. Stattdessen war sie ganz still geworden. So viel zum Vertrauensverhältnis zwischen Chef und Mitarbeiterin. Julius war ehrlich enttäuscht.

Der Rückweg führte ihn auf der Schmittmannstraße durch Dernau, wo man trotz der Überschwemmung beschlossen hatte, sich das Winzerfest nicht nehmen zu lassen. Gleich zu Beginn fand sich der Stand vom Weingut Schenk & Sohn, doch die Plane war unten; hier würde heute kein Wein ausgeschenkt werden. Julius fuhr automatisch langsamer, da so viele Menschen um die Stände wuselten, Kartons mit Flaschen schleppten, Gläser spülten oder ihre Auslagen dekorierten. Ganz am Ende stand der Stand des anderen Schenk-Bruders: »Weingut Jochen Schenk – Dernauer Hof«. Der namensgebende Dernauer Hof bestand allerdings aus einem nachkriegsöden Reihenhaus mit Doppelgarage. Die Werbung versprach eindeutig zu viel.

Hinter anderen Ständen hingen riesige Fotos idyllischer

Weinberge, rankten sich Plastikreben oder sorgten ausrangierte Fässer für heimelige Atmosphäre. Die Jubiläumsversteigerung im Casino war mit einem Extra-Infostand vertreten, sie würde das gesellschaftliche Event des Jahres, wenn nicht des Jahrzehnts im Ahrtal werden. Entsprechend pompös mit viel Gold und Lichtakzenten wurde geworben. Julius hatte François' Betteleien sofort wieder im Ohr. Er würde wohl ein paar Buddeln kaufen müssen, wollte er sich dessen Wehklagen nicht bis ans Ende seiner Tage anhören.

Das Weingut Jochen Schenk gab sich in seiner Dekoration dagegen extrem puristisch. Eine Banderole mit dem Namen des Betriebs sowie ein gerahmtes Foto auf einer Staffelei mit einem Bild von Johnnys Frau Irmela als Weinkönigin 1975. Sie war eine echte Schönheit gewesen, und nach allem, was man wusste, war halb Dernau und damit der gesamte männliche Teil hinter ihr hergewesen. Johnnys Stand war klein, kein Vergleich zu dem der daneben ausschenkenden Genossenschaft. Jochen Schenk verwendete auch immer noch die fingerhutgroßen Probiergläschen mit aufgedrucktem Familienwappen – die er vermutlich kurz nach dem Krieg in Auftrag gegeben hatte.

Heute trug er wieder seinen ziemlich lädierten Cowboyhut, dazu eine Lederjacke mit Fransen, Blue Jeans – und Cowboystiefel. Diesmal konnte ihm Johnny nicht so aus dem Weg gehen wie auf der Ballermann-Nacht. Deshalb parkte Julius kurz entschlossen seinen Wagen und schälte sich aus dem Fahrersitz.

»Howdy, Johnny«, sagte Julius zur Begrüßung und hob die Hand zum indianischen Gruß. Es mochte auch der vulkanische sein. Er kam da immer durcheinander.

»Julius, grüß dich«, erwiderte der korpulente Winzer. »Ich baue zwar gerade auf, aber kann ich dir schon was anbieten?«

»Was hast du denn Gutes?«

»*Nur* Gutes!«, gab Johnny zurück. Er bemerkte Julius' Blick auf das Weinköniginnenplakat. »Damals war Irmi eine echte Schönheit, was?« Er schenkte ihnen beiden bis zum Rand ein. »Aber heutzutage ist nicht nur das Fotopapier etwas vergilbt …«

»Also echt, *Johnny*!«

»Ist doch wahr. Prost, Julius.« Sie stießen an – mit den kleinen

Gläsern klang es so dumpf, als würden zwei Schildkröten ihre Panzer aneinanderschlagen. Nachdem er den Wein wie einen Schnaps heruntergekippt hatte, tat Johnny erst mal einen langen Seufzer.

»Was ist los, Cowboy?«, fragte Julius.

»Ach, Julius.« Johnny blickte sich um, niemand stand in der Nähe. »Mir geht's nicht gut. Zuerst der Martin, das war ein guter Junge, nicht wie sein Vater. Und dann der Unkel, das war mein Pfarrer, ich bin doch Vorsitzender vom Pfarrgemeinderat, schon seit Jahrzehnten. Der Unkel war die Seele der Gemeinde, ein richtig frommer Mann. Stammte aus einer Großfamilie, die immer wieder Geistliche hervorgebracht hat. Komm, ich schenk dir noch einen ein. Auf einem Bein steht sich's schlecht. Der Nächste ist ein richtig Guter. Andere hätten den sicher für die Jubiläumsversteigerung angemeldet, so gut ist der.«

Julius blickte in Richtung des entsprechenden Stands. »Und? Stellst du auch was an?«

»Ja klar. Sonst heißt es nachher noch, ich sei mir zu fein. Weißte, was ich anstelle? Einen 73er Müller-Thurgau, ein einfacher Kabinett, die Schulter ist schon tief bei dem, kannst du sicher nicht mehr trinken. Aber alt ist er natürlich! Was für Sammler!«

Bei alten Weinen war der Füllstand enorm wichtig, das hatte François ihm mal ausgesprochen ausführlich erklärt. Man maß diesen an der Schulter, dem Teil der Flasche, an dem sie sich verjüngte und in den Hals überging. Obere Schulter war wunderbar, mittlere Schulter noch okay, alles darunter war ein Pokerspiel mit miserablen Karten.

»Und dein Bruder?«

»Interessiert mich das? Nee, tut es nicht. Weiß gar nicht, ob der mitmacht. Wenn er nicht im Wingert oder im Keller ist, interessiert der sich eh für nix außer für seine blöden Actionfilme, krach, rumms, bumms. Je mehr Explosionen, desto besser. Das hat er immer schon geliebt. Wir waren ja zusammen beim Minensuchdienst für den Braunkohletagebau. Da nannten wir ihn nur die Spürnase, keiner hatte ein Näschen wie er. Und kontrollierte Sprengung war ein besonderes Fest für ihn.

Nur deshalb ist er ja auch im Löschzug Bad Neuenahr. Die rufen ihn schon, wenn irgendwo bloß was explodieren *könnte*. Kennen ihren Pappenheimer. Silvester rastet er immer völlig aus, verpulvert da in einer Viertelstunde einen vierwöchigen Urlaub auf den Azoren. Der hat sie doch nicht mehr alle, also wirklich! Na ja, soll mir egal sein, was der Spinner so treibt. Was macht eigentlich die Ermittlung deiner Frau zum Martin? Wen verdächtigen sie denn? Hier, ich schenk dir noch was nach, du hattest ja gar nix mehr drin. Das ist mein neuer Spätburgunder aus dem Hardtberg. Da stehen meine ältesten Rebstöcke.« Johnny füllte bis oben hin und sah Julius danach fragend an.

»Ach, noch haben sie keinen richtigen Verdächtigen. Stochern im Nebel.«

»Trink schnell aus. Und hier zum Nachspülen einen Riesling, der bringt dich wieder auf die Füße! Aber mich verdächtigt doch keiner?«

»Dich? Nein. Also nicht die Polizei. Nur dein Bruder. Und der wird es denen wohl bald sagen. Weil du seinen Weinberg mit Botrytis infiziert hast.«

»Ich habe bitte *was*? Hier, auf den Schreck musst du gleich noch einen trinken.«

Julius kam gar nicht schnell genug hinterher. »Willst du mich etwa besoffen machen?« Er spürte den Alkohol bereits. Und zwar allen auf einmal. Wie ein Schlag mit einer weichen, warmen Faust.

»Ach wo! So schnell geht das bei dir doch nicht. Du hast ja genug Fläche zum Verteilen. Willst du was Brot? Ist zwar von gestern, aber kann man noch essen.« Er schob Julius einen kleinen Brotkorb zu. Dieser nahm dankbar ein Stück. Radiergummis waren butterweich dagegen. Und nahrhaft. Dazu gab es Traubenkernöl, das Johnny selbst produzierte. Nach Julius' Meinung einzig zum Scharnierschmieren zu verwenden.

»Wieso soll ich denn Erhards Weinberg mit Botrytis infiziert haben? Und wie kommt er drauf, dass ich das gewesen sein könnte?«

»Im Weinberg sind Abdrücke von Cowboystiefeln.«

Johnny stutzte. Aber nur kurz. »Die hat sich doch einer angezogen! Das kann ja jeder. Meinst du etwa, ich würde meine Stiefel anziehen, wenn ich so was mache?«

»Du ziehst deine Stiefel sogar im Bett an, Johnny«, sagte Julius, dem ein Sodbrennen wie eine fette Schnecke den Hals emporkroch. Die Weine waren wirklich schlecht gewesen. Egal, wie viel er davon getrunken hätte, er könnte niemals so besoffen werden, um diese Plörre gut zu finden. »Warum habt ihr euch eigentlich damals zerstritten, dein Bruder und du?«

»Ach, die ollen Kamellen, die will doch keiner mehr wissen. Hab ich dir eigentlich schon mal meinen ersten süßen Dornfelder gezeigt? Musst du unbedingt probieren. So was hast du noch nicht getrunken.«

Es donnerte, und die Blicke der beiden gingen gen Himmel.

»Da braut sich was zusammen«, sagte Julius mit leicht torkelnder Zunge. »Gleich fängt's an mit dem Gewitter.«

Johnny schob sich den Cowboyhut aus der Stirn. »Nee, das zieht weiter. Sonst wäre der Sonnborn hier schon längst mit seinem alten Taunus vorbeigefahren.«

»Du kennst ihn?«

»Klar, wir haben zusammen die Schulbank gedrückt. Der hat gute Augen, sag ich dir, wie ein Luchs. Deswegen konnte der auch immer bei mir abschreiben. Aber irgendwann ist es aufgefallen, und dann hieß es Ehrenrunde für ihn.«

»Wo wohnt der denn?«

»In einem Wohnwagen. Oben auf der Ditschhardt-Anhöhe, ganz in der Nähe von der alten Gondelstation hat er den stehen. Schade, dass sie die dichtgemacht haben, aber ohne Restaurant macht sie halt wenig Sinn. Der Sonnborn ist da wegen dem Ausblick, weißte, von da kannste ja die Ahrschleife und die Burg Are sehen – und wohl auch, wo der Blitz einschlagen könnte. Zusätzlich hat der aber auch im ganzen Tal Messapparate. Frag mich nicht, wie das funktioniert, er hat mir das alles mal erklärt, aber: böhmische Dörfer.«

In Julius' vom Alkohol überschwemmtem Hirn tauchte ein Gedanke wie ein müder Wal auf. Er war träge, aber gewaltig. »Gute Augen, sagst du?«

»Oh ja.«

»Und bei Gewitter ist er immer draußen?«

»Immer.«

»Und wenn kein Gewitter ist?« Oha, der Alkohol nahm schneller Gehirnzelle um Gehirnzelle ein als Napoleon Europa.

»Dann hockt er in seinem Wohnwagen. Wertet seine Daten aus, damit er beim nächsten Blitzeinschlag an der richtigen Stelle steht, um getroffen zu werden.«

Es war eine Chance. Zugegeben, eine kleine, aber eine Chance. Was, wenn Sonnborn in der Nacht von Martin Schenks Tod unterwegs gewesen war? Oder als Pfarrer Unkel stürzte?

Julius drehte sich in Richtung seines Käfers um – und landete auf dem Hosenboden. Pirouette mit Spätburgunder. Er machte sich nicht die Mühe aufzustehen, sondern griff sich gleich sein Handy.

»Franz-Xaver Pichler am Apparat. Wer stört?«

»Ich bin es, dein Cheferl. Kommst mich holen, Bürscherl? Bin aufm Dernauer Winzerfest, Kruzifixsakrament!«

»Wenn du schon Wienerisch sprichst, musst arg angflaschelt sein, Maestro.«

»Musst mich auf die Ditschhardt-Anhöhe bringen. Lass dich herfahren und nimm dann meinen Käfer. Schaffst des?«

»Können Österreicher backen?«

»Na, dann ist ja alles klar.«

Julius ließ sich auf den Rücken sinken und betrachtete das Ziehen der Wolken am Himmel über ihm.

Es war so schnell, als hätten sie alle einen ganz dringenden Termin.

FX sprach wenig auf der Fahrt, es genügte ihm, breit zu grinsen und einige Fotos mit dem Handy zu schießen, die er Julius bei passender oder besser noch unpassender Gelegenheit vorlegen würde.

»Siehst dich wirklich in der Lage, mit jemandem zu reden?«

»Latürnich!«

»Na, wennst meinst, Herr Gscheit.«

»Setz mich bitt schön etwas entfernt ab und zeig dich net.

Bleib besser ganz ausm Blickfeld. Der Sonnborn soll sich net bedroht fühlen oder so.«

Das hatte FX jetzt sogar auf Video gebannt. Er strahlte wie ein Honigkuchenpferd.

Auf der Ditschhardt-Anhöhe angekommen half er seinem leise vor sich hin singenden Chef aus dem Käfer. Julius merkte direkt, dass die Luft hier oben eine andere war, frischer, ungebändigter. Im Tal waren die starken Winde gehetzt, wollten hinaus aus der Enge, einen Ausweg suchen, hier tollten sie unbeschwert wie junge Hunde. Eigentlich hätte ihn der ganze Sauerstoff betrunkener machen müssen, doch er fühlte, wie die Klarheit langsam in seinen Kopf zurückkehrte. Der Blick auf das Tal war wunderschön, wie eine von Herzen kommende Einladung lag es vor ihm. Die Ahrschleife wies eine so perfekte Rundung auf, wie kein Maler sie nachempfinden konnte. Den Weg zu sehen, den ein Fluss sich gebahnt hatte, mit Zeit und dem sanften Fließen seines Wassers, beeindruckte Julius immer wieder. Steter Tropfen hatte auch im Ahrtal den Stein gehöhlt. Steter Tropfen, manchmal kam er sich selbst so vor, wenn es ein Verbrechen aufzuklären gab und immer so viele Tropfen nötig waren. Stets viel mehr als gedacht.

Julius ging das letzte Stück des Wegs mit wankendem Schritt empor. Dann war er da. Er hatte einen heruntergekommenen alten Wohnwagen erwartet, aufgebockt und ohne Räder, mit Vorbauten aus morschen Kisten, billigen Plastiktischen und -stühlen. Doch dieser vor ihm sah brandneu aus, geradezu strahlend weiß; ein Generator sorgte für Strom, fünf Satellitenschüsseln standen auf dem Dach und wirkten äußerst ordentlich ausgerichtet. Der alte Ford Taunus Sonnborns stellte sich zwar als wirklich alt heraus, aber sah aus wie gerade vom Band gerollt. Julius besah ihn sich näher. Auf der Rücksitzablage befanden sich eine Klopapierrolle mit Häkelaufsatz in Altrosa und Kanariengelb und ein Wackeldackel.

Sogar ein kupfernes Namensschild hing akkurat an der Tür: »Ministerialrat a. D. Josef-Johannes Sonnborn«.

»Der Blitzableiter« öffnete, noch bevor Julius klopfen konnte. Sonnborn sah aus wie Mitte sechzig und war sehnig wie ein

Marathonläufer. Die grauen Haare und der Vollbart waren kurz geschoren, die Haut wind- und sonnengegerbt. Sein Blick war klug und fokussiert, wie der eines Adlers, doch manchmal zuckten die Pupillen, als hätte es einen Kurzschluss im Hirn gegeben.

»Ich habe Sie schon von Weitem kommen sehen. Sie sind von der Stadtverwaltung, nicht? Warten Sie, ich habe eine Kopie des Schreibens, das heute von meinem Anwalt wegen des Stellplatzes an Sie herausgegangen ist.« Sonnborn hob den Zeigefinger. »Mit Ausgangsstempel!« Er verschwand und kehrte wenige Momente später mit einem DIN-A4-Blatt in einer Schutzfolie wieder. »Sie haben mir noch gar nicht Ihren Ausweis gezeigt.«

Julius zückte seine Mitgliedskarte der Jeunes Restaurateurs D'Europe.

Sonnborn schaute sie sich an und danach verwirrt auf. »Sie sind Koch?« Er kam mit seiner Nase näher an Julius' Mund. »Und betrunken. Ein betrunkener Koch.«

»Aber erst ganz frisch. Also betrunken. Und nur mit Ahrwein! Das ist praktisch Heimatpflege. Wobei es in diesem Fall eher unter Verklappung von Sondermüll fällt.«

Sonnborn trat zurück, den Türgriff in die Hand nehmend. »Was wollen Sie von mir? Ich benötige keinen Koch. Ich koche selbst. Sind Sie von ›Essen auf Rädern‹?«

Julius musste laut lachen. »Ich bin der Besitzer und Koch der ›Alten Eiche‹ in Heppingen. Und wollte mich gerne mit Ihnen unterhalten.«

»Worüber wollen *Sie* sich denn mit mir unterhalten? Ich habe auch gerade gar keine Zeit. Das Gewitter könnte sich doch noch entladen, auch wenn es zurzeit nicht danach ausschaut.« Tür zu.

»Was hielten Sie von einer ganzen Küchenbrigade aus Blitzmeldern?«

Von hinter der dünnen Tür war Sonnborns Stimme zu hören. »Was meinen Sie damit?«

»Na, dass alle von meiner Truppe Sie anrufen, sobald in der Nähe ein Gewitter ist.«

Die Tür öffnete sich wieder einen Spalt. »Das können meine Geräte auch.«

»Können Ihre Geräte denn auch anzeigen, wo genau die Blitze einschlagen?«

Die Tür öffnete sich ganz. »Kommen Sie herein, aber treten Sie sich die Füße ordentlich ab!«

Das Innere des Wohnwagens sah aus wie ein Forschungszentrum. Julius zählte insgesamt zwölf Computerbildschirme, das Brummen der damit verbundenen Rechner erinnerte an einen Bienenkorb. An einer Wand hingen Fotos eines unterschiedlich derangierten Sonnborn, darunter Goldplaketten mit Datum. Seine Blitzschläge. Wohl mehr als Reminiszenz an die Blitzforschung besaß er auch ein FitzRoy-Sturmglas, in dessen Flüssigkeit sich Kristalle bilden sollten, wenn ein Gewitter näher kam.

»Darf ich Ihnen ein Glas Leitungswasser anbieten?«

Julius nickte. Das würde den Alkohol in seinem Blut verdünnen. »Machen Sie ein Doppeltes!«

Es gab nur einen kleinen Tisch mit einem Hocker, Sonnborn bot ihn Julius an, denn der hatte ihn ganz offensichtlich nötiger. »Viermal bisher, ja?«, fragte Julius mit Blick auf die Fotos.

»Leider nur, ja. Aber es kann nicht mehr lange dauern. Wie Sie sehen, habe ich es in jedem der letzten Jahre geschafft. Und die Überschwemmung im Ahrtal ist ein echter Glücksfall. Eigentlich gehen die meisten Gewitter über dem Rhein-Main-Gebiet, Mecklenburg-Vorpommern und bei Hamburg nieder. Doch ich will den Rekord hier brechen, in meiner Heimat.«

»Wer ist denn die Nummer eins weltweit?«

Sonnborn stellte das Glas mit Leitungswasser vor Julius ab. »Roy C. Sullivan, der als Ranger im Shenandoah-Nationalpark gearbeitet hat. Er wurde sechsmal während seiner Dienstzeit getroffen – und noch zweimal danach. Man nannte ihn den ›Blitzableiter von Virginia‹. Sullivan wurde dabei übrigens niemals schwer verletzt. Einmal verlor er allerdings einen Teil seines großen Zehs. Die anderen Ranger mieden ihn bei Gewitter, aus Angst, der Blitz könne sie in seiner Nähe treffen.«

Julius lächelte – Sonnborn nicht.

»Es ist aber doch sehr unwahrscheinlich, von einem Blitz

getroffen zu werden, oder nicht?« Julius nahm einen großen Schluck Wasser.

»Eins zu sechs Millionen, getroffen zu werden; daran zu sterben eins zu achtzehn Millionen. Zum Vergleich: Die Wahrscheinlichkeit, bei nur einem Versuch einen Sechser im Lotto zu landen, liegt bei eins zu fünfzehn Millionen.«

»Da würde ich aber eher Lotto spielen. Könnte ich noch ein Wasser haben, bitte?«

»In Deutschland werden alljährlich drei bis sieben Menschen vom Blitz getötet, aber acht bis vierundzwanzig getroffen. Pro Jahr möchte ich einer davon sein. Rund tausendsechshundert bis zweitausend Gewitter toben ständig irgendwo über den Erdball, Herr Eichendorff. Ich benötige nur eines!«

Über ihnen grummelte es, und Sonnborn stürzte zu einem seiner Bildschirme. Er tippte wild auf einer Tastatur, und mehrere Landkarten erschienen auf den Monitoren. Nach kurzer Kontrolle schüttelte er enttäuscht den Kopf. »Das wird heute nichts.«

»Ansonsten würden Sie jetzt mit einem Schirmgestell rausspringen, oder?« Julius hob sein Glas. »Noch ein Wasser! Meine Fische wollen schwimmen!« Er tätschelte seinen Bauch.

»Jeder weiß, dass geschlossene Autos mit Metallkarosserie und Gebäude mit Stahlbetonnetz den besten Schutz bieten. Für mich ist aber wichtiger, dass Badende oft den höchsten Punkt einer großen Fläche darstellen – also in hohem Maße gefährdet sind. Deshalb ist das Ahrtaler Meer ja ein Geschenk für mich. Frei stehende Bäume und Masten sind ebenfalls extrem gefährdet. Und ich gehe nicht in die Hocke, ich strecke mich dem Blitz entgegen. Mit einem speziellen Metallgestänge, das ist wahr.«

»Mein Wasserglas ist schon wieder leer«, verkündete Julius. »Muss ein Loch haben.« Sonnborn füllte es missmutig nach. »Ich finde ja, Sie müssten längst tot sein. Ups, das hat wohl der Rest-Alkohol gesagt!«

»In vino veritas, Herr Eichendorff, das müssten Sie doch wissen. Lassen Sie mich Ihnen die Hintergründe kurz erläutern: Beim Einschlag erzeugt der extrem hohe Strom eine Temperatur von rund dreißigtausend Grad. Die Feuchtigkeit verdampft schlagartig – deshalb explodieren auch Bäume oder Betonmauern. Menschen, die vom Blitz getroffen werden, reißt es die Schuhe von den Füßen. Einen Blitzschlag zu überleben, dafür braucht es sehr viel Glück und eine hervorragende Konstitution. Ich jogge, mache Gymnastik und ernähre mich gesund. Viel Gemüse, alles selbst gekocht, ohne Zusatzstoffe oder ähnliches Gift. Dafür habe ich spezielle Rezepte entwickelt. Ich will stark sein für den Blitz, ihm etwas entgegensetzen.«

»Gemüse? Rezepte?«

»Ja. Spreche ich undeutlich, oder hören Sie schlecht?«

Es geschahen also doch noch Wunder! Das würde ihm die Führung bescheren und Antoine meilenweit zurückwerfen!

»Also, Herr Ministerialrat a. D., vor Ihnen sitzt der Mann, der Ihnen all diese Rezepte abkauft. Heute ist Ihr Glückstag.«

»Ach, Sie sind das.«

»Wie, ich bin das?«

»Der Kollege, von dem Herr Carême erzählte. Ich traf ihn vor Kurzem im Wald. Er sammelte dort Pilze, und wir kamen ins Gespräch. Er hat bereits sämtliche Rezepte von mir erhalten.«

Aua. Das tat weh.

»Wie viele waren es?«

»Siebenundfünfzig.«

Doppel-Aua.

Julius' Laune sank. Schneller als der Luftdruck vor einem Gewitter. Und er wurde angriffslustig. Der ganze Besuch erschien ihm plötzlich wie eine Schnapsidee. Und er durfte seinen Mitarbeitern dafür bald beibringen, dass sie ab jetzt Gewittermelder waren. Super. »Noch ein Wasser«, forderte Julius. »Aber diesmal ein starkes!« Er stürzte es in einem Zug runter. »Wissen Sie, was Sie für mich sind? Lebensmüde.«

»Lebensmüde?« Erstmalig huschte so etwas wie ein Lächeln über Sonnborns Gesicht. »Nie fühle ich mich lebendiger, als wenn der Blitz durch mich fährt.«

»Packen Sie manchmal auch in die Steckdose? Nur so zum Spaß, meine ich?«

»Nein.«

»Fön in der Badewanne?«

»Der Blitz wird mich nie umbringen. Das weiß ich einfach. Manche Dinge weiß man. So wie andere wissen, wenn sie die Liebe des Lebens gefunden haben oder die Bude mit der besten Currywurst.«

Merkwürdige Aufzählung, dachte Julius.

»Ich bin kein Verrückter, Herr Eichendorff. Um das Risiko weiß ich, aber es schreckt mich nicht. Ich habe nichts zu verlieren, keine Familie, nicht einmal Freunde. Sie sind alle fort, seit ich mich den Blitzen verschrieben habe. Aber das macht nichts, ich hätte ohnehin keine Zeit mehr für sie.« Wieder dieses nervöse Zucken der Pupillen. »Die Blitzschläge sind wie eine Erfüllung. Wenn ich spüre, wie der Blitz kommt und dann in mich einschlägt, durch mich hindurchrast, diese gewaltige Kraft, es ist unbeschreiblich. Auf der Haut bilden sich Farnmuster durch die geweiteten Kapillargefäße – für mich sind sie wertvoller, als jede Medaille es sein könnte. Die Blitze gehen durch die Nerven, deshalb klagen Blitzopfer häufig über Schlaflosigkeit, das ist ein Langzeiteffekt. Auch ich schlafe nicht mehr viel. Aber all das ist es wert. Ich war nicht unglücklich in meinem Leben, Herr Eichendorff, ich hatte mich eingerichtet, ich mochte meine Arbeit im Ministerium. Aber als der Blitz mich traf, war das, als hätte sich plötzlich der Himmel geöffnet – und zwar metaphorisch. Ich bin kein gläubiger Mensch, aber in diesem Moment spürte ich etwas, das Gott sein konnte.«

»›Wo ein Begeisterter steht, ist der Gipfel der Welt.‹ Joseph von Eichendorff.«

»Ihr Vorfahr?«

Julius nickte.

»Ein wirklich kluger Mann«, sagte Sonnborn.

»Ja, das war er. Jetzt aber mal zum Grund meines Besuchs. Denn über Blitze wollte ich eigentlich nichts wissen. Haben Sie in einer Nacht am Damm – also bevor es den Damm gab – vielleicht irgendetwas Merkwürdiges bemerkt? Wenn Sie überhaupt dort in der Nähe unterwegs waren?«

Sonnborn stellte Julius noch ein Wasser hin. »Sie fragen wegen des Pfarrers, nicht wahr? Ja, ich war in der Nacht dort und habe ihn gesehen. Aber er war nicht allein.«

Julius wusste nicht, wie dies möglich sein konnte, doch mit einem Schlag war er völlig nüchtern. Als hätte Sonnborns Satz sämtlichen Alkohol aus seinem Blutkreislauf verdunsten lassen.

»Pfarrer Unkel war nicht allein?«

»Sie waren zu zweit«, sagte Sonnborn. »Ich konnte aber keine Gesichter erkennen, dafür war es zu dunkel. Aber den Staturen nach waren es Männer. Der eine trug den anderen. Also den Pfarrer. Der war zu diesem Zeitpunkt schon leblos. Der andere legte ihn am Fuß des Hangs ab, stieg hoch und trat ein wenig Erde los, vermutlich damit es aussah, als sei der Pfarrer gestürzt.«

Julius hielt es nicht mehr auf dem Hocker. »Und warum haben Sie nichts davon der Polizei gesagt?«

»In dem Moment wurde ich vom Blitz getroffen. Das heißt: nicht richtig. Er schlug neben mir ein. Es zählt nicht.«

»Ja, und?«

»Manchmal kehrt die Erinnerung erst langsam zurück. Und danach … ich weiß nicht … doch, ich weiß es: Ich hatte einfach keine Lust, es der Polizei zu sagen. Es frisst Zeit, und ich könnte einen Blitz verpassen.«

»Jetzt sagen Sie bloß noch, Sie hätten auch Martin Schenk in der Nacht seines Mordes gesehen.«

»Nein.«

»Na, das hätte mich jetzt auch gewundert.«

»Nur seinen Wagen.«

Julius ließ sich wieder auf den Hocker fallen, der Wohnwagen schwankte. »Ich glaub, jetzt wäre ich doch lieber wieder betrunken.« Sein Glas war leer. Er setzte es trotzdem an und ließ den letzten Tropfen in seinen Mund rinnen.

»Aber nicht in der Nacht seines Mordes, Herr Eichendorff. Sondern am Tag danach. Erst im Nachhinein erfuhr ich, dass er zu diesem Zeitpunkt wohl schon vermisst wurde. Ich habe nur den Wagen gesehen. Also parkend. Nicht, wie er hingefahren wurde, habe auch niemanden aussteigen sehen. Nur den Wagen. Er fuhr einen auffälligen Ford Mustang, schwarz mit roten Flammen, solch ein Auto vergisst man nicht.«

»Wo hat der Wagen denn gestanden?«

»Wenn Sie an der ›Ahr-Klause‹ vorbeifahren, die Straße heißt

Auf der Wacht, dann geht auf Höhe des SV Rot-Weiß Dernau linker Hand ein Weg ab. Diesen nehmen Sie und fahren weiter fast bis auf Höhe Marienthal, dort stand er im Wald. Also nicht auf dem Weg, sondern im Wald selbst.«

»Und da haben Sie sich nichts bei gedacht?«

»Doch. Ich vermutete ein Schäferstündchen.«

»Und nach den Meldungen über Martins Tod hielten Sie es nicht für nötig, der Polizei diese wichtige Information mitzuteilen?«

»Ich vertraue voll darauf, dass die Polizei das auch ohne mich herausfindet. Das geht mich alles nichts an. Und ich habe keine Zeit für irgendwelche Zeugenaussagen. Was, wenn gerade dann ein Gewitter ausbricht? Deshalb vertraue ich auch darauf, dass Sie der Polizei nichts mitteilen, was ich Ihnen sage. Ja nicht einmal, dass ich etwas wissen könnte. Habe ich Ihr Wort als Ehrenmann?«

Julius ging vieles durch den Kopf, doch er nickte schließlich. Was blieb ihm anderes übrig? Besser er hatte die Informationen als gar niemand.

»Können Sie mir die Stelle genau beschreiben, ich meine auf fünf Meter genau?«

Sonnborn holte eine topografische Karte des Tals hervor, dann schaltete er ein Notebook ein, auf dem nach wenigen Tastenkombinationen einige Fotos erschienen. »Ich dokumentiere stets die Landschaft, um später mögliche Blitzeinschläge genau bestimmen zu können.« Er vergrößerte eines der Bilder, und der Mustang Martin Schenks war zu sehen. Mit einem Bleistift zeichnete Sonnborn kurz danach ein Kreuz auf der Karte vor Julius ein.

»Hier. Plus/minus zwanzig Meter. Steht jetzt natürlich alles unter Wasser. Sie können die Karte mitnehmen. Aber ich erwarte sie in tadellosem Zustand zurück, bis zum Ende der Woche. Und hier meine Handynummer für Ihre Blitzmelder.«

Julius dachte kurz daran, Sonnborn zu umarmen, sah dann aber doch davon ab.

Die Gefahr, dabei vom Blitz getroffen zu werden, war einfach zu groß.

Julius steckte die Karte in die Innentasche seiner Jacke, verabschiedete sich von Sonnborn und machte sich auf den Weg Richtung Käfer und FX. Wenn er Katrin Jolik die Stelle auf der Karte zeigte, würde sie genau dort tauchen können. Vielleicht gab das Ahrtaler Meer dann ein Geheimnis preis? Zum Beispiel warum die Leiche aus dem Wagen treiben konnte. Die Fenster von Martins Mustang waren in dieser gewittrigen Nacht sicher nicht offen gewes… Julius hielt inne. Wenn er mit einer Leiche führe, würde er mit Sicherheit die Fenster herunterkurbeln, um den Geruch des Todes nicht wahrnehmen zu müssen. Dem Täter musste es ähnlich gegangen sein, er wollte die Leiche schnell loswerden, und ihm war nichts Besseres eingefallen, als den Wagen mit ihr im Wald abzustellen.

Vielleicht hatte jemand den Mustang in dieser Nacht gehört? Dessen Motorengeräusch war schließlich außergewöhnlich. Unter anderem außergewöhnlich laut. Vielleicht hatte jemand den Täter oder die Täterin den Weg zurückkommen sehen. Den Wagen dort im Wald zu parken war ein Verzweiflungsakt gewesen, von jemandem, der nicht fähig war, die Leiche zu verscharren oder in den Rhein zu werfen. Der vielleicht in Panik gewesen war. Ein Täter in Panik beging oft Fehler.

Er musste Anna alles sagen. Aber dann würde die Polizei Sonnborn auf die Pelle rücken. Er hatte ihm versprochen, sie außen vor zu halten. Und er brach sein Wort nicht. Andererseits. Wenn Anna erfuhr, dass er ihr solch einen gewichtigen Hinweis vorenthielt, würde der Haussegen so schief hängen, dass weitreichende Instandsetzungsmaßnahmen fällig wären.

Er war schon außer Reichweite von Sonnborns Wohnwagen, als hinter ihm eine Stimme erklang. »Herr Eichendorff. Einen Augenblick!«

Hatte der Ministerialrat a. D. etwas vergessen? Zuzutrauen wäre es ihm. »Herr Eichendorff, haben Sie einen Moment Zeit?«

Julius drehte sich um.

Vor ihm stand jedoch nicht Sonnborn, sondern ein völlig in Schwarz gekleideter Mann mit Motorradmaske. Rechts und links von ihm traten insgesamt vier weitere, ebenso Gekleidete aus den Schatten. Ihre Bewegungen hatten die Elastizität der

Jugend, doch die Schwere trainierter Muskulatur. Sie gingen auffallend breitbeinig.

Genau so waren die Randalierer auf der Ballermann-Nacht beschrieben worden.

Sie kamen näher.

Er konnte weglaufen, doch sie würden schneller rennen als er, und der Käfer stand zu weit entfernt. Er konnte um Hilfe rufen, doch dann würden sie ihm womöglich den Mund zuhalten und schnell in den Wald schleifen. Außerdem: Wer konnte ihn hier schon hören? Sonnborn und FX. Dem einen wäre der Hilferuf gleichgültig, der andere hörte im Käfer vermutlich in Konzertlautstärke Musik, bis die Autobatterie leer war.

Einen Versuch war es trotzdem wert. Julius lief in Richtung des Wagens und schrie: »Hilfe! FX! Sonnborn! Hierher!«

Dann war einer bei ihm. Er presste eine Hand brutal auf Julius' Mund und drehte ihm den Arm schmerzhaft auf den Rücken.

Die restlichen vier kamen gemächlich näher. Der Mann in der Mitte legte den Zeigefinger auf seine Lippen. »Pssst!« Dann nickte er dem hinter Julius Stehenden zu, worauf dieser die Hand wieder löste.

Ihm blieb nur zu verhandeln.

»Wollt ihr Geld? Ich geb euch alles, was ich dabeihabe.« Die vier traten noch näher. »Wein müsste auch noch in meinem Auto sein. Ein ganzer Karton Kräutergarten von Schultze-Nögel.« Sie kamen weiter auf ihn zu. »Wir können über alles reden! Im Wagen habe ich sogar Notfallpralinen. Für jeden eine. Selbst gemacht. Mandelknusper, eine mit Macadamia-Nuss und sogar eine Trüffel mit Lumumba!«

Den Vorschlag musste der Restalkohol gemacht haben.

Der Mittlere sprach wieder. Er war kleiner als die anderen, seinen Kopf hielt er leicht nach vorn gebeugt, als wolle er damit gleich durch eine Wand rennen. Und als sei er sich sicher, dass die Wand keine Chance hätte.

»Wir haben eine Botschaft für Sie: Halten Sie sich raus. Aus allem. Kochen Sie schön, alles andere hat Sie nicht zu interessieren. Kochen Sie Ihr Gemüse, sonst tauft der kleine Franzmann Ihr Lokal bald in ›Brasserie la merde‹ um!«

Die Truppe lachte wie Hyänen.

»Oder ›Bistro Schabrack‹!«, sagte ein anderer.

»Restaurant Resterampe!«, kam der nächste Vorschlag.

»Schluss«, befahl der Anführer. »Lasst uns das hier schnell erledigen, und dann ab. Aber denkt dran: nicht aufs Gesicht.«

Sie rückten von allen Seiten auf ihn zu.

Julius versuchte sich mit aller Macht aus dem Griff zu befreien, es gelang ihm unter Schmerzen, doch der Kreis um ihn war bereits eng gezogen. Er hob die Fäuste, versuchte wenigstens, einen seiner Gegner zu treffen, doch der immer noch in ihm fließende Alkohol machte ihn langsam und unkoordiniert; seine Hiebe gingen ins Leere, die seiner Gegner nicht. Ihre Schläge und Tritte kamen schnell und von überall, zielten auf den Bauch und die Beine. Julius verschränkte die Arme vor dem Gesicht und ging nach zwei schweren Schlägen in den Magen auf die Knie. Sie schlugen weiter auf ihn ein, jetzt auf seinen Rücken. Nicht mehr lange, und er würde das Bewusstsein verlieren.

»Lasst ihn mir«, raunte eine Stimme. »Ich erledige den Rest.« Jemand packte ihn wüst am Kragen, rollte sich ihn mit sich reißend über den Rücken ab und schleuderte ihn mit Hilfe seiner Beine mit voller Wucht hinter sich auf den Boden. Es musste spektakulär ausgesehen haben – doch hatte kaum geschmerzt.

Die Meute applaudierte. Der Angreifer kam mit dem Kopf ganz nah an Julius' Ohr und flüsterte:

»Bleiben Sie bloß liegen und stöhnen Sie laut!«

Es war die Stimme einer Frau.

Dann sprang sie auf.

Julius blieb liegen und stöhnte.

»Der hat genug«, war wieder die Stimme des Anführers zu hören. »Jetzt gibt es was zu trinken. Ich hab uns ein Pittermännchen besorgt. Und meine Mutter hat für uns alle Schnittchen gemacht.«

Julius hörte noch, wie einer aus der Meute »Das sind die Besten!« sagte, dann wurde es still.

Er wartete noch einige Zeit, er wusste nicht, wie lang, ehe

er aufstand, sich den Dreck von der Kleidung klopfte und humpelnd zum Käfer ging.

FX schaute nicht einmal auf, als er sich auf den Beifahrersitz fallen ließ. Er spielte friedlich auf seinem Handy.

Ninja Fighting.

6

Wassertiefe

Julius wachte von den Schmerzen in der Rippengegend auf. Es konnte allerdings auch von denen im rechten Arm kommen. Oder denen an den Oberschenkeln, auf der Brust, den Schultern oder, nun ja, sogar sein Hintern hatte etwas abbekommen und sandte Unbehagen aus.

Julius öffnete die Augen und blickte auf Hans Krankl, der im rot-weißen Nationaltrikot Österreichs Sepp Maier zum Endstand von 3:2 überwand. »Das Wunder von Córdoba«, als das dieses Spiel in der Alpenrepublik bekannt war, wurde in Deutschland als »Schmach von Córdoba« empfunden. Schräg über dem riesigen Plakat hing die Replik eines Straßenschildes – passenderweise des Córdoba-Platzes im 21. Bezirk Wiens.

Dies war ganz bestimmt nicht sein Schlafzimmer.

Auch die rote Seidenbettwäsche auf dem antik-goldenen Barock-Doppelbett sowie die Spiegel an der Decke deuteten daraufhin. All das konnte nur einer Person gehören.

»FX? Bin wach!«

Kurze Zeit später schwang die Tür auf, und sein Maître d'hôtel rauschte im Morgenmantel mit Leopardenfellmuster herein. »Frühstück im Bett oder wie gesittete Leut am Tische?«

»Am Tische«, antwortete Julius. Dem jetzt alles wieder einfiel. Er hatte nicht zurück zu Anna gewollt, da sie dann seine Verletzungen bemerkt hätte und etliche Erklärungen nötig geworden wären – und sie ihm weitere Ermittlungen sicher verboten hätte. Stattdessen hatte er ihr am Telefon vorgelogen, dass er nach einer ausgiebigen Weinprobe lieber bei FX bliebe. Dieser hatte ihn versorgt – wie sich herausstellte, hatte er einst als Sanitäter beim österreichischen Bundesheer gedient. Leider hatte er so gut wie alles verlernt.

Sie hatten noch bis spät in die Nacht zusammengesessen und über den Angriff gesprochen. Wem war er so nah gekommen, dass er zu solchen Mitteln griff? Wer griff überhaupt zu solchen

Mitteln und kam an einen Schlägertrupp heran, der sich Julius auf den Hals hetzen ließ? Sie fanden trotz vieler Gläser Frühburgunder keine Antwort. Nur eines war klar: Er hatte eine heiße Spur. Und er hatte sich daran verbrannt.

Julius schlug die Bettdecke zur Seite. Selbst das tat weh. Zwar waren seine Wunden versorgt, doch hatten sich an vielen Stellen blaue Flecken gebildet. Wenn Anna das sah, wäre die Hölle los. Verdammt! Also nur noch Ganzkörper-Schlafanzüge.

Leicht humpelnd verfrachtete er seinen Körper in FX' Wohnzimmer, wo der Tisch schon eingedeckt war. Es gab frische Brötchen, Marmeladen, Käse und Aufschnitt.

Sowie Matjes.

»Matjes?«, fragte Julius.

»Gibt nix Besseres, um wach zu werden. Und nach dem, was der Herr gestern getrunken hat, kann Hering erst recht net schaden.«

Julius setzte sich an den Tisch. Etwas fehlte.

»Stand was in der Rhein-Zeitung, das ich nicht lesen soll?«

»Na, des hat nur so bleed ausgeschaut auf dem schön gedeckten Tisch. Haben geschrieben, dass die Beerdigungen von Martin Schenk und Hendrik Unkel noch lange net stattfinden können, weil die Leichenschau andauert.«

Das beruhigende Pluckern und Sprotzeln der Kaffeemaschine war für Julius genau die richtige Musik, um wach zu werden. Wirklich gemütlich war es trotzdem nicht.

»In diesem Haushalt fehlen eindeutig Katzen.«

»Glaub mir, Maestro, hier kommen genug Wesen her, die fauchen und kratzen.« FX hob zweideutig die Augenbrauen. »Und für die brauchst net mal ein Katzenklo.«

Julius aß einen Matjes. Hatte er schon seit Ewigkeiten nicht mehr auf dem Teller gehabt. Früher immer, wenn die Matjessaison eröffnet wurde, im Mai, dann waren die Heringe schön mild. Zuerst hatte er sie pur mit ein paar Zwiebelringen gegessen, dann mit Bratkartoffeln und Speck und schließlich nach Hausfrauenart mit Sauerrahm, Äpfeln, Dill und Zwiebeln. Mit Krabben waren sie natürlich auch nicht zu verachten.

Er sollte unbedingt ein Matjesrezept in sein Gemüsekochbuch

aufnehmen – eins mit tüchtig Gemüse natürlich. Also Zwiebeln. Die waren ja Gemüse. Und vielleicht noch ein lecker Spiegelei drauf? Ein richtig gutes Spiegelei war ein großes Glück – und viel schwerer zu braten, als viele dachten. Das Gelbe musste flüssig bleiben, das Weiße hart werden, aber nicht trocken, und es durfte keine Blasen schlagen. Jeder Bewerber auf eine Stelle in seiner Küche musste deshalb ein Rühr-, ein Spiegel- und ein gekochtes Ei zubereiten. Je einfacher man ein Ei zubereitete, umso mehr schmeckte man dessen Qualität. Nichts verfälschte, nichts überdeckte, Ei pur. Herrlich. Genau wie beim Matjes! Er griff sich den nächsten, um seine kulinarische Imagination so richtig ins Rollen zu bringen. Bevor er sich auch den letzten nehmen konnte, zog FX allerdings den Teller zu sich und unterbrach damit jäh die Arbeit am Kochbuch.

»Jetzt weiß ich, wie ich dich zukünftig nennen werd.«

»Wie denn?«

»Eure Matjestät!« FX lachte meckernd. »Verstehst? *Matjes*-tät!«

»Es war mir schon beim ersten Mal klar«, sagte Julius, ein Grinsen unterdrückend. Der Witz war tatsächlich gut, den musste er sich merken. Aber FX jetzt dafür zu loben würde sich rächen. Ein Hauch zu viel Lob, und der Wiener hob ab. Lieber wieder runter auf den Boden mit ihm, je schneller, desto besser.

»Ist alles für das heutige Benefizessen zugunsten der Dernauer Flutopfer organisiert? Oder hast du wieder, wie es in deinem Heimatland seit Jahrhunderten üblich ist, geschlampt?«

FX wollte zu einer gepfefferten Replik ansetzen, verschüttete dabei aber seinen Kaffee. Julius hinderte ihn, den Fleck wegzuwischen.

»Kaffeeorakel«, erklärte er und sah sich den Fleck genauer an.

»Kaffee Haag?«, schlug FX vor.

»Orakel«, wiederholte Julius. Doch er erkannte nichts im Fleck, sosehr er sich auch bemühte, es blieb ein Kaffeefleck. Jemand wie er, in dessen Adern Spätburgunder floss, konnte wohl nur im Wein die Zukunft lesen. »Aber ich seh nix, also mach ruhig sauber.«

»Du siehst nix in dem Fleckerl? Des ist doch ganz klar eine Frau, eine muskulöse noch dazu, schau her, da is der Kopf und da die Spaßquastln, also die Hupn.«

Julius erkannte immer noch nichts – aber er stammte ja auch nicht aus einer alten Wiener Gastronomenfamilie und war in Kaffeehäusern groß geworden.

»Du siehst auch wirklich überall Frauen.«

»A geh! Siehst des denn net? A Weib, und a Rasseweib noch dazu. Wennst Orakel sagst, meinst damit, die begegnet mir bald? Des tät mich nämlich erheblichst freuen.«

Oder die Frau begegnete Julius, und er erkannte sie nicht. Denn FX hatte den Kaffee ja seinetwegen verschüttet. Aber zurück zum Thema.

»Was ist denn jetzt mit dem Benefizessen?«

FX setzte eine neue Kanne Kaffee an. »Alles organisiert und längst ausgebucht. Wir hätten drei Abende vollbekommen, und des nur aufgrund einer kleinen Mitteilung auf unserer Homepage.«

»Dann machen wir halt drei Abende! Ab jetzt jeden Mittwoch. Ja, ich weiß, dass das unser Monatsergebnis nach unten reißen wird, aber solange das Wasser bis Dernau steht, machen wir weiter.«

»Zu Befehl, Herr Ober... Matjestät. Ach fein, des gefällt mir sehr. Bin zudem froh, dass wir dieses Angebot nur bis zum Ende der Flut und nicht bis zur Aufklärung des Mordfalls, beziehungsweise der Mordfälle, aufrechterhalten. Sonst würd's wohl noch bis zum Jüngsten Tag dauern. Hast eigentlich schon Verdächtige?«

Julius legte Messer und Gabel auf den Teller. Ohne Matjes war das ganze Frühstück nur halb so schön.

»Ja, die hab ich. Katrin Jolik ist zum Beispiel verdächtig, ihr Freund Horst Richartz auch, außerdem Martins Onkel Johnny, Pfarrer Hendrik Unkel, obwohl bei ihm meines Erachtens das Motiv völlig fehlt, und dann natürlich dieses Schlägerkommando. Nicht ganz auszuschließen ist auch Dieter von der ›Prummetaat‹, der mich immerhin angelogen hat, was sein Verschwinden von der Party betrifft. Auch André Erlen spielt mit gezinkten Karten.

Er wurde aus der lukrativen Sangri-Ahr-Geschichte rausgehauen, erzählt mir, finanziell wäre alles im grünen Bereich und er würde niemals an Richartz verkaufen, der sagt mir dagegen, er stünde kurz vor einem Abschluss mit Erlen.«

»Der Richartz soll viele Flächen von Genossenschaftlern gekauft haben. Des sehen deren Führungsetagen gar net gern, weil sich in letzter Zeit schon a paar selbstständig gemacht haben.«

»Ich glaube, die zweite Kanne Kaffee ist fertig«, sagte Julius. Als FX aufstand, mopste er den letzten Hering. Einen Ehrentitel wie Matjestät musste man schließlich stets aufs Neue verteidigen.

»Sind des alle? Ich mein, an Verdächtigen«, fragte FX aus der Küche, bevor er den Kaffee brachte und nur noch sah, wie der letzte Zipfel Matjes in Julius' Mund verschwand. »Saukerl.«

Betont elegant tupfte sich Julius die Lippen ab und fuhr dann noch mal genussvoll mit der Zunge darüber. Erst danach sprach er wieder. »Ansonsten gibt es nur noch diesen Wurst-Willy, mit dem stimmt auch was nicht. Also viele Verdächtige, aber keine heiße Spur. Doch vielleicht ändert sich das heute.«

»Wie meinst des?«

»Wirst du schon sehen. Wie viel Uhr ist es eigentlich?«

»Noch früh. Wir müssen noch lang net los.«

»Doch«, sagte Julius. »Ich muss. Denn heute will ich da sein, wenn Vanessa Hohenhausen eintrifft. Ich habe nämlich ein Hühnchen mit ihr zu rupfen – und es wird keines von meinen sein.«

Zurück in der »Alten Eiche« stellte sich Julius an den Geschirrspüler – von hier aus hatte er den besten Blick auf Vanessa, wenn sie gleich durch die Hoftür hereinkäme. Seine Miene würde ihr sofort signalisieren, was los war. Direkt einschüchtern und zur Rede stellen, das war der Plan. Die große Küchenuhr zeigte an, dass die Patissière in exakt drei Minuten eintreffen würde. Sie war immer pünktlich, wie fast alle ihres Berufsstandes. Denn Desserts und Gebäck verlangten äußerste Präzision, es konnte um Milligramm und Sekunden gehen. Und was vor dem Hineinschieben in den Ofen falsch gemacht wurde, konnte nach dem Herausziehen nicht mehr gerettet werden. Deshalb waren viele Patissiers Kontrollfreaks.

Bei Vanessa Hohenhausen hatte die Kontrolle auch ihre Zunge einbezogen.

Julius strich seine Haare streng nach hinten. Konnte man mit ihm denn nicht reden? Oder war er nicht der Chef, der er zu sein hoffte? Einer, bei dem man sich mehr wie in einer Familie fühlte als an einem Arbeitsplatz? Aber Vanessa hatte sich ihm nicht anvertraut. Dabei war es doch keine Schande, dass sie Katrin Joliks Schwester war. Er schätzte Vanessa, noch mehr: Er mochte sie. Umso mehr schmerzte ihn dies alles.

Julius blickte wieder auf die Uhr. Jetzt gleich stünde sie vor ihm. Er streckte seine Brust nach vorne. Die leere Küche hatte etwas Ungeduldiges, sie war in Erwartungshaltung. Genau wie er.

Doch Vanessa kam nicht. Erst zwanzig Minuten später öffnete sich die Hoftür. Zwanzig Minuten, in denen Julius das Gespräch mit ihr immer und immer wieder im Kopf durchgegangen war – und sich seine Laune weiter verschlechtert hatte.

Eine lachende Vanessa Hohenhausen trat ein, einen ebenso lachenden François im Schlepptau.

Als sie Julius sah, veränderte sich ihr Gesichtsausdruck schlagartig.

»Kann ich dich mal sprechen, Vanessa? Im Büro?«

Sie fragte Julius nicht, was er von ihr wollte. Ihre Schultern sackten herunter, die Raumtemperatur sank um etliche Grad.

»Worum geht es denn?«, fragte stattdessen François besorgt.

»Das ist etwas zwischen Vanessa und mir«, antwortete Julius.

François stellte sich zwischen die beiden. »Du schaust sehr ernst, Julius.«

»Lass nur«, sagte Vanessa und legte ihre Hand sanft auf François' Unterarm. »Es ist schon gut.«

»Nichts ist gut. Julius, was ist los?«

»Ich habe etwas Falsches getan«, antwortete Vanessa und presste die Lippen aufeinander.

Julius hielt die Tür zu seinem Büro auf.

»Das ist bestimmt ein Missverständnis, Julius«, sagte François. »Ganz sicher!«

Julius schüttelte den Kopf. »Ganz sicher nicht.«

Er ging mit Vanessa in sein kleines Büro, das außer einem Computerarbeitsplatz, einem Bücherregal und ein paar Kleiderhaken wenig mehr beinhaltete. Sie standen sich aufgrund der Enge sehr nah gegenüber.

»Katrin Jolik ist deine Schwester. Dieselbe Katrin Jolik, die wir zusammen auf dem Video des Mordabends gesehen haben, die ich gesucht habe. Wegen der die SOKO Eichelhäher alle gefragt hat, aber keiner wusste was, nicht mal derjenige, von dem das Handyvideo stammte.«

»Ja.«

»Du hättest etwas sagen sollen.«

»Ja.« Vanessa setzte sich auf den einzigen Stuhl und senkte den Blick. »Ja, das hätte ich. Aber ich habe es nicht. Wollte es nicht. Nicht vor allen anderen und danach auch nicht. Ich hab mich geschämt für meine Schwester. Und dann geschämt, dass ich mich für meine Schwester schäme. Kannst du das verstehen?«

»Ja, *das* kann ich verstehen. Aber nicht, dass du mir gegenüber geschwiegen hast. Bin ich so ein schrecklicher Chef?«

»Nein.« Eine Träne lief über Vanessas Wange. »Du bist der Beste. Wirklich.« Es klang bei ihr als Westfälin immer wie »Wiaklich«. Julius mochte das sehr.

Er legte ihr eine Hand auf die Schulter. »Dann weißt du ja, dass ich nicht beiße. Selbst im Bellen bin ich schlecht.«

Sie lächelte ein wenig und wischte sich die Träne fort. »Das Verhältnis von Kati und mir ist … schwierig. Also ich liebe sie und sie mich, aber wir sind sehr unterschiedlich.«

»Du meinst damit ihre Beziehung zu Richartz?«

Vanessa nickte. »Ja, auch. Mit ihren Männern kam ich nie klar, und Horst ist sozusagen die Krönung. Wenn wir Partner haben, die sich verstehen, sind auch Kati und ich uns nah, kommen sie nicht miteinander klar, ist die Entfernung größer. Horst hat Katrin auf einen anderen Kontinent versetzt.«

»Und du würdest dir wünschen, sie zöge wieder näher zu dir?«

Vanessa kratzte sich nervös am Unterarm. »Ja, das wäre sehr schön. Aber je mehr ich versucht habe, ihr Horst auszureden, desto stärker hat sie ihn verteidigt. Also sage ich lieber nichts mehr.«

»Das tut mir leid.«

»Ist schon gut.«

»Wie kommt es, dass Katrin einen anderen Nachnamen trägt? Hat sie bereits geheiratet?«

»Nein, ich. Und den Namen behalten. Weiß auch nicht, wieso. Muss ich endlich mal ändern. Aber ich habe keine Zeit dafür, weil da so viel dranhängt. Personalausweis, Pass, Führerschein, und zur Bank müsste ich auch. Aber ich plappere, da geht es ja gar nicht drum.« Sie blickte hoch. »Es tut mir leid, Julius, wahnsinnig leid, ich hätte dir was sagen sollen.«

»Ja, hättest du.«

»Wenn nicht vor den anderen, dann unter vier Augen.«

»Ja.«

»Aber ich habe es nicht getan.«

»Nein, hast du nicht.«

»Was passiert jetzt?« Sie sah ihn mit ihren großen Augen an. Wie ein Kätzchen, das ängstlich unter der Bettdecke hervorschaut. »Schmeißt du mich …?«

Julius sprach das Wort aus. »… raus? Sag mal, spinnst du? Wegen so etwas? Du bist meine Patissière! Und eine phantastische noch dazu. Hier wird man nicht rausgeschmissen, weil man seinem verschrobenen Chef etwas verheimlicht.«

»Nein?«

»Nein.«

Sie fiel ihm um den Hals – und traf dabei genau einen seiner prachtvollsten blauen Flecken. Herr im Himmel, tat das weh. Julius biss die Zähne zusammen und umarmte Vanessa. »Aber ich würde dich gerne um einen Gefallen bitten.«

Sie ließ Julius los und blickte ihn fragend an. »Jeden!«

»Wart's doch erst mal ab.«

»Nein, jeden! Sag!«

»Ich brauche die Hilfe deiner Schwester. Sie müsste für mich im Ahrtaler Meer tauchen, ohne dass jemand davon erfährt. So schnell wie möglich. Am besten heute.«

»Ich versuch's.«

»Es ist wirklich wichtig, sonst würde ich dich nicht darum bitten. Wenn es hilft, tu so, als hinge dein Job davon ab, stell mich als Monstrum dar, ist mir egal.«

Vanessa nickte. »Kati kann echt schwierig sein. Aber ich schaff das. Verlass dich auf mich.«

»Das mache ich immer. Denn ich weiß, dass ich es kann. Und jetzt raus mit dir. François wird sonst noch wahnsinnig. Der zieht wahrscheinlich schon Kreise wie ein eingesperrter Panther.«

»Meinst du?«

»Ich glaube, den musst du an die Leine nehmen. Er will das.«

»Wir sind doch nur gute Freunde. Er hat mich heute abgeholt, weil ich kein Auto habe und meine Wohnung auf seinem Weg liegt.«

»Das mit dem Weg mag schon sein, aber um diese Uhrzeit müsste er noch gar nicht hier sein.«

»Hab ich gar nicht drüber nachgedacht.«

»Weil du nur Augen für Naschwerk hast. Wollen wir wetten, dass er auf die Bürotür schaut, sobald sie aufgeht? Weil er sich Sorgen um dich macht? Wetten wir um eine Lage Champagnertrüffel? Ja? Du gehst vor.«

»Meinst du?« Vanessa zögerte.

Julius schob sie vor sich und drückte die Klinke herunter.

François stand direkt davor. Jetzt tat der Sommelier allerdings so, als wäre er nur zufällig vorbeigekommen. »Ach, seid ihr schon fertig?«

Vanessa sah Julius an, ihre Wangen knallrot.

Es hätte ein romantischer Moment zwischen Vanessa und François werden können, wenn nicht mit einem Mal Julius' Lieblingshuhn Martha panisch hereingeflogen wäre.

Nach einer Sekunde wussten alle, wieso: Herr Bimmel war hinter ihr her. Das dicke Fellknäuel bewegte sich langsam und bedrohlich wie ein Puma. Martha flüchtete sich in einen leeren Topf, der auf dem Herd stand.

»Zu früh, Martha«, sagte Julius und hob das verängstigte Tier wieder heraus. »Du wirst hier allerdings nicht enden. Selbst wenn du keine Eier legst. Aber verrätst du mir bitte mal, wie du schon wieder ausgebüxt bist? Ist der Zaun etwa immer noch nicht hoch genug?«

Marthas Kopf zuckte nervös, weil sich Herr Bimmel weiter näherte, und sie versuchte, aus Julius' Händen zu flattern. In diesem Moment sauste FX herein.

»Du kommst gerade recht«, sagte Julius. »Geleite Martha und Herrn Bimmel bitte hinaus – und wenn du zurück bist, find mal raus, wie man Hühner daran hindert, immer wieder abzuhauen.«

»Zu Befehl, Eure Matjestät.« FX salutierte. Nachdem die Tiere wieder draußen und die Tür zu war, ging FX ins Büro und warf den Computer an. »Wo soll ich denn bitt schön nachschaun?«

Julius spülte gerade Marthas temporären Topf durch. »Keine Ahnung. Versuch's bei Wikipedia.«

»So wird's gemacht!«

Es dauerte einige Zeit, bis FX' Kopf wieder hervorschaute. Julius hatte derweil einige Warenlieferungen angenommen, die Qualität kontrolliert und ein Drittel zurückgehen lassen. In der »Alten Eiche« kam ausschließlich beste Qualität auf den Tisch.

»Heureka, Maestro! Hier steht, du musst die Schwungfedern kürzen, mit einer scharfen Schere, an einer Seite aber nur, da sonst des Gleichgewicht ja wiederhergestellt ist. Diese Methode soll dem Tier nicht schmerzen, weil keine Nervenbahnen durch das Federkleid laufen. Es sei wie Haareschneiden.«

Julius ging ins Büro und blickte auf den Bildschirm. Er wollte seinen Hühnern nicht die Federn kürzen, Haarschnitt hin oder her. Aber beim Wort Wikipedia klingelte etwas in seinem Kopf, da war doch was …

Martin Schenk! Der hatte doch falsche Informationen in Artikeln dieser Seite untergebracht. Und Julius hatte eine Idee, bei wem er ebenfalls tätig geworden sein könnte.

»Gib mal Horst Richartz ein.«

»Hat der auch Hühner?«

»Tu's einfach.«

»Jawoll, Eure Heringstät! Na, des passt net. So, da isses schon, des Weingummibürscherl.«

Julius begann zu lesen. »Nicht so schnell scrollen, ich studiere die Angaben.«

»Oha, na dann.« FX schaltete um in Zeitlupe.

»So langsam nun auch wieder nicht!«

»Nie ist's dem Herrn genehm.«

Julius las weiter, die Hände um FX' Hals geschlossen. Da war es! Ziemlich zum Schluss der persönlichen Informationen:

Horst Richartz gewann in der Jugend mehrere Tanzwettbewerbe, vor allem klassisch und lateinamerikanisch. In späteren Jahren wandte er sich dem Limbo zu und wurde dreimal westdeutscher Jugendmeister in der Klasse OTR (Original-Trinidad-Regeln). Wegen seiner Elastizität erhielt er rasch den Spitznamen »Gummi-Hotte« in der deutschen Hardcore-Limbo-Szene. Erst durch diesen Spitznamen wurde er dazu inspiriert, sich dem Weingummi zuzuwenden, was jedoch zum Ende seiner Limbo-Karriere führte. Heute tanzt er Limbo nur noch an seinen Geburtstagen sowie auf besondere Aufforderung.

Julius musste grinsen, Humor hatte Martin wirklich besessen. Richartz war so beweglich wie ein Stahlträger.

»Kannst du nachschauen, wann dieser Abschnitt hinzugefügt wurde?«

»Nichts leichter als des«, sagte FX und rief die Bearbeitungsseite auf. Er fand das entsprechende Datum. Es lag zwei Tage vor Martin Schenks Tod. Julius lehnte sich an den Türrahmen. Ein Mord wegen eines gefälschten Wikipedia-Eintrags? Tötete man dafür einen Menschen? Wohl kaum. Oder doch? Weil es das Fass zum Überlaufen brachte?

»Wieso kannst du das überhaupt alles?«

»Ja, was meinst denn, wer den überschwänglichen Text über die ›Alte Eiche‹ verfasst hat? In dem von einem herzlichen Chef die Rede ist, den seine Mitarbeiter hoch schätzen? Was meinst, wer diese Lügen verzapft hat?«

»Wieso Lügen?«, fragte Julius. »Untertreibungen!«

FX zeigte Julius einen Vogel und verließ das Büro. Mittlerweile war der Großteil der Küchen- und Servicebrigade eingetrudelt – deshalb rief Julius fix die SOKO Eichelhäher zusammen. Damit sie die noch am Vorabend mühevoll eingedeckten Tische nicht durcheinanderbrachte, fand die Versammlung in der Küche statt.

»Liebes Team, ich brauche noch einmal eure Hilfe. Es geht um eine Gruppe Rowdys, die sowohl auf Martin Schenks letzter Ballermann-Nacht randaliert wie auch mich gestern Abend zusammengeschlagen haben.«

Erschrecktes Raunen und Nachfragen erklangen.

»Es ist alles okay, und nein, ich muss mich nicht setzen. Ich bin nicht vergreist, nur verprügelt worden. Aber ich will diese Bande finden! Einer der Truppe warf mich zu Boden, und zwar so.« Julius griff sich FX und stellte es halbwegs nach.

»Des is a Judowurf«, sagte FX auf dem Boden liegend. »Seh ich direkt. Hatte mal eine Freundin, die des konnte.«

Der weibliche Teil von Julius' Angestellten kicherte oder tauschte bedeutungsvolle Blicke aus.

»Das ist doch schon mal eine Spur, prüft die entsprechenden Judo-Vereine!«, sagte Julius. »Es waren insgesamt fünf, vier Männer und eine Frau, schwarz gekleidet und mit Motorradmasken. Der Anführer war klein und drahtig – und seine Mutter macht gute Schnittchen. Guckt mich nicht an wie Autos, ich gebe euch nur alle Infos weiter, die ich aufgeschnappt habe.«

Alle nickten. Julius sah, dass sie die Sache genauso persönlich nahmen wie er.

»Und noch eine Kleinigkeit: Ihr seid jetzt Blitzmelder.« Er erklärte es ihnen und erntete ein Murren; es gefiel ihnen offensichtlich nicht, dass er so einfach über ihre Freizeit bestimmt hatte. Julius atmete lange durch.

»Es ist alles zu viel, oder? Ich verlange viel zu viel von euch. Ihr seid hier, um zu kochen, für die Gäste der ›Alten Eiche‹, und das ist das Allerwichtigste. Sie kommen hierher und erwarten, dass wir unserem Ruf gerecht werden und unser Bestes geben. Und ich erwarte das auch, von euch und von mir. Ihr schafft das jeden Mittag und jeden Abend, den wir offen haben. Ich bin verdammt stolz auf euch. Vergesst das mit den Blitzen, vergesst die SOKO und vergesst auch die Gemüserezepte. Ich gehe jetzt zu Antoine und beende diese unwürdige Wette ein für alle Mal, die uns zum Gespött des Tals macht.«

»Wir helfen dir gern«, sagte François.

»Es wird uns nicht zu viel«, ergänzte Vanessa. Alle anderen des Teams nickten zustimmend. Dann begannen sie, »Alte Eiche« zu skandieren, als wäre es der Name eines Fußballteams.

»Komm her, du alter Dogl.« FX nahm Julius fest in den Arm. Es tat unfassbar weh. »Wir sind für dich da! Aber deine Idee, diesen Zinnober mit dem Kochbuch zu beenden, die is fei gut!«

Julius parkte den Käfer auf der Kölner Straße, das sonnengelbe Jugendstil-Eckhaus mit dem kleinen Türmchen im Blick, in dessen Erdgeschoss das »Frais Löhndorf« untergebracht war. Frohgemut stieg er aus. Als er die Hälfte des Weges zum Restaurant zurückgelegt hatte, öffnete sich die Eingangstür, zwei Männer traten heraus, eine Leiter tragend, und machten sich daran, ein rundes Plakat mit einem Durchmesser von gut zwei Metern aufzuhängen. Julius las es.

Er blieb stehen.

Julius las es noch mal.

Doch der Inhalt änderte sich nicht.

»Bergfest!«, stand dort in großen Lettern. »Antoine Carême hat die Hälfte seines neuen Buches ›Die neue Eifler Gemüseküche‹ fertiggestellt.«

Sie hatten die Wette doch erst vor wenigen Tagen abgeschlossen! Antoine musste Tag und Nachts nichts anderes tun, als Rezepte zu kreieren. Außerdem hatten ihm die Rezepte des Blitzmannes sicher geholfen. Julius dachte darüber nach, wie viele er selbst hatte. Das Rezept mit den »Gemüsebeetfreunden«, dann das mit dem Erbsenpüree, der roten Bete und dem Ei, das mit dem Radieschen und … nichts und. Er hatte drei Rezepte.

Und Antoine hatte bereits die Hälfte seines Buches.

Das Plakat hatte wohl ein Karikaturist gestaltet. Denn unter dem Schriftzug waren zwei Bilder von Julius' Restaurant samt Bistro zu sehen. Links stand darüber »Die Alte Eiche« und »Eichenklause«. Rechts »Die Alte Leiche« und »Leichenklause«.

Eine Gruppe Jugendlicher schlurfte vorbei und prustete laut los, als sie das Plakat sah. »Unser Antoine hat den Eichendorff im Sack!«, rief einer, »Sinzig rules!« ein anderer.

Das Plakat wurde hochgezogen, einer der Männer verschwand im Restaurant, und mit einem Mal leuchteten bunte Birnen rund um das Plakat. Dann blinkten sie.

Julius hatte genug gesehen.

Den Weg zurück zur »Alten Eiche« fuhr er komplett im ersten Gang. Und das Röhren des Motors war trotzdem nicht laut genug.

Die Nachricht kam spät, zu einem Zeitpunkt, als Julius schon nicht mehr mit ihr gerechnet hatte. Katrin Jolik hatte sich bereit erklärt, für ihn zu tauchen. Mit einer Einschränkung: sofort oder gar nicht. Es war kurz nach neunzehn Uhr, im Ahrtal war es so dunkel wie im Kohlenkeller.

Katrin Jolik wartete an einem weit von Dernau entfernt liegenden Abschnitt des Strands. Kein Licht, nirgends. Auch Julius war die letzten hundert Meter ohne Licht gefahren. Nur keine Aufmerksamkeit erregen. Seine Augen brauchten einige Zeit, um sich an die Dunkelheit zu gewöhnen.

»Hierher, Meisterkoch«, sagte Katrin Jolik. Obwohl sie es nicht rief, trug ihre Stimme in der Stille des Abends weit. »Immer dem schönen Klang nach.«

Sie begrüßte ihn nicht mit Handschlag, sondern stieg direkt in das mit Außenbordmotor ausgerüstete Schlauchboot, das sie aufs Ahrtaler Meer bringen würde. »Versuchen Sie, nicht ins Wasser zu fallen.«

»Danke, dass Sie das hier für mich tun«, sagte Julius.

»Danken Sie meiner Schwester. Ich weiß nicht, wann sie mich zuletzt um einen Gefallen gebeten hat. Ich tu das nur für sie.«

»Trotzdem danke.«

»Geben Sie ihr eine Gehaltserhöhung.«

»Die war ohnehin geplant.«

»Dann eben mehr Weihnachtsgeld. Und wehe, Sie sagen ihr, dass es ein Dankeschön für meinen Tauchgang hier ist.«

»Abgemacht.«

»Haben Sie die genauen Koordinaten?« Julius nannte ihr die GPS-Ortung, die Katrin Jolik auf ihrem Handy eingab, während sie das Boot langsam in die grobe Richtung steuerte. »Und was werde ich da finden?«

»Martin Schenks Wagen.«

Katrin Jolik nickte. »Sie sind also wirklich so gut, wie man sagt. Verraten Sie mir, woher Sie wissen, wo ein Auto steht, das Polizei und Tauchteams seit Tagen vergeblich suchen?«

»Nein.«

»Sie haben ja ein unglaubliches Vertrauen zu mir.«

Julius zögerte, dann gab er sich einen Ruck. »Von einem Mann namens Sonnborn. Bei der Gelegenheit bin ich dann auch verprügelt worden und sehe nun aus wie ein Blaubeerkuchen.« Er sah nicht, ob sie lächelte. »Morgen können Sie den Wagen bei Ihrem Tauchgang gerne offiziell finden. Aller Ruhm gehört dann Ihnen. Aber heute gehen Sie für mich runter und schauen, was Sie finden.«

»Irgendwas Bestimmtes?«

»Alles, was mir hilft, den Täter zu entlarven. Denn ich gehe davon aus, dass nicht Martin Schenk den Wagen hierhergefahren hat. Prüfen Sie auf jeden Fall, welche Fenster heruntergekurbelt sind.«

»Na, Sie haben vielleicht Wünsche.« Katrin Jolik fuhr langsam, denn Baumspitzen stachen aus dem Wasser hervor. »Wir sind gleich an der Stelle. Ich werde einen Anker werfen, und Sie warten einfach. Die Tiefe beträgt hier nur rund vier Meter, deshalb hab ich ausreichend Luft für eine eingehende Untersuchung. Falls ich den Wagen finde.«

Sie schaltete den Motor aus, warf den Anker und zog sich die Tauchausrüstung an. »Wissen Sie eigentlich, was Sangria übersetzt bedeutet?«

»Nein.« Julius hatte noch nie darüber nachgedacht. Es war für ihn bisher einfach nur ein Name gewesen.

»Es ist spanisch, das Wort kommt von Sangre, also Blut. Und Sangria selbst bedeutet Aderlass. Passt doch wunderbar, oder?« Maske und Atemgerät auf ihr Gesicht pressend, ließ sie sich rücklings über den Bootsrand ins pechschwarze Wasser fallen. Als sie ihre Taschenlampe anschaltete, erschien ein Lichtstrahl, der bei ihrem Abstieg immer fahler wurde. Luftblasen stiegen zerplatzend neben Julius auf, auch sie wurden weniger, bewegten sich fort, dann regte sich nichts mehr. Er war allein, und so einsam wie jetzt gerade, auf dieser unheimlichen schwarzen Fläche, umgeben von Baumspitzen, die wie außerirdische Pflanzen aus der Düsternis ragten, hatte er sich seit Ewigkeiten nicht mehr gefühlt. Das Boot schwankte leicht, und obwohl er wusste, dass keine Haie, keine Riesenkraken, keine Seeungeheuer sich hier herumtrieben, schwoll in ihm eine urzeitliche Angst an, etwas würde aus dem Wasser emporstoßen und ihn in die Tiefe reißen.

Er versuchte, sich abzulenken, sich Mut anzusingen, doch nach dem »Hamburger Veermaster« wollte ihm nichts mehr einfallen – und selbst von diesem wusste er nur die ersten drei Strophen. Deswegen summte er noch ein paarmal »To my hoo day, hoo day, ho – ho – ho – ho!« hinterher, bevor es ihm zu dumm wurde.

Er blickte auf das spiegelglatt liegende Wasser, und ein Bild drängte sich ihm auf, das ihm so naheliegend wie wahr erschien. Dieser Mordfall hatte ihn überrollt wie das Wasser sein Ahrtal. Er wollte diesen Mörder unbedingt stellen, weil er sich schuldig fühlte, aber auch weil es ihm ging wie dem Blitzmann. Er fühlte sich niemals so lebendig wie dann, wenn er endlich die entscheidende Spur gefunden hatte und den Täter ins Visier nahm. Er hatte sich dabei in der Vergangenheit mehrfach in Gefahr gebracht, genau wie Sonnborn es tat, und hatte es wie dieser gegen alle Wahrscheinlichkeit bisher überlebt. Irgendwann würde sich das ändern können, irgendwann verließ ihn das Glück vielleicht. Statistisch gesehen musste es sich irgendwann einfach ändern. Und trotzdem saß er nun hier im Dunkeln in einer Nussschale und verheimlichte all das auch noch vor seiner Frau, die die Ermittlungen professioneller, mit mehr Manpower und sicher besser führte. Er musste verrückt sein. Völlig bescheuert.

Und doch.

Dies war sein Tal. Immer gewesen. Er hatte nie woanders

hingewollt. Und er hatte den Eindruck, es verteidigen zu müssen. Wie einer dieser blöden Helden in Strumpfhosen. Er trug zwar keinen hautengen Polyester-Overall mit einem Buchstaben drauf, sondern eine Kochuniform mit den drei stolzen Worten »Zur Alten Eiche«, und er hatte nackte Angst hier draußen. Und Angst, dem Täter so nahe zu kommen, dass dieser kurzen Prozess machte. Die Schläger hatten ihm mit ihren Fäusten und Stiefeln eine Warnung geschickt. Aber er hatte sie in den Wind geschrieben. Denn dies war verdammt noch mal sein Tal, und er ließ sich hier keine Vorschriften machen. Von niemandem!

Neben ihm tauchte Katrin Jolik auf.

Julius wäre fast aus dem Boot gefallen. Und von Piranhas gefressen worden. So fühlte sich der Schock in seinem Körper zumindest an.

Sie nahm das Atemgerät aus dem Mund. »Keinen Ford Mustang gefunden. Tut mir leid.«

»Haben Sie noch Luft?«

»Ja.«

»Dann gehen Sie noch mal runter. Die Koordinaten sind nur auf zwanzig Meter genau.«

»Das sagen Sie mir jetzt?«

»Der Wagen ist nicht an der Straße, sondern entfernt davon geparkt worden. Gehen Sie noch mal runter. Bitte!«

»Müssen Sie nicht zurück in Ihr Restaurant?«

»Ich müsste längst da sein. Gehen Sie noch mal runter?«

»Dafür bekommt meine Schwester auch noch einen Baumkuchen zu Weihnachten.«

»Mit Schokoüberzug«, sagte Julius.

Katrin Jolik tauchte wieder ab. Julius lehnte sich über den Bootsrand und konnte nun erkennen, wie der Lichtkegel am Grund des Meeres entlangwanderte. Es kam ihm wie in Zeitlupe vor. Irgendwann kehrte der Kegel wieder zurück, aber etwas weiter entfernt. Sie musste die andere Seite des Weges absuchen.

Dann blieb das Licht stehen.

Zog sich zusammen.

Und war nicht mehr zu sehen.

Der Wind frischte auf, trieb das Boot ab, bis Julius einen

Ruck spürte, als der Anker griff. Julius merkte, dass er das Atmen eingestellt hatte, und nahm einen tiefen Zug der kühlen Nachtluft.

Was war dort unten wohl passiert? Was, wenn Katrin Jolik seine Hilfe brauchte? Vielleicht steckte sie fest, hatte sich mit dem Fuß verfangen? Er wusste ungefähr, wo das Licht zuletzt aufgeschienen hatte. Sollte er ins Wasser springen und hinuntertauchen? Auch wenn er nichts sah? Vielleicht konnte er etwas ertasten? Ja, er musste hinunter. Aber nicht mit der Kleidung, sie würde ihn hinabziehen und nicht mehr emporlassen. Entschlossen zog er sich aus. Die Kälte überzog seinen Körper mit einer Gänsehaut, doch er entledigte sich beharrlich eines Kleidungsstückes nach dem anderen, bis er schließlich nackt auf dem Boot stand und die Hände vor sich für den Kopfsprung faltete.

Als Katrin Jolik auf der anderen Seite des Bootes auftauchte.

»Woah! Was wird das denn hier? Davon hat Vanessa aber nichts gesagt!«

»Ich dachte, Sie wären in Gefahr, und wollte Ihnen nach.« Julius half ihr an Bord.

»Und Sie dachten, wenn Sie nackig sind, verscheuchen Sie den Teufelskraken, weil der Angst vor Moby Dick hat?«

Julis hielt sich die Hose vors Gemächt. »Ich hab mir halt Sorgen gemacht.«

Katrin Jolik gab ihm einen nassen Kuss auf die Wange. »Beim zweiten Date hat sich noch nie ein Mann für mich ausgezogen. Gefällt mir.« Sie lachte schallend, während Julius schwankend versuchte, seine Blöße zu bedecken und gleichzeitig die Unterhose überzustreifen.

»Ich finde es ja süß, dass Sie sich Sorgen um mich gemacht haben. Aber der Lichtkegel ist nur deshalb verschwunden, weil ich das Auto tatsächlich entdeckt habe und gleich rein bin, um in jede Ecke leuchten zu können.«

»Haben Sie was gefunden?«, fragte Julius rasch, während er es fertigbrachte, die Unterhose wieder anzuziehen. In diesem Moment hätte er sich ein deutlich modischeres Modell gewünscht. Aber niemals Leoprint. Es sei denn, zur Camouflage im Dschungel.

Katrin Jolik nickte. »Alle Scheiben im Wagen waren runtergekurbelt. Der Gurt am Beifahrersitz war herausgezogen, aber nicht eingerastet. Es sah aus, als wäre er nicht richtig reingesteckt worden.«

»Irgendein Hinweis auf den Täter?«

»Keine Ahnung.«

»Was heißt das? Ja oder Nein?«

»Es heißt keine Ahnung. Ich habe was gefunden, vielleicht gehört das dem Mörder, Martin nämlich auf jeden Fall nicht, der war militanter Nichtraucher.« Sie holte einen kleinen rechteckigen Gegenstand aus einem an ihrem Tauchgurt befestigten Beutel. »Das hab ich unter dem Fahrersitz gefunden.« Es war ein Feuerzeug, das nun im fahlen Mondlicht aufleuchtete. »Könnte also dem Täter gehören, wenn er dort gesessen hat und wenn es ihm rausgefallen ist und wenn er das nicht gemerkt hat. Ziemlich viele Wenns, finde ich.«

Julius nahm das Metall-Feuerzeug an sich. Es sah teuer aus, vergoldet, darauf drei Buchstaben: »SNS«. Edel, groß und wohl von Meisterhand eingeritzt. Ein Unikat.

Endlich hatte er eine Spur. Doch gleich einen Sack voller neuer Fragen. Die wichtigste lautete: Wofür konnten diese Buchstaben stehen? Er stellte sie Katrin Jolik.

»Hat das nicht irgendwas mit Langlauf zu tun? Eine Bindung oder so, glaube ich. Bin schon einige Zeit nicht mehr gelaufen.«

»Warum wären dann Flammen drauf?«

»Für feurige Langläufer.« Sie schüttelte amüsiert den Kopf. »So, Feierabend. Soll ich Sie an den Strand bringen, oder wollen Sie doch noch ein kleines Bad nehmen, wie Gott Sie schuf?«

»Gott und Sahnetorten«, sagte Julius. »Und nein, das ist nicht ganz meine Badetemperatur.«

Katrin Jolik startete den Motor. »Männer sind echt solche Memmen.«

Als sie in Dernau ankamen, war Julius wieder angezogen – aber trotzdem völlig durchgefroren. Schnell ging er zu seinem Käfer, der sicher Ewigkeiten brauchen würde, um die Luft halbwegs auf Föntemperatur zu bringen. Julius versuchte, ihn nach dem Starten durch ein paar gezielte Schläge zu motivieren, und verpasste prompt die richtige Abbiegung. Stattdessen tauchte rechter Hand nun das Weingut von Johnny Schenk auf.

Vor dem ein Wagen des Katastrophenschutzes parkte.

Julius trat auf die Bremse.

Das konnte kein Zufall sein, oder?

Er öffnete die Fahrertür, und sofort war ein lautstarker Streit zu hören, der wohl in der Abfüllhalle geführt wurde.

Johnny brüllte: »Du bekommst nix mehr von mir, hörst du? Keinen Cent kriegst du Arschloch!«

»Na, na, na«, rief eine andere Stimme. »Überleg dir das lieber noch mal.«

Julius kannte auch diese. Es war Schäng. Was trieb der denn hier? Und warum stritt er sich mit Johnny? Wieso kannten sich die beiden überhaupt?

Erst beim Aussteigen fiel ihm auf, dass noch ein alter Bekannter zugegen war: Wurst-Willy, dessen Bude genau gegenüber dem Gut stand. Zwar hatte sie zu, doch im 5er BMW vor dem Anhänger saß der Inhaber.

Den würde er sich jetzt vorknöpfen!

In diesem Moment wurde das Tor zum Kelterhaus des Dernauer Hofs geöffnet, und Schäng kam schnellen Schrittes heraus. Den Großteil der Geschwindigkeit verdankte er Johnny, der ihn schubste.

»Lass dich hier nie wieder blicken, du Drecksau! Sonst dreh ich dir deinen verschissenen Hals um!«

»*Das* wirst du bereuen! Und wenn es das Letzte ist, wofür ich sorge.« Schäng stürmte an Julius vorbei, ohne ihn eines Blickes zu würdigen. Johnnys Frau Irmela erschien in der Haustür, eine schwere gusseiserne Pfanne in der Hand. Als sie Julius sah, warf sie diese jedoch nicht wie geplant dem davoneilenden Schäng nach, sondern senkte sie.

»Julius, das ist kein guter Zeitpunkt.«

»Ich bin nur zufällig …«

»Fahr, fahr einfach.«

»Aber worum ging es denn gerade?«

»Ich weiß es nicht, Julius, Johnny will nicht drüber reden. Lass ihn jetzt bloß in Ruhe, sonst kriegst du die Pfanne ab!«

Haustür zu. Riegel vor. Licht aus.

Hinter ihm fuhr mit aufheulendem Motor Schäng davon, Wurst-Willy hinterher. Julius sprintete zu seinem Käfer, der schnurrend ansprang. Julius hätte diesen Wurst-Willy am liebsten gerammt. Aber dafür war ein alter Käfer mit Sicherheit der falsche Wagen – und Julius mit Sicherheit der falsche Fahrer. Doch er würde alles aus der Kiste herausholen, um die beiden einzuholen und zu erfahren, was los war. Und wenn er es mit verkohlten Würsten aus Wurst-Willy herausprügeln musste.

Doch plötzlich stand der wurstige Anhänger vor ihm. Mitten auf der engen Straße. Kein Weg dran vorbei. Julius stieg hastig aus und rannte um den Anhänger herum. Aber davor fand sich kein Auto, Wurst-Willy musste es abgekuppelt haben. Um Schäng schneller folgen zu können? Um Julius an der Verfolgung zu hindern? Oder aus beiden Gründen?

Julius verpasste dem Anhänger auf jeden Fall erst mal einen Tritt und informierte die Polizei telefonisch über diese Verkehrsbehinderung.

Die Verfolgungsjagd konnte er jetzt vergessen.

Um im Restaurant zu arbeiten, war er viel zu erschöpft.

Also ab nach Hause, Benefizessen hin oder her. Vielleicht kam er da wieder zu Kräften und zu einem klaren Kopf. Auch wenn er noch keine Ahnung hatte, wie er das bewerkstelligen sollte.

Zurück in Heppingen hoffte Julius, dass Anna schon von ihrer SOKO-Zentrale in Dernau zurückgekehrt wäre, doch ihr Wagen war nicht zu sehen. Stattdessen war die Martinusstraße praktisch zugeparkt, und Julius hatte Probleme, überhaupt einen Platz zu finden. Irgendwer musste groß feiern, denn selbst seine Garage war zugestellt. Schließlich fuhr er zum Gästeparkplatz der »Alten Eiche« und ging die paar Schritte zurück zu Fuß. Die Wut rumorte in ihm wie eine heftig geschüttelte Sektflasche, als er die Haustür aufschloss – und drohte überzuschäumen, als sein Blick auf die Garderobe fiel: Sie war wegen Überfüllung geschlossen und ein Stuhl zur Zweitablage herbeigeholt worden. Seine beiden Kater saßen vor der angelehnten Tür zum Wohnzimmer und blickten hinein, die Schwänze nervös hin- und herschlagend.

Jetzt sagte jemand: »So, meine Damen! Das war schon mal ein guter Anfang. Dann bitte ich Sie, jetzt zum dritten Akt, zweite Szene zu blättern. Es treten auf: der Chor, Kreon, Antigone und Ismene.«

Das brachte das Fass jetzt wirklich zum Überlaufen! Julius trat ins Wohnzimmer. Dort saßen rund zehn Frauen sowie ein junger Mann mit randloser Brille und taubengrauem Rollkragenpullover.

»Guten Abend allerseits!«, sagte Julius. »Und herzlich willkommen im Theaterhaus Eichendorff.« Er verzog keine Miene. »Bleiben Sie ruhig sitzen, ich wohne ja bloß hier.«

»Julius!« Sybille sprang auf und umarmte ihn überschwänglich. Dann deutete sie auf ihn, als sei er der Hauptgewinn bei »Der Preis ist heiß«, und rief: »Mein Schwiegersohn!«

Einige Damen und der eine Herr klatschten höflich.

»Ich dachte, du wärst heute den ganzen Abend beim Benefizessen eingespannt?«

Sie hatte einfach sein Wohnzimmer okkupiert und zweckentfremdet! Nun saßen die »Marienthaler Klosterspieler« hier, mampften seine Notfallpralinen aus dem eigentlich geheimen Versteck, und am allerschlimmsten: hielten seine geliebten Katzen von ihren angestammten Plätzen auf der Sitzgarnitur fern!

»Wir haben jetzt auch jemanden aus deiner Familie in unserer Truppe«, erzählte Sybille aufgeregt und tippte einer Frau auf die Schulter, die bisher mit dem Rücken zu Julius gesessen hatte und tief in ein Gespräch mit ihrer Nachbarin versunken war.

Annemarie!

»Julius, was machst du denn hier?«

»Ich wohne hier.«

»Aber doch nicht, wenn wir Theater spielen! Scher dich in deine Küche und lass uns in aller Ruhe den Text pauken. Schnibbel du mal schön Böhnchen, während wir hier Kunst machen.«

Bevor Julius einen angemessenen Tobsuchtsanfall bekommen konnte, übernahm Sybille wieder. »Annemarie spielt den Kreon, also den König von Theben, unseren Bösewicht.« Passt, dachte Julius. »Sie ist netterweise eingesprungen, weil der Ulrich auf eigenen Wunsch unsere kleine Truppe verlassen hat.« Passt noch besser, dachte Julius. »Und jetzt müssen wir leider wirklich weitermachen. Sabrinas Babysitter kann nur bis zehn.«

Julius verschränkte die Arme vor der Brust. »Na, dann legt mal los.« Annemarie als Kreon, also wenn ihn irgendwas auf andere Gedanken bringen konnte, dann ja wohl das. Da kein Sitzplatz mehr frei war, lehnte er sich an die Wand. »Ich bin auch mucksmäuschenstill. Aber wenn ihr schon in meinem Wohnzimmer probt, werde ich ja wohl eine Kostprobe zu hören bekommen.«

Sybille gefiel es nicht, denn sie rümpfte die Nase, aber sagen konnte sie nichts dagegen. Annemarie dagegen wirkte hochzufrieden.

»Gute Einstellung, Julius! Etwas Kultur kann dir nicht schaden! Ist mal was anderes, als Schinkenmett zuzuhören, wie es in der Pfanne brutzelt. Gebt alles, Mädels. Dem sollen die Ohren übergehen. Die Augen tun es sowieso schon bei uns!« Sie kicherte. Die anderen wurden rot. Solche Modelle wie Annemarie wurden heutzutage nicht mehr gebaut.

Der Rollkragenpulloverträger nickte. »Na, dann wollen wir mal. Vom Anfang der Szene. Der Chor beginnt. Den Text bitte beobachtend und unheilschwanger.«

Der Chor setzte ein. Fünf Damen, die Stimmen kirchenchorgestählt: *»Aber jetzt kommt aus dem Tor Ismen. Friedlich, schwesterliche Tränen vergießend. Ein Geist über den Augenbrauen das blutige Gesicht deckt, Waschet rege von den Schläfen die Wangen.«*

Der Pullover nickte Annemarie zu. »Den Anschluss hier bitte ganz schnell, Verehrteste.«

Verehrteste, so hatte Annemarie sicher noch nie jemand genannt. Wahrscheinlich war das der Grund, warum sie den König von Theben gab. Oder weil sie beim Bäcker mit der Rolle angeben konnte. Sicher zitierte sie zwischen Milchbrötchen und

Laugenstangen die ein oder andere schmissige Zeile aus diesem Gassenhauer. Jetzt holte sie tief Luft.

»Ja! du! die du drin hockst, daheim, wie Schlangen, geborgen und mich aussaugst!« Annemarie sang es mehr, als sie es sprach. Außerdem stand sie dabei nun auf. Ein wenig erinnerte sie an Montserrat Caballé, mit starkem rheinischem Akzent natürlich. Sowie der patentierten Sturm-Dauerwelle von Coiffeur Ernst Schmittges. *»Hat nicht einer mir berichtet, dass ich zwei Einbildungen hab an mir und Feinde des Throns? Geh, sage, hast du mitgemacht am Grabe, oder hast du's mit der Unschuld?«*

Julius war jetzt schon klar, dass dieses Stück ein Renner und ein Feuerwerk der guten Laune werden würde. Der Wahnsinn schlechthin.

»Jetzt du, Magdalena«, sagte der Rollkragenpullover. »Dein Einsatz. Auch hier gilt wieder: immer auf die Anschlüsse achten!«

Doch die junge Frau, vielleicht Ende zwanzig, mit breiten Schultern und muskulösen Oberarmen, die ihre strohblonden Haare zu einem strengen Pferdeschwanz gebunden hatte, sprach nicht. Stattdessen schüttelte sie den Kopf und blickte in Julius' Richtung. Diese Frau sah nun wirklich nicht aus, als wäre sie zu schüchtern, um vor einem Mann den Mund aufzumachen. Sie sah eher aus, als würde sie nach dem Frühstück ein paar Bäume ausreißen, um fit zu bleiben.

Sybille schaltete sich in die Stille ein. »Es ist Magdalenas erstes Stück, und sie ist noch etwas unsicher. Sie hat mehrfach nachgefragt, ob du auch ganz sicher nicht zu Hause bist. Das war die Voraussetzung dafür, dass sie hergekommen ist. Es ist nichts Persönliches, nicht dass du das falsch verstehst, wie könnte man ein Problem mit dir haben!« Ihr Lächeln war zuckersüß, doch dahinter steckte eine säuerliche Unsicherheit. Das Ganze war ihr ungemein peinlich.

»Ich muss sowieso zurück ins Restaurant. Wünsche noch eine angenehme Probe, die Damen. Und der Herr. Viel Spaß bei den ganzen schönen Selbstmorden.« Gut, der Witz war gemein, aber musste einfach sein. Immerhin war er gerade aus seinem eigenen Wohnzimmer herausgeschmissen worden.

Er rauschte deshalb auch direkt ab.

Erst draußen fiel ihm ein, dass er Vanessa Hohenhausen als kleines Dankeschön eine Champagnerflasche aus seinem privaten Vorrat schenken wollte – bei einer Flasche aus dem Keller der »Alten Eiche« würde François sich wieder gebärden, als raube man ihm seinen Erstgeborenen.

Julius schloss die Haustür ganz leise auf, denn er wollte die Damen auf keinen Fall durch ein lautes Geräusch stören – sonst fiel nachher noch eine tot von der Stange. Deren Probe war wieder in vollem Gange.

»Noch mal von vorn, Magdalena, mit ganz viel Gefühl und Mitleid. Stell dir vor, du hast eine große Ungerechtigkeit beobachtet, warst vielleicht sogar irgendwie daran beteiligt und bist emotional erschüttert. Lass es raus, lass einfach alles raus.«

Julius schlich weiter.

»Ich schäme mich an deinem Unglück nicht und mache zur Gefährtin mich im Leiden.«

»Sehr gut!« Der Rollkragenpullover applaudierte, und die anderen stimmten ein.

Auch Julius fand es sehr gut.

Aber nicht weil es so überragend gespielt war.

Sondern wegen der Stimme.

Julius kannte sie.

Sie gehörte der Judokämpferin aus der Schlägertruppe, die ihn so effektvoll wie sanft über die Schulter geworfen hatte.

Es war Ismene.

Julius stieß die Tür zum Wohnzimmer auf. Und sah ihr direkt in die Augen.

»Ich glaube, wir beide haben jetzt ganz dringend was zu besprechen.«

7

Blutwasser

Es dauerte einige Zeit, bis Magdalena alle überzeugt hatte, dass es in Ordnung war, mit Julius in die Küche zu gehen. Der Rollkragenpullover erklärte sich mürrisch bereit, in Magdalenas Abwesenheit ihre Zeilen zu lesen – obwohl dies in höchstem Maße suboptimal sei. Das störte Julius überhaupt nicht. Sybilles zu Schlitzen verengte Augen verrieten, dass es für ihn kein Frühstück im Bett mehr geben würde. Wun-der-bar!

In der Küche setzte er erst mal Wasser für eine Kanne Tee auf.

»Wie heißen Sie?«

»Magdalena Svěrák.«

»Julius Eichendorff, angenehm. Trinken Sie Tee?«

»Ja, aber jetzt will ich keinen.«

»Mehr für mich! Gerade jetzt brauche ich nämlich welchen.«

»Ein Grappa wäre gut.«

»Stets griffbereit im Haus.«

Julius bereitete die Getränke vor und stellte alles auf den Küchentisch.

»Muss ich Fragen stellen, oder erzählen Sie von sich aus?«

»Ich hab Sie nicht verletzt! Ohne mich wären Sie noch mehr zusammengeschlagen worden!«

»Wenn Sie es so gut mit mir meinen, warum haben Sie mich dann nicht vorher gewarnt? Ein einfacher Telefonanruf hätte genügt. ›Hallo, Herr Eichendorff, jemand will Sie verprügeln, seien Sie nirgendwo allein unterwegs.‹ So was in der Art. Dann wäre das hier nicht passiert.« Julius zog das Hemd hoch und drehte sich einmal um die eigene Achse.

Magdalena trank den Grappa auf ex. »Ich habe nicht darüber nachgedacht.«

»Auch nicht darüber, Martin Schenk zu warnen, bevor Sie seine Ballermann-Nacht demolierten?«

»Da kamen keine Menschen zu Schaden! Und auch nur die

Stände und so, die zu ihm gehörten – keine von den Ausstellern.«

»Na, das macht es natürlich gleich viel besser. Warum haben Sie das alles überhaupt getan? Wegen Geld? Haben Sie es so nötig? Oder einfach aus Spaß? So ein paar Tritte und Schläge, vor allem mit mehreren gegen einen, die erfrischen doch ungemein.«

Annemarie erschien in der Küchentür. »Also, Julius, was soll das denn alles? Mir kannst du es doch erzählen, wir sind doch Familie. Eigentlich musst du es mir sogar erzählen.« Sie blickte zu Magdalena. »Die Annemarie bringt das alles in Ordnung, Liebelein. Der Julius und ich, wir sind so.« Sie verhakte die Finger.

»Es ist alles gut, Annemarie. Wirklich«, antwortete Magdalena.

»Und warum guckst du dann so bedröppelt? Neeneenee, mir kann keiner was vormachen! Und jetzt sagt ihr zwei Hübschen der Annemarie mal schön, was los ist. Das bleibt natürlich alles unter uns. Von mir hört keiner ein Sterbenswörtchen!«

Julius lächelte, nahm seine Anverwandte in die Arme, gab ihr einen Schmatzer auf die Wange – und ging danach mit Magdalena hoch ins Schlafzimmer. Dahin würde Annemarie ihm nicht folgen.

»Setzen Sie sich zu mir aufs Bett. Ich tu Ihnen nix.«

»Das könnten Sie auch gar nicht«, sagte Magdalena und präsentierte ihre Oberarmmuskeln.

»Sie treiben viel Sport, oder?«

»Bodybuilding.« Sie setzte sich neben ihn. »In der Fitness-Figurklasse, bei der es nicht nur auf Muckis ankommt. Aber eben auch.« Selbst ihre Gesichtszüge sahen von Nahem muskulös aus. »Ich bin Ihnen noch eine Antwort schuldig. Warum ich, warum *wir* es getan haben. Wir haben den Auftrag als Gruppe bekommen, unser … Anführer, das Wort fühlt sich nicht richtig an, aber mir fällt kein besseres ein, er hat ihn angenommen. Und wir gehören zusammen. Normalerweise machen wir so was nicht. Noch nie! Wir sind keine Schlägertruppe.«

»Ich glaube, Sie sind genau das. Bekommen Sie denn jetzt Geld dafür oder nicht?«

»Na ja, schon, aber …«

»Also eine bezahlte Schlägertruppe.«

»Aber deswegen machen wir es nicht!«

»Sondern?«

»Aus Loyalität.«

»Gegenüber wem?«

Sie schwieg.

»Okay, dumme Frage. Wenn Sie es jetzt sagen würden, wäre es nicht weit her mit Ihrer Loyalität. Aber der Polizei werden Sie es sagen.«

»Nein. Ich hab das alles aus Loyalität gegenüber meiner Gruppe getan. Die Jungs und Mädels, die sind meine Familie. Und für seine Familie tut man Sachen, die man sonst nie tun würde.«

»Wer ist denn die Gruppe? Sind das alles Bodybuilder? Oder eine Motorradgang, so was in der Art? Ihr Anführer hat von den Schnittchen seiner Mutter erzählt. Glauben Sie mir, das kriege ich raus.« Er würde gleich noch mal die SOKO Eichelhäher um sich scharen. Der Judo-Club, in dem Magdalena Mitglied war, musste mit Hilfe des Internets doch schnell auszumachen sein.

»Ich sage Ihnen nichts. Ich mag Sie, wirklich, hab über Sie gelesen, diese ganzen Mordfälle, die Sie aufgeklärt haben, und ich hoffe, dass Sie auch den Mörder von Martin kriegen, aber ich sage nix. Wir haben damit auch nichts zu tun. Keiner von uns, dafür lege ich meine Hand ins Feuer!« Sie zog die Bettdecke gerade.

»Wer war Ihr Auftraggeber?«

»Ich weiß es nicht.«

»Sagen Sie es schon!«

»Ich weiß es wirklich nicht.«

»So etwas macht man doch nicht, ohne zu wissen, für wen oder was? So blauäugig, gutgläubig oder einfach dumm kann man doch nicht sein!« Julius war lauter geworden.

»Ich sag Ihnen was anderes. Eine Sache war komisch bei der Stürmung der Party, vielleicht hilft Ihnen das. Als wir auf das Gelände eindrangen, war der Zaun an einer Stelle schon geöffnet, und unser Auftraggeber war es nicht, der wusste ja gar nicht, wo wir einsteigen würden. Das Öffnen geht nicht einfach so, dafür braucht man einen Bolzenschneider, das ist kein Scherz von kleinen Kindern.«

Julius rückte näher. »Werden Sie noch mal jemanden zusammenschlagen für Geld? Oder etwas kaputt schlagen von Leuten, die Sie gar nicht kennen?«

»Ich hab Sie geschützt und mich damit selbst in Gefahr gebracht. Und ich will nicht, dass mir so was noch mal passiert. Beim nächsten Mal bin ich krank. Und auf lange Sicht steige ich aus. Aber das sind meine Freunde!«

»Jetzt haben Sie ja neue.« Julius blickte auf den Fußboden und meinte damit die Truppe im Wohnzimmer.

»Ja, und sie saufen weniger als meine Jungs.« Magdalena grinste.

»Dann haben Sie Annemarie aber noch nicht in Aktion erlebt.«

Sie lachten beide.

In diesem Moment wurde die Tür geöffnet, und Anna kam herein.

»Störe ich? Bei irgendwas?« Mit ihrer Stimme hätte man Atomkerne spalten können.

»Nein«, antwortete Julius, stand auf und zog sein Hemd glatt, was ihn natürlich nur noch verdächtiger machte.

»Soll ich direkt wieder gehen?«, fragte Anna mit hochgezogenen Augenbrauen.

»Wir waren ohnehin fertig«, sagte Magdalena und stand auf.

»Will ich wissen, womit?«, hakte Anna nach.

»Wir haben nur gesprochen …« Er durfte ihr nichts von der Prügelei erzählen. Dann würde sie Mittel und Wege finden, ihn von der Ermittlung fernzuhalten. Sowie stinksauer sein. Unklar, was schlimmer war. »… über das Stück.«

»Soso, über das Stück. Weil du so ein ›Antigone‹-Kenner bist, suchst du das Vier-Augen-Gespräch mit … Ismene, richtig?«

»Richtig«, sagte Magdalena. »Magdalena.« Sie reichte Anna die Hand.

»Ich freue mich, Sie kennenzulernen, aber hätte es mir ehrlich gesagt nicht im ehelichen Schlafzimmer gewünscht. Deshalb frage ich jetzt noch mal: Worum ging es? Und ich will die Wahrheit hören!«

»Wir haben …« Julius überlegte krampfhaft, es musste etwas Glaubwürdiges sein. Aber ihm fiel einfach nichts ein. Womit konnte er Anna beruhigen? Was lag ihr wahnsinnig am Herzen? Von unten war Sybille zu hören, die Magdalena zur Probe rief.

Das war es: Sybille!

»Wir haben über eine Überraschung für deine Mutter gesprochen. Sie hält dieses ganze Projekt schließlich zusammen, und Magdalena soll etwas organisieren, als Dankeschön. Unten hätte Sybille etwas mitkriegen können, deshalb sind wir hoch.«

»Eine Überraschung für meine Mutter?«

Anna schaute ihn kritisch an. Hatte wohl doch nicht geklappt. Er war geliefert.

Doch dann lächelte sie. »Superidee! Was wollt ihr denn machen?«

Heute Abend waren mehrere Rosenkränze fällig! »Uns ist noch nichts richtig Gutes eingefallen. Es soll halt schon was Tolles sein, sie ist die Seele des Betriebs, die Mutter der Kompanie, der Fels in der Brandung.«

Jetzt trug Magdalena doch etwas dick auf, fand Julius. Hoffentlich würde Anna es schlucken.

»Das kann ich mir gut vorstellen«, sagte diese nun. »Aber so was von. Lasst mich überlegen! Du hättest sowieso besser mich gefragt als Julius. Männer! Muss ich mehr sagen?«

»Nein, wirklich nicht«, antwortete Magdalena. »Ich geh dann besser mal wieder runter, proben. Und ihr verratet Sybille bitte nichts.«

»Wir schweigen wie ein Grab. Oder wie zwei Gräber«, sagte Anna.

»Wie ein kleiner Friedhof«, fasste Julius zusammen.

Dann verschwand Magdalena und zog die Tür hinter sich zu. Anna schloss sie umgehend ab.

»So was will ich hier nie wieder sehen! Andere Frauen!«

»Außer deiner Mutter.«

»Außer meiner Mutter. Richtig. Wenn sie Frühstück macht – aber das ist dann auch die einzige Ausnahme. Und jetzt nimm mich endlich in den Arm, du dummer, großer Mann. Deine Ehefrau so zu erschrecken.«

Julius stand auf, nahm Anna in den Arm und sie ihn – es tat so ungefähr überall weh.

»Fester!«

Nun tat es definitiv überall weh.

»Und jetzt ins Bett mit dir. Und mir natürlich.« Sie zwinkerte.

Oh, das würde schmerzen! Und sie durfte die blauen Flecken nicht sehen. »Aber mit Licht aus!«

»Mit Licht aus? Wirst du römisch-katholisch?«

»Nein, weiterhin rheinisch-katholisch. Aber ich habe gehört, im Dunkeln ist gut munkeln.«

»Du bist komisch.«

»Komisch gut oder komisch schlecht?«

»Das werden wir jetzt sehen.«

Oder auch nicht, dachte Julius und schaltete das Licht aus.

***

Der Kaffeeduft schlängelte sich wie eine heitere Melodie durchs Haus und weckte Julius sanft – doch sogleich erschnupperte er, dass Anna mal wieder zu viel Kaffeepulver genommen hatte. Da seine Schwiegermutter im Haus weilen konnte, beschloss er, sich zuerst zu rasieren, zu waschen und anzuziehen, bevor er hinunterging. Obwohl ein ordentlicher Kaffee die Verletzungsgefahr bei all diesen Tätigkeiten enorm senkte.

Erfreulicherweise war seine Schwiegermutter nicht zugegen, dafür seine beiden Kater, die ihm um die Beine strichen und schnurrten – also etwas haben wollten.

Anna hatte sich schon für die Arbeit herausgeputzt und einen grauen Hosenanzug mit messerscharfer Bügelfalte und hochhackige Pumps angezogen. Auch das Make-up war bereits aufgetragen, weswegen Julius nur einen sanften Guten-Morgen-Kuss bekam.

»Termin beim Polizeipräsidenten?«

Anna grinste. »So offensichtlich?«

»Jau. Gibst du mir auch einen Kaffee? Dann bekomme ich meine Augenrollläden nämlich dauerhaft hoch.«

»Und ich dachte, mein Anblick würde dafür schon reichen. Tststs.« Sie goss ihm eine große Tasse ein. »Ich habe schon einen Anruf von den Kollegen bekommen. Das Autopsie-Ergebnis für Pfarrer Unkel ist da.«

Sie sagte es mit solch geschwellter Brust und süffisantem Lächeln, dass Julius sofort Bescheid wusste. Gleich würde sie ihm ganz genüsslich um den Bart schmieren, dass sie mit irgendetwas recht gehabt hatte. Der Kaffee war nur zum Einlullen gewesen, um ihn in falscher Sicherheit zu wiegen. Und gleich: Bamm!

»Und?«, fragte Julius trotzdem.

»Och, nix und. Er ist definitiv gestürzt und hat dabei einen Genickbruch erlitten. Alles ganz normal, kein Mord.«

Julius sagte nichts, blickte nur in seinen Kaffee. Was hatte der Blitzmann dann des Nachts gesehen? War er betrunken gewesen? Oder vom Blitz getroffen? Oder war es in Wirklichkeit der Pfarrer gewesen, der jemanden getragen hatte und dabei gestürzt war? Und war diese zweite Leiche einfach noch nicht gefunden worden?

Er blickte wieder auf. »Sonst noch irgendwas Neues über den Pfarrer?«

»Er war, das muss man heute bei katholischen Priestern ja fast schon dazusagen, nicht schwul. Und zudem wohl tatsächlich zölibatär lebend. Außerdem ziemlich aktiv, was Vereine und so betrifft, also richtig im Dorfleben Dernaus verankert.«

»Aber nicht im Junggesellenverein?«

»Nee, da nicht. Blödmann!« Sie schenkte ihm Kaffee nach. »Angelsportverein, Eifelverein, Verkehrsverein Weindorf Dernau und in so einem Verein mit Farben, Grün-Rot oder Weiß-Blau, irgend so was.«

»Der SV Rot-Weiß. SV gleich Sportverein.« Also der Verein, an dessen Gebäude Martin Schenks schwarz lackierter Ford Mustang mit aufgemalten Flammen vorbeigefahren worden sein musste, als es darum ging, seine Leiche im Wald zu verstecken. Doch davon wusste Anna ja noch nichts.

»Sogar im Vorstand war der Pfarrer da. Wie auch immer, wir

werden seinen Tod nicht weiter untersuchen, der Leichnam ist bereits freigegeben, die Beerdigung terminiert. Tut mir leid, mein Dickerchen.« Sie küsste ihn auf die Stirn.

Julius beschloss, ihr diese Genugtuung nicht zu gönnen. »Dachte ich mir schon.«

»Wie bitte?«

»Das sagte einem ja der gesunde Menschenverstand.«

»Aber du hast doch …!«

»Übrigens, ganz super, dein Kaffee.«

»Echt? Ich dachte, ich hab vielleicht wieder zu viel Pulver genommen.«

»Nein, das ist genau die richtige Menge, wenn man mit einem Schlag in die Magengrube geweckt werden möchte.«

Julius bekam dafür noch einen kleinen Schlag in die Magengrube gratis. Diesmal aber nicht von Annas Kaffee, sondern von Anna selbst.

Immerhin war er danach richtig schön wach.

Julius beschloss, den Pfarrer im Gegensatz zu Anna noch nicht zu den Akten zu legen. Deshalb stand er nun vor der Kirche St. Johannes Apostel, den Schlüssel hatte er sich zuvor vom Küster geholt, der bei seinem Anblick nur wissend genickt hatte. Julius blickte den 1869 errichteten Kirchturm empor zur Uhr, die als Ziffern die Buchstaben des Namen Jesus Xristus hatte. »Die sprechende Uhr« hatte er sie als Kind immer genannt und es lustig gefunden, wenn es »s« nach »x« war.

Leise schloss er das Kirchenportal auf und trat in das menschenleere Mittelschiff. Die Wände des kleinen Gotteshauses mit seinem Mansardendach waren barock bemalt, auch der rund zehn Meter messende Hochaltar mit Säulenaufbau stammte aus dieser Epoche. Julius trat vor ihn und sah sich die Krönung Mariens im Mittelteil an, vor der zu jeder Seite leicht verwelkte Blumengestecke standen. Über der Himmelskönigin entstieg der Phönix den Flammen, das alte Symbol der Auferstehung. Zurzeit hatte Gott allerdings eindeutig zu viele Auferstehungen im Tal zu organisieren.

Die Luft war kühl und roch, als hätte sie schon immer hier

gestanden, nicht modrig, nur alt. Julius bekreuzigte sich und nahm leise in der vordersten Gebetsbank Platz. Mit einem Mal wusste er, was ihn hierhingetrieben hatte. Er wollte dem toten Pfarrer nah sein, hier, wo er gepredigt hatte. Vielleicht verstand er dann, was für ein Mensch er gewesen war. Ein unvorsichtiger, der nachts im Regen wanderte und dann abstürzte? Weil er dachte, er sei wie der Phönix im Hochaltar? Nein, so einfach funktionierte die Welt nicht. Dann würde jeder Pfarrer Risikosportarten ausüben. Auch Geistliche kannten die erste Regel: Hilf dir selbst, dann hilft dir Gott. Oder anders ausgedrückt: Wenn du so blöd bist, nachts im Regen zu wandern, glaub bloß nicht, dass Gott dir Pfeife hilft!

Julius stand auf und blickte auf dem Weg zurück hoch zur Empore. Sie trug eine alte Barockorgel, die aber irgendwann in eine elektrische umgebaut worden war. Als Brüstung hatte man eine alte Kommunionbank verwendet. Das gefiel Julius. Nichts wegwerfen, was man noch verwenden konnte! Auch in seiner Küche vermied er es, etwas wegzuwerfen. Zur Not landete es im Eintopf, der sättigendsten Resteverwertung der Welt, der am besten so träge und schwer wie Lava blubberte.

Julius sah sich die Orgel eine Weile lang von unten an, dann stieg er empor. Musikinstrumente hatten ihn immer schon fasziniert, und er wollte sich das gute Stück mal aus der Nähe betrachten. Ob der Pfarrer hier oben manchmal gespielt hatte? War er überhaupt musikalisch gewesen? Julius ließ die Hände über die Klaviatur gleiten. Wie gerne würde er einmal solch einem großen Instrument Töne entlocken. Er drückte auf eine Taste, doch nichts geschah. Verdammt, wo war bloß der Einschaltknopf? Er fand ihn nicht – wodurch den Bewohnern Dernaus zumindest neues Grauen erspart blieb.

Julius ging zwischen den Stühlen hindurch nach vorne und genoss die Aussicht, das war dem Pfarrer sicher genauso ergangen. Hier oben fühlte man sich ein bisschen über den Dingen – ein bisschen näher bei Gott. Mit Abstand der schönste Platz in der Kirche. Vorsichtig lehnte er sich über die Brüstung, sie fühlte sich rau an, und als er die Handflächen hob, erkannte er darunter Kratzspuren, als hätte jemand für jeden Tag einen

Strich gemacht, aber nach acht Stück die Lust verloren. Die Spuren konnten auch von einem Löwen stammen, der hier seine Pranken abgelegt hatte.

Mitten in seine Überlegungen hinein hörte er von draußen jemanden etwas fragen. Der Mann musste schwerhörig sein, denn er tat es sehr laut.

»Aber Sie verkaufen doch sicher Rinderrouládchen? So schön mit Gürkchen und Senf? Gibt eigentlich nix Leckereres auf der Welt. Da hätt ich dann gerne eine von.« Pause. »Wie? Nur Currywurst? Und Pommes? Hören Sie mal, das ist aber keine besonders tolle Auswahl. Noch nicht mal eine Kohlroulade?« Pause. »Ja, Sie sind mir vielleicht ein Laden! Da hab ich mir meine Schlappen jetzt ganz umsonst angezogen, um herzukommen. Und ich hatte mich schon so auf ein Rinderrouládchen gefreut.«

Es dauerte keine Minute, da stand Julius draußen.

Vor Wurst-Willys Theke.

In der Laune, Gott einen neuen Auferstehungsjob zu verschaffen.

Julius zog seine Jacke aus und krempelte die Ärmel hoch. Nein, er war nicht für körperliche Gewalt, aber vielleicht waren seine Fäuste dafür zu haben? Das grenzte ja schon an Stalking, was dieser Wurstkomiker da trieb! Verkaufte er demnächst seine heißen Würstchen auch im Wald, wenn Julius da pinkeln ging? Er hatte schon genug Stress ohne diesen Burschen; es war an der Zeit, wenigstens ein Problem loszuwerden. Wenn jemand von seiner Statur, mit solch einem Kampfbauch, Gewalt androhte, dann musste das doch reichen.

Wurst-Willy drehte jedoch in aller Seelenruhe eine Wurst auf der Grillplatte um, die es sich dort gerade erst gemütlich eingerichtet hatte.

»So, Freundchen, jetzt sprechen wir beide mal miteinander!«, wählte Julius eine klassische Eröffnung.

»Tut mir leid, ich schließe gerade«, antwortete Wurst-Willy und wollte das aufgestellte Vordach einklappen. Aber so einfach würde der Wurstige es sich nicht machen können! Julius nahm beherzt den seitlichen Eingang des Anhängers. Direkt rechts hinter der Tür hing die Wurst-Willy-Jacke, in der Seitentasche fand sich dessen Autoschlüssel.

»Du schließt gar nix zu. Ist das dein Auto da drüben?« Julius deutete auf den silbermetallic 5er BMW mit Frankfurter Kennzeichen.

»Wollen Sie den jetzt etwa zerkratzen? Dann zeige ich Sie an!«

»Dabei kannst du gleich meine Frau grüßen. Die arbeitet nämlich bei der Polizei. Aber das weißt du sicher schon längst, so wie du mir hinterherspionierst.«

Julius stapfte zum Wagen. Sollte er wie ein Teenager die Reifen zerstechen oder den Schlüssel elegant im nächsten Gully versenken? Zuerst warf er einen Blick ins Innere der Nobelkarosse: Ledersitze, Holzleisten, eine teure Musikanlage. Im Wurstgeschäft mussten enorme Margen stecken. Es war pure Neugierde, die Julius nun zum Kofferraum trieb, der sich nach Druck auf den entsprechenden Knopf des Schlüssels öffnen würde.

In diesem Moment traf Wurst-Willy bei ihm ein. »Lassen Sie bloß die Finger davon!«

»Ja?«, fragte Julius. »Nein!«, gab er selbst die Antwort.

Was er nun im Kofferraum sah, verschlug ihm den Atem. Es waren keine Stapel von Pornomagazinen, keine Säcke voll Heroin, Bündel von Falschgeld oder eine säuberlich zerhackte Leiche. Nein, in den Kofferraum war eine dicke schwarze Schaumstoffplatte eingelassen worden. Darin fanden sich Aussparungen und in diesen ein Richtmikrofon, eine HD-Kamera mit Extremzoom, etwas, das wie ein Peilsender aussah, sowie eine Hochleistungsdrohne mit Videofunktion.

Julius drehte sich zu Wurst-Willy um. »Was soll das? Wer sind Sie?« Dann fiel der Groschen. Wurst-Willy konnte unmöglich zur Polizei gehören, sonst wüsste Anna es und hätte ihm von dem Undercover-Kollegen erzählt. Also konnte Wurst-Willy nur eines sein. »Sie sind Privatdetektiv? In einer Würstchenbude?«

»Brüllen Sie doch nicht so! Dann weiß es gleich ganz Dernau, und ich kann mir den Grillanhänger komplett sparen. Ja, ich bin Privatdetektiv. Aber nicht beruflich, es ist mein Hobby. So wie bei Ihnen. Ich habe alles über Sie gelesen. Und jetzt arbeiten wir am selben Fall.«

Julius starrte weiterhin auf die Ausrüstung, die aus dem neuesten Bond-Film zu stammen schien. Wurst-Willy zeigte auf das oberste Gerät. »Das ist ein Parabol-Richtmikrofon mit regelbarer Verstärkung bis hundert Dezibel. Ich hab natürlich auch ein Wand-Lauschgerät mit Stethoskop in der Lage drunter. Da ist auch mein Rechner mit Software für Handyspionage sowie die Wanzen und Sender. An meiner Armbanduhr ist eine Kamera, ebenso an meinem Schlüsselbund. Ich hab mir alles besorgt, was es so gibt. Wollen Sie sehen?«

Julius wollte Wurst-Willy lieber in die Augen sehen. »Warum hast du denn nichts gesagt?«

»Weil ich nicht wusste, wie Sie reagieren würden. Ich hatte Sorge, dass Sie vielleicht keinen Konkurrenten dulden. Dass Sie den ganzen Ruhm für sich haben wollen.«

»Und warum hast du mir mit deinem Anhänger bei der Verfolgung von Schäng den Weg versperrt, wenn wir auf derselben Seite sind?«

»Das war keine Absicht. Ich habe nur abgekoppelt, um ihm schneller folgen zu können. Einfach auf der Straße, weil keine Zeit war, um einen passenden Platz zu suchen.«

Julius musterte den Nachwuchs-Schnüffler lange. »Wie heißt du? Willy Wurst wird ja wohl nicht dein richtiger Name sein.«

Sein Gegenüber streckte die Hand aus. »Rutger Schulte.«

Julius schüttelte sie. »Du bist eine echte Pfeife, Rutger. Wir zwei hätten uns wirklich viel Ärger sparen können. Als Erstes duzt du mich jetzt und dann verrätst du mir, was du herausgefunden hast. Als Dankeschön verpfeife ich dich nicht an meine Frau.«

Julius gab ihm den Autoschlüssel zurück, und Rutger verriegelte schnell den Kofferraum. »Ich verrat dir erst, was ich alles weiß, wenn du eine meiner Würste isst.«

»Bitte?«

»Eine. Und zwar ganz. Davon habe ich schon lange geträumt. Zu Beginn habe ich das nämlich sehr ernst genommen mit den Würsten. Ich habe bei einigen Edelbratereien in Frankfurt gelernt, Neuland-Fleisch besorgt, frische Fritten, eigene Saucen angerührt. Aber ich hab lernen müssen, dass all das nicht nur unnötig ist, sondern noch dazu kein bisschen honoriert wird. Also hab ich mir keine Mühe mehr gegeben – und schnell gemerkt, dass es für Überwachungen viel besser ist, wenn das Essen nicht schmeckt, weil die Leute einen dann in Ruhe lassen. Wenn ich mit einem ins Gespräch kommen will, gebe ich mir Mühe, ansonsten heißt es: je mieser, desto besser! Aber jetzt mache ich dir eine von den guten. Und du sagst mir offen und ehrlich, was du davon hältst.« Rutger holte eine Wurst aus dem Kühlschrank und legte sie vorsichtig auf die Grillplatte.

»Du warst nicht immer Detektiv, oder?«

»Ich war Börsenmakler. Aber ich hab meinen Job verloren. Und dann das getan, was ich schon immer machen wollte: eine Prüfung bei der Zentralstelle für die Ausbildung im Detektivgewerbe abgelegt, und seitdem bin ich Mitglied im Bundesverband Deutscher Detektive. Aber wenn man keinen guten Ruf hat, bekommt man keine Fälle. Ich muss endlich was vorweisen können!«

Rutger wirkte wie ein emsiger Schüler, der Klassenbester werden wollte. Er wirkte jedoch auch wie einer, den seine Mitschüler jede Pause im Müllcontainer versenkten.

»Ministerialrat a. D. Josef-Johannes Sonnborn hat mir gegenüber vor Kurzem etwas von einer Currywurst erwähnt«, sagte Julius. »Das kann ja wohl kein Zufall sein.«

»Nein.« Rutger schüttelte den Kopf, ließ die Wurst dabei aber keine Sekunde aus den Augen. »Der hat mal bei mir gegessen, das gute Stück hatte ich eigentlich für mich auf den Grill gelegt, es war eine von den Teuren.«

»Du hast ihn beschattet?«

»Ja, weil ich sein Verhalten merkwürdig fand.«

»Und? Etwas rausgefunden?«

»Ich glaube nicht, dass er es war. Er hat auch nichts Relevantes gesehen.«

In Verhörtechnik hatte Rutger also keine besonders gute Note auf der Detektivschule bekommen. »Und sonst?«

»Erst die Wurst! Dann lasse ich dir meine bisherigen Rechercheergebnisse zukommen. Ich halte abends immer alles ganz genau fest.«

Julius blickte sich um. Er wollte nicht mit einer schlechten Wurst gesehen werden. Man würde zu Recht an seinem Geschmackssinn zweifeln. Das Ahrtal war klein, Neuigkeiten verbreiteten sich rasend schnell, und meistens war Annemarie einer der dafür verantwortlichen Turbomotoren.

»So, fertig!« Rutger legte die Wurst auf eine klassische Pommes-Schale – allerdings keine aus Papier, sondern aus Porzellan. »Du glaubst ja nicht, wie wichtig mir deine Meinung ist.« Dann folgten die Sauce und Currypulver.

Julius beschloss, schnell zu essen – auch wenn man damit einer Speise nicht wirklich gerecht wurde. Doch in diesem Fall ging es nicht anders. Beim ersten Happen würde er sich der Höflichkeit halber Zeit lassen, falls möglich genießen, den Rest dann schlingen. Er biss ab. Die Wurst war knackig, bot feine Röstaromen, ohne dass diese zu dominant wurden, war innen saftig, mit sanfter Würze, die sich gut mit der Fruchtigkeit der Sauce vertrug, dazu eine leichte Schärfe. Durchaus gelungen. Für einen Hobbykoch: alle Achtung!

Julius merkte es nicht, aber er aß automatisch langsamer. Er konnte einfach nicht anders. Aus Respekt vor der Wurst.

Das war ein Fehler.

»Das gibt es doch nicht! Der Julius isst Currywurst. Warte, da muss ich ein Foto von schießen. Brauchst dich gar nicht verschämt wegdrehen, hab dich schon.« Es war André Erlen, und er zog das Handy schneller als sein Schatten. »Hammer!«

»Komm, lösch den Mist«, sagte Julius und stellte die Porzellanschale ab. »Ich teste hier nur.«

»Ja, klar, und ich trag hier meinen Karton Wein nur, damit er mal was von der Welt sieht. Dir ist eine gute Wurst also auch viel lieber als dein teures Gekoche! Musst nix sagen!«

Julius wollte die Sache klarstellen, doch Erlen war nicht allein, neben ihm ging Erhard Schenk. Dieser kam nun zu Julius und sagte leise: »Gut, dich zu sehen. Hast du schon was unternommen? Du weißt schon, wieso.«

»Bald wird jemand kommen, um den Weinberg zu untersuchen«, sagte Julius, der Anna davon berichtet hatte. Obwohl es mit dem Mord an Martin zusammenhängen konnte, hatte eine andere Abteilung den Fall übernommen, die sich mit Vandalismus beschäftigte.

»Das dauert alles zu lange! Und was weiß die Polizei schon von Wingerten? *Du* musst das machen. Ich sag dir, wenn du den Johnny nicht ins Gefängnis schaffst, dann bring ich ihn um. Ich hab eh nix mehr zu verlieren. Dann dreh ich ihm den Hals um. Das kann ich nicht auf mir sitzen lassen, Julius. *Das* nicht. Das kriegt er wieder, das Schwein. Auge um Auge, Zahn um Zahn. Das soll er bekommen.«

»So!«, sagte André Erlen laut, nachdem er sich mit Rutger unterhalten hatte. »Jetzt trinken wir alle erst mal schön einen zusammen. Ich hab hier schließlich einen Spätburgunder von der Schieferlay, den Willy in seiner Bude verkaufen will. Als Doppelmagnum gibt es den auch auf der Versteigerung. Und Erhard hat auch einen Tropfen dabei. Also, wo sind die Gläser?«

Rutger beugte sich zu Julius vor. »Fraternisierung mit den Einheimischen. Eigentlich trinke ich nur Hugo.«

»Gläser!«, verlangte Erlen noch mal, worauf Rutger Plastikbecher hervorholte. »Nee, also daraus wird mein Wein nicht getrunken. Wartet, ich hab einen Karton Gläser im Auto.«

Und weg war er.

»Hier«, sagte Rutger und reichte auch Erhard eine Currywurst. »Eine WWW – eine Wahnsinns-Willy-Wurst. Gut, was? Heute braucht ja alles eine Abkürzung.«

Diese war aber leider schon vergeben, dachte Julius. Aber apropos Abkürzung. »Weiß einer von euch zufällig, was SNS bedeutet?

»Meinst du SMS?«, fragte Rutger. »Das sind diese Kurznachrichten per Handy.«

»Ich *weiß*, was SMS sind. – Hast du eine Idee, Erhard?«

»Irgendein Verein vielleicht? Sportschützen Neuenahr Siebengebirge? So was in der Art?«

Ein Verein! Wieso hatte Julius da nicht selbst dran gedacht! Das Internet würde ihm sicher gleich weiterhelfen.

André Erlen kam zurück, schnell waren die Gläser ausgepackt und der Wein eingeschenkt. Es wurde sich zugeprostet, und Julius schwenkte das Glas so schwungvoll, dass er auf den Boden kleckerte.

Der Fleck sah aus wie ein Herz.

Es konnten aber auch zwei Schweinefilets sein.

Julius kam nicht dazu, länger über das Weinorakel nachzudenken, denn sein Handy meldete eine SMS – von Anna. Er sollte sofort zu ihr kommen, ohne Umwege, es sei verdammt dringend. Also verabschiedete er sich schnell, stieg in seinen Wagen und war nahezu umgehend da. Denn das provisorische Domizil der SOKO, der »Rebstock«, lag quasi um die Ecke.

Wolken trieben in atemberaubendem Tempo über das Hotel, die Zeichen standen auf Sturm. In der Sekunde, als er aus seinem Käfer stieg, fing es an, wie aus Tonnen zu regnen. Beim Erreichen des Hoteleingangs war er pitschnass. Julius blickte nochmals hinauf. Da hatte sich eine düstere Suppe zusammengebraut, und gleich würde sie überkochen. Sonnborn wäre bestimmt völlig aus dem Häuschen und bereits auf dem Weg, um sich von einem richtig schönen Blitz erschlagen zu lassen.

Julius öffnete die Tür, links und rechts die Schreibtische mit beschäftigten Beamten, am Ende des Raums Annas Arbeitsplatz, davor einige leere Stühle – und zwei besetzte.

Da saß doch tatsächlich Ministerialrat a. D. Josef-Johannes Sonnborn, wie ein eingesperrtes Huhn den Hals reckend. Als er Julius sah, hielt es ihn nicht mehr auf seinem Platz.

»Ihnen habe ich das alles zu verdanken! Und ich dachte, man könnte Ihnen vertrauen.« Er zeigte auf die Fensterfront. »Schauen Sie raus! Schauen Sie verdammt noch mal raus! Gleich kommen die ersten Blitze, und ich sitze hier fest, um meine Aussage protokollieren zu lassen!«

Auf dem Stuhl neben Sonnborn saß ein weiteres bekanntes Gesicht: Katrin Jolik. Sie tippte gerade auf ihrem Smartphone und lächelte dabei amüsiert.

Im Gegensatz zu Anna.

Sie tigerte hinter ihrem Schreibtisch umher. Drei leere Tassen standen darauf, alle schienen den Rändern zufolge Kaffee enthalten zu haben. Und sie rauchte. Sie hatte seit über zehn Jahren nicht mehr geraucht. Julius brauchte keine weiteren Zeichen, um zu wissen, dass sich nicht nur draußen ein Gewitter entladen würde. Sie wusste alles.

»Ah, schau an, wer da kommt. Hörst ja doch mal auf mich. Ausnahmsweise. Setz dich.«

»Ich steh lieber.«

»Setz dich!«

Julius setzte sich. Er kam sich vor wie in der Schule, wenn seine alte Lehrerin ihn maßregelte, weil er Bettina Scholzen wieder mal Briefchen geschrieben hatte. »Willst du mit mir gehen? Ja. Nein. Vielleicht. Bitte ankreuzen«.

Der geschäftige Speisesaal kam ihm mit einem Mal totenstill vor.

»Wo soll ich anfangen?«, fragte Anna die Luft vor sich, denn Julius blickte sie nicht an. »Ich weiß es nicht. Denn es ist so viel, dass ich es gar nicht fassen kann.«

»Dann lass mich, bitte.«

»Nein, jetzt nicht mehr.« Anna zog lange an ihrer Zigarette. »Du erzählst mir nichts von deinem Treffen mit Sonnborn, nichts von seinen Infos über die Fundstelle des Wagens oder den anderen wichtigen Aussagen. Nein, du hast nichts Besseres zu tun, als Katrin Jolik mit Hilfe ihrer Schwester dazu zu bringen, für dich mitten in der Nacht einen Tauchgang durchzuführen. Und dass ihr ein Feuerzeug gefunden habt, wäre mir wahrscheinlich bis an mein Lebensende nicht zu Ohren gekommen.« Sie streckte die Hand aus und Julius legte es hinein. *»Warum hast du mich verdammt noch mal nicht angerufen?«*

»Ich weiß nicht, warum ich nichts gesagt habe. Ehrlich. Es lief irgendwie automatisch ab. Ohne wirklich drüber nachzudenken. Vielleicht hatte ich Angst, du hältst mich zurück.«

»Ja, und weißt du was? Das hätte ich auch! Denn das Ahrtal ist kein Abenteuerspielplatz für große Kinder. *Ich mache mir Sorgen um dich!*«

»Hör zu, es ist nicht so, wie du denkst!«

»Ach so? Was denke ich denn? Seit wann denkst du darüber nach, was ich denke?«

»Anna!«

»Nein, es hat sich ausge-Anna-t! Was hast du dir dabei nur gedacht? Dumme Frage! Nichts! Nachts mit dem Boot aufs Wasser, der Polizei und, noch schlimmer, mir den Standort des Wagens verschweigen sowie das Auffinden von Beweismitteln. Vielleicht hätten wir noch Spuren sichern können!«

»Aber es lag doch im Wasser.«

»Ist Fett wasserlöslich? Ich beantworte die Frage: nein. Aber jetzt sind auf dem Feuerzeug überall deine Fingerabdrücke.«

Da hatte sie recht, verdammt.

»Und vorher bist du auch noch verprügelt worden! Deswegen mussten wir gestern also das Licht im Schlafzimmer ausmachen.« Die versammelten Polizeikollegen hielten hörbar die Luft an ob des pikanten Details. »Stattdessen einfach den Mund aufzumachen, darauf bist du nicht gekommen! Ist ja auch ein ganz abwegiger Gedanke. Da sind Leute, die dir ans Leder wollen, aber du hältst es nicht für nötig, mir Bescheid zu sagen?« Den letzten Satzteil hatte sie fast geschrien, ihr Gesicht war gerötet, die Augen feucht. Hastig zog sie an der Zigarette.

»Du rauchst ja«, sagte Julius, dem einfach nichts Besseres einfiel.

»Na und? Machst du dir Sorgen um meine Gesundheit? Darfst du das? Ich darf mir zumindest keine um deine machen!«

»Du darfst, nein, du sollst …«

»Ich will nichts von dir hören. Jetzt nicht mehr! Die letzten Tage hätte ich gerne von dir gehört. Oh ja, da hätte es auch so vieles zu hören gegeben.«

»Lass mich alles erklären, ja? Ich nenn dir jetzt jedes Detail.«

Doch Anna hörte ihm nicht zu. »Du hast mich belogen. Du hast die Polizei belogen. Du hast dich wieder in Gefahr gebracht. Und *dich* habe ich geheiratet, mit dir will ich eine Familie gründen. Aber du bist unverantwortlich. Ich dachte wirklich, ich könnte dir vertrauen.«

»Das kannst du! Ich hätte dir alles erzählt, zum richtigen Zeitpunkt.«

»Den hast du verpasst. Ich ziehe aus, mit allem, was mir gehört.«

»Aber das kannst ...«

»Du wirst schon sehen, was ich kann.«

»Aber Anna!«

»Raus. Und wenn ich noch einmal mitkriege, wie du irgendetwas machst, das mit diesem Fall zu tun hat, dann, dann ... Geh! Sofort! Ich will dich nicht mehr sehen!«

Sie drehte sich um, Julius hörte sie weinen, wollte sie in den Arm nehmen, sich entschuldigen, alles erklären. Aber er wusste, dies war nicht der Moment dafür. Dies war nur der Moment, um zu gehen.

»Warum?«, fragte er Katrin Jolik, kurz vor ihr stehen bleibend »Warum haben Sie das getan?«

»Weil ich im Gegensatz zu Ihnen wahrheitsliebend bin.« Sie blickte ihn unschuldig an. »Und jetzt sollten Sie wirklich besser gehen. Sie haben schon genug Unheil angerichtet.« Ein zufriedenes Lächeln erschien auf ihrem Gesicht.

Was für ein hinterfotziges Spiel war das?

Sonnborn blickte aus dem Fenster, auf das der Regen wie Geschosse traf. Die Wolken hingen tief und zogen schnell dahin. Man brauchte keinen Wetterfrosch, der sich unter seine Leiter kauerte, um zu wissen, dass gleich Blitze im Tal einschlagen würden. Und dass Sonnborn seinen fünften Blitzschlag verpassen würde.

Julius fühlte sich, als hätte stattdessen ihn einer davon getroffen.

Verdammt! Verdammt! Verdammt! Wie hatte er nur so dumm sein können? Und so unsensibel und ... bescheuert ... und vollblöd ... und egoistisch ... und ... hatte er schon dumm gedacht? Konnte ruhig noch eins dazukommen! Dumm! Dumm! Dumm!

Julius ließ den kalten Regen in sein Gesicht peitschen. Das hatte er verdient. Und mehr davon. Er hatte einfach so ermittelt wie in all den Jahren zuvor, dabei war es nicht mehr wie zuvor, sie waren zu zweit. Julius blickte durch eines der Fenster in den »Rebstock« hinein. Katrin Jolik saß vor Anna, die sich nun ein Lächeln abzwang. Es schien ihr Schmerzen zu bereiten, die entsprechenden Gesichtsmuskeln zu bewegen. Julius wollte sie so gerne in die Arme schließen und ihr sagen, was für ein Idiot er war. Frauen wussten das ja eigentlich, aber manchmal war es gut, das ganz offen zuzugeben. Er wollte jetzt für sie kochen, Nachtische, ganz viele, und einen Kuchen backen, seine Liebe zeigte er am besten mit einem Kuchen, den er noch warm servierte. Und dazu Schokosauce, mit ein bisschen Chili.

Julius bekam Hunger. Jetzt war er traurig und hungrig. Schlechte Kombination.

Als Anna ihn erspähte, rannte sie zum Fenster und zog die Gardinen ruckartig zu. Im selben Moment krachte ein Blitz aus dem Himmel, so gleißend, als würde er die Welt zerschneiden. Wie ungemein passend. Nun machte sich auch noch das Wetter über ihn lustig.

Erst jetzt merkte Julius, dass er neben Sonnborns Ford Taunus stand. Auf dem Rücksitz der merkwürdige Blitzherleiter in Regenschirmform, Gummistiefel, eine Kletterausrüstung, ein Werkzeugkasten – und ein Bolzenschneider. Vermutlich war er es gewesen, der sich unerlaubten Zutritt zum Ballermann-Gelände verschafft hatte, weil dort die Chance bestand, mal wieder ordentlich vom Blitz erschlagen zu werden. Eine Spur, die im Sand verlief.

Aber darauf kam es nun nicht mehr an.

Julius wollte nicht zurück in seinen Käfer, nicht ins Restaurant, erst recht nicht in sein leeres Haus. Noch schlimmer, wenn es nicht leer, sondern Sybille jetzt dort wäre. Er wollte niemanden sehen. Also zog er den Reißverschluss der Jacke zu, bis ganz zum Anschlag unterm Hals, was ihm sonst immer unangenehm war, und wanderte bis zum Ahrtaler Meer, das durch den Regen aufgeraut wirkte wie grobes Schmirgelpapier. Trotz des Regens erkannte er, dass ein Boot draußen war, an der Stelle von Martin Schenks Wagen, ein Scheinwerfer auf das Wasser gerichtet. Vermutlich würden sie den Ford Mustang heute noch bergen, vielleicht gab er weitere Geheimnisse preis. Hoffentlich.

Er hätte Anna alles gesagt.

Julius stand eine ganze Weile am Strand und blickte auf die zerwühlte Fläche. Und mit einem Mal fehlten ihm seine beiden Kater. Wie gern hätte er sie jetzt schnurrend auf seinem Bauch liegen gehabt. Selbst Milchtritte in die Magengrube wären ihm lieb gewesen oder Festkrallen im Hemd bis auf die Haut.

Der Regen schaffte es am Nacken entlang über den Rücken bis in Julius' Hose, die seitlich ohnehin längst durchnässt war. Zeit zu gehen.

Auf dem Weg zum Käfer kam er an einem Schild vorbei, das zum Dernauer Hof, dem Weingut Johnny Schenks, wies. Eine nasse Katze saß darunter, doch als Julius sich hinkniete, um sie zu streicheln, rannte sie weg, in Richtung der Kelterhalle. Vielleicht gab es dort ein trockenes Plätzchen für sie und eine Schale mit Milch.

Er konnte Johnny ja einen Besuch abstatten, etwas Wein trinken und trocken werden. Und vor allem: sich ablenken lassen. Vielleicht würde Johnny jetzt auch etwas über den Streit mit Schäng erzählen. Und er konnte das dann Anna erzählen.

Wenn sie ihm überhaupt zuhörte.

Das Gewitter war näher gekommen, die Blitze zuckten nun schon am Himmel über dem Ortseingang, das Grollen des Donners war ohrenbetäubend. Julius rannte die letzten Meter. Es brannte Licht in der Weingutshalle, das Tor war nicht ganz zugezogen. Julius schob es auf, wobei seine klitschnassen Hände mehrmals abrutschten.

»Johnny? Ich bin's, Julius.«

Er blickte sich um. In der Kelterhalle war der Winzer nicht zu sehen, weder bei der Wilmes-Presse noch beim Entrapper, auch nicht bei den Schläuchen, dem Maischebottich, nirgendwo. Leise lief das Radio, WDR 4, doch über dem Lärm des Sturms war es kaum zu hören.

»Johnny?« Julius ging in den Nebenraum der hohen Halle, in dem sich das Flaschenlager befand. In großen Metallgitterkästen lagerten unetikettierte Flaschen, daneben Stapel mit gefüllten Kartons. Hier hatte Johnny auch seine besondere Spezialität gebunkert: das Traubenkernöl, ganz hinten rechts in der Ecke, neben dem Trester- und dem Hefebrand.

Etwas stimmte nicht, sein Bauch sagte ihm das, und sein Bauch war groß. Julius hatte schon oftmals Dinge sehen müssen, die er nie sehen wollte, und er wusste, gleich würde es wieder so weit sein.

Denn er roch etwas.

Traubenkernöl. In einer unglaublichen Stärke. Als er auf den Boden blickte, sah er es: eine sich immer weiter ausbreitende Lache. Julius bewegte sich nicht, sah einfach zu, wie sie sich seinen Schuhen näherte, diese umschloss und weiter an Raum gewann.

Dann ging er langsam dorthin, von wo sie kam.

Die Gitterbox mit dem Öl lag auf dem Hallenboden, die meisten der kleinen Fläschchen darin zersplittert, ihren Inhalt ergießend. Einen Großteil davon auf Johnny.

Er war mariniert worden.

In seinem liebsten Öl.

Er glänzte im leichten Grün der Flüssigkeit. Doch es war nicht das Öl, das Johnny getötet hatte. Auch nicht die Gitterbox, sie hatte ihn verfehlt, war neben ihm niedergegangen.

Julius ging näher, seine Schritte langsam setzend, um nicht ins Blut zu treten, das sich wie ein Seidentuch im Öl zu bewegen schien. Es drang aus Johnnys Hals oder dem, was davon noch übrig war. Er war nicht aufgeschnitten worden, sondern zerfetzt, so tief, dass die durchtrennte Speiseröhre, die Luftröhre und sogar die Nackenwirbel zu sehen waren. Das Blut musste in Fontänen aus ihm geschossen sein.

Die Tatwaffe lag daneben. Es war ein Portugieser Rosé lieblich, der Flaschenhals abgeschlagen. Mit den scharfen Kanten musste Johnny die Kehle aufgerissen worden sein. Nicht nur einmal. In den Augen des Winzers stand der Schrecken. Er würde nicht sofort tot gewesen sein. Er würde gewusst haben, dass er starb, wie er starb, und die Schmerzen würden ihn überwältigt haben. Seine Hände waren voller Rot, er musste versucht haben, die Blutung zu stoppen, doch bei solch einem Blutverlust hatte ihn sicher schnell die Kraft verlassen.

Vielleicht hatte der Täter dann erst weitergeschnitten.

Es erforderte Kraft, so tief zu schneiden. Und ein kaltes Herz. Oder eines erfüllt von Hass.

Julius holte das Handy aus seiner nassen Jacke hervor. Es funktionierte noch. Er rief Anna nicht an, denn sie würde nicht abnehmen, sondern schrieb ihr eine SMS.

»Johnny Schenk ermordet. Kelterhalle.« Er zögerte. Was sollte er noch dazuschreiben? »Ich war es nicht«? »Es tut mir leid, dass ich die Leiche gefunden habe«? »Schau, das halte ich nicht vor dir geheim«?

Viel zu viele Worte. Und nicht das, was er eigentlich sagen wollte.

Er tippte noch vier Worte, dann verließ er die Kelterhalle.

»Ich liebe dich. Julius«.

8

Wasserratte

Es war der dritte Kaffee. Vielleicht auch der vierte. Unter Umständen der fünfte. Julius zählte nicht mehr mit. Sein Puls hatte den sechsten Gang übersprungen und pumpte jetzt im achten.

Die Nacht war verheerend gewesen.

Das Bett so leer, Annas leises Schmatzen fehlte, die leichten Tritte gegen seine Beine und natürlich ihr Duft. Die Kater hatten den freien Platz genutzt und sich breitgemacht. Morgens war es allerdings zu einer Zankerei gekommen, an deren Ende zwei Kater, mit einem Mal zentnerschwer, über ihn gejagt waren. Und als hätte das alles noch nicht gereicht, war ihm das Bild des toten Johnny nicht aus dem Kopf gegangen. Diese riesige Wunde, die große Menge an Blut. Der Western-Fan hatte sich sicher ein Ende mit Schießerei um zwölf Uhr mittags gewünscht, stattdessen war er geschlachtet worden.

Julius hatte nicht gefrühstückt, was sonst nie passierte, sondern war direkt in die noch dunkle »Alte Eiche« gegangen. Sein Fels in der Brandung, sein Hort der Ruhe.

Hatte er gedacht.

Im Hühnerstall fanden sich nur fünf Hühner und viele braune Federn. Der Habicht war zu Besuch gewesen, und Goldie war sein Frühstück geworden. Das Tor zum Hühnerhaus öffnete sich dank des Lichtsensors selbstständig, es musste für den Habicht fast wie Essen auf Rädern gewesen sein. Er hatte nur warten müssen.

Das gab Julius den Rest. Er verbuddelte Goldie, spendierte der restlichen Hühnerschar als Leichenschmaus einige Blätter frischen Salat und sammelte die Eier ein – darunter Goldies letztes.

Danach kochte er mit den Eiern und denen der letzten Tage den ganzen Morgen durch. Es war wie ein Rausch: Frittierte Eier im Auberginennest à la Goldie, Frittata mit Artischocken und Paprika nach Goldies Art, Goldige Cheddar-Soufflés mit Sauerampfer, Gold-Crêpes mit Pavlova, Beeren, Mango und Passionsfrucht, Goldgelbe spanische Tortilla mit Ziegenkäse,

Rührei mit Rhabarber und Grafschafter Goldrübensaft, Getrüffelte Eier en cocotte »Hommage à Goldie«. Und unter diesem Namen würden sie auch alle ins Buch kommen!

Natürlich sollte ihn der Tod eines Huhns nicht so mitnehmen. Er servierte ja ständig Hühner. Aber die hatten ihn nicht jeden Morgen mit hungrigem Gurren begrüßt. Das Verhältnis der Familie Eichendorff zu Nutztieren war halt ambivalent. Seine Großeltern hatten früher von Frühjahr bis Winteranfang stets ein Schwein mit Küchenabfällen gemästet – und Weihnachten wurde es geschlachtet. Oma hatte dann immer geweint, denn mit niemandem hatte sie so gut reden können wie mit der Sau. Das hatte Julius damals schon zu denken gegeben.

Nach und nach trudelte die Mannschaft ein. François kam wieder wie gewohnt und damit spät – allerdings nicht in Begleitung von Vanessa.

Deshalb fing Julius ihn auch ab. »Alles okay bei dir?«

»Geht so. Also bei mir eigentlich schon. Aber nicht bei meiner Mitfahrerin.«

»Wieso? Wollte sie nicht mehr mit dir fahren?«

»Nein, sie ist krank, soll ich dir auch sagen. Deshalb ist sie zu Hause bei ihrer Katze geblieben.«

»Wusste gar nicht, dass sie eine hat.«

»Du weißt so einiges nicht.«

»Was soll das heißen?«

»Die Katze hat sie nach dir benannt. Sie heißt Julchen.«

Julius zeigte es nicht, doch er war gerührt. Hoffentlich war es ein prachtvolles Tier – mit mehr Haaren, als er auf dem Kopf hatte.

François griff sich ein Ei und drehte es auf der Küchenplatte. »Weißt du vielleicht, was ihr fehlt? Sie wollte es mir nicht sagen, aber sie klang irgendwie … deprimiert.«

Vielleicht weil ihre Schwester ihn verpfiffen hatte? »Ich werd sie heute Nachmittag mal anrufen, okay? Ein bisschen Zuspruch tut ihr bestimmt gut. Und ich sage natürlich auch, dass du hier rumläufst wie ein Tiger im Käfig.«

»Nix wirst du!« François hob drohend das Ei.

»Ganz ruhig. Leg das Ei wieder hin. Langsam und vorsichtig,

damit es nicht versehentlich losgeht. Wir können doch über alles reden. Ich gehe auf deine Forderungen ein, okay? Nur leg das Ei hin und dann heb die Hände, sodass ich sie sehen kann.«

François musste grinsen und legte das Ei ab. »Ich bin doch kein Bankräuber.«

»Nein, aber ein potenzieller Eierdieb. Den ich übrigens sprechen wollte.«

»Und wieso? Soll ich irgendwo Eier für dich stehlen?«

»Nein, nur einen Wein heraussuchen. Ich habe heute nämlich eine Mail vom Präsidenten des Winzerverbandes erhalten. Er möchte, dass auch die Spitzenköche des Tals Weine aus ihrem Keller versteigern lassen – schließlich würden wir am Abend der Versteigerung ja auch kochen. Also runter mit dir und bring was Gutes mit hoch. Aber etwas wirklich Gutes!«

François' Laune sank so schnell, wie ein Stein ins Wasser fiel. »*Bitte?* Für so eine blöde Versteigerung?« Julius verkniff sich ein Lachen. Bisher hatte Francois immer voller Ehrfurcht von der Versteigerung gesprochen – aber da wusste er auch nicht, dass er einen seiner Schätze hergeben musste. »Die Weine gehören zum Essen getrunken, zu deinem fabelhaften Essen!«

»Schmeicheleien bringen dir gar nix. Die Versteigerung ist für einen guten Zweck.«

»Aber wir haben doch schon das Benefizessen gemacht.«

»Und du meinst, damit wäre es getan? Das ist ja wie der Ablasshandel, der Luther erzürnt hat. Also ab in den Keller, und wehe, du bringst nichts Ordentliches mit zurück. Die ›Alte Eiche‹ wird sich nicht blamieren! Und wenn du nichts findest, heißt es Weinroulette. Ich gehe runter, schließe die Augen und ziehe einfach irgendwas raus.«

»Du bist so ein mieser, herzloser Erpresser!«

»Aber nur, wenn ich ausnahmsweise mal nicht der herzensgute Chef bin.« Julius schob François Richtung Keller. »Du weißt, wo dein Platz ist. Hinab in den Hades.«

François stieg die Treppe zum Weinkeller hinunter. »Nur unter Protest! Das ist üble Verschwendung!«

Für kurze Zeit blieb es ruhig, und Julius begann mit einem weiteren Rezept: Eier im Goldnäpfchen mit Schellfisch und

Monschauer Senf. Doch er kam nicht weit, denn plötzlich stand François wieder neben ihm.

»Wieso hast du keine Flasche Wein dabei?«

»Schlechte Nachrichten.«

»Du hast keine gefunden? Es sind genug im Keller. Also wieder runter mit dir. Manchmal ist das echt ein Kindergarten hier.«

»Schlechte Nachrichten«, wiederholte François. »Und sie haben nichts mit der Flasche für die Jubiläumsversteigerung zu tun.«

»Noch mehr schlechte Nachrichten? Ganz ehrlich: Können die warten? Es gab schon zu viel davon in letzter Zeit.«

»Können nicht warten.« François zeigte auf seine Schuhe. Sie waren nass. Und die Hose bis kurz über die Knöchel ebenfalls. »Das Wasser muss sich über Nacht reingedrückt haben. War ja nur eine Frage der Zeit.«

Julius ließ alles liegen und rannte hinunter.

Das Wasser war braun und schlammig, Etiketten trieben wie gekenterte Segelschiffe darin, einige Flaschen wie verendete Wale. Julius wusste, dass sie dank der Korken nicht nur den Wein drinnen, sondern auch das Wasser draußen hielten, doch ihm kamen trotzdem die Tränen. Nicht nur wegen dem Wasser, wegen einfach allem.

»Auspumpen!«, brüllte er. »Jeder, der gerade nichts zu tun hat, soll kommen. Wir bilden eine Eimerkette, und vorher dichten wir den Abfluss ab. Ruft eure Freunde und Verwandten an! Schnell, schnell!«

Nach einer halben Stunde bekam Julius einen Klempner ans Rohr – der hatte zwar alle Hände voll zu tun, weil Julius' Keller nicht der einzige überschwemmte war, aber auch einen Service-Vertrag mit der »Alten Eiche«, weswegen er umgehend ins Restaurant kam. Doch das Meer breitete sich aus und drückte immer stärker in die Leitungen. Wenn nicht bald etwas passierte, würde das Ahrtal noch vor Holland in den Fluten versinken.

Sie schafften es irgendwie, den Mittagsservice durchzubringen, ohne dass die Gäste etwas merkten. Allenfalls dass die Musik im Restaurant deutlich lauter lief als sonst – nicht aber, dass diese das Entwässern übertönte. Julius hatte keine Zeit mehr, sich um seine Eier zu kümmern, ein bis oben gefüllter Eimer nach dem anderen ging durch seine Hände, und danach musste erst mal alles trocken gewischt werden. Es fanden sich einige Flaschen, die Julius längst vergessen hatte – er öffnete einen alten Henri Jayer, um seine Nerven zu beruhigen. Von vielen anderen Buddeln hatten sich die Etiketten gelöst, sie konnten nicht mehr verkauft werden. Oder sie würden für die Gäste den »Überraschungswein« einführen. Wenn dieser nicht zum Essen passte, musste das Team eben die Bouteillen leeren.

Klang nach einer Idee, die auf breite Zustimmung treffen würde.

Er gab seiner Truppe und allen Helfern erst mal ein paar Gläser Krug-Champagner aus – aber als jemand fragte, ob er etwas Johannisbeerlikör reinschütten könnte, um sich einen Kir Royal zu mixen, war dann doch Schluss mit der Großzügigkeit.

Jetzt kam erst mal der Versicherungsvertreter, um den Schaden in Augenschein zu nehmen. Julius wollte lieber nicht dabei sein, sonst regte er sich nur auf. Der neue Mordfall kam ihm jetzt ganz recht, um nicht an den Schaden im Keller denken zu müssen. Bis zum Abendservice musste er allerdings wieder zurück sein, das ließ ihm nur wenig Zeit.

Es gab zwei Verdächtige für den Mord an Johnny. Anna würde sich fraglos auf dessen Bruder Erhard konzentrieren, ihn wahrscheinlich den ganzen Tag durch die Mangel drehen. Ob Irmela imstande gewesen war, der Polizei vom Streit ihres Mannes mit Schäng zu berichten, konnte er nicht einschätzen. Das heißt, den konnte er sich vielleicht zuerst vorknöpfen. Und Anna dann mit Infos versorgen. Sie hatte zwar gesagt, er dürfe nicht mehr ermitteln, aber wenn er ihr wichtige Beweismittel oder Indizien beschaffte, würde sie das vielleicht anders sehen. Was blieb ihm sonst?

Julius griff sich Jacke und Autoschlüssel.

Es gab nur einen Üllich im Telefonbuch, und der wohnte in Bachem, dem Frühburgunderdorf des Ahrtals. Die Lagen hier hatten nicht den besten Ruf, doch für den Frühburgunder, der in Spitzenterrassen viel zu schnell heranreifte und dadurch kaum Gelegenheit hatte, komplexe Aromen zu bilden, waren sie ideal.

Das Haus von Hans »Schäng« Üllich stellte sich als schmuckloser Nachkriegsbau in einem pastelligen Altrosa heraus. Schäng bewohnte es zusammen mit seinem Vater, der vornübergebeugt und hoch konzentriert in Feinrippunterhemd und blauem Adidas-Jogginganzug vor dem Fernseher saß und »Wer wird Millionär?« guckte. Er sah aus wie der Schlagzeuger von den Flippers. Oder der vierte von den Amigos. Der Julius' Ansicht nach ohnehin geklont worden war. Vater Üllich sagte nichts zur Begrüßung, die Augen starr auf den Bildschirm gerichtet. Doch als Schäng und Julius an ihm vorbei Richtung Küche gingen, brüllte er »Göteborg«. Julius las die Frage im Fernseher (»Brauchte Schiller ein neues Buch zum Schmökern, dachte er sich vielleicht: ›Kein Problem, wenn ich mir eins von …‹«), und konnte ihm nur recht geben. Hel sinki, Kopen hagen und Lille hammer waren es auf jeden Fall nicht.

»Was verschafft mir denn die unerwartete Ehre Ihres Besuchs? Sind Sie etwa mit meiner Schokomettwurst in Produktion gegangen und bringen mir jetzt einen Sack Kohle?«

»Noch nicht. Aber sobald sich ein Markt dafür auftut, werde ich da sein.«

»Gut, der Mann!« Schäng öffnete eine Kölschflasche und drückte sie Julius in die Hand. »Sie wollen wieder was von mir wissen, Meister. Das seh ich doch sofort. Bevor Sie fragen: 'ne neue Leiche haben wir nicht gefunden, sonst hätte Ihr Telefon längst geklingelt. Und das Ahrtaler Meer ist auch noch nicht verschwunden.«

»Weiß ich, bei mir steht nämlich das Wasser im Keller.«

»Jo, kein Wunder. Das drückt und drückt, wie ich, wenn ich mit Verstopfung auf dem Thron hocke. Kommen Sie anstoßen.« Schäng hielt seine Flasche empor, und Julius ließ sie erklingen.

Aus dem Wohnzimmer brüllte Vater Schäng: »Enis!«

Julius musste einfach gucken gehen. Es war die Antwort auf die Frage: »Welche Buchstaben gehören zu den fünf häufigsten, die in deutschen Texten vorkommen?« Die anderen Möglichkeiten waren »Ödel«, »Ildo« und »Lied«. Die Fragenkommission hatte anscheinend unheimlich Spaß bei der Zusammenstellung gehabt. Die Antwort von Vater Schäng war … richtig! Dieser nickte zufrieden, und Julius kehrte in die kleine Küche zurück.

»Wann hört das denn auf mit dem Drücken des Wassers?«

Schäng zog die Luft scharf durch die Zähne ein. »Weiß der Himmel. Wenn es wieder regnet, noch lange nicht. Zuerst haben sie überlegt, den Damm kontrolliert zu sprengen, also so, dass das Wasser an der richtigen Stelle auf der richtigen Breite in der richtigen Menge abfließt. Das Tal wird dahinter ja breiter, da würde es im Idealfall versickern. Aber da traut sich keiner ran, das ist hochdiffizil, und die Sprengmeister winken ab, aus ganz Deutschland. Weil so eine Sprengung versichert dir keiner, da gibt es einfach zu viele Unbekannte. Die Zusammensetzung des Damms, die Verdichtung, die Feuchtigkeit, das lässt sich alles gar nicht genau berechnen. Und wenn Regen dazukommt, erst recht nicht.«

»Bei dem angenehmsten Wetter / Singen alle Vögelein / Klatscht der Regen auf die Blätter / Sing ich so für mich allein«, zitierte Julius seinen Vorfahren.

»Ach, singen können Sie auch. Mannmannmann, einigen hat's der liebe Gott aber echt reichlich gegeben! Den Kopf für Essensideen haben wir ja beide, aber beim Singen muss ich die Segel strecken.«

Julius unterdrückte ein Grinsen.

»Tomatensorten!«, brüllte Vater Schäng, was Julius wieder herüberlinsen ließ. »Worum geht es, wenn von der ›Schwarzen Krim‹, der ›Roten Murmel‹ oder dem ›Grünen Zebra‹ die Rede ist?«, war die Frage, und die anderen Antworten »Heilige drei Könige«, »Skatvarianten« sowie »Regionale Ampelkoalitionen«. Julius wusste, dass der alte Mann recht hatte, und war ehrlich beeindruckt. Die seltenen Sorten kannte kaum jemand. Als die richtige Antwort bekannt gegeben wurde, sprang Üllich senior jubelnd auf. Er war wirklich verdammt gut.

Julius wandte sich wieder dessen Sohn zu. »Okay, hier der Grund, warum ich gekommen bin: War die Polizei schon hier? Wegen Johnny?«

Schäng setzte sich und nahm einen langen Schluck aus der

Flasche. Dann schob er den Stuhl zurück und stellte die Beine breitbeinig auf, einen Arm auf dem Oberschenkel. »Jau, das waren sie. Auch Ihre Anna. Die kann hammerhart sein, mein lieber Scholli.«

»Wem sagst du das?«

»Mein Beileid, aber wirklich. Die hat Haare auf den Zähnen.«

»Na, na, also so schlimm ist sie auch wieder nicht. Außerdem ist das ihr Job. Und den macht sie gut, sie ist die Beste. Das muss auch mal gesagt werden.«

»Ist ja schon gut. Wissen Sie von dem Streit auch durch Irmela? Die Alte ist so ein Klatschweib, unfassbar. Hat der Bullerei direkt gesagt, ich müsste der Mörder sein, und die standen dann noch in der Nacht hier bei mir auf der Matte und haben mich zum Revier mitgenommen. Eine Scheißnacht, kann ich Ihnen sagen! Ich hab denen tausendmal gesagt, dass ich es nicht war.«

»Worum ging es denn bei deinem Streit mit Johnny?«

»Ach, nicht so wichtig. Hab ich der Polizei nicht gesagt, sage ich Ihnen auch nicht. Und die Irmela weiß Gott sei Dank nix davon, und das bleibt auch schön so. Da brauchen Sie mir jetzt auch kein Essen oder so für die Info anbieten. Ich halt die Schnüss. Das ist mal klar.«

Julius stand auf, denn schon beim Reinkommen war ihm etwas aufgefallen. Schäng hatte sich einige teure Messer zugelegt, doch sie sahen mittlerweile aus wie Hund.

»Willst du wissen, wie sich die Flecken von den Klingen entfernen lassen?«

»Die kriegt man nicht weg. Schöner Driss.«

»Doch, die kriegt man weg. Ohne Probleme.«

»Und wie?« Schäng stand auf.

Julius sah ihn fragend an.

»Nee, ne? Echt? Für die Info über unseren Streit? Die landet dann doch direkt bei Ihrer Frau. Mach ich nicht.«

Julius überlegte kurz. Es musste sein. »Ich sag ihr nix. Ehrenwort. Natürlich kannst du deine schweineteuren Messer auch wegschmeißen.«

Schäng ging zu seinem Acryl-Messerblock und zog eines der

guten Stücke vorsichtig heraus. »Ich mag die echt gern, meine Messer.«

»Kann ich verstehen.«

»Ihr Wort zählt was, oder? Alle sagen, dass man sich auf Sie verlassen kann. Dass Sie Ehre im Leib haben.«

»Haben wir einen Deal?«

Schäng schlug ein. »Dann mal raus mit der Sprache.«

»Man braucht Salz. Einfach etwas auf die Klinge streuen und mit einem nassen Korken drüberreiben. Danach unter warmem Wasser abspülen und abtrocknen. Fertig.«

»Machen Sie's vor!« Schäng öffnete extra eine Flasche Wein und reichte Julius den Korken.

Kurze Zeit später strahlten die Messer wieder. Und Schäng auch.

»Das war mein Teil der Abmachung.« Julius setzte sich.

Schäng nahm das größte Messer und holte damit den Dreck unter seinen Fingernägeln hervor. »Johnny wollte nicht verkaufen. Seine Fläche im Pfarrwingert. Dabei hat der Richartz ihm einen guten Preis gemacht, einen sehr guten, einen, bei dem man doof sein müsste, nicht zu verkaufen.«

»Und was hat das mit dir zu tun?«

»Ich helfe dem Richartz was, wir kennen uns noch von früher. Und ich bin ja selber in der Genossenschaft, Nebenerwerb, wissen Sie, und da lasse ich meine Verbindungen spielen, also meine Connections.«

»Warum wollte Johnny denn nicht verkaufen?«

»Wegen seiner Tochter, die studiert doch in Geisenheim, zweites Jahr. Die soll den Betrieb mal übernehmen, und deshalb wollte er nicht seine einzige Spitzenlage verticken. Ich kann das irgendwo verstehen, aber mit der Kohle hätte sie sich woanders einen ganzen Berg kaufen können. Ich wollte ihn überzeugen, den Sturkopf. Aber er hat mal wieder nicht gehört. Das war alles.« Schäng setzte einen Fuß auf den Stuhl, zog Schuh und Socke aus und machte mit den Nägeln dort weiter.

»Warum will Richartz die Fläche denn so unbedingt? Doch nicht für Weingummis.«

Schäng flitschte ein großes Stück Beute irgendwo in die

Küche. »Doch, genau dafür. Der ist ja gerissen. Der Richartz will einen Spitzenwein, einen, der neunzig Punkte bei diesem französischen Weinführer, diesem ›Gold Million‹-Ding, einsackt. Aber nicht um ihn als Wein zu verticken, sondern um ihn in Weingummi zu verwandeln. Davon soll dann immer eins in jede Tüte, als besonderer Kick. Das bringt ihn in die Medien, die bisher nicht so irre auf seine Dinger angesprungen sind. Es war doch ein Wein aus dem Pfarrwingert, der als erster deutscher Spätburgunder bei diesem englischen Blatt als Bester von der Welt gewonnen hat. Deswegen muss es die Lage für ihn sein. Der hat den Weltmarkt im Blick.«

Julius erinnerte sich an diesen Erfolg, es war ein fabelhafter Tropfen des Weinguts Schultze-Nögel gewesen, dem es so gut ging, dass er niemals eine Parzelle im Wingert verkaufen würde. Der Titel hatte ein Erdbeben in der deutschen Weinlandschaft verursacht.

Schängs Vater meldete sich wieder aus dem Wohnzimmer. »Junge, die Millionenfrage. Komm, komm!«

»Sekunde«, sagte Schäng zu Julius, trank seine Buddel leer und schlurfte die Augen verdrehend ins Wohnzimmer. Als er draußen war, stand Julius auf und ging zum Messerblock, denn daneben befanden sich zwei Aktenordner. Auf einem stand »Rezepte«, auf dem anderen »Unterlagen«. Julius konnte nicht anders, als einen Blick hineinzuwerfen. Schäng hatte die ganze Zeit, als er über Richartz redete, auf den Boden geblickt statt ihm in die Augen. Etwas stimmte nicht. Und Julius musste nicht einmal blättern, um herauszufinden, was. Das Dokument lag obenauf. Es war ein Kaufvertrag von Richartz mit Schäng über dessen kleine Fläche im Pfarrwingert. Und der Preis pro Quadratmeter war nicht gut. Überhaupt nicht. Erst recht nicht für das Ahrtal.

Schäng hatte die Fläche quasi verschenkt.

Dessen Vater stellte den Fernseher nun so laut, dass Günther Jauch auch noch in Prag zu hören sein musste. »Wer lebte vor mehr als zweihundert Millionen Jahren im heutigen Nordamerika? Der Tyrannosaurus rectum, der Arschaeopteryx, der Poposaurus oder der Allerwertestherium.«

Das Publikum lachte, die Kandidatin auf dem Stuhl gegenüber dem Showmaster auch, doch es war ein hilfloses, ein verzweifeltes Lachen. Schängs Vater stand auf, klatschte sich mit beiden Händen auf den Hintern und drehte sich im Kreis. »Poposaurus! Poposaurus! Poposaurus! Der Dino mit dem Poppes!«

Drei Minuten später war klar, dass Jauchs Kandidatin mit »Arschaeopteryx« unrecht, Vater Schäng mit »Poposaurus« dagegen recht hatte. Und eine Million Euro gewonnen hätte.

Julius gratulierte ihm und machte sich auf den Weg zur Haustür; Schäng begleitete ihn.

»Ich bin wirklich beeindruckt von deinem Vater. Das mit dem Saurier hätte wohl kaum einer gewusst. Du kannst echt stolz auf ihn sein.«

»Auf den?« Schäng schüttelte den Kopf. »Ist doch Nachmittag, Meisterkoch. Das war eine Aufzeichnung. Die hat er bestimmt schon zwanzigmal gesehen.«

Julius fragte sich die ganze Strecke über Holzweiler, Vettelhoven, Grafschaft und Lantersweiler, wie so ein Poposaurus wohl ausgesehen hatte und wie es ihm ergangen war in der Obertrias.

Beim großen Neuenahrer Kreisel baute er beinahe einen Unfall. Nicht weil plötzlich ein Poposaurus ohne Blinkersetzen vor ihm abbog, sondern weil mitten im Kreisel eine Plakatwand errichtet worden war, oder besser: vier davon, alle mit demselben Motiv: eine riesige Weingummikatze und daneben ein riesiger Antoine Carême, der seinen Arm um das Weingummi gelegt hatte und in dessen Sprechblase stand: »Der köstlischste Weingümmi von die Welt!« Darunter der Slogan: »Richartz Goldkatzen – jetzt neu, nach Originalrezeptur von Spitzenkoch Antoine Carême«.

Julius fuhr bei der nächsten Möglichkeit rechts ran, plünderte seinen Notfallpralinenvorrat und aß sie so schnell, dass die Schokolade gar keine Chance hatte, köstlich zu schmelzen, sondern ohne Zwischenstopp in den Magen weitertransportiert wurde. Für Calvados, Cidre oder Trüffel hätte der Normanne sich wahrscheinlich umsonst einspannen lassen, aber für Süßkram? Richartz musste Unmengen Geld bezahlt – oder Antoine erpresst haben.

Julius brauchte frische Luft, und zwar viel davon, deshalb stieg er aus und blickte auf sein Tal, auf die mächtigen Hänge, an denen die Reben wuchsen, um Wein zu werden. Jeden Tag veränderte sich das Tal nun, sammelte Gelb- und Rottöne wie ein glückliches Kind Kastanien, je mehr, desto besser. Je kälter die Temperaturen, umso wärmer die Farben. Und es wurde kalt im Ahrtal. Und ungemütlich, weil zu viele starben. Anna hatte ihm einmal erzählt, dass die deutsche Aufklärungsquote bei Tötungsdelikten mit 96,1 Prozent großartig wäre – die USA kämen gerade einmal auf 64,8 Prozent. Bisher hatte Julius jeden einzelnen Mörder stellen können, der seinen Weg kreuzte. Doch irgendwann würde einer zu den drei Komma neun Prozent gehören, die davonkamen.

Und die weitermordeten.

Julius war ein paar Schritte gegangen, hatte nicht nur einmal tief Luft geholt und kehrte jetzt zurück zu seinem alten Käfer. Dabei kam er an einem Golf GTI vorbei, auf dessen Motorhaube das Wappen des SV Dernau Rot-Weiß 1922 e. V. prangte. An die hintere Seitenscheibe war von innen ein Foto geklebt worden, das die Taekwondo-Abteilung des Vereins zeigte, Männer wie Frauen in ihren Kampfmonturen.

Darunter auch Magdalena Svěrák.

FX hatte doch von Judo gesprochen! Kein Wunder, dass die SOKO Eichelhäher nicht fündig geworden war.

Er musste sie sofort zur Rede stellen. Nur wo? Das Vereinsheim stand unter Wasser. Doch keine Viertelstunde später wusste Julius, wo sich das aktuelle Vereinsheim des SV Rot-Weiß befand – nämlich in der Eventhalle der Winzergenossenschaft an der Römerstraße in der Ortsmitte Dernaus –, dass heute ein Taekwondo-Kurs stattfand und dass es einen Wikipedia-Eintrag zum Verein gab, in dem zu lesen war, der Verein sei einst von Konrad Adenauer als Trinkverein mit besonderem Augenmerk auf Magnumflaschen gegründet worden und habe in dieser Disziplin auch einen deutschen Meister hervorgebracht, bevor er sich in einen allgemeinen Sportverein wandelte, bei dem das Sporttrinken nur noch aus historischen Gründen bei Jubiläen praktiziert wurde.

Julius zog lächelnd den Hut vor Martin Schenk.

Er beschloss, sich nicht allein in die Höhle des rot-weißen Löwen zu wagen, sondern die ganze SOKO Eichelhäher zu alarmieren – hoffentlich zum letzten Mal.

Kurze Zeit später waren sie zu zwölft. Die meisten der SOKO trugen noch ihre karierten Kochhosen und weißen Kochjacken. Keiner mochte Taekwondo beherrschen, aber alle konnten schwere Pfannen heben, Schweine zerteilen und einen ganzen Tag in der Hitze der Küche aushalten. Julius vertraute ihnen so sehr wie sonst niemandem, nicht mal einer Hundertschaft der Polizei.

Aus der Eventhalle waren Kampfschreie zu hören und das Knallen der Körper auf die Trainingsmatten.

»Lasst mich vorgehen«, sagte Julius zu seiner Truppe. »Ihr seid nur zur Absicherung hier.«

»Wie? Net um jemanden aus dem Gewand zu beuteln? Also so richtig spitalreif zu verpleschen?«

»Nur im Notfall.«

»Na, hoffentlich tritt der umgehend ein!« FX rieb sich die Hände.

Julius öffnete die Tür leise, und als er eintrat, drehten sich nur wenige der Kämpfer zu ihm um. Doch ihre Blicke blieben auf ihm haften wie Fliegen an einem Klebestreifen, und immer mehr und mehr verfingen sich darin.

Schließlich sah ihn die ganze Truppe an.

Die Überraschung, ja, der Schock, war ihnen anzumerken; sie wussten, warum Julius vor ihnen stand. Viele trugen grüne und blaue Gürtel, nur Magdalena einen schwarzen. Im Raum lagen zwölf Matten zu einem Rechteck zusammengeschoben, in der Ecke standen auf einem Tisch zwei Tabletts mit Schnittchen, daneben drei Thermoskannen, wohl mit Kaffee. Julius nahm den bitterwürzigen Duft über dem Schweiß der Sportler wahr.

»Wir trainieren«, sagte schließlich einer aus der Runde, den Julius an Größe und Gang als den Anführer der Truppe erkannte, die ihn verprügelt hatte. Er trug einen exakt konturierten schwarzen Bart, der ihn wie einen diabolischen Magier erscheinen ließ. Einen zu klein gewachsenen allerdings. »Kommen Sie ein andermal wieder, nach Anmeldung, dann ist eine Trainingsstunde möglich.«

Julius zog seine Jacke aus. »Warum nicht jetzt? Es wäre ohnehin schon meine zweite. Meine erste haben Sie alle mir ja bereits auf der Ditschhardt-Anhöhe gegeben.« Er krempelte die Ärmel hoch. »Allerdings sehr unsportlich, sich mit allen Mann auf mich zu stürzen. Das ist nicht Taekwondo.«

»Was wissen Sie schon von Taekwondo?« Sein Gegenüber kreuzte die Arme.

»Oh, ich habe mich schlaugemacht. Es soll den Geist schulen, und als Grundsätze des Taekwondo gelten Höflichkeit, Integrität, Durchhaltevermögen, Geduld, Selbstdisziplin und Beakjul-bool-gul, die …

»… Unbezwingbarkeit, wissen wir alles, danke für den Unterricht. Und jetzt gehen Sie. Wer immer Sie auf der Ditschhardt-Anhöhe angegriffen hat, wir waren es ganz bestimmt nicht.«

»Und dann gibt es da noch diesen Eid von Choi Hong-hi«, fuhr Julius fort, »dem alle Taekwondo-Schüler verpflichtet sind. Punkt drei: Ich verpflichte mich, Taekwondo nie zu missbrauchen. Punkt vier: Ich verpflichte mich, bei der Schaffung einer friedlicheren Welt mitzuarbeiten. Das würde wirklich nicht dazu passen, einen anderen zu verprügeln.«

Die folgende Stille hätte Choi Hong-hi sicher gut gefallen.

Julius trat auf die Matte und nahm das ein, was er für eine Kampfstellung hielt. »Dann sorgen Sie mal für eine friedlichere Welt. Verprügeln Sie mich noch mal.«

Der Anführer trat ans andere Ende des Mattenkarrees und verbeugte sich. Julius tat es ihm nach. Dann ging der Kampfsportler auf ihn los. Gleich der erste Tritt schickte Julius zu Boden, doch er stand wieder auf. Der nächste traf ihn mit der Wucht eines Hammers auf der Brust. Julius landete abermals auf der Matte. Er stand auf. Ein Fußtritt in die Hüfte folgte. Julius wurde wieder umgeworfen, doch wieder stand er auf.

»Noch nicht genug?«, fragte sein Gegenüber.

»Nein. Erst wenn ich nicht mehr aufstehen kann. Dann haben Sie das Taekwondo genug missbraucht.«

Der folgende Fausthieb fühlte sich an wie eine Explosion in seinem Bauch, die Luft schoss aus seinen Lungenflügeln, und er taumelte, bevor er zusammenbrach.

»Es reicht, Micha«, rief Magdalena Svěrák. »Er hat recht,

mit allem. Jeder von uns weiß das. Und wenn wir wieder in den Spiegel gucken wollen, ohne uns zu schämen, sollten wir endlich dazu stehen.«

Julius krümmte sich. Er hatte sich nicht in Magdalena getäuscht. Loyalität war ihr unglaublich wichtig, doch nicht so sehr wie die Grundsätze ihres Sports. Es hatte verdammt wehgetan, aber wenigstens war es nicht umsonst gewesen.

Der Anführer fixierte Magdalena, blickte ihr in die Augen, mehrere Atemzüge lang, dann schürzte er die Lippen, nickte und half Julius hoch.

»Ich bin Michael Skowronek.«

»Julius Eichendorff.«

»Ich weiß. Das wissen wir alle. Magdalena hat recht. Tut es weh?«

»Nicht so sehr wie nach meiner ersten Trainingseinheit.« Julius lächelte. So etwas brach das Eis. Und gerade jetzt konnte er einen Eisbrecher gut gebrauchen. Denn er wollte Antworten, keine Rache. »Sie sind gut.«

»Ich verprügele Sie, und Sie machen mir Komplimente? Sie sind ein merkwürdiger Mensch.«

»Sie wissen ja gar nicht, wie merkwürdig. Aber nicht so merkwürdig, dass ich im Auftrag jemanden zusammenschlage oder eine Party verwüste.«

»Ja, da haben Sie recht.«

»Wer hat Sie beauftragt?«

»Das sage ich Ihnen nicht. Zweiter Eid des Taekwondo: Ich verpflichte mich, meinen Trainer und alle Höhergestellten zu achten.«

»Plötzlich erinnern Sie sich wieder an Ihren Eid?«

»Werden Sie uns der Polizei melden?«

»Nein.«

»Nein?«

»Sie stellen sich.«

Michael Skowronek nickte. »Danke.«

»Statt eines Dankes möchte ich wissen, wer die Aufträge gegeben hat.«

»Das kann ich, wie gesagt, nicht preisgeben.«

»Okay, dann muss ich andere Saiten aufziehen.« Julius wandte sich zur Tür. »FX! Ihr könnt kommen!«

Die Tür öffnete sich, und die ganze SOKO Eichelhäher stürmte brüllend hinein, kam jedoch schnell zu einem Halt, als niemand Anstalten machte, sie anzugreifen.

»Was is denn hier alldiweil los?«

Julius deutete auf den Tisch in der Ecke der Halle. »Geht da rüber, schnell.« Dann wandte er sich wieder zu Skowronek. »Dahinten befinden sich die Schnittchen Ihrer Mutter. Nach allem, was ich weiß, sind die sehr, sehr gut. Davor steht jetzt meine Truppe, die Köche und Köchinnen sowie das Servicepersonal der ›Alten Eiche‹. Einer davon ist sogar Österreicher. Sie sind gelernte Esser. Und wenn ich das Kommando gebe, sind die Schnittchen weggefuttert, bevor einer von euch zum Tisch gerannt ist. Ich spaße nicht, auch wenn das lustig klingt. – SOKO, nehmt in jede Hand ein Schnittchen!«

Sie bewaffneten sich.

Skowronek grinste. Und blickte kurz Richtung Hallenwand. »Ich sage Ihnen nichts. Trotzdem.«

Julius folgte seinem Blick. Dort hing die Banderole einer Firma, die sich als »Stolzer Sponsor des SV Rot-Weiß« zu erkennen gab. Ihr Name: Horiba.

»SOKO, gebt die Schnittchen wieder frei!«

Murrend legten sie die essbaren Geiseln ab.

Alle Spuren führten zu Richartz. Julius hatte den Eindruck, er müsste sie nur noch zu einer einzigen vereinen.

Skowronek beendete das Training, und es gab Schnittchen für alle. Sie waren dick mit guter Butter beschmiert, und die großzügig darauf verteilte Wurst stammte von Julius' Lieblingsmetzger in Mayschoss, was er schon beim ersten Bissen schmeckte. Es war fast mehr Belag als Brot – was im Rheinland als »mit Liebe geschmiert« galt. Und da seine Liebe gerade im Clinch mit ihm lag, taten sie umso besser.

Julius ließ sich in den Fahrersitz seines Käfers fallen. Er hatte es sich nicht anmerken lassen, aber unter seinem Hemd war er nass geschwitzt. Angst hatte er gehabt, sie jedoch nicht gezeigt, nicht zeigen dürfen, und wie ein Kind, das schrie und keine Beachtung erhielt, war die Angst dadurch nur noch stärker geworden. Während seine Truppe an der »Alten Eiche« parkte, lenkte Julius den Käfer das kleine Stück weiter bis zu seinem Haus in der Martinusstraße.

Als er ins Haus trat, waren Herr Bimmel und Felix nicht zu sehen; vermutlich jagten sie sich ihr Abendessen. Julius würde sie nicht suchen, sondern direkt hoch ins Badezimmer gehen und ab in die Dusche. Heißes Wasser und viel davon, danach war ihm jetzt.

Er legte seine Kleidungsstücke nicht wie sonst ordentlich aufs Bett, sondern warf sie einfach auf den Boden. Julius öffnete die Glastür zur Duschkabine, drückte den Hebel der Mischbatterie ganz nach links, dann senkte er den Kopf, schloss die Augen und ließ das Wasser kommen. Es tat unglaublich gut. Es schien die Sorgen abzuwaschen, und das Rauschen in den Ohren hielt die Welt draußen wie ein gnädiger Vorhang.

Doch vor seinen Gedanken gab es keinen Vorhang. Wenn Schäng es nicht war, der Johnny umgebracht hatte, dann erschien Erhard Schenk ihm am wahrscheinlichsten. Brudermord. Aber ihn wollte Julius nicht befragen. Einem Mann, der gerade seinen einzigen Sohn durch einen Mord verloren hatte, warf man keine solche Tat vor.

Julius griff sich das Duschgel. Als er gerade mit Einseifen beschäftigt war, öffnete sich die Badezimmertür.

»Also, Julius, du musst ganz schön durcheinander sein, deine Sachen so auf den Boden zu werfen. Was hast du denn gemacht?«

»Sybille, ich dusche!«

»Ja, und das ist auch gut so. Du darfst jetzt nicht verlottern, Körperpflege ist sehr wichtig. Wie ich sehe, schäumst du auch deinen Intimbereich ordentlich ein.«

»Solltest du nicht bei deiner Tochter sein?«

»Die arbeitet und kann mich nicht gebrauchen. Du dagegen schon. Es steht mir zwar nicht zu, dir das zu raten, aber ruf sie um Himmels willen bloß nicht an. Lass sie selber zur Besinnung kommen.«

Julius hatte gerade wirklich keine Lust, über seine Ehe zu

reden. Er wollte in Ruhe zu Ende duschen. Dafür musste er seine Schwiegermutter jetzt halt einschüchtern.

»Sybille?«

»Ja?«

»Ich werde gleich rauskommen.«

»Soll ich dir ein Handtuch geben? Wenn du magst, rubbel ich dich auch trocken. Das habe ich bei meinem Mann auch immer getan. Tüchtig rubbeln.«

»Nein. Danke.«

»Sag einfach, wenn du es dir anders überlegst.«

Julius wartete. Doch Sybille ging nicht. Sie räumte das Badezimmer auf. Julius rührte sich nicht. Er wollte sich nicht einmal weiter einseifen. Er wollte am liebsten im Boden versinken.

»Nimm nun zum Vorwand dies«, sagte Sybille plötzlich. »Ich aber gehe, ein Grab dem liebsten Bruder aufzuwerfen.«

»Was?«, fragte Julius.

»Antigone, ich übe.«

»Ah so. Im Badezimmer.«

»Hier ist die Akustik so gut. Und beim Saubermachen kann ich prima Text lernen. Der ist sehr schwer, weißt du. Das ist jetzt aus einer Szene mit Ismene, die hakt.«

»Kann ich mir denken.«

»Die ist auch mit Kreon, dem Boten und dem Chor.«

»Ach, tatsächlich?« Das heiße Wasser wurde langsam alle. Bald würde Julius unter eiskaltem stehen.

Oder rausgehen müssen.

»Der Bote wird übrigens von einer Schenk gespielt, Nadine, ist wohl die Schwippschwägerin von diesem toten Winzer. Du kannst dir sicher vorstellen, wie ihr gerade zumute ist, aber sie will unbedingt weiterspielen, weil sie das auf andere Gedanken bringt, sagt sie. Ich glaube ja, es ist wegen unseres Regisseurs Casimir von Trochenwitz-Donk. Alter Landadel, musst du wissen. Sie nennt ihn immer Casi, als Einzige, und hofft wohl auf mehr. Aber bisher kam er nicht dazu.«

»Soso.« Das Wasser wurde merklich kühler. Julius stellte den Strahl dünner ein, um das Unabwendbare zumindest hinauszuzögern.

»Irgendwas war da wohl mit den beiden, also den Brüdern Schenk, die Nadine hat's in einer Pause erzählt. Ich dachte noch: Ach, wirklich, das hätte ich ja jetzt gar nicht gedacht! Allerdings vergesse ich so was immer schnell. Aber ich dachte noch: Das könnte Anna und dich sehr interessieren.«

Julius kam sich mittlerweile vor, als flöße Gletscherwasser über ihn. Deshalb trat er aus der Dusche.

»Du solltest nicht so kalt duschen, Julius«, kommentierte Sybille bei seinem Anblick.

»Ist prima für die Gesundheit. Die Kneipp-Kur des kleinen Mannes.«

Sybille kicherte. »Des kleinen Mannes ist gut.«

Julius griff sich ein Handtuch und schlang es sich um die Hüfte. »Hast du eine Nummer dieser Schwippschwägerin?«

»Die hängt unten an der Pinnwand, also die von allen Darstellern unseres Ensembles. Was willst du denn von ihr? Sie wird ganz bestimmt nicht mit dir sprechen wollen, sie ist sehr schüchtern, nur beim Casimir ist sie anders. Aber da du nicht Casimir bist, kannst du dir diesen Anruf gleich sparen. Ach, eine Frage noch, bevor ich es vergesse: Magst du deine Unterhosen gebügelt?«

Am liebsten wäre es Julius gewesen, sie hätte sie gar nicht angerührt. Aber wenn er nun auch noch einen Streit mit Sybille anfing, käme Anna nie zurück. Deshalb sagte er nur: »Geschüttelt, nicht gerührt.«

Unten in der Küche brauchte er nicht lange, um die Tele fonnummer zu finden. Er rief Nadine Schenk sofort an, denn wer wusste schon, wie lange Sybille oben beschäftigt war. Es klingelte dreimal, dann meldete sich eine Stimme, die der Schwippschwägerin gehören musste – oder der Wohnungsmaus.

»Schenk.«

Julius räusperte sich und brachte ein beträchtliches Krächzen in seine Stimme. »Hallo, Nadine, hier ist Casi.«

»Casi? Du klingst schrecklich, gar nicht wie du.«

»Mhm, mir geht es auch gar nicht gut.« Julius versuchte, sich an die gestelzte Aussprache des Rollkragenpulloverträgers zu erinnern. »Ich überlege gerade, einige aktuelle Bezüge zum Ahrtal ins Stück einzubauen.«

»Aber du wolltest die Inszenierung doch ganz klassisch halten?«

»Es ist nur so ein spontaner Gedanke. Vor allem der Mord an deinem Verwandten bewegt die Gemüter zurzeit ja sehr. Aber ich weiß nicht, wie ich die Brüder einbauen kann, also deine zerstrittenen Verwandten.«

»Casi, das ist keine gute Idee.«

»Weil einer der beiden nun tot ist?«

»Ja, auch. Aber weißt du denn nicht mehr, was ich erzählt habe? Dass sie sich wieder vertragen wollten? Johnny und Erhard wollten sich treffen und alles ausräumen. Ein für alle Mal. Am Abend, als Martin ermordet wurde. Aber dann kam es ja nicht mehr dazu. Es hätte die ganze Familie wieder zusammengebracht.«

»Warum waren die beiden denn so zerstritten?«

»Aber das habe ich dir doch schon erzählt, Casi. Hörst du mir denn gar nicht zu? Manchmal denke ich wirklich, du bist mit deinen Gedanken ganz woanders. Ich hab dich auch schon ganz oft wegen meiner Rolle gefragt, weil ich immer noch nicht genau weiß, wie ich sie anlegen soll. Wir müssen uns dafür noch mal treffen. Sehr gerne bei mir, ich koch uns dann auch was. Wenn es dir wieder besser geht. Was hast du denn eigentlich genau?«

Sybille erschien in der Tür. »Mit wem telefonierst du denn, Julius? Und was ist mit deiner Stimme?«

Julius legte auf.

Und hängte den Hörer aus.

Kartoffeln. Die waren immer gut. Julius machte sich in der »Alten Eiche« daran, Joël Robuchons legendäres Püree-Rezept zu kochen, das aus gleichen Teilen Kartoffeln und Butter bestand. Festkochende, aus denen alles Wasser verdampft war und durch Fett ersetzt wurde. Es war göttlich. Man wollte sich damit einreiben oder besser noch darin baden. Mit einem Schwimmreifen aus Bockwurst.

Julius variierte das berühmte Gericht, indem er noch etwas Eifeler Ziegenhartkäse unterhob und kleine Stückchen ausgelassenen Specks. So würde es einen Platz in seinem Kochbuch finden können. Dem Kochbuch der dann umgetauften »Alten Bruchbude«. Er gab jedem seines Teams etwas ab und erntete lauter glückliche Gesichter. Kartoffeln und tüchtig Butter: besser als jedes Antidepressivum.

Nachdem alle Gänge raus waren und er seine Runde bei den Gästen hinter sich hatte, ging Julius in sein kleines Büro, um die Mails des Tages abzurufen und zu schauen, ob in den sozialen Netzwerken jemand über seine »Alte Eiche« geschrieben hatte. Er hatte eine Freundschaftsanfrage. Von Horst Richartz.

Richartz war online. Julius konnte einfach nicht widerstehen.

`Guten Abend, Herr Richartz. So spät noch am Computer?`

`Die Arbeit erledigt sich nicht von selbst. Vor allem wenn man will, dass sie gut gemacht wird. Sollten Sie nicht kochen? Oder sich um Ihre Frau kümmern?`

Richartz loggte sich ohne ein Wort der Verabschiedung aus.

Julius tippte trotzdem weiter.

`Kein Wunder, dass man keinen Schlaf findet, wenn man einen Mord begangen hat.`

Er wartete. Wie neugierig Richartz wohl war? Ein Mann, der es liebte, mit anderen zu spielen. Und den Sieg davonzutragen.

Julius tippte abermals.

`Meine Nachricht eben war vorschnell. Ich hätte Plural, also Morde, schreiben sollen. Je mehr, desto schwerer fällt der Schlaf, nicht wahr, Herr Richartz?`

Was hatte er schon zu verlieren? Mehr als nicht mit ihm reden konnte Richartz nicht. Oder gab es in Deutschland ein Gesetz, das verbot, jemanden eines Mordes zu bezichtigen? In einem privaten Gespräch?

Oder war das Ganze gar nicht privat?

Julius kannte sich bei diesem ganzen Computerkram nicht so richtig aus. Aber in den USA las jetzt wohl irgendwo jemand mit.

Plötzlich erschienen neue Buchstaben auf dem Monitor.

Sie glauben also, dass ich einen Mord begangen habe. Oder sogar zwei?

Ist das so unwahrscheinlich?

Sie amüsieren mich. Gefällt Ihnen das Plakat mit Antoine Carême?

Antoine sehe ich immer gern.

Er beendet bald sein neues Buch. Wir werden es mit einer Werbekampagne unterstützen. Ich durfte schon einen Blick hineinwerfen. Es ist ausgezeichnet. Und in so kurzer Zeit so kompetent komponiert. Wirklich ein großer Koch.

Da gebe ich Ihnen recht. Und elegant davon abgelenkt, dass Sie ein Mörder sind.

Es dauerte einige Zeit, bis Richartz wieder etwas schrieb.

Und wenn ich ein Mörder wäre, Herr Eichendorff, dann würden Sie mich niemals überführen können.

Ist das ein Geständnis?

Halten Sie mich für so dumm, hier und jetzt schriftlich zu gestehen?

Es befreit, glauben Sie mir, ich habe das erlebt.

Ach, kommen Sie mir doch nicht so. Meine Firma könnte nicht auf mich verzichten. Ich bin Horiba.

Julius' Puls raste so sehr, als stünde er Gesicht an Gesicht mit Richartz und könnte dessen süßen Weingummiatem riechen.

Warum haben Sie Martin Schenk umgebracht? Oder lassen Sie es mich anders formulieren: Warum hätten Sie es tun können?

Weil er mir meine Freundin ausspannen wollte. Ganz einfach. Ich lasse mir keine Frau ausspannen, von niemandem. Schon gar nicht von solch einer lächerlichen Type mit Totenkopf-Tattoo auf dem Nacken.

Das dachte ich mir schon.

Ich mir auch.

Was soll das heißen?

Dass es Schwachsinn ist. Halten Sie mich für so emotional?

Nein, aber für so eitel.

Sie sind amüsant. Martin wollte mir die Sangri-Ahr-Idee nicht überschreiben. Dabei hatte ich bereits investiert. Es gab auch einen Vorvertrag. Aber Martin wurde größenwahnsinnig. Würden Sie das Risiko eingehen, ein nicht unerhebliches Werbebudget für ein Projekt aufzuwenden, bei dem der Vertragspartner unsicher ist? Der junge Mann hat mich zappeln lassen, dachte, er könnte mit mir seine Mätzchen machen. Nach seinem Tod bin ich zu seinem Vater gegangen und habe das Geschäft mit ihm abgeschlossen. Der gute Dieter Rutz ist trotz seiner markigen Worte nur Minderheitsgesellschafter, und ich hoffe, selbst das nicht mehr lange.

Wie überaus pietätvoll.

Es war kein schlechtes Geschäft. Ich hätte ihn auch über den Tisch ziehen können. Doch alles, was ich wollte, war der Abschluss.

Und warum den Pfarrer?

Ach, den habe ich auch umgebracht?

Rein hypothetisch.

Rein hypothetisch?

Ja.

Weil er mich beobachtet hat. Er war auf der Ballermann-Party und damit zum falschen Zeitpunkt am falschen Ort.

Und Johnny?

Den hätte ich nicht umgebracht. Warum auch? Ich wollte und will seine Weinberge. Mit einem Toten kann man keine Geschäfte abschließen.

Sie können jetzt mit seiner Witwe Irmela den Deal machen.

Ja, stimmt. Aber Johnny hätte früher oder später unterschrieben.

Da sagen meine Quellen aber etwas anderes.

Dann lügen Ihre Quellen. Johnny wollte nur mehr Geld. Aber wer anfängt zu verhandeln, selbst wenn er viel zu viel verlangt, der ist bereit zu verkaufen. Es wäre nur eine Frage der Zeit gewesen.

Haben Sie mit der Witwe schon gesprochen? Sie wird gerade emotional völlig zerstört und deshalb leicht beeinflussbar sein. Ein dankbares Opfer.

Diesmal werde ich die Beerdigung abwarten. Wird mir schon keiner zuvorkommen.

Julius hätte Richartz jetzt gerne vor sich gehabt. Er war so wütend, diese zynischen Zeilen zu lesen. Und es fühlte sich unangemessen an, nur mit Worten zu antworten, anstatt anderes sprechen zu lassen.

Doch er hatte nur Worte, deshalb mussten sie scharfe Kanten haben.

Wie ist es zu morden?

Woher soll ich das wissen? Ich würde aber vermuten: befriedigend. Denn das, was man macht, ist schließlich ebenso entschlossen wie tatkräftig und natürlich sinnvoll. Wenn auch nur für sich selbst. Es ist ein harter Weg, aber der einzig gangbare. Wenn man sicherstellt, dass man nicht erwischt wird. Das ist die Voraussetzung. Alles andere wäre persönlich wie für das Unternehmen untragbar.

Oder haben Sie Ihre Leute dafür? Jemand wie Sie macht sich doch nicht selber die Finger schmutzig. Man kauft sich als Sponsor ein.

Meinen Sie den SV Rot-Weiß Dernau? Was soll ich denn mit dem gemacht haben?

Das wissen Sie doch genau. Zuerst haben Sie die Truppe Martin Schenks Party verwüsten lassen und dann mich.

Soso. Können Sie das beweisen?

Ich denke schon.

Na dann: nur zu. Ich bin froh, wenn meine Rechtsabteilung nicht nur Däumchen dreht.

Haben Sie eigentlich ein Gewissen? Oder leisten Sie sich diesen Luxus nicht?

Ich habe ein Unternehmen. Ich habe Angestellte.

Ach, hören Sie doch auf. Das können Sie doch alles selber nicht glauben.

Schockiert Sie das jetzt etwa?

Bemerkenswert ist nicht, dass es mich schockiert. Bemerkenswert ist nur, dass es Sie nicht schockiert. Ist ein Mensch wie Sie überhaupt zu Gefühlen fähig? Lieben Sie zum Beispiel Katrin Jolik?

Das geht Sie nichts an.

Sie ist eine komplizierte Frau, oder?

Weil sie Sie an Ihre Frau verpfiffen hat? Das haben Sie verdient, mein Lieber. Sie hat einen großen Gerechtigkeitssinn.

Und trotzdem ist sie mit Ihnen zusammen.

Wo die Liebe hinfällt.

Auf Geld.

Jetzt unterschätzen Sie Katrin. Sie hätte schon viel von mir bekommen können, doch sie will ihre Unabhängigkeit.

Als Mitarbeiterin in Ihrem Unternehmen.

Sie hätte keine Probleme, anderswo eine Anstellung zu finden.

Reden Sie sich das ruhig ein. Es beruhigt sicher Ihr Gewissen. Ach, hatte ich ganz vergessen: Sie haben ja gar keins. Wissen Sie was? Ich bin es leid. Ich halte dieses Gespräch mit Ihnen nicht länger aus. Ich werde es jetzt meiner Frau zuschicken, dann an die frische Luft gehen und brüllen. Weil mein Kopf sonst platzt. Hof fentlich fällt keines meiner Hühner dadurch von der Stange. Das sind übrigens Wesen mit mehr Würde und Wärme als Sie. Also arbeiten Sie noch schön, Herr Richartz. Ohne Gewissen geht das ohnehin besser. Ich kann trotzdem nur hof fen, dass Sie lieber Limbo tanzen, das können Sie Wikipedia zufolge doch so gut, und keine weiteren Morde planen.

Wenn ich Morde planen würde, Herr Eichendorf f, würde ich es Ihnen sicher nicht auf die Nase binden.

Ich kriege Sie dran! Verlassen Sie sich drauf!!!

Ich verlasse mich nur auf Dinge, die ich selber erledige. Ach, und eins noch, Herr Eichendorff.

Ja?

Ich bin nicht Horst Richartz.

9

Süßwasser

Als der Wecker klingelte, galt Julius' erster Gedanke Anna. Deshalb drehte er sich zu ihr, legte seinen Arm auf …

… die leere Matratze. Was sich komisch anfühlte. Sein Arm mochte es nicht, und dem Rest von Julius ging es genauso. Er hatte Anna etliche SMS geschickt mit allem, was er herausgefunden hatte, und ihr lange von dem Gespräch mit dem vermeintlichen Horst Richartz geschrieben, das ihn noch eine ganze Zeit fassungslos hatte vor dem Computermonitor sitzen lassen. Er hatte die Nachrichten mit »In Liebe, dein Julius« unterzeichnet.

Sie hatte sich nicht zurückgemeldet.

Egal wie oft er nachgeschaut hatte. In immer kürzeren Abständen. Sie fehlte ihm so. Ihre Nähe. Ihre Umarmungen. Ihre Augen. Ihr Lächeln. Selbst ihre lepschen Kommentare.

Besonders ihre lepschen Kommentare.

Er wollte zu ihr, mit ihr reden, ihr Blumen schenken, ganze Blumenläden, für sie kochen, bis sie glücklich platzte, doch er wusste, dass man sie nicht drängen durfte, dann zog sie sich noch weiter zurück. Er musste Geduld haben, so verdammt schwer ihm das auch fiel.

Als Julius die Rollläden hochzog, trat Sybille ins Zimmer, wünschte einen wunderschönen Morgen und brachte ihm die Zeitung, einen Umschlag sowie frisch aufgebrühten Kaffee auf einem Tablett.

»Danke, Sybille, den brauche ich jetzt. Gibt es etwas Neues von Anna?«

»Ich soll nicht mit dir über sie reden.« Sybille senkte die Stimme. »Aber Anna schläft jetzt in einem der Hotelzimmer, also quasi direkt über ihrer Arbeitsstelle im ›Rebstock‹. Sie arbeitet so lange, dass sie abends nur noch ins Bett fällt. Wenn du mich fragst, betäubt sie sich damit. Und ich glaube, du fehlst ihr sehr. Aber sie spricht mit mir nicht darüber. Manchmal verstehe ich mein Kind nicht, Julius. Ich glaube fast, es gefällt ihr nicht, dass ich hier bei dir bin. Aber wer soll dann die Wäsche waschen und die Katzen füttern?«

Die Katzen, wo waren die überhaupt? Julius blickte sich um. Warum lag keine auf dem Bett und schnurrte? Warum keine an seinen nackten Füßen und biss hinein? Warum keine neben dem Bett und blickte ihn strafend an, weil noch kein Frühstück in den Näpfen weilte? Komisch.

»Ich bereite dann mal unten das Frühstück vor. Es gibt sogar Bio-Eier vom Supermarkt!« Sie verließ das Schlafzimmer, bevor Julius ihr etwas Wütendes wegen der Fremd-Eier zurufen konnte. In ihrem Schlepptau: zwei Kater, die um sie herumscharwenzelten wie verliebte Teenager. Na toll. Jetzt hatte er nicht nur seine Frau, sondern auch noch seine Katzen verloren.

Der einzige Vorteil: kein Fell mehr an den Unterhosen.

Julius nahm einen großen Schluck Kaffee und merkte erst zu spät, wie brühend heiß er war. Speiseröhre und Magen waren nun auch wach. Weil verbrannt.

Frustriert griff er sich den braunen DIN-A5-Umschlag, auf dem zwar sein Name stand, aber keine Briefmarke klebte; auch der Absender fehlte. Den brauchte es allerdings auch nicht, denn das Papier roch nach Currywurst. Langsam zog Julius den Inhalt heraus, es waren bestimmt zwanzig Seiten, doppelseitig bedruckt, mit Text und Fotos.

Rutger Schulte alias Wurst-Willy war geradezu pedantisch in seinen Überwachungen, hatte Statistiken, Kuchendiagramme und Verlaufskurven erarbeitet. Und wie Julius bemerkte, musste er einen GPS-Empfänger an seinem alten Käfer befestigt haben, denn von dem Moment an, als er den Damm erstmals in Augenschein genommen hatte, waren alle seine Fahrten verzeichnet. In der Planung war auch gewesen, Julius' Haus und Küche zu verwanzen. Da stand wohl ein Gespräch über Bürgerrechte an.

Rutger war Julius auch zu Anna gefolgt, als sie ihn zur Schnecke gemacht hatte. Seine Notizen zum Abend, an dem Johnny Schenk ermordet wurde, stellten sich allerdings als dünn heraus. André Erlen war von einem Informanten in Dernau gesichtet worden, wie er aus der Straußwirtschaft der Pikbergs fiel, in der wohl auch Katrin Jolik geweilt hatte. Auch Michael Skowronek, der Anführer der Taekwondo-Abteilung des SV Rot-Weiß Dernau, war bei den Pikbergs einen Wein trinken gewesen. Richartz war nicht vor Ort gewesen, nur seinen Chauffeur mit leerem Mercedes hatte Rutger zufällig gesehen, wie er Richtung Mayschoß fuhr – ungefähr zu der Zeit, als Julius den Tatort betrat.

Julius pustete lange in den Kaffee und nahm vorsichtig einen kleinen Schluck. Jetzt ging's, aber genau wie ihre Tochter hatte auch Sybille viel zu viel Kaffeepulver genommen. Das war also genetisch.

Er blätterte weiter, bis zum Appendix IV. Rutger hatte nicht nur in der Vergangenheit recherchiert, nein, er blickte sogar in die Zukunft, genauer zur Jubiläumsweinversteigerung im Bad Neuenahrer Kurhaussaal. Die Unterlagen enthielten eine Liste aller für den Fall relevanten Personen und ob sie an diesem Abend anwesend sein würden. Es waren bedeutend mehr, als Julius zusammenbekommen hätte, doch die Schlüsselfigur zur Lösung dieses Falles würde wohl nicht kommen: Horst Richartz. Und das war gar nicht gut. An diesem Abend würde Alkohol fließen, und der lockerte die Zungen. Er würde dafür sorgen, dass Richartz' Zunge wie ein Fisch im Wasser schwamm und alles passieren ließ. Aber wenn Richartz fehlte, fehlte auch dessen Zunge. Richartz musste her. Julius würde diese Mordserie bei der Versteigerung aufklären oder es für immer sein lassen. Seine Ehe ging vor. Nur noch einen Anlauf, und wenn dieser misslang, dann war es das eben. Dann brauchte er kein Weinorakel, um seine Zukunft herauszulesen.

Julius kannte nur einen Menschen, der den Weingummimogul überreden konnte zu kommen. Und da die Versteigerung bereits morgen stattfand, musste er mit ihm sofort reden.

Das Problem war nur, dass dieser Mensch nicht mit ihm reden wollte.

Sondern lieber sein Gemüsekochbuch beendete.

Julius wusste nicht, ob es Glück oder Pech war, dass Antoine heute eines seiner beliebten Kräuterseminare abhielt. Das Kochbuch-Banner hing immer noch über dem Eingang des

Restaurants; Julius versuchte, es nicht zu beachten. Erfolglos. Durch ein Fenster des »Frais Löhndorf« sah er, dass die Gruppe gerade im Kräutergarten stand, den das Restaurant wie ein Amphitheater umschloss und in dem auf Terrassen allerhand Kräuter und Gewürze sprossen. Mitten darin stand Antoine. Aufgrund seiner geringen Größe war er zwischen den Pflanzen kaum auszumachen, wie ein kleines weißes Kräuterchen mit Toque spross er aus dem Boden und redete mit ausholender Gestik und großer Mimik über seine Leidenschaft für das heimische Grünzeug. Die Funken aus seinen Augen entflammten die Begeisterung bei den Zuhörern.

Julius würde nicht durch das Restaurant gehen, um in den Kräutergarten zu gelangen, sondern von hinten durch ein kleines Törchen eintreten – sodass niemand ihn kommen sah. Und Antoine ihn erst bemerkte, wenn er fast schon vor ihm stand.

So weit der Plan.

Ein guter Plan, der jedoch nicht einkalkuliert hatte, dass zwar Antoine während des Vortrags mit dem Rücken zum Gartentörchen stand, nicht aber sein Kräuterkurs. Der sofort tuschelte, als Julius im Blickfeld auftauchte, sogar mit nackten Fingern wurde auf ihn gezeigt, was keine gute Kinderstube verriet. Manche wichen gar ängstlich zurück, als näherte sich der Sensenmann persönlich. Antoine merkte allerdings nichts davon, so sehr war er in Fahrt.

»Und dann gibt es einen Menü. Wir beginnen mit die Weiße Kräutersuppe und das Weinbergschnittlauchschaum. Gefolgt von die Putenbrust-Carpaccio mit einen Winterkresse-Öl mariniert, dazu Eifel-Oliven, Kürbis und den Rote Bete. Ein wunderschönen Gang! Als die Hauptgang dann Wildschweinkeule gegart in Kräuterheu mit den Ingwer-Topinambur, Kartoffel-Aligot und Brennnessel. Keinen Angst – niemand bekommt davon ein geschwollene Zunge! Und als die Nachtisch Bratapfel und Apfelbeerstrudel mit ein fein Pappelknospen-Eis. – Wohin guckt ihr denn allen? Ist da einen Puma hinter mein Rücken bereit zum Sprung?«

Er drehte sich um.

»Hallo, Antoine. Kann ich dich kurz sprechen?«

Antoine musterte ihn wie ein Kraut, von dem er noch nicht wusste, ob es delektabel oder giftig war. Dann drehte er sich zurück zu seinem Kurs. »Das, meinen Lieben, ist den Julius Eichendorff, Koch aus Heppingen.« Julius verbeugte sich ein wenig und legte ein warmherziges Lächeln wie einen schützenden Mantel über seine Unsicherheit. »Wir reden nicht miteinander wegen ein bescheuerten Wette. Nach der sein Restaurant ›Zum kugelförmiges Koch‹ heißen wird.«

»Immer noch besser als dick!«, versuchte Julius dem Namen etwas abzugewinnen. »Antoine, es ist dringend, sonst würde ich dich nicht stören. Dauert auch nicht lang.«

Antoine sprach weiter zu den Kursteilnehmern. »Wir beachten die Mann nicht.« Er bückte sich und zupfte etwas aus. »Oh, schaut man da! Diesen Kraut ist die Franzosenkraut, auch bekannt als die Kleinblütige Knopfkraut. Wird häufig genutzt als Futter für den Vieh, dabei gilt es in sein Heimat Kolumbien als Gewürz, zum Beispiel an die heimisch Hühnersupp.«

»Ich brauche wirklich deine Hilfe. Ich weiß nicht, an wen ich mich sonst wenden soll.«

»Wahrscheinlich braucht er mein Hilfe für seinen Kochbuch. Doch ich sage Ihnen, nicht ihm, dass er diesen niemals wird bekommen!«

»Keine Hilfe bei meinem Kochbuch. Es geht um die Morde an Martin Schenk, seinen Onkel Johnny sowie Pfarrer Unkel. Und halte deine Gäste raus.«

Antoine blickte nach rechts, wo Trüffelhund Rouen zu seinen Füßen lag. »Hast du gehört, er hätte gesagt, ich soll halten meine Gäste raus? Dann frag ihn bitte sehr, was ich bekommen dafür.«

Rouen blickte verschlafen auf.

Julius kniete sich zu dem Mischling und kraulte ihm die Ohren. »Pass gut auf, Rouen, du musst das deinem Herrchen genau so weitersagen, ja? Kluger Hund! Also: Ich habe nichts als Gegenleistung anzubieten. Ich bitte dich als Freund, Antoine. Als guten, alten Freund. Als meinen französischen Bruder, meinen Seelenverwandten am Herd. Muss ich noch dicker auftragen? Stimmt aber alles, Antoine. Du bist wie Familie für mich. Zumindest wie der gute Teil meiner Familie. Also nicht wie Annemarie.«

Antoine sah Rouen lange an, nahm seine Kochmütze ab und fuhr sich durch die Haare. »Rouen, die Ohren auf. Ich reden nicht mit diesen Julius bis nach die Wette – was ganz, ganz bald wird sein. Dann wird sein Restaurant heißen ›Ex' Wiener Schmankerlstube‹. Aber helfen ich werde ihm jetzt!«

Julius beugte sich zu Rouen und flüsterte ihm ins Ohr – da Antoine sehr nahe stand, würde er es auch verstehen. »Richartz muss unbedingt zur Jubiläumsweinversteigerung kommen. Kriegst du das hin?«

Antoine würdigte Julius immer noch keines Blickes, stattdessen sprach er nun wieder zu seinen Gästen.

»Ein Vögelchen, nicht diesen Koch hier, hat mich gerade gefragt, ob ich kann singen ein ganz bestimmten Lied. Meinen Antwort: Oui. Niemand es besser kann als ich! Und morgen ich gebe mein neues Kochbuch beim Verlag ab.«

Nun erst sah er Julius an. Mit einem zufriedenen Grinsen.

Julius hätte ihm gerne auf die Schulter geklopft, doch er entschied sich für eine kurze Verbeugung und verschwand.

Als Nächstes galt es, dafür zu sorgen, dass Richartz bei der Versteigerung in kürzester Zeit so viel Alkohol wie irgend möglich in sich aufnahm. Und er wusste schon, wer ihm dabei helfen konnte.

Die Adresse bekam er von François, der sehr nervös wurde, als Julius danach fragte. Und noch nervöser, als Julius nicht sagte, warum er sie brauchte. Natürlich hätte er sie auch in seinen Bürounterlagen gefunden, doch er wollte keinen Umweg einlegen, sondern direkt zu Vanessa Hohenhausen. Da François auch deren Telefonnummer besaß, hatte Julius durchgeklingelt, um sicherzugehen, dass sie zu Hause war. Seine Patissière war enorm verwundert, dass er sie umgehend zu besuchen wünschte.

Vanessa Hohenhausen lebte am Rande Ahrweilers. Das Mehrfamilienhaus mit ihrer Wohnung grenzte an die Lage Ahrweiler Rosenthal, und von ihrer Terrasse im zweiten Stock aus hatte sie einen wunderschönen Blick auf diese und weiter ins Tal. Eine kleine Katze balancierte auf einem der mit Stiefmütterchen bepflanzten Blumenkästen und verfolgte die Vögel am Himmel. Das musste Julchen sein. Hatte wohl Hunger.

Julius ging zum Vordereingang und klingelte. Sein Vorsatz: Er würde mit seiner Patissière nicht über ihre merkwürdige Schwester reden, sondern nur den Plan verfeinern – im wahrsten Sinne des Wortes. Die Tür wurde aufgedrückt, ohne dass sich Vanessa vorher über die Gegensprechanlage nach dem Namen ihres Besuchers erkundigt hatte.

Sie stand schon in der geöffneten Wohnungstür, als Julius heraufstapfte. »Komm schnell rein, sonst huscht Julchen noch raus.«

Julius hatte gehofft, die nach ihm benannte Katze direkt im Flur der Wohnung zu sehen, doch anscheinend versteckte sie sich.

»Setz dich schon mal ins Wohnzimmer, ich mach uns einen Kaffee mit meiner neuen Maschine.« Vanessa ging in die Küche. »Espresso, Cappuccino, Latte macchiato, Cafe au …«

»Schwarz, danke!«, rief Julius und sah sich um. Das Wohnzimmer beherrschte ein riesiges Sofa, für das ein Großteil von Vanessas Gehalt draufgegangen sein musste. Außerdem stand ein gewaltiger Kratzbaum im Zimmer – in Form des Kölner Doms. Als Katze lebte man hier sicher nicht schlecht. Die vierbeinige Herrin des Hauses lugte nun vorsichtig und geduckt von der Terrasse herein.

Julius näherte sich ihr nicht, sondern setzte sich langsam aufs Sofa und blickte demonstrativ desinteressiert woandershin. Nach kurzer Zeit kam das Kätzchen vorsichtig näher, doch als Vanessa den Raum betrat, verschwand es so schnell, als hätte Scotty den Beamstrahl mal eben angeworfen.

»Hast du meine Mitbewohnerin schon gesehen? Sie ist relativ klein. Eine Augustkatze.«

»Und dreifarbig. Eine Glückskatze!«, ergänzte Julius. Julchens gesamte Zeichnung war ausgesprochen hübsch. Sie hatte weiße Stiefelchen, eine kleine rosa Nase, beeindruckend große und wunderschöne Augen. Eine gewisse Ähnlichkeit mit ihm ließ sich nicht von der Hand weisen. Seidiges Fell, eleganter Körperbau, lange Schnurrhaare, eigentlich war ihm die Katze wie aus dem Gesicht geschnitten.

»Möchtest du was zum Kaffee? Ich habe heute Morgen ein paar Madeleines gebacken.«

»Sehr gern. Darf ich etwas fragen?«

»Natürlich. Alles.«

Julius zeigte auf einen Wohnzimmerschrank, dessen größte Klappe drei Schilder zierten: »Eintritt streng verboten!«, »Eintritt strengstens verboten!!« und »Eintritt allerstrengstens verboten!!!«. »Ist Petrosilius Zwackelmann dein Mitbewohner?«

Vanessa öffnete das Fach lächelnd, darin lagerten Schokoladentafeln, Schokoladendrops und Schokoladenriegel unterschiedlichster Hersteller und mit den unglaublichsten Füllungen. »Eine Patissière ist immer in Gefahr, dass ihre Hüfte explodiert. Da sind gewisse Vorsichtmaßnahmen sinnvoll. Mein Hintern wird seit Jahren immer größer. Bald passe ich nicht mehr durch die Tür.«

Julius besah sich nun erstmals ihr Hinterteil und fand, dass dort noch viele Möglichkeiten für Anbauten vorhanden waren. François würde sich mit seinen Kochkünsten sicher darum kümmern.

Kurze Zeit später saßen sie mit dampfendem Kaffee und allerlei Schokolade am Wohnzimmertisch. Julchen schnupperte zuerst an allem, setzte sich dann jedoch hinter ein Paketband und maunzte.

»Spiel ruhig mit ihr, ich kann dir auch dabei erzählen, worum es geht.«

Vanessa griff sich glücklich das eine Ende des Paketbands, hinter dessen anderem nach kurzer Zeit die Katze herjagte.

»Morgen ist die Jubiläumsweinversteigerung im Kurhaussaal.«

»Ich weiß.«

»Und ›Die Alte Eiche‹, wie sie jetzt noch heißt, präsentiert dort drei Gänge.«

»Ich weiß.« Vanessa hörte gar nicht richtig zu, Julchen nahm sie viel zu sehr in Anspruch.

»Ursprünglich sollten es drei Vorspeisen sein.«

»Ich weiß.«

»Doch ich habe gerade mit einem Kollegen getauscht, jetzt sind daraus eine Vorspeise und zwei Desserts geworden.«

»Ich wei… *was*?« Die Katze sprang vor Schreck mit einem einzigen Satz auf die Spitze des Kölner Doms. »Damit kommen Sie *jetzt*?«

»Ich weiß.«

Vanessa stemmte die Arme in die Hüften. »Was steckt dahinter? Die Morde?«

»Die Morde.«

»Es ist also ein Plan?«

»Ja.«

»Supersupersuper!« Vanessa hüpfte vor Freude in die Höhe. »Na, dann mal los. Ich hab alles da!«

Julius folgte ihr in die Küche. Doch es war gar keine Küche, es war eine voll ausgestattete Patisserie mit Profigeräten.

»Herr im Himmel!« Julius bekreuzigte sich.

»Ich hab fast das ganze Geld von der Weltmeisterschaft reingesteckt. Ein Teil ging auch in meine Badewanne. Weil ich doch so gern bade.«

»Ich bin beruhigt, dass du darin nicht auch Desserts zubereitest.«

»Womit fangen wir an?« Vanessa klatschte in die Hände. »Was ist die Aufgabe?«

»Wir brauchen Desserts, in denen wir möglichst viel Alkohol unterbringen können, damit jemand redselig wird: unser Ober-Weingummi Horst Richartz. Ich weiß, Alkohol ist nicht besonders einfallsreich, um ein Geständnis herbeizuführen, kein Vergleich zu Waterboarding. Aber Alkohol, genauer Wein, ist im Tal eine althergebrachte und gern gepflegte Tradition, um zu bekommen, was man will. Wobei viele beim Alkoholtrinken vor allem eins wollen: Alkohol trinken.«

Vanessa schloss die Tür – sofort begann Julchen davor zu maunzen. »Die Küche ist tabu!« Sie stellte Musik an. »Sonst zerreißt es mir das Herz!« Bap erklang. Damit konnte Julius sehr gut leben.

»Die Desserts müssen aber nicht nur voller Alkohol sein, sondern auch so spektakulär, dass Richartz sie unbedingt probieren muss. Und so lecker, dass es nicht beim Probieren bleibt!«

»Hm.«

»Schaffen wir das?«

»Yo, das schaffen wir!« Vanessa reichte ihm ein Glas Rotwein. Nein, es war Sangri-Ahr, wie Julius sofort bemerkte – und zwar nach François' Rezept.

»Den hat unser Sommelier extra für mich erfunden!«

»Ah so.« Julius lächelte und schwieg. »Sollen wir ein Dessert damit kreieren? Das würde François sicher freuen.«

In Vanessas Augen zündeten Raketen. »Klasse Idee! Wir nehmen so kleine Eimerchen, die gibt es in Spielzeugläden, und machen eine Götterspeise mit Sangri-Ahr und obendrauf Orangenlikörschaum. Wie bei Bubble-Tea könnten wir noch ein paar Perlen reingeben, die mit Hochprozentigem gefüllt sind, einem Brandy de Jerez zum Beispiel, damit legen wir noch ein paar Prozente Alkohol drauf.«

»Und rein stecken wir einen Strohhalm aus Orangenlikörmarzipan!«

Vanessa hob die Hand, und Julius gab ihr »fünf« – oder was er dafür hielt. Dann begannen die beiden mit der Zubereitung des Desserts. Es ging ratzfatz, denn Vanessa hatte wirklich alles da. Das Ergebnis war eine Schönheit, von der sie sogleich kosteten.

Julius nickte zufrieden.

»Wow, das ist so süß, man merkt den Alkohol gar nicht«, sagte Vanessa. »Und dabei haben wir extraviel reingekippt. Das wird eine fröhliche Versteigerung!«

Genau so sollte es sein, dachte Julius. »Und nun zu Nummer zwei. Da muss noch mehr Alkohol rein.«

»Wir könnten eine Art Torte machen, mit mehreren Lagen, dazwischen Füllungen, in die wir Alkohol einarbeiten.«

»Außen einen Schokomantel mit Traubenlikör …«

»… darunter einen Marzipanmantel mit Tresterbrand …«

»… die nächste Schicht dann getränkt von Hefebrand …«

»… dann eine mit Weinbrand …«

»… und eine mit Wein!«

Die beiden strahlten sich an.

»Ein ganzes Besäufnis in einem einzigen Stück Kuchen!«, sagte Julius bewundernd. »Dass da noch keiner drauf gekommen ist.«

»Eine Idee habe ich noch!« Vanessa verschwand und kehrte kurz darauf mit einer Packung Richartz' Weingummis zurück. »Die hatte ich im Schokoschrank gebunkert. Wenn die Torte damit verziert ist, wird Richartz nicht drum herumkommen, zu probieren.«

Julius musste Vanessa einfach in die Arme schließen und herzen. Das war mal eine patente Patissière! »Jetzt haben wir zwei Desserts, über die geredet wird und die alle probieren wollen.«

»Noch nicht ganz. Das erste hat schon einen Namen. ›Sangri-Ahr en miniature‹, oder? Das passt doch.« Sie erntete ein zustimmendes Nicken von Julius. »Aber das zweite braucht noch einen, wie Schokoladenmarzipantorte mit fünferlei Wein. Aber das ist total unsexy. Es muss kurz sein, Klasse haben und natürlich zum Dessert passen.«

»Also etwas mit Wein.«

»Ja. So was wie ›Der fünffache Burgunder‹.«

»Nee.« Julius schüttelte den Kopf.

»Nee, das ist es wirklich nicht. Wein hoch vier? Die Familie Wein? Quadruple Wein? Die Schoko-Wein-Explosion?« Vanessa sah ihn fragend an.

»Klingt nach Kollateralschäden am Gaumen.«

»Mhm.«

Plötzlich klingelte es an der Tür.

»Wer kann das denn sein?«, sagte Vanessa verwundert. »Ich erwarte niemanden.«

Julius konnte sich schon denken, wer es war. Und kurze Zeit später stand tatsächlich sein Sommelier vor ihm. »Bist wohl gerade zufällig in der Nähe gewesen und dachtest, du schaust mal vorbei.«

François schlug die Hacken zusammen und entrichtete ihm einen römischen Gruß. »Ave, Julius! Du Weisester der Weisen. Wie immer hast du recht.«

»*Das* ist es!« Julius ballte die Fäuste.

»Was?«, fragten Vanessa und François unisono.

»Ave Vinum!«

»Ave Vinum, was soll das denn bedeuten?«, wollte François wissen.

»Für unser Dessert«, erklärte Julius. »Sei gegrüßt, Wein! Eine freudige Begegnung. Und das ist es ja wirklich. Den Namen schreiben wir auf den Kuchen drauf. Mit Reben, Rebblättern und roten Trauben verziert. Ave Vinum, das ist es! Keine Diskussion! Alea iacta est!« Er blickte seine Patissière mit hochgezogenen Augenbrauen an.

»Ich sag ja nix dagegen.«

»Es ist auch genial! Soweit ich weiß, sagt ›Ave‹ ein Untergebener und ›Salve‹ ein Gleichrangiger oder Höherstehender. Wir alle im Ahrtal sind Untergebene des Weins, er ist unser Herrscher. Nicht der Weinbaupräsident, nicht der Landrat, sondern der Wein.«

»Das klang jetzt fast poetisch«, sagte François, der immer näher an Vanessa heranrückte.

»Dann passt es zu Wein«, erwiderte Julius, der nun geradezu euphorisch und deshalb redselig war. »Denn es heißt doch: Wein ist Poesie in Flaschen. Ausnahmsweise nicht von meinem Vorfahr, sondern von Robert Louis Stevenson. Mein Ahn hat Sachen geschrieben wie: Lieder schweigen jetzt und Klagen / Nun will ich erst fröhlich sein / All mein Leid will ich zerschlagen / Und Erinnern – gebt mir Wein! / Wie er mir verlockend spiegelt / Sterne und der Erde Lust.«

Vanessa sah ihn mit großen Augen an. »Können wir jetzt loslegen? Ich will die ›Ave Vinum‹-Torte endlich backen und probieren.«

»Und ich werde den perfekten Wein dazu aussuchen«, sagte François und verschwand.

»Wo ist er hin?«

»Ich habe einen kleinen Weinklimaschrank in meinem Schlafzimmer.«

Na, da kannte sich ja einer schon verdammt gut aus …

Für einen kurzen Moment hatten sie nicht aufgepasst, und Julchen war in die Küche gehuscht. Die kleine Katze hing mit ihrem Köpfchen in der Orangenlikörsahne.

Und Julius war ein kleines bisschen neidisch.

Zurück an der »Alten Eiche« stattete Julius seinen Hühnern einen Besuch ab. Fünf Minuten Federvieh gucken war für ihn wie Kurzurlaub. In einer Ecke des Geheges hatte sich ein Mini-Ahrtaler Meer gebildet, und selbst die Hühner mit weißen Federn sahen nun dunkelbraun aus. Der Habicht würde sie nicht vom matschigen Boden unterscheiden können.

Julius setzte sich auf die kleine Gartenbank, breitete die Arme aus, legte sie auf die Lehne und beobachtete seine kleine Schar. Die Größenunterschiede waren gewaltig, vor allem wenn man das Seidenhuhn mit dem Brahma verglich – wie Mini Cooper neben Scania LKW. Das eine lief mühelos über den feuchten Boden, das andere sank so tief ein, als handele es sich um Quark. Es sah wirklich putzig aus.

Plötzlich sank in Julius' Hirn etwas Schweres ein, und es war verwunderlich, dass es kein lautes »Blubb« von sich gab. Mit einem Mal hatte er etwas begriffen und musste schleunigst nach Dernau, um sich zu vergewissern. Vielleicht würde er heute ein Verbrechen aufklären können – und das wäre ja schon mal ein Anfang. Dafür musste er jetzt zwar Annemarie anrufen, aber diese Kröte würde er schlucken.

»Liebste Verwandte ...«, begann Julius, doch weiter kam er nicht.

»Julius! Von dir hört und sieht man ja auch nix mehr. Zuerst schleppst du mir die Leiche von dem jungen Schenk an, dann blamierst du mich und unsere ganze Familie vor den ›Klosterspielern‹, und danach bist du wie vom Erdboden verschwunden. Schön ist das nicht! Im Übrigen hast du sogar zugelassen, dass die Nachbarn mich fast nackig gesehen und Fotos davon gemacht haben.«

»Ich hatte dich gewarnt.«

»Ja, aber zu spät und nicht eindringlich genug. Wofür hatte ich dich denn im Haus?«

»Was ganz anderes ...«

»Da wache ich auf, und überall ist Wasser!«

»... ich brauche deine Hilfe bei einer Mordermittlung.«

Der Moment der Stille war nur kurz. »Na, dann mal los, worauf wartest du denn?«

»Du kennst doch den Dernauer Pfarrwingert.«

»Ja, natürlich. Dumme Frage. Weiter!«

»Da ist jetzt eine Parzelle komplett von Botrytis befallen, die ist quasi braun.«

»Ortsgespräch, weiter.«

»Du kennst doch Frauen, die gerne ein Auge auf alles haben. So eine Art Nachbarschafts-NSA. Die lieber auf die Straße gucken als in den Fernseher, deren Lieblingsplatz das Fensterbrett ist, gibt es da vielleicht eine …«

»Die alte Frau Palm! Die guckt genau auf den Wingert, die widerliche Schabracke. Ständig vollgesoffen ist die, bis oben hin. Die fängt den Tag schon mit einem Klosterfrau Melissengeist an, mittags dann Kaffee mit Rum und abends der Höhepunkt: Eierlikör. Besonders unerträglich ist sie, wenn der Pegel zwischendurch sinkt, am schlimmsten ist es nachmittags, deshalb gehen viele lieber einen Umweg als bei der am Fenster vorbei. Also, Julius, ich kann dir nur sagen, rede lieber nicht mit …«

»Danke, liebste Cousine!«

Er legte auf, holte selbst gemachten Eierlikör aus dem Vorratsraum der »Alten Eiche« und machte sich auf den Weg nach Dernau.

Durch die Windschutzscheibe seines Käfers sah Julius das Ahrtaler Meer funkeln. Der Wind rauschte wie eine steife Nordseebrise durch die Weinblätter. Das Rot der Trauben wurde täglich dunkler, verlockender, die Vögelschwärme flogen immer tiefer, auf den Moment der Reife lauernd, um dann ihren Hunger in einer einzigen dionysischen Nacht zu stillen. Die in den nahen Waldstücken lebenden Wildschweine sah man zwar nicht, doch auch sie sehnten den Moment herbei, wenn es sich endlich lohnte, die Weinberge leer zu fressen.

Erhard Schenks Botrytis-Weinberg würden sie aber sicher verschonen.

Und das war in diesem Fall kein Trost.

Die alte Frau Palm lehnte auf einem Kissen im Fenster der ersten Etage und blickte böse in die Welt. Sie trug eine Kittelschürze und Dauerwellwickler in den grauen Haaren. Ihrem

Gesichtsausdruck zufolge war der Alkoholpegel auf einem historischen Tiefstand angekommen.

»Tag, Frau Palm«, sagte Julius.

»Tach.«

»Schönes Wetter heute.«

»Jojo.«

»Und wie ist es?«

»Muss.«

»Familie?«

»Muss.«

»Und sonst?«

»Muss.«

Ein Feuerwerk der guten Laune.

»Ich soll was bei der Gutsschänke von Schultze-Nögel abliefern.« Julius ließ die Eierlikörflaschen klirren.

Die alte Frau rückte auf ihrem Fensterbrett nach vorn. »Was denn? Haste da Bier in der Täsch?«

»Nee, kein Bier. Ich hab Hühner und weiß nie, was ich mit den ganzen Eiern anfangen soll. Da hab ich angefangen, Eierlikör zu machen. Und die von der Gutsschänke meinen, das wär der beste Eierlikör weit und breit. Deswegen kriegen die jetzt wieder welchen.«

»Eierlikör, ja? Kann ich auch gut leiden.«

»Ach. Wollen Sie eine Buddel?«

»Was soll der Spaß denn kosten? Ich bin eine arme, alte Frau, mir bleibt am Monatsende nicht viel von meiner Kriegsversehrtenrente. Ich muss sogar mit Kohle heizen, manchmal ist die ganze Bude voll Qualm.«

Julius musste grinsen. »Soso. Aber ich kann so eine Flasche natürlich nicht einfach umsonst abgeben. Dafür haben sich meine Hühner schließlich schwer den Hintern aufgerissen. Was können Sie denn sonst bieten?«

»Tja, Liebesdienste sicher nicht. Aber ich kann den testen, den Eierlikör. Kenn mich nämlich aus, vielleicht ist der gar nicht so gut. Kann ja jeder sagen, dass der toll ist. Und dann kommt er doch nicht gegen Ei-Ei-Ei-Verpoorten an.«

»Sie wollen probieren?« Julius tat überrascht.

»Oder willst du was Schlechtes bei den Schultze-Nögels abliefern? Der muss doch sicher schnell getrunken werden, oder? Weil der sonst umkippt.«

»Ja, natürlich, der ist ja mit frischen Eiern.« Er war außerdem mit enorm viel konservierendem Alkohol, aber Julius hielt es nicht für nötig, extra darauf hinzuweisen.

»Dann probier ich den besser direkt mal. Als Vorkosterin!«

»Unbedingt. Aber nur ein kleines Schlückchen.«

Innerhalb kürzester Zeit hielt Frau Palm ein Glas in der Hand. Allerdings keines für Likör, sondern eines für Weißbier.

»Tu mir aber nicht zu wenig, sonst schmeckt man ja gar nix. Ruhig tüchtig rein.«

Julius goss ein wenig ein, sie sollte schließlich mehr wollen.

»Ja, der ist gut. Aber ordentlich Alkohol drin.«

»Zu viel?«

»Nee, nee, das will ich nicht gesagt haben.« Ihre Augen glühten. »Aber sooo großartig ist der auch nicht.« Der alte Geier war also schon beim Feilschen. Produkt schlecht machen und Preis drücken. »Was willste denn dafür haben?«

Julius tat, als sei er nicht ganz bei der Sache, und zeigte auf die Botrytis-Parzelle. »Was ist denn da passiert?«

»Mit dem Wingert vom Erhard? Komische Sache, was?« Die alte Frau Palm hob die Flasche hoch. »Da willste also was drüber wissen und mich mit dem Eierlikör bestechen?«

Erwischt. Julius entschied sich für die Wahrheit. »Ja.«

»Abgemacht!« Sie goss sich nach. »Eier sind ja sehr gesund.«

»Und wie. Kann man eigentlich nicht genug zu sich nehmen. In jedweder Form.«

»Genau, sag ich auch immer. Ein Tröpfchen in Ehren kann niemand verwehren.« Ihre Laune stieg wie ein Luftballon.

»Auf einem Bein steht man schlecht«, fiel Julius ein.

»Der größte Feind des Menschen wohl, das ist und bleibt der Alkohol. Doch in der Bibel steht geschrieben: Du sollst auch deine Feinde lieben!« Die alte Frau Palm trank das Glas auf ex leer. »Das da im Wingert, das ist Botrytis. Ein Pilz. Die Ernte dieses Jahr kann der Erhard vergessen.«

»War der Johnny mal da drin?«

»Nee, wieso? Das ist doch nicht dem seiner. Nur der Erhard war drin.«

»Und gab's da mal irgendwas Ungewöhnliches?«

»Nee.«

»Hat der Erhard nicht mal was Komisches gemacht? Was er noch nie zuvor gemacht hat?«

»Nee.«

Einen Eierlikör umsonst geopfert. Na ja, Frau Palm hatte zumindest ihre Freude dran.

»Oder doch! Der war mal im Weinberg unterwegs mit seltsamen Schuhen, also nicht seinen üblichen grünen Stiefeln, das war bei einer von dem seinen Spritzungen. Vielleicht Spezialschuhe.«

»Wann war das?«

»Am Tag, als die Leiche von dem seinen Sohn gefunden wurde.«

Es passte alles zusammen. Julius war traurig und erleichtert zugleich. »Tragische Sache, das mit dem Martin. Na, ich muss dann mal weiter. Schönen Tag noch.«

»Jaja, auch so.« Er war kaum drei Meter gegangen, da rief Frau Palm ihm hinterher: »Die Gutsschänke von Schultze-Nögel ist aber in der anderen Richtung, Julius Eichendorff. Müsstest du doch wissen, wo die Gisela doch deine Großcousine ist. Und du auch noch Hobby-Detektiv bist.« Zufrieden nahm sie einen weiteren Schluck Eierlikör.

Unterschätze niemals alte Frauen, dachte Julius, im Zweifelsfall wissen sie, wo der Frosch die Locken hat – und vertragen viel mehr als du.

Es waren nur wenige Schritte bis zum Weingut Schenk, doch Julius kamen sie sehr lang vor. Es war, als müsste er steil bergauf gehen. Das bevorstehende Gespräch machte ihn beklommen. Seine Worte mussten klug gewählt werden, denn Erhard war ein ernster, gläubiger Mann, dessen Weltbild in den letzten Tagen bereits erschüttert, wenn nicht zerfetzt worden war.

Julius blieb eine Weile vor dem Weingut stehen, von dem sich das Wasser so weit zurückgezogen hatte, dass es wieder im

Trockenen lag. Die Sandsäcke davor waren jedoch noch nicht fortgeräumt worden, falls das Ahrtaler Meer doch wieder ansteigen sollte. Im Wohnhaus brannte Licht; er konnte durch das Küchenfenster sehen, wie Josephine abwusch. Sie tat es langsam, blickte nicht auf. Kein Dampf stieg aus dem Wasser in der Spüle, es musste längst kalt sein. Sie wollte vermutlich nicht, dass diese Arbeit endete, diese Konzentration auf Schmutz, der sich einfach wegwischen ließ, denn dann würden sich andere Gedanken auf sie stürzen wie Krähen auf ein frisch gepflügtes Feld.

Das Kelterhaus lag im Dunkeln, dafür schien Licht im Blockhäuschen, das hinter der Wäschespinne in einer akkurat gepflasterten Gartenecke vor dem grünen Edelstahlzaun stand. Aus dem Sprossenfenster strahlte es blendend hell. Da die Holztür nur angelehnt war, konnte Julius sie leise öffnen.

Erhard saß mit dem Rücken zu ihm auf einem abgewetzten Stuhl. Das Blockhäuschen war über und über vollgestellt mit allem möglichen Kram, darunter viele recycelte Farbdosen, die nun anderes enthielten, wobei Julius die Aufkleber nicht entziffern konnte, aber auch Elektroschrott oder Werkzeug. Erhard war also einer von denen, die nie etwas wegwarfen, denn vielleicht konnte man es noch einmal gebrauchen. Der Winzer war so vertieft in seine Arbeit, dass er Julius nicht bemerkte. Sein Kopf war tief gebeugt über die Werkbank, zwei Bauleuchten erhellten sie schattenlos. Er trug eine Brille mit Lupen, wie ein Uhrmacher, und bastelte an zwei Ungetümen. Eins flach in LP-Format, eines rund wie ein Fußball, mit allerlei Kabeln.

»Hallo, Erhard.«

»Julius? Hab dich gar nicht kommen gehört.«

»Was machst du da?«

»Ach, nur was für Silvester. Da werkele ich immer das ganze Jahr über dran. Um die bösen Geister ordentlich zu vertreiben. Und es waren noch nie so viele da wie dieses Jahr.«

»Da hast du recht, leg lieber noch was Schwarzpulver drauf.«

»Was führt dich zu mir?« Erhard nahm die Brille ab.

»Ich weiß jetzt, wer deinen Weinberg infiziert hat.«

»Das weiß ich schon lange: Johnny. Aber jetzt krieg ich ihn dafür nicht mehr dran.«

»Nein, Johnny war es nicht.«

»Wer denn dann?«

»Du, Erhard.«

Der Winzer setzte sich aufrecht. »Was soll das?«

»Es gibt Beweise.«

»Was redest du da? Willst du mich beleidigen?«

Julius nahm sich einen Stuhl, stellte ihn vor die Arbeitsplatte und setzte sich. Er nahm sich vor, ganz beruhigend und gelassen zu klingen. Erhard hatte in den letzten Tagen genug durchgemacht, doch die Wahrheit musste ausgesprochen werden.

»Ich werde niemandem davon erzählen, nicht einmal meiner Frau. Da Johnny tot ist, werden die Ermittlungen zu deinem Wingert wohl ebenfalls zu Grabe getragen. Wir reden nicht mehr darüber. Ich kann verstehen, was in dir vorging. Du erfährst von Martins Tod, dachtest, Johnny hätte ihn umgebracht, um dich damit mitten ins Herz zu treffen, um dir etwas anzutun, das schlimmer als dein eigener Tod für dich ist …«

Julius hielt inne, denn er glaubte nicht, dass es so gewesen war. Warum sollte Johnny aus Bruderhass seinen Neffen umbringen, der ihm nie etwas getan hatte. Solch eine Blutfehde passte nicht zu dem schrulligen Winzer mit dem Cowboyhut. Aber in Erhards Gedanken schon, die durch jahrzehntelangen Hass hart und scharf geschmiedet worden waren.

»Du willst es deinem Bruder heimzahlen, willst ihn ins Gefängnis bringen und vor allen zum Verbrecher stempeln. Anstatt dessen Weinberg zu infizieren, wodurch der Verdacht auf dich gefallen wäre, drehst du den Spieß um und inszenierst dich als Opfer. Du stampfst mit Cowboystiefeln durch den Weinberg und denkst, damit sei es getan.«

»Aber du hast die Spuren doch gesehen!«

»Ja, genau deshalb bin ich mir auch so sicher.«

»Du redest Blödsinn! Geh, bevor ich mich vergesse.«

»Ich habe es bei meinen Hühnern gesehen.«

»Will ich alles nicht hören! Erzähl jemand anderem von deinen Hühnern.«

»Die schweren versanken tief im Schlamm, die leichten nicht. Logisch. Dann habe ich mir die Fotos der Spuren in deiner

Pfarrwingert-Parzelle angesehen. Ich hatte auch eine Aufnahme aus großem Abstand gemacht, auf der zusätzlich zu den Abdrücken von den Cowboystiefeln auch deine und meine zu sehen sind. Meine waren tief drin, genau wie es die von Johnny gewesen wären, der sogar noch schwerer war als ich. Deine dagegen blieben flach – genauso wie die der Cowboystiefel.«

Erhard schwieg.

»Die Bestätigung für meine Theorie bekam ich heute von der alten Frau Palm, die dich gesehen hat, wie du mit anderen Schuhen Gift versprüht hast. Nur dass es kein Pflanzenschutzmittel war, sondern das Botrytismittel.«

Erhard legte den Kabelschneider und die Pinzette in seiner Hand behutsam ab. »Ich war so wütend, Julius. Das kannst du dir nicht vorstellen.«

»Nein, das kann ich wirklich nicht.«

»Ich wollte es ihm heimzahlen, und mir fiel nichts Besseres ein, als …«

»… das Traubengut deines eigenen und noch dazu deines besten Weinbergs zu vernichten.«

»Ich hatte von diesem Mittel gehört, das bisher nur in Neuseeland zugelassen ist. Abrasin Cinerea 400 heißt es, ist auf Basis von Quarzsand hergestellt. Das ritzt beim Aufspritzen die Beerenhaut leicht an, was den Botrytisbefall erleichtert. Und dann sind da noch Botrytissporen beigemischt. Selbst in trockenem Klima ist damit ein Befall gesichert. Eigentlich wollte ich damit endlich mal eine Trockenbeerenauslese aus meinen Riesling-Reben rausholen. Aber dann kam mir die Idee, mich damit an Johnny zu rächen. Ich wusste nicht, dass dieses Abrasin ein elendes Scheißzeug ist, die Pumpen der Aggregate und die Düsen der Sprühventile werden extrem angegriffen durch diesen Schleifsand. Die habe ich mir damit demoliert. Im Endeffekt habe ich alles nur schlimmer gemacht.« Erhard strich Staub von der Werkbank, obwohl dort keiner lag.

»Gott hat mich gestraft. Zu Recht.«

»Nein, das hast du schon selber erledigt.«

Erhard schnaufte und richtete die Pinzette gerade zur Tischkante aus. Er versank ganz in dieser Aufgabe.

»Erhard, ich möchte dich noch was fragen.«

Der Winzer wich Julius' Blick aus, seine Lider fuhren auf und ab, wie defekte Rollläden. »Ich habe Johnny nicht umgebracht. Das musst du mir glauben. Ich wollte ihm das Leben zur Hölle machen, aber ihn nicht ermorden. So einfach wollte ich es ihm nicht machen. Der Tod ist eine Erlösung, Julius. Das hab ich jetzt begriffen. Was immer auch danach folgt. Für Johnny wird er sicher eine Erlösung gewesen sein, denn mit der Schuld eines Mordes kann man nicht leben. Dann gehört man auch ermordet. Auge um Auge, Zahn um Zahn, so steht es in der Bibel. Gott hat ihn gerichtet. Ich war es nicht.« Er blickte auf, seine Augen rot von zerplatzten Äderchen, doch Tränen waren keine zu sehen. Julius legte ihm eine Hand auf die Schulter, dabei merkte er, dass Erhard am ganzen Leib zitterte.

»Ich muss dann mal wieder«, sagte Julius, der Erhard nun Zeit allein gönnen wollte. »Wir reden nie wieder über die Sache.«

Erhard nickte. »Kommst du zu Martins Beerdigung? Bitte komm.«

Julius hatte gar nicht gewusst, dass die Leiche freigegeben worden war. »Natürlich. Wann ist sie?«

»Übermorgen, hier in Dernau. Nur die engsten Verwandten. Josephine ist dir nicht mehr böse.«

»Selbst wenn, wäre ich gekommen, um Martin das letzte Geleit zu geben. Ich habe ihn sehr gemocht. Er war ein guter Junge.«

»Ja, das war er. Ein dummer Junge, aber ein guter.« Erhard griff sich wieder die Zange. Julius sah die Adern und Sehnen an seiner Hand hervortreten, so fest griff er zu.

Draußen vor dem Blockhaus schloss Julius die Augen und versuchte, sich zu sammeln, doch er merkte, wie er selbst zitterte, so sehr war ihm Erhards Leid in die eigenen Glieder gefahren. Jetzt gab es nur zwei Möglichkeiten: trinken, bis die Welt weich wie Samt wurde und irgendwann ein Glas Wein gnädig das Licht ausknipste, oder in der Kirche eine Kerze aufstellen. Es gab nicht genug Kerzen für all die Ungerechtigkeit und das Unheil in der Welt, und doch war es immer gut, eine Flamme zu sehen, die aus Hoffnung entzündet worden war. Selbst wenn es nur ein kleines Teelicht war und der Docht schon am dünnen Metallboden angekommen war.

Auf dem Weg zur Kirche kam er am »Rebstock« vorbei, suchte die Fenster nach Anna ab, überlegte, einfach hineinzugehen, sie in die Arme zu nehmen und zu küssen. Doch er fand nicht genug Mut in sich. Manches war nicht durch einen Kuss zu regeln. Sie war noch nicht so weit, geküsst zu werden, als wäre all dies ein Hollywood-Film und bereits Zeit für das Happy End im Sonnenuntergang am ... nun ja, wenigstens das passende Meer wäre jetzt vorhanden. Julius hörte das leichte Schwappen des nahen Wassers, und er konnte nicht anders, als kurz aufzulachen. Es war alles völlig verrückt.

Er hatte zwar wenig Hoffnung, dass die St.-Johannes-Kirche offen sein würde, doch kurze Zeit später stand er trotzdem davor und versuchte, die Hauptpforte zu öffnen. Es war problemlos möglich, deshalb trat er ein.

Eine ältere Frau in langem Blümchenkittel putzte gerade den Mittelgang.

»'n Abend, darf man reinkommen?«

Die Putzfrau drehte sich um.

»Annemarie?«

»Julius?«

»Annemarie!«

»Julius!«

»Was machst du denn hier?«

»Wonach sieht es denn aus? Eiskunsttanz ist es schon mal nicht.«

Er trat näher zu ihr. »Sag mal, warum putzt du denn hier?«

»Aus Spaß an der Freud.«

Julius verzog das Gesicht. »Jetzt mal ehrlich.«

»Ach, bei meiner kleinen Rente, da verdiene ich mir eben was dazu. Außerdem krieg ich so immer mit, was gerade in der Kirche los ist. Hast Glück, dass ich hier bin. Außer mir haben nämlich nur der Pfarrer, der Küster, der Organist und der Kirchenvorstand einen Schlüssel. Und um die Uhrzeit ist von denen nie einer da. Mit dem alten Pfarrer, also unserem

Unkel, war das anders. Der ist jeden Abend, aber wirklich jeden, in seine Kirche gegangen. Wusste kaum jemand außer mir. Ein ganz frommer Mann war das. Der hat dann geschaut, ob alles in Ordnung war, und hat gebetet. Da war der so versunken, dass es ihn auch nicht gestört hat, wenn ich geputzt hab. Manchmal habe ich eine halbe Stunde mit ihm geredet, ohne dass er auch nur ein Wort gesagt hat. Der konnte zuhören, sage ich dir!«

Oder die Ohren verschließen, ohne dass man es sah. Praktische Eigenschaft, wenn man sich die Beichte von Vierundzwanzig-Stunden-Radiostationen wie Annemarie anhören musste.

»Und er kam immer rechtzeitig von seinen Wanderungen zurück?«

Sie tauchte den Wischmopp ins Wasser. »So isses, wie ein Uhrwerk, immer um neun Uhr, da ist sowieso nix mehr mit wandern. – Nee, da nicht hingehen, Julius, da ist frisch geputzt! Sonst kannst du selber nachwischen. Dass ihr Männer auch immer alles wieder schmutzig machen müsst, ihr kleinen Schweinchen. Kannst dich da drüben in die Reihe setzen. Da sitzt sonst immer die Frau Palm, die alte Hexe.«

Julius ließ sich in die Bank fallen. »Ich wollte eine Kerze anzünden, oder mehrere.«

»Kann dir gleich welche geben, und du wirfst was in den Opferstock. Wie viel du geben willst. Kannst das Geld aber auch mir geben, und ich werfe es dann rein. Ich sag auch keinem, wie viel du gegeben hast.«

So fühlte es sich also an, wenn Geld irgendwo versickerte …

Julius' Hände strichen wie von selbst über das Holz der Bank neben ihm. Er musste immer alles berühren; wie er wusste, teilte er das mit vielen Kochkollegen. Köche wollten die Welt eben nicht nur sehen, sondern auch riechen und berühren. Deshalb fuhren seine Hände jetzt auch über die Lehne vor ihm. Sie war nicht glatt und eben, sondern an einigen Stellen ungleichmäßig, als wären Stücke herausgesplittert. Auch Kirchen wurden halt nicht jünger.

»Hast du Ärger mit deiner Anna?«

Julius wurde aus seinen Gedanken gerissen. »Sehe ich so aus?«

»Was würdest du sonst um die Uhrzeit hier machen? Wenn du

ausnahmsweise mal nicht in deiner Küche stehst, dann verbringst du deine freien Abende, soweit ich weiß, immer mit ihr. So viele habt ihr zwei doch auch gar nicht. Da mach ich mir als Cousine sowieso immer schon Gedanken drüber. Geht mich natürlich nix an.« Annemarie wischte weiter, tat so, als interessiere sie die Antwort nicht. Julius hatte schon viele wischen sehen, aber keine so miserabel wie Annemarie.

»Behältst du es für dich?«

»Weißte doch: Mir kann man alles erzählen. Ich wollt ja immer Nonne werden. Aber dann kam die Liebe, und da war ich machtlos.«

Die Liebe hieß Ekkehard, und nach allem, was man hörte, hatte Annemarie ihn mit einem Lasso eingefangen und an den Haaren zum Traualtar geschleift.

»Liebste Cousine, ich habe ein wenig Ärger mit Anna. Und ich bin es schuld.«

»Das seid ihr Männer eh immer!«

Schön, solch warmherzigen Zuspruch zu bekommen. »Deshalb wollte ich auch eine Kerze anzünden. Göttlicher Beistand kann jetzt nicht schaden.«

»Ich bin ja mehr fürs Briefeschreiben. Und zwar mit der Hand, weißt du. Das macht Eindruck. So was sieht man nicht mehr oft. Schreib ihr einen Brief. Schreib ich auch manchmal, wenn es mir wichtig ist. Ans Amt oder den Bürgermeister, einmal auch an unsere Bundeskanzlerin. Was du per Hand schreibst, das wird gelesen!«

»Ich dachte, ich koche ihr was.«

»Schreib ihr zuerst einen Brief, meine Meinung. Kannst darin ja sagen, dass du ihr lecker was kochen willst. Deine Anna wird den Brief lesen, garantier ich dir. Vielleicht nicht sofort, aber wenn ein Briefumschlag da ist, dann will man wissen, was drinsteht. Also, ich bin dann immer ganz hibbelig, wenn ich einen kriege. Aber wer schreibt einer alten Frau wie mir schon? Keiner! Schreib mir auch gleich einen Brief, wenn du schon dabei bist. Und dann das Papier schön mit Parfum einsprühen!« Sie lachte vergnügt, dass es von der Kirchendecke widerhallte. »Warte, ich geh dir ein paar Kerzen holen.«

Annemarie stellte den Wischmopp in den Eimer und verschwand in der Sakristei. Julius stand auf und ging schon mal in Richtung der Kerzen. Die Kirchenbank, in der er gesessen hatte, befand sich genau unter der Balustrade der Orgelempore, von der man solch einen schönen Blick hatte. Ein wenig Ruhe und Zeit da oben würden ihm sicher guttun, aber zum einen hatte Annemarie dort schon geputzt, zum anderen gab es keine Ruhe, wenn sie in der Nähe war. Es gab ja auch keine Chill-out-Zone auf einem Metallica-Konzert.

Er würde jetzt die Kerzen anzünden und dann nach Hause gehen und einen Brief schreiben. Das hatte er seit Ewigkeiten nicht mehr getan, und es fiel ihm kein besserer Grund ein als Anna, um jetzt wieder damit anzufangen.

Annemarie kehrte mit den Kerzen zurück.

»Ich zünd auch immer eine an. Für die armen Frauen in der Welt. Um die sich keiner richtig kümmert. Die sich auf ihr Altenteil noch was dazuverdienen müssen. Denen sollte Gott mal beistehen!«

»Leider leben ja ganz viele Menschen in Armut. Sie essen schimmeligen Käse, trinken alten Wein und fahren Autos ohne Dach.«

»Ja, da hast du recht. So ist das. Es ist wirklich ein Elend, sag ich dir. Die armen Leute.«

Julius bekreuzigte sich grinsend, doch als er die Hände zum Gebet faltete und den Kopf senkte, wurde er wieder ernst. Danach entzündete er eine Kerze für Anna und sich, eine zweite dafür, dass der Täter schnell gefasst wurde und diese Mordserie endlich endete. Und die letzte für die Familie Schenk, dass sie Kraft finden würde inmitten all des Kummers. Morgen auf der Versteigerung würde er hoffentlich alles aufklären können, morgen musste die Falle zuschnappen. Danach würden die Wunden leichter heilen können.

Plötzlich kam ein Luftzug und blies eine Flamme aus. Die der Schenks.

Aber das musste nichts zu bedeuten haben.

Es war ja schließlich kein Weinorakel.

10

Abwasser

Es war so stockdunkel im Ahrtal, als hätte es einen Stromausfall gegeben. Die Uhr schlug ein Uhr nachts, als Julius sich einen seiner Lieblingsweine einschenkte, einen Meursault von Coche-Dury, seinen alten Füller mit Patronen bestückte und ein Blatt Papier aus dem Drucker nahm.

Danach saß er zwei geschlagene Stunden am Wohnzimmertisch und starrte darauf. Es war bemerkenswert leer. Eigentlich völlig. Herr Bimmel und Felix lagen auf dem Tisch und schliefen. Doch immer wenn Julius aufstand, um sich aus der Küche etwas zu essen zu holen, folgten sie ihm hin und zurück.

Und jedes Mal gab es etwas für sie.

Julius fielen schon fast die Augen zu, als er endlich anfing zu schreiben.

Selbstanzeige / Bekennerschreiben

Sehr geehrte Frau Hauptkommissarin Eichendorff geb. von Reuschenberg,

ich, Julius Eichendorff, bin ein Depp. Eine Pfeife. Ein Hirni. Und darüber hinaus dumm wie Toastbrot. Es gibt keine Entschuldigung, nur eine Erklärung. Es ist nicht nur, dass ich es gewohnt bin, selbst zu ermitteln, und dass ich den Mord an Martin persönlich genommen habe, ich wollte Ihnen auch zeigen, dass Sie sich keine Sorgen zu machen brauchen und ich alles unter Kontrolle habe. Sie wissen schon, weil Sie mir bei unserer Hochzeit letztes Jahr, übrigens dem schönsten Tag meines Lebens, das Versprechen abgenommen haben, nicht mehr kriminalistisch tätig zu werden, weil ich mich dadurch in Gefahr bringe und meine Gesundheit gefährde. Lautlos wollte ich deshalb diesen Fall lösen, Ihnen dann alles präsentieren, alles erklären und Ihr Vertrauen gewinnen – nun habe ich es verloren.

Dabei wollte ich durch mein Verhalten genau diese Geheimniskrämerei beenden. Ich will mich nicht dafür rechtfertigen, dass ich etwas in mir habe, das ein Verbrechen in meinem Ahrtal nicht unaufgeklärt lassen kann. Besonders bei diesem Fall …

Julius stockte. Irgendwas rumpelte in seinem Kopf. Als würde ein Regal in der Vorratskammer wackeln, hinter dem sich eine geheime Tür zu einer Austernzucht befand. Doch da es nicht umfiel, schrieb er weiter.

… der so schwer wiegt.

Da! Wieder dieses Gefühl. Diesmal, als stünde ein Elefant direkt vor ihm, aber er könnte ihn nicht sehen. Nur riechen konnte er ihn. Herr Bimmel hob den Kopf und schaute ihn fragend an, Julius kraulte ihm den Nacken.

Schon war der Gedanke wieder weg.

Ich will Ihnen nicht versprechen, dass ich es in Zukunft sein lasse, aber ich kann Ihnen versprechen, Ihnen alles zu sagen. Und genau das will ich auch! Wir verhalten uns gerade wie Kinder, wie dumme Kinder, dabei lieben wir uns doch. Und Sie fehlen mir unglaublich, Frau Hauptkommissarin. Jeder Tag ohne Sie ist ein verlorener Tag. Die Kater sehen das übrigens genauso! Sie stapfen tagein, tagaus verwirrt auf Ihrer Bettseite herum und maunzen.

Gut, das war jetzt vielleicht ein bisschen dick aufgetragen, aber wenn er Anna damit zum Lächeln brachte, hätte er sein Ziel erreicht.

Nun war es Zeit, ins »Du« zu wechseln.

Komm zu mir zurück, komm zu uns zurück! Zu deinem dummen Mann und den dicken Katzen. Oder umgekehrt. Wir brauchen dich. Und noch wichtiger: Wir lieben dich!
Und irgendjemand muss sich um deine Mutter kümmern.

Dein Julius

PS: Ich kann dir nicht versprechen, dass ich mich bei Ermittlungen nicht verletze oder stürze, aber ich versuche, beides zu verhindern!
PPS: Wenn du diese Selbstanzeige akzeptierst, plädiere ich als Strafe für Orangen-Krokant-Blätter, Schokoladen-Kirsch-Parfait und gebackene Süßkirschen an jedem ersten Sonntag im Monat, und das lebenslänglich. Erinnerst du dich? Ich habe das Dessert einst für dich erfunden, und später haben wir es im Magen eines Toten gefunden. Ich finde, irgendwie ist es dadurch noch mehr »unser« Gericht geworden.
PPPS: Ich räume auch die Küche jedes Mal hinterher auf!

Julius starrte auf das Wort »stürze«. Dann auf das Wort »Fall«. Auf »schwer wiegt«. In seinem Kopf schrieb sich das Wort »Pfarrer« dazu und »Pfarrkirche St. Johannes in Dernau«.

Das im Weg stehende Regal kippte um.

Die Tür zur Austernzucht schwang auf.

Er sah den Elefanten.

Die Glühlampe über seinem Kopf erstrahlte.

Julius sprang auf und schlug mit der Faust auf den Tisch. Die Katzen jagten davon, die Schwänze gereckt, das Fell gesträubt.

Plötzlich stand Sybille im Schlafanzug in der Tür – sie hatte sich selbst einquartiert, damit der Schwiegersohn nicht verlotterte. »Julius, was ist hier los? Hast du den lauten Knall gehört?«

Er blickte sie an, sein Gesicht ausdruckslos, denn gerade war ihm etwas klar geworden, das die Freude aus seinem Körper gelassen hatte wie Luft aus einem Reifen.

»Würdest du es der Polizei sagen, wenn du jemanden kennst, der mit einem Todesfall in Zusammenhang steht, aber es dieser Person gerade miserabel geht? Oder würdest du warten? Nur zwei Tage?«

»Es geht um etwas, das du Anna nicht sagen willst?«

»Ja, genau darum geht es.«

Sybille rückte einen Stuhl vom Tisch und setzte sich. »Bekomme ich auch etwas Wein?«

»Also, das ist Coche-Dury …«

»Ist mir egal.« Sie stand auf und holte ein Wasserglas. »Einfach hier rein, um die Uhrzeit macht es keinen Unterschied.«

Doch, den machte es, fand Julius, vor allem bei Coche-Dury. Deshalb holte er ein dünnwandiges Weißweinglas aus dem Schrank und goss den Wein zärtlich ein. Der würzig-frische Duft war so unwiderstehlich wie der einer weißen Alba-Trüffel.

»Um was geht es denn genau? Ich sage Anna nichts, wenn du das willst.«

»Es ist nur eine Vermutung, aber eine, bei der alles zusammenpasst und ich trotzdem nicht genau weiß, was passiert ist.«

Sybille nahm einen Schluck. »Erzähl es einfach. Wenn ich morgen aufwache, werde ich ohnehin denken, es war alles ein Traum. Und schenk mir noch mehr von dem Wein ein. Den kann man trinken.«

Herr Bimmel und Felix taperten schnurrend zu ihr und ließen sich auf den Rücken sinken, ihre Bäuchlein zum Kraulen präsentierend. Julius war nicht nach Liegen oder Sitzen und auch nicht nach Bäuchlein-kraulen-Lassen, er musste sich bewegen, wie die Gedanken in seinem Schädel.

»Die Fakten: Erhard Schenk und sein Bruder Johnny waren beide auf Martins letzter Ballermann-Nacht im Kurpark. Sie gingen gegen zwanzig Uhr dreißig, Pfarrer Unkel verließ das Event kurz danach, denn um einundzwanzig Uhr wollte er wie immer in seiner Kirche sein. Deine Theaterkollegin Nadine Schenk hat mir gesagt, dass die Brüder das Kriegsbeil begraben wollten. An diesem Abend sollte es geschehen. Erhard ist ein sehr gläubiger Mensch, und Johnny war sogar Vorsitzender im Pfarrgemeinderat und hatte deshalb einen Schlüssel zur Pfarrkirche St. Johannes in Dernau. Wo besser Frieden schließen als auf neutralem Boden und noch dazu beim HERRN, der beiden so viel bedeutete? Sie gingen also in die Kirche. Und wohin dort? Zum Altar? Vielleicht. Doch der schönste Platz ist auf der Orgelempore. Dort ist zudem der einzige Platz mit Stühlen statt Bänken, das heißt, man kann sich gegenübersitzen, sich anschauen. Also gehen die beiden hoch, um die Friedenspfeife zu rauchen. Aber sie schafften es nicht.«

»Worum ging es bei ihrem Streit?« Sybille schien nun deutlich wacher zu sein, in ihre Wangen war Farbe gekommen.

»Soweit ich weiß, um das Erbe, vielleicht aber auch um etwas ganz anderes. 1976 wurde der Betrieb der Eltern zwischen den Brüdern aufgeteilt, und zwar im Streit. Aber der Grund für das Zerwürfnis ist auch unwichtig, an diesem Abend sollte es enden, doch das tat es nicht. Die beiden vertrugen sich nicht, stritten stattdessen weiter, und zwar mit all dem Ärger, Frust und der Wut, die sich über Jahrzehnte aufgestaut hatten. In diese Szene trat Pfarrer Unkel, der in die Kirche kam, um zu beten. Die beiden streiten also, lautstark, hören vielleicht gar nicht, wie der Pfarrer eintritt, er geht auf die Empore, um den Streit zu schlichten. Es kommt zu einem Handgemenge, in dessen Verlauf der Pfarrer gegen das hölzerne Geländer gedrückt wird – und stürzt.« Julius blickte zu Boden, als läge Unkel dort.

»Aber dann müsste es doch Spuren geben?«

»Die gibt es, sowohl oben am Geländer wie auch an der Kirchenbank darunter. So wie Annemarie putzt, finden sich dort sicherlich auch jetzt noch verwendbare Indizien.«

»Bist du dir sicher, dass es ein Unfall war?« Sybille begann, Herrn Bimmel am Kinn zu kraulen – und dem Verräter gefiel es auch noch!

»Der einzige Grund für einen Mord wäre, dass Pfarrer Unkel etwas gehört hat, das niemand erfahren sollte. Dann wäre es beim Streit doch um etwas anderes als das Erbe gegangen. Aber ich weiß von nichts, und auch in Dernau wird über nichts geschwätzt. Dabei ist das Dorf so klein, dass zumindest irgendeiner irgendetwas wissen oder zumindest ahnen müsste.« Julius ging um den Tisch und nahm Herrn Bimmel auf den Arm. Dieser maunzte kurz mürrisch auf, ließ es sich dann aber doch gefallen.

»Die Frage wäre nur, ob diese Person es dann auch sagt.« Sybille begann, Felix zu streicheln. Der begann sofort zu schnurren.

»Oder ob sie über solch einen langen Zeitraum schweigt? Über Jahrzehnte? Na ja, möglich ist alles.«

»Aber nicht sehr wahrscheinlich. Du hast recht. Dann wäre es also ein Unfall gewesen.«

Julius hätte sich gerne den zweiten Kater zum Kraulen geschnappt, aber dafür hätte er zwei Zusatzarme benötigt. Jetzt hatte er wenigstens etwas, das er auf den Wunschzettel für Weihnachten schreiben konnte. Er setzte sich wieder hin – Herr Bimmel nutzte die Chance und kletterte aus seinem Schoß über den Tisch zu Sybille.

»Nach dem Unfall haben die beiden die Leiche des Pfarrers entsorgt. Sie wussten ja um dessen Wanderleidenschaft, da machte es Sinn, eine Strecke zu wählen, die der normale Ahrschwärmer nicht nimmt, sondern nur erfahrene Wanderer. Deshalb wurde die Leiche in den Tagen danach auch nicht gefunden. Und als der Erdrutsch geschah, landete der Pfarrer mitten darin. Deshalb attestierte die Rechtsmedizin auch völlig korrekt, dass er durch einen Sturz starb. Der Todeszeitpunkt konnte durch die lange Zeit in der Erde nur sehr ungenau bestimmt werden, weshalb keiner bemerkte, dass Unkels Tod schon länger als die Schüttung zurücklag.«

»Meine Anna könnte diese Theorie vermutlich innerhalb von ein paar Stunden verifizieren, oder?«

»Ja. Aber dafür müsste sie Erhard Schenk befragen, der übermorgen«, Julius blickte auf die Uhr, »nein, morgen früh, seinen einzigen Sohn beerdigt.«

»Ich verstehe, was du meinst.«

Da die Burgunderflasche leer war, ging Julius in die Küche, um einen Cabernet Sauvignon vom Moselweingut Stein zu holen. Flugs hatte er ihn geöffnet und zwei Rotweingläser damit gefüllt. »Wo war ich stehen geblieben? Ach ja, das Problem mit Erhard. Auf der anderen Seite will ich keine Geheimnisse mehr vor Anna haben. Doch wenn sie erfährt, was ich denke, dann *muss* sie dem nachgehen. Es ist ihr Job.«

Sybille legte ihre Hand auf Julius'. »Du bist ein guter Mann, weißt du das?«

»Wenn ich ein guter Mann wäre, würde ich gerade keinen Brief wegen meiner Dummheiten an deine Tochter schreiben.«

»Nein, falsch. Du bist ein guter Mann, *weil* du es tust. Fehler macht jeder, und damit meine ich nicht nur kleine, wir erlauben uns alle auch mal gewaltige Fehler. Die Frage ist, wie man damit umgeht. Einen Brief zu schreiben ist nicht das Schlechteste. – Was machst du da? Gleich kleckert's!«

Julius schwenkte sein Rotweinglas immer heftiger, bald würde der Inhalt über den Rand spritzen. »Genau darum geht es. Ich rufe das mächtige Weinorakel an.«

Und damit landete ein großer Rotweinfleck auf dem Holztisch.

»Ich glaube, deine Katzen sind sehr interessiert.«

Tatsächlich kamen Herr Bimmel und Felix näher, nur allzu bereit, die Zukunftsvorhersage aufzuschlecken.

Sybille beugte sich vor. »Es sieht aus wie ein … Stock. Aber ein ziemlich krummer.«

»Nein, ein Brot.«

»Aber nur mit viel Phantasie. Du denkst wirklich immer nur an Essen, Julius! Könnte auch eine Schlange sein. Eine falsche Schlange!«

»Oder«, Julius drehte den Kopf leicht, »ein Blitz.«

»Ein altes Zeichen der Erleuchtung. Schnell wie der Blitz, Geistesblitz, blitzsauber! Bei den Griechen war es Göttervater Zeus, der die Blitze auf die Erde schleuderte, manchmal ist er sogar als Blitz erschienen. Ich finde, das ist ein Zeichen dafür, dass du morgen eine weitere Szene aus ›Antigone‹ siehst. Wir treten nämlich bei der Versteigerung auf. Ist das nicht toll?«

Julius schwieg und stieß stattdessen mit Sybille an. Der Wein tat gut. Geistesabwesend fuhr er danach mit dem Finger durch den Weinfleck, formte ein Herz und daneben ein A. Sybille ergriff seine Hand.

»Weißt du was? Ich rede mit Anna, mir hört sie zu. Ich erzähle ihr von deinen Zweifeln, und dann kann sie selber entscheiden, ob sie die ganze Geschichte sofort hören will oder lieber erst nach der Beerdigung.«

»Danke.« Und dann sagte Julius etwas, von dem er nie erwartet hätte, dass es ihm jemals über die Lippen käme. »Gut, dass du da bist.«

Sybille gab ihm einen Kuss auf die Stirn. »Ich bin froh, dass ich dir helfen kann. Manchmal habe ich Angst, ich gehe dir nur auf die Nerven.«

»Du bist doch meine Schwiegermutter«, sagte Julius, worauf er noch einen Kuss bekam. Obwohl er damit nicht gesagt hatte, was er eigentlich dachte. Aber in diesem Moment wusste er das sowieso nicht genau.

***

»So, das war der Letzte!« Julius schloss die Türen des extra angemieteten Transporters. »Alles bereit für unseren großen Auftritt bei der Versteigerung.«

Er rieb sich die Augen, denn die Nacht war kurz gewesen, und der Tag fühlte sich deshalb jetzt schon endlos an. Doch nun war alles so weit fertig. Da mit fünfhundert Gästen gerechnet wurde, hatte Julius entsprechend viele Portionen »Ave Vinum« und »Sangri-Ahr en miniature« vorbereitet. Seinen dritten Gang würde jemand anders übernehmen, der hoffentlich bereits aufgebaut hatte. FX war schon wieder zurück in die »Alte Eiche« gegangen, nur François stand noch neben ihm und tupfte sich mit einem Stofftaschentuch den Schweiß von der Stirn.

Auf der Landskroner Straße war ungewöhnlich viel los. Zwar waren die vielen vorbeirasenden Autos nicht unüblich, aber die Anzahl an Wanderern und Spaziergängern durchaus. Sie alle pilgerten zum Ahrtaler Meer, der neuen touristischen Top-Attraktion der Region. Julius' Beladungsaktion hatte deshalb viele Zuschauer gehabt.

Von der Küchenseite aus war alles klar, doch hauptsächlich ging es am Abend ja um Wein. Diesen Aspekt hatte Julius vertrauensvoll François überlassen.

»Alles klar mit unserem Versteigerungswein? Der ist schon dort, oder? Die Flaschen, die zur Probe geöffnet werden, und die Versteigerungsbuddeln?«

»Alles bestens.«

»Dann verrat mir doch endlich, was du rausgesucht hast. Ich sehe es doch sowieso in unserem Kellerbuch.«

François hob den Zeigefinger. »Zeigen ist besser als sagen. Sekunde, ich habe noch eine Flasche im Wagen.« Da dieser auf dem Restaurant-Parkplatz gegenüber stand, dauerte es nicht lange, bis Julius der Versteigerungswein der »Alten Eiche« ausgehändigt wurde. Er drehte die Flasche hin und her, doch die Buchstaben änderten sich nicht.

»Den habe ich ja noch nie gesehen. Ein Spätburgunder ›Cuvée uisg beatha‹? Exklusiv-Füllung ›Zur Alten Eiche‹? Das ist doch kein Wein aus unserem Keller?«

»Jetzt schon. Ich habe ihn gestern reingelegt.«

»Was soll das für ein Cuvée sein?«

»Du weißt doch, dass Markus Molitor von der Mosel mal einen Weißburgunder gemacht hat, den er in einem Whisky-Fass reifen ließ. Einem von der schottischen Insel Islay, die Destillerie hieß Bowmore. Und so was gibt es im Ahrtal jetzt auch. Hab ich mit André Erlen zusammen gemacht.«

»Ich wusste ja gar nicht, dass du bei ihm ein exklusives Fass liegen hattest. Gute Idee!«

»Na ja, also … wir haben das etwas anders gemacht.«

»Wie denn? Kein Whiskyfass von Islay? Sondern eins aus den Highlands?«

»Wir haben ein wenig Whisky dazugegossen und den Wein neu abgefüllt.«

»Ihr habt … bitte *was*?« Julius hatte das letzte Wort gebrüllt, was ihm etliche Blicke einbrachte. Er presste sich ein Lächeln ins Gesicht und sprach so sanft wie möglich weiter. »Ihr habt was getan?«

»Nur ein Tropfen, das reichte schon. Wir haben Versuche gemacht und am Anfang viel zu viel genommen. Es ist wirklich nur ein Hauch.«

»Das ist Panscherei!« Wieder geschrien. Verdammt! Aber wenn das kein Grund zu schreien war, dann würden seine Stimmbänder niemals richtig gefordert werden.

»Ach wo, gepanscht. Das darf man nicht so kleinlich sehen. Beim Sekt darf man in die Dosage ja auch alles Mögliche reingeben. Zuckerlösung, Cognac, Traubensaft, was du willst. Es ist unfair, dass bei Schaumwein erlaubt ist, was man bei Stillwein verbietet.«

»Aber das ist Gesetz so!« Julius hielt sich die Hand vor den

Mund. Diese Brüllerei musste aufhören. Selbst die schwerhörige Omma Burbach schaute schon zu ihm rüber.

»Aber ein blödsinniges Gesetz.«

»Das ist jetzt ein Weinmischgetränk«, brachte Julius durch die Hand hervor.

»Du kannst ohnehin nichts mehr machen, der Wein steht auf der offiziellen Liste, im Internet sind bereits Gebote abgegeben worden.«

»Aber das ist …«, Julius konnte sich gerade noch beherrschen, das Wort nicht zu brüllen, »… Schwindel!«

»Das ist ein sehr hartes Wort für so einen leckeren Tropfen. Offiziell hat es den Wein bei uns übrigens immer schon für besonders gute Kunden gegeben – er stand aber nie auf der Liste. Nun versteigern wir die letzten zehn Flaschen. Was ist das schon? Nix! Ein Spaß, Julius, für alle Beteiligten.« François legte einen Arm um Julius' Schulter. »Wir werden das Thema des Tages sein!«

»Ja, und du musstest dafür noch nicht einmal einen deiner Schätze aus dem Keller opfern. Sehr raffiniert.«

»Ich handle stets im Sinne des Restaurants. André hat das Ganze sogar nahezu umsonst mitgemacht. Mit dem kannst du echt Pferde stehlen.«

»Oder Wein panschen.«

Dass sich etwas über dem Ahrtal zusammenbraute, spürte Julius schon beim Aussteigen am Kurhaus. Zwar hatte er nicht mehr viele Haare auf dem Kopf, aber diese paar ließen sich einfach nicht wie gewohnt formschön im Halbrund um den Kopf legen.

Immer wieder strich er sich durch die widerspenstigen Haare, denn er war nervös. Zum einen, weil er nichts von Anna gehört hatte, obwohl er den Brief im Dernauer SOKO-Quartier selbst auf ihren Tisch gelegt hatte. Sie hatte sich auch nicht über Sybille gemeldet, was Erhard Schenk betraf. Zum anderen, weil er nicht wusste, ob seine Falle so zuschnappen würde wie gedacht. Der Mann, der mit dafür zuständig war, diskutierte gerade lautstark mit dem Hausmeister. Das heißt, der Hausmeister diskutierte lautstark mit ihm.

Was zu erwarten gewesen war.

»Da weiß ich nichts von das hat mir keiner gesagt so etwas muss ich vorher wissen Sie können hier doch nicht einfach machen was Sie wollen wer denken Sie denn dass Sie sind es gibt Vorschriften und da müssen wir uns alle dran halten das können Sie ja gern woanders so machen wo auch immer Sie herkommen aber das hier ist der Ballsaal im Bad Neuenahrer Kurhaus hier hat es so was noch nie gegeben und solange ich hier verantwortlich bin wird es das auch nie geben!«

Rutger »Wurst-Willy« Schulte kam gar nicht zu Wort.

»Herr Philipps, grüß dich, was macht die Familie?«, sagte Julius und umarmte den Hausmeister des Kurhauses.

»Julius, du bist es. Ja, der geht es gut, mein Großer studiert jetzt schon in Köln.«

»Der saß doch gestern noch bei mir auf dem Schoß! Nee, nee, wie die Zeit vergeht. Aber eins ändert sich nicht: Ohne dich würde der Laden hier zusammenbrechen.«

»Da sagst du was, da sprichst du ein wahres Wort gelassen aus. Der Bursche hier, das glaubst du ja nicht, der …«

»… der gehört zu mir.«

Ein ICE, der gegen einen Berg fuhr, hätte nicht schneller zum Stillstand kommen können.

Julius nutzte die Gelegenheit der Redepause. »Ich hab dem Rutger gesagt, der soll mal mit seinem Currywurst-Anhänger kommen, also dem kleinen, weißt du, so ein historischer, schönes Ding. Da sagt der Rutger, das kriegen wir doch nie da rein! Das geht doch nicht. Und ich sag: Da kennst du aber den Herrn Philipps schlecht. Es gibt nur zwei Wesen im Universum, die ein Kamel durch ein Nadelöhr kriegen: Gott und Herr Philipps. Dann sagt der Rutger hier: Aber da sind ja Reifen dran, ich will da nix schmutzig machen. Und ich sag: Klug gedacht, Rutger, Dreck mag der Herr Philipps nämlich gar nicht. Deshalb schrubbst du die Reifen so sauber, dass man von denen essen kann, dann erst lässt der dich rein. Das ist nämlich die Halle vom Herrn Philipps, und da wird gemacht, was der sagt! Da hat er groß geguckt, der Rutger, aber dann hat er das kapiert.« Julius legte seinen Arm um Herrn Philipps. »Man muss nur richtig mit den Leuten reden, dann verstehen die, wie das hier bei dir läuft. Hast du den Wagen schon gesehen? Echt eine Schönheit, oder? Was meinst du, bekommen wir den neben meinem Stand untergebracht? Heute gibt es da drin nämlich die beste Currywurst der Welt, so was hast du noch nicht gegessen, Herr Philipps. Ich hab dem Rutger gesagt, die erste, die ist für dich, keine Widerrede. Da kann der Landrat im Saal stehen, die erste bekommt der Herr Philipps. So und nicht anders machen wir was. Was meinst du, eher links oder rechts von meinem Stand?«

Der Hausmeister reagierte automatisch. »Ja, links geht gar nicht. Da ist ja dann der Notausgang versperrt.«

»Dann rechts. Wunderbar! Wir machen das genau so, wie du das haben willst, Herr Philipps. Rutger? Geh mal mit dem Herrn Philipps mit und lass dir zeigen, wie du deinen Wagen hier reinbekommst. Und egal, was dir gesagt wird: Nicht fragen, machen!« Er zwinkerte Herrn Philipps verschwörerisch zu.

»Na, dann kommen Sie mal«, sagte dieser nun zu Rutger. »Hätten Sie doch gleich sagen können, dass Sie zum Julius gehören.«

»Habe ich doch …«

Julius hob drohend den Finger an die Lippen, und Rutger schwieg.

Problem gelöst.

Für den Stand mit dem Sangri-Ahr-Dessert hatte Julius noch ein paar Strandutensilien wie Schirm, Palme im Topf und aufblasbaren Delphin besorgt. Für das »Ave Vinum« war kurzerhand ein Banner entworfen worden, das dieses Dessert in Riesengroß zeigte, und zwar in Original-Torten-Form. Julius hatte es mit Vanessa geschafft, so viel Alkohol darin unterzubringen, dass man schon vom Schnuppern fahruntüchtig wurde. Er wies seine Truppe an, wie alles aufzubauen war.

Auch Antoine errichtete seinen Stand. Zuerst sagte er kein Wort, dann kam er zu Julius herüber.

»Salut, Julius.«

»Antoine, schön, dich zu sehen! Das hat mir sehr gefehlt. Ich freue mich unheimlich, dass du wieder mit mir redest.«

»Ja, aber nur, weil ich heute meine Kochbuch abgegeben habe. Den Wette hast du verloren. In die nächsten Tag werd ich dir sagen, wie deine Restaurant in die Zukunft wird heißen. Eine schönen Abend wünsch ich dir.« Er verbeugte sich kurz und ging zurück, um eine Staffelei an die richtige Stelle zu rücken, auf der ein großes Foto mit dem Cover seines bald erscheinenden Kochbuchs zu sehen war.

Antoine machte also ernst.

Und Wettschulden waren Ehrenschulden. Außerdem wussten alle davon.

Rutger und Herr Philipps fuhren den Wurst-Anhänger rein. Was der Hausmeister nicht wusste: Die fahrbare Imbissbude war vollgestopft mit Überwachungstechnik. Rutger würde Horst Richartz und Katrin Jolik im Blick behalten – und nach Möglichkeit ihren Mercedes verwanzen. Heute Abend musste es enden.

Die Stände der Winzer waren an einer Seite des prachtvollen Saals aufgebaut, auf der anderen standen die der Köche. Die ersten drei Stunden würden die Weine verkostet werden, dann erst gab es Speisen. Schließlich würde die Versteigerung stattfinden und danach zum gemütlichen Teil des Abends übergeleitet werden. Sofern man von gemütlichem Teil sprechen konnte, wenn Sybille die Antigone gab, oder besser: schrie. Ihrer Meinung nach schien sich die Qualität einer Theateraufführung an ausholenden Bewegungen und Lautstärke zu messen.

Julius stand jetzt das Schwierigste des ganzen Abends bevor.

Warten.

Das Weinausschenken bei der Versteigerungsprobe überließ Julius François – sollte er den Mist auslöffeln, den er dem Restaurant eingebrockt hatte. Julius selbst verkostete derweil Weine, hielt Small Talk und vor allem die Augen offen.

André Erlen hatte eine Doppelmagnum Spätburgunder geöffnet, die Mayschosser Genossen einen Spätburgunder Weißherbst Eiswein aus dem Ahrweiler Rosenthal, bei den Ständen vom Dernauer Hof und Erhard Schenks Weingut fanden sich keine Vertreter der Betriebe, Kollegen schenkten die vorab gelieferten Weine deshalb für diese aus. Schließlich war die Jubiläumsveranstaltung im Bad Neuenahrer Kurhaus eine »nasse Versteigerung«, bei der die später ausgerufenen Weine den Gästen zuvor ausgeschenkt wurden. Bieten konnte jeder vor Ort, Briefgebote waren bereits abgegeben worden, Telefongebote waren möglich, und Kommissionäre holten für finanzkräftige Kunden, Händler oder sich selbst zum Wiederverkauf den besten Preis heraus.

Julius nahm die Flasche von Johnny Schenks Wein in die Hand.

Eine Sekunde später entglitt sie ihm und zerschellte auf dem Boden. Um ihn herum traten die Besucher zurück und blickten ihn entgeistert an. Ein nahe stehender Winzer ging Handfeger und Kehrschaufel holen.

Julius hatte das Etikett gelesen.

»SNS – Silvaner-Neuburger-Scheurebe«.

Ein neuer Wein von Johnny. Er hatte also geschwindelt, was seinen 73er Müller-Thurgau Kabinett mit tiefer Schulter betraf, diese Weinleiche hatte er niemals versteigern wollen. Der neue Tropfen war sein Ass im Ärmel mit der seltenen österreichischen Rebsorte Neuburger. Ein Cuvée, wie es niemand im Tal anbot. Julius war sich nicht einmal sicher, ob der Anbau des Ösi-Exoten erlaubt war. Doch das würde Johnny nun herzlich egal sein.

Konnte das Feuerzeug in Martins Wagen mit den Buchstaben SNS von ihm stammen? Wenn ja, hatte er es seinem Neffen geschenkt? Unwahrscheinlich, dafür hatten die beiden zu wenig miteinander zu tun gehabt. Das hieß, Johnny konnte es eigentlich nur im Wagen verloren haben, wo es unter den Fahrersitz geraten war. Und das bedeutete, er wäre der Mörder und nicht Richartz. War Johnny wirklich so abgebrüht gewesen, dass er, um seinen Bruder zu treffen, dessen an dem Streit unbeteiligten Sohn tötete? Das wollte Julius nicht glauben, auch wenn Erhard es tat. Johnny war kein …

Julius stoppte den Gedanken. Jeder konnte zum Mörder werden. Auch ein Onkel an seinem Neffen. Vor allem im Affekt.

Doch Johnny war tot. Wie konnte es da Gewissheit geben? Und existierte nicht auch noch eine dritte Möglichkeit? Dass jemand das Feuerzeug in Martins Wagen deponiert hatte, um Johnny verdächtig zu machen?

Julius merkte erst jetzt, dass er stocksteif inmitten eines wuselnden Haufens stand, Frauen mit zu viel Parfum und zu hochhackigen Schuhen für solch eine Veranstaltung, Männer in schwarzen Anzügen und viel zu weißen Hemden für eine Rotwein-Verkostung, aber auch junge Leute in Alltagsklamotten, lautstark die Weine besprechend. Den Kunden, der jedes Jahr einmal vorbeikam und sich den Kofferraum volllud, gab es nicht mehr. Heute wurden drei Flaschen hier, zwei da gekauft, und manchmal sah man die Kunden danach nie wieder. Nur wer gute Weine zu einem fairen Preis anbot, überlebte. Und es war auch bei dieser Versteigerungsprobe klar zu sehen, bei wem dies der Fall war und sich die Besucher knubbelten: Schultze-Nögel, Porzermühle, Ninnat, Pikberg, Kiesingar. Eine Abstimmung mit den Füßen.

Julius wurde bewusst, dass er nichts anderes machen konnte, als bei seinem Plan zu bleiben. Er würde Anna von dem Wein berichten, aber sich weiter auf Richartz konzentrieren. Er konnte einfach nicht glauben, dass dieser unschuldig war. Und bis er auftauchte, würde er die Zeit nutzen und verkosten. Er arbeitete sich einfach von rechts nach links durch und probierte jeden Wein, der vor ihm auftauchte. Andere gingen da strategischer vor, verkosteten die trockenen Weißen vor den trockenen Roten und dann die edelsüßen Tropfen – jeweils immer vom ältesten zum jüngsten Jahrgang. Andere verkosteten jahrgangsweise, egal welche Farbe oder Geschmacksrichtung der Wein hatte, und dann gab es noch die Rosinenpicker, welche die teuersten Weine immer und immer wieder probierten oder um genau zu sein: tranken. Deshalb stieg der Geräuschpegel mit der Dauer der Verkostung stetig an. Wie immer auf solchen Veranstaltungen gab es zu wenige Spucknäpfe – und zu wenige, die richtig spucken konnten.

Die meisten Weine glitten schnell über Julius' Gaumen, doch bei einem gereiften Spätburgunder vom Altenahrer Eck hielt er inne und kam nicht umhin, wieder einmal das Genie August Herolds zu bewundern, der es schaffte, die beeindruckende Steilheit, all das Felsige der imposanten Lage mit der eleganten Finesse der Rebe, auf eine gewisse Art das Männliche mit dem Weiblichen zu vereinen. Yin und Yang gab es halt auch im Ahrtal. Sogar flaschenweise!

Immer wieder traten jetzt Menschen zu ihm, um ein Schwätzchen zu halten, seine Einschätzung der Weine zu erfahren oder auf was er bot. Die Atmosphäre war freudig, aufgeregt, wie in der Pause eines Symphoniekonzerts. Man sprach über das gerade Erlebte, über das Bevorstehende, über das große Ganze wie über Teile des Orchesters.

Die Verkostung lief noch keine Dreiviertelstunde, doch Julius konnte eine Frage schon nicht mehr hören. Sie war manchmal höflich, ein andermal dreist formuliert. Ihr Inhalt: »Mensch, Julius, ich war doch schon so oft bei dir essen. Wieso habe ich diesen dollen Whisky-Wein denn nie angeboten bekommen? Bin ich etwa kein guter Gast? Also, wenn ich von deinem nächsten Weinexperiment auch nichts zu trinken bekomme, geh ich lieber in ein Restaurant, wo man mich zu schätzen weiß!«

François strahlte von einem Ohr zum anderen, selbst als die letzte Probeflasche leer war. Es war der erste Wein, der ausging. Wer ihn nun probieren wollte, der musste ihn ersteigern. Julius drückte sich zu André Erlens Stand durch. Der Neuenahrer Winzer füllte ihm sogleich das Glas voll.

»Hoffe, du steigerst auch drauf. Würde den gerne bei dir auf der Karte sehen.«

»Oder wir verkaufen ihn unter der Hand an gute Kunden – so wie deinen Whisky-Wein.«

»Meinen Whisky*fass*-Wein, meinst du.« Erlen zwinkerte verschwörerisch. »Der macht mir echt Bauchschmerzen. Im Internet ziehen sie gerade darüber her.« Er zeigte Julius sein Handydisplay. »Aber um meinen eigenen Versteigerungswein müssen wir uns keine Sorgen machen«, er senkte die Stimme, »ich hab ein paar Leute, die drauf bieten und den Preis hochtreiben. Der soll ja nicht zu billig verkauft werden.«

»Und wenn einer von denen dann den Zuschlag bekommt?«

Obwohl sich außer Julius gerade niemand am Stand befand, flüsterte Erlen nun fast: »Dann zahlt er brav und bekommt von mir das Geld zurück.«

Julius blickte auf die Versteigerungsliste. Jeder Winzer rief einen Mindestpreis aus. Bei Erlens Doppelmagnum von der Schieferlay lag er bei lächerlichen zehn Euro. Normalerweise sollte der Mindestpreis eine realistische Summe darstellen.

»Warum zehn Euro? Wo ist dein Selbstbewusstsein geblieben?«

Erlen bedeutete ihm, wieder näher zu kommen, dann wisperte er: »Der Wein ist saugut, und das merkt auch jeder. Deshalb wird er mit Sicherheit einen hohen Preis erzielen. Morgen werden in den Zeitungen die Weine mit dem höchsten Preis abgedruckt – da habe ich keine Chance gegen die Kollegen von den Prädikatsweingütern. Aber was die prozentuale Steigerung angeht, fang ich sie mit dem hier ein.« Er lehnte sich zurück und verengte die Augen zu Schlitzen. »Clever, was?«

Bauernschläue gab es halt auch bei Weinbauern. Wenn einer sich mit dem Geschäft auskannte, dann André Erlen. Julius beschloss, die Chance zu ergreifen und ihn auf Schängs Weinbergsverkauf anzusprechen.

»Kann ich dich noch was fragen?«

»Bist doch schon dabei, Julius.«

»Was kann dahinterstecken, wenn jemand seinen Weinberg für einen Euro pro Quadratmeter verkauft? Das ist doch ein lächerlicher Preis.«

»Nö, völlig normal.«

»Wie bitte? Gute Weinberge kosten doch ein Vielfaches.«

»Tun sie auch.«

»Aber …«

»Die offizielle Verkaufssumme wird bei Weinbergen bewusst niedrig gehalten – damit die Notarkosten nicht so hoch sind. Das ist Usus unter Winzern. Wir haben schließlich kein Geld zu verschenken. Was wirklich fließt, steht nirgendwo.«

Das heißt, Schäng hatte seine Weinberge unter Umständen doch nicht an Richartz verschenkt, war nicht von diesem erpresst worden, sondern es war ein ganz normaler Deal gewesen.

Hatte er sich etwa in Richartz getäuscht? Erst das auf Johnny weisende SNS-Indiz und nun das.

Julius drückte sich durch die Menge, um zu Rutger Schulte in seinem Currywurst-Wagen zu gelangen, doch dieser bemerkte ihn schon von Weitem und schüttelte den Kopf. Richartz war immer noch nicht eingetroffen.

Und dabei blieb es auch.

Als Auktionator hatte man einen aus Texas stammenden Weinjournalisten geholt, der jetzt ans Pult trat, den Hammer hob und charmant einleitete. Die Gäste saßen auf gepolsterten Stühlen in dem prachtvollen Saal; der Andrang war jedoch so groß, dass viele stehen mussten. Wer mitsteigern wollte, hielt ein kleines Paddel mit Nummer in Händen.

Der Auktionator leitete mit ein paar Witzen zum Aufruf des ersten Weines über – es war André Erlens Tropfen. Kaum war er angekündigt, da wurde bereits ein Paddel in die Luft gehoben. Es war Schäng Üllich, den Julius überredet hatte, statt eines Essens in der »Alten Eiche« vier Karten für dieses Großevent zu nehmen, vom Kontingent, das Julius als Mitwirkendem zustand. Schäng bekam den Zuschlag nicht – aber die Aufmerksamkeit des ersten Gebots. Julius sah an seinem zufriedenen Grinsen, dass es ihm genau darum gegangen war. Und um das Kribbeln, einmal mitzusteigern. Sein Vater saß gelangweilt daneben – und trug ein Sakko über dem Trainingsanzug.

André Erlens Plan ging auf, und sein Zehn-Euro-Wein erreichte schließlich einhundertzwanzig Euro je Flasche.

Jeder der aufgerufenen Weine fand einen Käufer, was nicht bei allen Versteigerungen der Fall war. Da die Hälfte des Gesamterlöses an »Wein hilft« ging, eine Spendeninitiative, die ein Aids-Projekt im südafrikanischen Kapstadt unterstützte, freute das nicht nur die anwesenden Winzer.

Der drittletzte Wein war der Spätburgunder »Cuvée uisg beatha«. François hatte ihn dreist mit siebzig Euro eingepreist – netto, versteht sich. Hoffentlich erlebte die »Alte Eiche« jetzt nicht ihr Waterloo.

»Der Anfangspreis beträgt siebzig Euro je Flasche. Wer bietet siebzig Euro? Das Lot beinhaltet hundert Flaschen.«

Um Gottes willen, François verkaufte alle auf einmal! Winzer mit Erfahrung bei Versteigerungen hatten ihre Menge gesplittet, da nicht jeder Bieter das Geld für einhundert teure Flaschen aufbringen konnte, für jeweils zehn teure Flaschen jedoch schon.

François hatte das nicht bedacht.

Und nun war es zu spät.

Das Lot kostete siebentausend Euro. Wer sollte die zahlen?

Nach Sekunden, die sich wie Jahre anfühlten, ging endlich ein Paddel in die Höhe. Es gehörte Antoine Carême.

»Siebzig Euro sind geboten. Wer bietet mehr?«

Niemand meldete sich.

»Bietet irgendjemand mehr als siebzig Euro?«

Stille.

»Siebzig Euro zum Ersten, siebzig Euro zum Zweiten …«

Ein weiteres Paddel hob sich, kraftvoll wurde es in die Höhe gereckt. Es gehörte einem Kommissionär, der einen Telefonbieter in der Leitung hatte. »Fünfundsiebzig!«

»Achtzig!«, kam es aus dem Publikum. Der Bieter war ein Weinhändler aus dem Saarland, der bereits den teuersten und kultigsten trockenen Riesling im Programm hatte und nun seine Hände nach dem Pendant beim Spätburgunder ausstreckte. Doch dafür musste der Preis noch weiter steigen.

Und das tat er tatsächlich.

Der Telefonbieter und der Händler aus Saarwellingen trieben sich gegenseitig hoch, und der Preis stieg schneller als das Thermometer im August. Als der Unbekannte am Telefon mittels seines Kommissionärs auf einhundertfünfzig Euro erhöhte, blickten alle gespannt auf den Weinhändler.

Doch der rührte sich nicht mehr.

Das Rennen war gelaufen.

Der Hammer fiel.

Wie bei allen hohen Geboten wurde auch diesmal geklatscht. Julius, dessen Puls auf Medizinerkongressen für fassungsloses Staunen gesorgt hätte, sah, wie der Auktionator zu dem Kommissionär ging und mit ihm sprach. Als der Applaus abebbte, griff er sich wieder das Mikrofon.

»Der Telefonbieter hat zugestimmt, dass wir seinen Namen nennen dürfen. Es ist Horst Richartz!« Wieder brandete Applaus auf. Aber nicht von allen. André Erlen verschränkte die Arme. Dann stand jemand im Publikum auf, letzte Reihe, der erst nach Beginn der Versteigerung hereingekommen sein musste.

Es war Richartz selbst.

Gelächter erklang und nochmals Applaus.

Er war da.

Und der gepanschte Wein verkauft. Noch dazu an den Richtigen.

Der Abend versprach, ein voller Erfolg zu werden.

Der Weingummi-Mogul ließ Julius zappeln, bis er nach dem Ende der Versteigerung an dessen Stand kam, doch widerstehen konnte er nicht. Katrin Jolik hatte sich bei ihm untergehakt.

Julius nickte zur Begrüßung bloß. »Was werden Sie mit den ganzen Flaschen anstellen?«

»Mit Ihrem Exklusiv-Cuvée? Verklappen.«

»Wie bitte?«

»Ich wollte verhindern, dass jemand diesen Mist trinken muss. Er schmeckt, als hätte man Whisky in Wein geschüttet. Ich werde das in einem Labor untersuchen lassen.«

Julius' Blut verschwand kollektiv aus seinem Gesicht. »Sie haben ihn doch gar nicht probiert!«

»Ich habe meine Leute für so etwas. Falls der Wein tatsächlich gepanscht ist, werde ich es zum einen publik machen und zum anderen Schadenersatz fordern.« Richartz setzte ein Lächeln auf.

Julius beschloss zu bluffen. Sein Blut beschloss jedoch trotzdem, vorerst nicht zurückzukehren. Im Rest des Körpers war es schließlich auch nett. »Und falls nicht?«

»Dann werde ich ihn an diesen Burschen aus dem Saarland verkaufen. Schon in wenigen Tagen wird das Gerede über den schrecklichen Wein so groß sein, dass der Händler bereit sein wird, einen deutlich höheren Preis als ich heute zu zahlen. Sie sehen: Ich habe kein Risiko. Ich kann nur gewinnen. Und jetzt hätte ich gerne etwas von diesem dank meiner Weingummis so köstlich aussehenden ›Ave Vinum‹.«

Julius biss die Zähne zusammen, bis es sich anfühlte, als bekäme er sie nie wieder auseinander. »Kein Sangri-Ahr-Dessert? Es ist köstlich.«

»Ich nehm eins«, antwortete Katrin Jolik. »Ich sehe Ihre Frau ja gar nicht. Lässt sie sich das hier etwa entgehen? Oder haben Sie immer noch Streit?« Sie blickte ganz unschuldig.

»Anna muss arbeiten.« Julius reichte die beiden Desserts über den Tresen. Dabei wurde ihm klar, wie wenig durchdacht sein sogenannter Plan war. Richartz betrunken machen, und er gesteht den Mord? Selbst betrunken würde er Julius noch verachten. Und selbst wenn er so betrunken wäre, dass er das vergaß, müsste Katrin Jolik es auch sein, denn wenn nicht, zöge sie Richartz aus dem Verkehr, bevor dieser etwas Dummes tun oder sagen konnte.

»Das Dessert mundet sehr gut«, sagte Richartz zu Julius' Überraschung. »Ich werde Antoine bitten, es zu kopieren, damit wir es über das Internet vermarkten können.«

»Das wird er niemals machen!«

»Meinen Sie? Das sehe ich anders. Ich habe noch etwas gut bei ihm, da ich ihm zuliebe hierhergekommen bin. Und mit meiner Anwesenheit hat er wiederum Ihnen einen Gefallen getan. Ich weiß, was Sie jetzt denken, aber nein, er hat es nicht verraten. Doch Antoine ist leicht zu durchschauen. Er hat so gedrängt, wie er es noch nie für etwas getan hat, und durch ein paar unbedachte Bemerkungen seinerseits wusste ich Bescheid.«

»Warum sind Sie trotzdem gekommen?«

Richartz aß in aller Seelenruhe sein Stück Ave-Vinum-Torte zu Ende. »Ich war einfach neugierig, warum Sie mich hierhaben wollen. Etwa wegen dieses Desserts? Wollen Sie gut Wetter machen nach Ihrem unsinnigen Auftritt bei mir im Büro? Zu spät. Bei mir gibt es keine zweite Chance. Aber ein zweites Stück nehme ich gerne noch. Ist da Alkohol drin?«

»Ein wenig.«

»Könnte ruhig mehr sein.«

Ein Stück reichte eigentlich, um einen kompletten Don-Kosaken-Chor umzuhauen. Aber Richartz wankte noch nicht einmal.

»Die Weingummis sind der entscheidende Touch«, sagte er, nachdem er sich den Mund mit einer Serviette abgetupft hatte. »Ohne sie wäre es schrecklich fad. Musst du unbedingt probieren, Katimaus.«

Katimaus, soso. Julius hätte bei Katrin Jolik eher an andere Tiere gedacht. Raptoren zum Beispiel.

Die beiden aßen noch drei weitere Stücke und amüsierten sich dabei blendend.

Julius vergewisserte sich mit einem Blick zu Rutger Schulte, dass die Überwachung stand. Nun war es an ihm, Richartz zu provozieren, damit er ihm gegenüber oder im Gespräch mit Katimaus etwas preisgab.

»Bleibt Ihnen das ›Ave Vinum‹ nicht im Halse …«

Die auf die Bühne gerichteten Scheinwerfer sprangen ins Leben. Der smarte Texaner ergriff wieder das Mikrofon.

»Und nun kommen wir zum kulturellen Höhepunkt des Abends, der sicherlich genauso spritzig sein wird wie der Blanc-de-Noir-Sekt, den es heute als Aperitif gab. Ich darf auf die Bühne bitten: die ›Marienthaler Klosterspieler‹ mit ›Antigone‹, unter der Regie von Casimir von Trochenwitz-Donk.«

Unter höflichem Applaus betraten die Grazien die Bühne und stellten sich auf ihre Positionen.

»Wie mir Dieter Rutz von der ›Prummetaat‹, der das Projekt als Förderer begleitet, gerade mitgeteilt hat, wird Julius Eichendorff heute exklusiv den Chor unterstützen. Deshalb darf ich nun den Koch und Besitzer der ›Alten Eiche‹ zu mir bitten. Ein besonders warmer Applaus für Julius Eichendorff!«

Als wäre auf seinem Kopf gerade ein Blaulicht samt Sirene angegangen, blickten sämtliche Anwesenden zu Julius. Es half nichts, er musste auf die Bühne. Dieser verdammte Dieter Rutz! Grinsend stand er neben dem Texaner und reichte Julius eines dieser Badelaken, die der Chor des Stückes als Kostüm trug.

»Ich wünsche einen angenehmen Auftritt. Warte, ich helfe

dir, mein Lieber.« Mit diesen Worten stülpte er Julius das viel zu enge Gewand über. Danach sahen seine Haare bestimmt aus wie das Nest eines nachlässigen Vogels und er selbst wie eine prall gefüllte Weißwurst. Julius spürte jeden einzelnen seiner Rettungsringe und noch mehr die belustigten Blicke des Publikums. Dieter drückte ihm nun einen schlecht kopierten Text in die Hand und verabschiedete sich mit einem hämischen: »Toi, toi, toi!«

»Vierter Akt, dritte Szene. Der Chor und Kreon«, verkündete Casimir von Trochenwitz-Donk zum Publikum gewandt, dann drehte er sich um, senkte die Stimme und ermahnte alle, besonders Julius, laut und deutlich zu sprechen.

Julius hatte noch nicht einmal Zeit, seinen Text in Ruhe durchzulesen, aber da über den ersten Zeilen »Chor« stand und die Frau neben ihm jetzt aufmunternd kniepte, ging es wohl los. Julius legte sich mächtig ins Zeug und sprach so laut, dass er die anderen kaum verstand. Er würde sich hier oben keine Blöße geben!

»Der Mann, mein König, ging viel schreiend
Wir wissen aber, seit wir mit dem weißen
Das schwarze Haar vertauschet, wie du siehst,
Dass nie er Lügen in der Stadt gerauchet.«

Das Publikum amüsierte sich. Warum, blieb Julius verborgen. So lustig war der Text nun auch wieder nicht. Die nette Frau neben ihm dagegen guckte gar nicht mehr nett.

Als Nächstes sprach Kreon, also Annemarie.

»Ich weiß es selbst und bin verwirrt im Sinn;
Denn weichen ist ein Großes. Doch wenn einer
Mit Wahn mir auf den Mut tritt, wird das schwierig.«

Wieder der Chor:

»Es brauchet guten Wein, Kreon, Menökeus' Sohn!«

Jetzt lachte das Publikum sogar. Merkwürdig. Und Annemarie schüttelte vorwurfsvoll den Kopf, bevor sie wieder sprach:

»Was ist zu tun? Sag es, ich will dir folgen.«

Der Chor war an der Reihe:

»Komm, lass die Jungfrau aus der Felsenbrause
Und schaff ein Grab dem, welcher draußen fliegt.«

Das Lachen ging in Johlen über. Und Annemarie hielt es nicht mehr aus. »Hör auf damit, Julius«, zischte sie. »Das ist ein ernstes Theaterstück. Willst du uns denn alle lächerlich machen?«

»Ich les doch nur, was auf dem Blatt hier steht!«

»Ach, erzähl mir doch nichts, du Kasper!« Sie blickte wieder ins Publikum und warf sich in königliche Pose.

»Du lobest dies und scheinst es gutzuheißen.«

Und Julius las dröhnend ab:

»So schnell, mein Fönig, als es möglich ist,
Denn in die Würze fasst den Schlimmgesinnten
Die schnellgefüßelte Züchtigung der Götter.«

Der Moderator griff sich wieder das Mikrofon. »Ich glaube, Herr Eichendorff ist eher für das Kochen als das Schauspiel zu gebrauchen. Ab mit Ihnen an Ihren Stand, Sie Scherzbold!«

Ehe Julius es sich versah, hatte Dieter Rutz ihm das Textblatt wieder aus der Hand gerissen und zerrte ihm das Kostüm so heftig über den Kopf, dass sein Hemd mit emporgezogen wurde und sein in eine perfekte Rundung gebrachter Kochbauch zum Vorschein kam. Beim Heruntergehen der Treppe hörte er den Moderator sagen:

»Wenn ich mich richtig erinnere, heißt es bei Sophokles ›Felsenhause‹ und nicht ›Felsenbrause‹, auch wenn Brause zurzeit ja schwer in Mode ist.« Der Regisseur flüsterte ihm etwas zu.

»Aber den König in einen Fönig zu verwandeln, aus der Kürze die Würze und schließlich die schnellgefüßte Züchtigung in eine schnellgefüßelte zu verwandeln, das grenzt schon fast an Respektlosigkeit. Meine Damen und Herren: Julius Eichendorff.« Verhaltener Applaus, durchmischt mit Buhrufen und Pfiffen.

Was für eine Demütigung.

Julius musste sich nicht umdrehen, um zu wissen, dass Dieter feixte. Und da er das falsche Textblatt wieder an sich genommen hatte, fehlte Julius jeder Beweis für seine Unschuld. Die Leute bildeten eine so breite Gasse für ihn, als habe er die Pest.

Plötzlich stand Anna vor ihm. Sie fiel ihm nicht um den Hals, sie gab ihm keinen Kuss, die Arme hatte sie vor der Brust verschränkt. »Warst du nervös?«

»Tja, weißt du …«

»Etwa, weil du mich im Saal gesehen hast?«

Wenn sich dir eine Chance bietet, Sohn, dann ergreife sie! Julius war sich nicht mehr sicher, ob das Darth Vader zu Luke oder sein eigener Vater zu ihm gesagt hatte, aber es klang nach dem richtigen Rat zum richtigen Zeitpunkt. »Ja.«

Sie löste die Arme und nahm sein Gesicht in ihre warmen Hände. »Das ist süß. Weil es eigentlich schon eine Weile her ist, dass ich dich so nervös mache.« Sie strich über seine Wangen.

»Es tut mir leid, Anna! Alles!«

Sie legte ihren Zeigefinger auf seine Lippen. »Ich habe deinen Brief gelesen. Und zwar nicht nur einmal. Du musst nichts mehr erklären. Mir ist klar geworden, dass du bist, wie du bist. Es lässt sich nicht einfach ein wichtiges Teil aus deinem Leben herauslösen, sonst bist du nicht mehr derselbe. Aber ich will in Zukunft immer alles wissen und sichergehen, dass du keine unnötigen Risiken eingehst. Das musst du versprechen!«

»Ich verspreche, dass ich zukünftig nur noch nötige Risiken eingehe.«

»Keine Dummheiten!« Anna setzte ihr Fräulein-Rottenmeier-Gesicht auf.

»Keine Dummheiten. Ich habe schließlich ein Restaurant, das mich braucht.«

»Und eine Frau!«

»Dieser Umstand ist so selbstverständlich, dass man ihn nicht extra erwähnen muss.«

»Gerade noch gerettet.« Sie schmunzelte. »Außerdem darfst du die Katzen und Hühner und Schwiegermütter nicht vergessen. Küss mich, du dummer Koch. Jetzt sofort!«

Das ließ Julius sich nicht zweimal sagen.

Danach sah sie ihn lange an und lächelte endlich wieder. Gott, wie hatte er dieses Lächeln vermisst. »Ich hab dich verdammt lieb, Julius Eichendorff. Sogar nach diesem fürchterlichen Theaterauftritt, der in die Annalen des Ahrtals eingehen wird. Können wir einen kleinen Spaziergang machen? Jetzt? Das wäre mir wichtig, Schatz. Wir haben viel aufzuholen. Viel zu viel.«

In diesem Moment tippte ihm jemand auf die Schulter. Als Julius sich umdrehte und in das Gesicht des Currywurst-Detektivs Rutger Schulte sah, brauchte dieser nichts zu sagen, Julius wusste es auch so: Richartz verließ die Veranstaltung. Und falls der Alkohol aus den »Ave Vinums« endlich den Weg in sein Nervensystem gefunden und die kleinen grauen Zellen ausgeknockt hatte, dann war jetzt, und nur jetzt, die Chance, ihn zum Reden zu bringen.

»Sehr gerne, Schatz«, sagte er zu Anna. »Aber gib mir fünf Minuten, ja? Bin gleich wieder da. Geh nicht weg!«

Als Julius aus dem Gebäude trat, war das Ahrtal nicht mehr dasselbe. Es stürmte, und der Himmel grollte. Vereinzelte Regentropfen fielen, die wie Häme wirkten. Denn es würden mehr kommen, die Wolken schienen zu platzen vor Wasser. Und wenn der Damm brach, würde das Ahrtal ertrinken.

Genau vor dem Kurhaus hatte sich bereits eine große Pfütze gebildet. Wenn sie sich weiter ausbreitete, würde man sie bald für ein Eifel-Maar halten.

Mitten darin stand Josef-Johannes Sonnborn mit seinem merkwürdigen stofflosen Regenschirm und streckte diesen gen Himmel.

Als Julius die Pfütze durchqueren wollte, um schneller zu Richartz' Mercedes zu gelangen, scheuchte Sonnborn ihn fort.

»Raus aus meiner Pfütze! Sonst werden Sie noch vom Blitz getroffen.«

»Ich muss aber schnell …«

»*Raus!* Die Chancen stehen heute sehr gut! Es kann sich nur noch um wenige Minuten handeln, dann ist das Gewitter genau über uns.«

»Aber ringsum befinden sich doch viele höhere Gebäude.«

»Stehen die so wie ich im Wasser? Nein! Herrgott, jetzt gehen Sie doch endlich weiter, ich will diesen Augenblick genießen. Gleich bin ich Europameister!«

Julius nahm den weiteren Weg um die Pfütze herum, während Sonnborn seinen kaputten Schirm so hoch in den Himmel reckte, als wollte er diesen kitzeln.

Richartz stand bereits bei seinem Wagen. Er streckte sich und machte ein paar Übungen, die der ADAC für Fahrpausen vorschlug – wobei Julius nicht wusste, ob deren Reihenfolge nicht manipuliert war.

»Wollen Sie uns etwa schon verlassen, Herr Richartz?«, rief Julius.

Der Unternehmer drehte sich nicht zu Julius, als er antwortete. »Ja, das will und werde ich, Herr Eichendorff.«

»Wollen Sie vorher nicht reinen Tisch machen?«

Immer noch drehte Richartz sich nicht um, sondern schwenkte stattdessen die ausgestreckten Arme im Kreis. »Mein Tisch ist genau so, wie ich ihn haben möchte.«

»Sie haben einen Mord begangen.«

»Sie auch, Herr Eichendorff.«

»Ich?«

»Sie haben mir gerade den letzten Nerv getötet.« Richartz stieg ein. Erst jetzt bemerkte Julius eine leichte Unsicherheit. Der Alkohol war also angekommen, so wie er es geplant hatte. Allerdings wollte Julius nicht, dass Horst Richartz sich so hinters Steuer setzte. Er hatte gehofft, dieser wäre heute mit Chauffeur gekommen.

»Sie können mit so viel Alkohol im Blut nicht fahren.«

»Seien Sie doch nicht plötzlich besorgt um mich, Herr Eichendorff. Das passt so gar nicht zu Ihnen. Ich werde nie angehalten. Deshalb werde ich auch niemals meinen Führerschein verlieren. Und meine Fahrkünste sind so gut, dass ich selbst mit Alkohol besser fahre als jemand wie Sie ohne.«

In diesem Augenblick spürte Julius, wie sich seine Nackenhaare aufstellten, und den Bruchteil einer Sekunde später schoss ein Blitz vom Himmel auf ihn zu, gleißend hell wie eine silberne Klinge, die aus den Wolken fuhr, um die Erde zu spalten. Julius warf sich nicht auf den Boden, er war einfach nicht dazu fähig; wie versteinert blieb er stehen und blickte empor.

Der Blitz war grell und strahlend wie Eis.

Julius wurde mit einem Mal ganz ruhig.

Dann schlug er ein.

Hinter ihm.

Jemand schrie vor Schmerz.

Doch Julius' Aufmerksamkeit galt dem Wagen von Horst Richartz. Der Blitz erhellte das Innere und ließ erkennen, dass schräg hinten auf der Rückbank Katrin Jolik saß. Chauffeursmütze sowie Handschuhe lagen auf dem Beifahrersitz.

In diesem Moment wusste Julius es. Er blickte nicht einmal zurück zur Pfütze, um zu sehen, ob und wenn ja wie heftig es Sonnborn erwischt hatte, sondern ging schnurstracks weiter zum Wagen. Als Richartz Julius auf sich zustapfen sah, startete er den alten Mercedes.

»Vielleicht haben Sie Martin Schenk nicht umgebracht!«, brüllte Julius durchs Fenster.

»Na, endlich begreifen Sie das.«

»Aber ohne Frage Johnny Schenk!«

Richartz fuhr los.

Ohne nachzudenken, warf sich Julius auf die Kühlerhaube und hielt sich seitlich fest. Das hatte er in Actionfilmen gesehen, aber weder war ihm klar gewesen, wie schwierig es war, noch wie wahnsinnig es an den Händen zog. Und erst recht nicht, wie verdammt viel Angst man hatte, herunterzurutschen und unter die Räder zu kommen.

Julius sammelte all seine Kräfte und holte tief Luft, denn es war wichtig, dass Richartz trotz Regen und der zwischen ihnen befindlichen Frontscheibe jedes Wort mitbekam.

»Ihrer Firma geht es in Wirklichkeit gar nicht gut!«, rief er. »Das heruntergekommene Gebäude, der alte Wagen hier, das belässt doch keiner so, der es nicht muss. Die Weingummis sind Ihre letzte Chance, richtig? Die müssen Geld bringen, oder alles bricht zusammen. Und ohne Besitz im Dernauer Pfarrwingert ist die Sache witzlos, Sie brauchten unbedingt Trauben der einzigen international bekannten Toplage.«

Richartz fuhr schwungvoll in eine Kurve, Julius krallte sich fest.

»Aber Sie sind bei etlichen Winzern abgeblitzt, und dann wollte auch noch Johnny nicht verkaufen. Nie und nimmer. Und Sie dachten: Wenn ich ihn jetzt umbringe, werden alle denken, es war derselbe Täter wie bei Martin Schenk. Eine Familienauslöschung sozusagen. Und wenn Johnny tot ist, knöpfe ich mir die Witwe vor, um das Geschäft durchzuziehen.«

»Davon können Sie nichts, aber auch gar nichts beweisen!«, brüllte Richartz durch die Frontscheibe.

»Ein Informant hat mir gesagt, dass Ihr Chauffeur kurz nach Johnnys Tod gesehen worden ist, wie er aus Dernau fuhr. Eben ist mir klar geworden, wer Ihr Chauffeur ist: Sie selbst. Deshalb liegen Chauffeur-Handschuhe und Mütze auf dem Beifahrersitz. Jemand, der so gerne Auto fährt wie Sie, der lässt nicht fahren, der erledigt das selbst. Und deswegen waren Sie sich eben auch so sicher, niemals den Führerschein zu verlieren. Welche Polizeikontrolle hält schon einen Chauffeur an? Keine! Chauffeure müssen schließlich nüchtern sein, sonst würde ihr Chef sie sofort rauswerfen.«

»Ich finde schon jemanden, der sich als mein Chauffeur ausgibt«, rief Richartz. »Und Katrin hat längst für mein Alibi in der Nacht gesorgt.« Er kam mit dem Gesicht näher an die Scheibe. »Ja, Herr Eichendorff, ich habe Johnny getötet, diesen Mistkerl, er wollte mich aussaugen, denn er wusste, wie sehr ich die Lage brauchte und dass kein anderer verkaufen würde. Er wollte den Preis höher und höher treiben, der Erpresser. Aber nicht mit mir, ich lasse mich nicht ficken, ich bin der, der andere fickt! Und Sie werden mir nichts davon beweisen können, Sie Möchtegern-Sherlock.«

Obwohl die Kraft in seinen Armen rapide abnahm, schaffte es Julius zu lächeln. »Doch, das kann ich«, sagte er. »In Ihrem Wagen ist eine Wanze, und Ihr Geständnis gerade ist aufgezeichnet worden.«

Richartz entglitten die Gesichtszüge.

Er schrie auf vor Wut.

Doch dann begann er zu lachen.

Ja, er schüttelte sich geradezu vor Lachen, und der Wagen geriet ins Schlingern. Richartz griff in Richtung Aschenbecher, aus dem er etwas kleines Metallisches herauszog.

»Meinen Sie diese Wanze hier? Sagen Sie Ihrem Kumpan von Schnüffler, dass es kontraproduktiv ist, wenn man so sehr nach Currywurst stinkt. Als ich die Fahrertür öffnete, wusste ich sofort, dass etwas nicht stimmt. Ich musste nur meiner Nase folgen, schnell war das Ding gefunden und kaputt getreten. All Ihre Mühen waren umsonst, Eichendorff. Sie wissen jetzt zwar, wer Johnny umgebracht hat, aber Sie werden mich nicht ins Gefängnis bringen. Und nun hat dieses Spiel hier ein Ende.«

Er trat so jäh auf die Bremse, dass Julius auf den Asphalt geschleudert wurde. Zügig setzte Richartz an ihm vorbei, kurbelte dabei das Fenster herunter.

»Sie haben wohl früher nicht oft genug den ›7. Sinn‹ geschaut. Per Anhalter zu fahren ist enorm gefährlich! Und wegen Ihrer Weinfälschung ziehe ich Sie komplett aus. Auf Wiedersehen, Eichendorff.«

Julius lag auf dem Rücken wie eine umgeworfene Schildkröte. Der Regen klatschte ihm ins Gesicht, lief in seine Augen, während der heiße Schmerz an seiner Rückseite so flächendeckend brannte, dass er sich wie auf einem Grillrost vorkam, die Kohle rot glühend. Er war unfähig, sich zu bewegen, und konnte nur hoffen, beten, dass ihn niemand überfuhr.

Richartz hatte ihn vorgeführt, hatte ihn schlimmer verspottet als Dieter Rutz, hatte auf ihn gespuckt, ohne dafür Speichel verwenden zu müssen. Als Erstes würde er Anna alles sagen, sie würde sich wie ein Terrier in den Unternehmer verbeißen. Doch selbst dann war die Chance gering, ihn zu überführen. Richartz war clever, hatte seine Flanken geschützt. Er würde im Gegenzug versuchen, Julius zu zerstören, und mit dem gefälschten Wein hielt er schon die erste Waffe dafür in der Hand.

Ein Gesicht erschien über ihm. Es gehörte Anna.

»Ich kann das alles erklären«, sagte Julius und schmeckte plötzlich Blut in seinem Mund.

»Aber ich kann es nicht mehr hören.«

»Anna!« Selbst das Reden schmerzte.

»Der Notarzt kommt gleich. Du wirst es überleben. Im Gegensatz zu deinem Versprechen, auf dich aufzupassen. Das hat nicht einmal fünf Minuten gehalten. Du hast mich wieder enttäuscht. Und ich bin es leid, dass du das tust.«

Sie ging.

Julius versuchte, aufzustehen, doch der Schmerz, der in all seine Glieder fuhr, warf ihn zurück.

Dann erschütterte ein gewaltiger Knall, wie der eines explodierenden Vulkans, die regengetränkte Luft über dem Ahrtal, und der Boden unter ihm bebte.

Julius hielt es zuerst für eine Illusion, dachte, die Schmerzen gaukelten seinen Sinnen etwas vor. Doch auch als er wieder lag und es nur noch unglaublich, aber nicht mehr höllisch wehtat, war das Grummeln weiter zu hören. Es stammte nicht vom Himmel, es drang aus der Erde.

Ein Notarztwagen hielt neben ihm, einer der heraussteigenden Rettungssanitäter sprach in sein Handy.

»Ist das dein Ernst?«, fragte er. »Der Damm ist gesprengt worden? Um die Uhrzeit? – Was? Keine offizielle Sprengung? Was soll das heißen? – Ich melde mich gleich wieder bei dir, muss mich nur schnell um einen Besoffenen kümmern.«

Julius wusste in diesem Moment zwei Dinge.

Zum einen: Er war nicht besoffen.

Zum anderen: Wer diesen Damm gesprengt hatte.

***

Sie hatten ihn um sieben Uhr geweckt, und um acht Uhr stand etwas auf einem Tablett, das sie als Frühstück bezeichneten. Julius war sich nicht sicher, woraus es bestand. Er hatte sich immer schon gefragt, wie eigentlich ein Zwölffingerdarm aussah. Das vor ihm auf dem Teller konnte die Antwort sein. Vorverdaut war es auf jeden Fall. Dieses Essen sagte einem mit jedem Bissen: Du bist krank! Julius rührte es nicht an, sonst wäre sein Bauch die ganze Woche beleidigt. Und zwar zu Recht.

Er musste raus aus dem Krankenhaus, doch beim Aufstehen spürte er, dass sich zu den blauen Flecken von der Schlägerei ein ganzer Haufen neuer gesellt hatte. Die waren wohl gerne in Gesellschaft. Vermutlich machte es momentan mehr Sinn, die weißen Flecken an seinem Körper zu zählen als die blauen. Das Anziehen war mühsam, aber er schaffte es. Sein Zimmernachbar, der das Frühstück ebenfalls nicht angerührt hatte, blickte ihn fragend an.

»Hauste ab?«

»Muss zu einer Beerdigung.«

»Sei froh, dass es nicht deine ist. Ich mach dann immer drei Kreuze, weil ich noch ein paar Tage habe.«

Julius nickte. Ihm wurde bei Beerdigungen jedes Mal bewusst, dass man schon bei der Geburt die Einladung zu seinem Tod bekam, nur das Datum noch nicht feststand.

Niemand beachtete ihn beim Rausgehen, was auch daran liegen mochte, dass er sich trotz der Schmerzen halbwegs normal zu bewegen versuchte. Er ließ sich an der Rezeption ein Taxi rufen und zur Pfarrkirche St. Johannes in Dernau bringen. Als sie von Esch hinunter ins Tal fuhren, konnte Julius erkennen, dass das Ahrtaler Meer zwar noch nicht fort, doch jetzt nur mehr ein See war. Bald würde es zu einem Weiher werden, einem Tümpel, einer Pfütze, einem Tropfen, und schließlich völlig verschwinden.

Nur wenige Wagen standen vor der Kirche, Erhard Schenk hatte die Trauergemeinde tatsächlich klein gehalten. Zu Julius' Überraschung war jedoch nicht nur ein Lieferwagen von André Erlens Weingut Sonnehang darunter, sondern auch Richartz' Mercedes – der deutlich weniger Schrammen als Julius abbekommen hatte.

Nachdem er den Taxifahrer bezahlt hatte, zog Julius vor der Pfarrkirche seine notdürftig übergestreifte Kleidung gerade, als ihm jemand auf die Schulter tippte. Schäng Üllich.

Julius reichte ihm die Hand zur Begrüßung. »Ich wusste gar nicht, dass du auch mit dieser Seite der Familie Schenk befreundet bist. Ich dachte, nur Johnny wäre dein … Freund gewesen.«

»War er auch. Bin auch nicht eingeladen, aber ich wusste von dem Termin und geh ganz gerne zu Beerdigungen.«

»Wegen dem Leichenschmaus?«

»Nee, wobei ich da natürlich auch zulange. Die meisten Trauergäste haben am Anfang total wenig Appetit, da greif ich dann zu, ich bin so was wie der Eisbrecher. Eigentlich müssten die mir Kohle dafür geben.«

Julius machte eine mentale Notiz, bei seiner Beerdigung ein Bild von Schäng mit Warnhinweis aufhängen zu lassen.

»Was macht der Damm?«

»Der steht noch – also größtenteils. Aber am südlichen Ende ist jetzt ein Durchbruch. Genau in der richtigen Größe. Weniger, und der ganze Damm wäre gebrochen, mehr, und zu viel Wasser wäre in zu kurzer Zeit rausgeschossen. Die Sprengung war echt genial, der Sprengsatz genau richtig gesetzt. So was haben selbst die Experten noch nicht gesehen – die hatten ja auch die Hosen gehörig voll. Und die Explosion kam zum richtigen Zeitpunkt, oder besser: zum letztmöglichen. Wär der Damm gestern Abend nicht gesprengt worden, dann wär er unkontrolliert gebrochen, denn diese Regenfälle hätte er nicht ausgehalten. Dann wäre der ganze Kladderadatsch auf einmal rausgelaufen, und selbst die Kurgäste in Bad Neuenahr mit ihren Leopardenfellschläppchen hätten nasse Füße bekommen. Und dabei wäre es nicht geblieben. Das hätte Opfer gefordert.«

»Du weißt, wer die Sprengung durchgezogen hat, oder?«

Schäng rieb sich langsam über sein stoppeliges Kinn. »Es muss einer aus dem Ahrtal sein, einer, dem die Sprengung ein persönliches Anliegen ist und der den Boden hier kennt wie seine Westentasche. Dann muss es einer sein, der sich mit Explosionen auskennt und der weiß, wie er an Sprengstoff kommt. Da gibt es nicht so viele.«

»Eigentlich gibt es nur einen.«

»Ja.«

»Und der sitzt dadrin.«

»Spürnase Schenk, genau. Er hat gestern Nacht Leben gerettet und muss jetzt trotzdem seinen einzigen Sohn zu Grabe tragen. Gerecht ist das nicht.«

»Gerechtigkeit ist wie ein Sechser im Lotto. Es lohnt kaum, darauf zu hoffen.«

Schäng trat ein kleines Steinchen weg. »Der Erhard wird für die Sprengung sogar bestraft werden. Denn wenn ich rauskriege, dass er es war, dann tut es die Bullerei auch irgendwann. Zwar hat er das Tal gerettet, aber Gesetz ist Gesetz. Dafür ist er fällig, keine Frage.«

Sie traten in die Kirche. Nur die ersten drei Bänke waren besetzt. Ein Kopf drehte sich zu ihnen – er gehörte Erhard Schenk. Der Weingutsbesitzer stand auf und kam auf sie zu. Julius wollte ihn umarmen, doch Erhard reichte ihm stattdessen die Hand.

»Julius, kann ich dich kurz sprechen?« Er schob ihn mit leichtem Druck vor sich aus der Kirche.

»Hätte ich doch nicht kommen sollen? Wegen deiner Frau?«

»Nein, nein, das ist alles in Ordnung. Sie wird nichts sagen, schon gar nicht heute. Ich wollte dich was fragen.«

»Wir können gerne nachher …«

»Nein, jetzt. Lass uns drei Schritte gehen, es dauert noch, bis die Andacht beginnt.« Erhard hielt sich nah bei Julius. »Weiß deine Frau schon, wer Johnny umgebracht hat? Oder du?«

Julius sah Erhard an, der nervös und unruhig wirkte.

»Die Polizei weiß noch nichts.«

»Ach, wie schade.«

»Aber ich. Der Täter hat mir gegenübergestanden. Doch es gibt ein getürktes Alibi, und ich fürchte, sie werden ihn nicht drankriegen. Damit meine ich, er hat dafür gesorgt, dass sie es nie und nimmer schaffen. Er wird für diesen Mord nicht belangt werden.«

»Wer ist es? Sagst du es mir?«

»Richartz.«

»Ganz sicher?«

»Ja, er war es. Es gibt gar keinen Zweifel.«

Erhard legte die Hände auf seinen Bauch und atmete flach. »Gut. Gut, das zu wissen.« Er schaute Julius an. »Du ermittelst auch wegen unserem toten Pfarrer, oder?«

Julius nickte.

»Ich seh an deinem Gesicht, dass du weißt, wer's schuld ist.«

»Erhard, ich habe einen Verdacht. Aber ich will ihn lieber nicht aussprechen. Denn wenn er nicht stimmt, ist es ein fürchterlicher Vorwurf.«

»Sag es ruhig. Bitte.«

Julius sprach es leise aus, mehr wie einen Windhauch. »Johnny und du.«

»Ja, Julius. Da hast du recht mit. Aber es war ein Unfall.«

»Das dachte ich mir.«

»Wir haben uns schrecklich gestritten. Wie man sich nur in der Familie oder in der Ehe streiten kann. Ich wollte ihn umbringen und er mich. Wirklich umbringen. Den Pfarrer haben wir gar nicht bemerkt.«

»So was hatte ich vermutet.«

»Er wollte dazwischen, weißt du, und wir haben ihn weggedrückt, ich kann noch nicht mal sagen, wer von uns beiden.« Erhard putzte sich lautstark die Nase. »Doch, kann ich, es war Johnny, der hat hinter sich geschlagen, ein fürchterlicher Hieb, und der Pfarrer stürzte über das Geländer. Wir konnten das Knacken hören, als sein Genick brach. Ein fürchterliches Geräusch. Wir waren panisch, Julius.«

»Aber es hätte doch niemand geglaubt, dass ihr ihn umgebracht habt! Warum habt ihr nicht einfach die Polizei gerufen?«

»Johnny sagte, wenn ich die Polizei rufe, behauptet er, ich wäre es gewesen.«

»Aber warum?«

»Er hatte Angst um sein Ehrenamt als Vorsitzender des Pfarrgemeinderats. Nach der Sache hätte er es von sich aus niederlegen müssen. Er hat gesagt: ›Tot ist der Pfarrer jetzt sowieso. Wieso sollen wir drunter leiden? Wir bringen den jetzt auf einen seiner abgelegenen Wanderwege, wo ihn lange keiner findet. Dann sieht es aus, als wäre er gestürzt.‹ Ich musste das alles mitmachen, er hat mich ja erpresst.«

»Aber es hätte Wort gegen Wort gestanden.«

»Ja, das Wort von Johnny, den alle kennen und schätzen, gegen meins. Du weißt, ich bin nicht so gesellig. War immer lieber für mich.«

Julius konnte nicht widerstehen. »Für dich und deine Sprengsätze.«

»Du sagst es keinem, oder?« Erhard griff Julius' Oberarm und drückte ihn fest.

»Nein, werde ich nicht. Aber irgendwann kommen sie sicher von allein auf dich. Doch du kannst stolz sein auf das, was du getan hast. Du hast vielen im Tal den Kopf gerettet, einigen sogar wortwörtlich.«

»Ja, das habe ich wohl. Ein wenig wiedergutgemacht von meinen vielen Fehlern.«

»Wir machen alle Fehler, Erhard.«

»Und für seine Fehler muss man bezahlen, Julius. Immer. Das ist auch gut so. Lass uns jetzt wieder reingehen, ich muss mich noch etwas sammeln.«

Julius setzte sich in eine der mittleren Bänke, wollte sich den Angehörigen nicht aufdrängen. Kurz bevor die Trauerfeier begann, trat ein weiterer Trauergast ein und setzte sich ganz nach hinten: Anna. Sie erwiderte Julius' Blick nicht, schaute starr in Richtung Altar.

Sie fehlte ihm. Sehr. Und er wusste nicht mehr, was er noch tun konnte. Sie hatte ja recht.

Die Andacht rauschte an ihm vorbei; er hörte gar nicht, was der Pfarrer sagte. Seine Gedanken kreisten um Anna und die Verbrechen im Tal. Er wusste nun, was es mit dem Botrytis-Weinberg auf sich hatte, wie Pfarrer Hendrik Unkel und wie Johnny zu Tode gekommen waren, nur nicht, wer Martin getötet hatte. Wenn Richartz ihn ebenfalls auf dem Gewissen hatte, würde auch diese Tat womöglich ungesühnt bleiben.

Irgendwann war die Andacht zu Ende, und die Trauergemeinde ging langsam hinaus, um sich zum Friedhof zu begeben. Als Julius an Annas Bank vorbeikam, versuchte er erneut, Blickkontakt herzustellen, doch sie schaute nicht auf. Er öffnete den Mund, um etwas zu sagen, schloss ihn jedoch wieder, bevor es dazu kam. Sie war nicht wegen ihm hier, sondern trotz ihm.

Die Sonne schien, es war spätsommerlich warm, als sie den Friedhof betraten und an den Gräbern mit den Namen vorbeischritten, von denen Julius viele gut kannte. So wie in den Orten des Ahrtals, breiteten sich einige Familien auch auf den Friedhöfen aus. Manche blieben unter sich, andere lagen verteilt und bildeten neue Nachbarschaften. Etwas beunruhigend fand Julius immer die Familiengräber, auf deren Grabsteinen Platz für die kommenden Bewohner gelassen worden war. Vielleicht war es für manchen tröstlich zu wissen, wo er einmal den Würmern zum Fraß vorgeworfen wurde, aber fühlte es sich nicht auch so an, als müsse man sich beeilen, damit der Grabstein endlich komplett war und der Platz entsprechend seiner Bestimmung genutzt wurde? Die anderen warteten schließlich, damit sie endlich die Tür zumachen konnten.

Während der Ansprache des Pastors trat Julius näher zur Trauergemeinde, denn der Wind wehte laut und stürmisch über die Gräber. Der Sarg wurde hinabgelassen, der Geistliche endete mit den liturgischen Worten »Erde zu Erde, Asche zu Asche, Staub zu Staub« und dem traditionellen dreifachen Erdwurf, dem er ein »Ruhe in Frieden« folgen ließ. Ruhte wirklich in Frieden, wer gewaltsam aus dem Leben gerissen worden war?

Erhard Schenk wirkte noch nervöser als bei ihrem Gespräch vorhin. Häufig wechselte er das Standbein, fuhr sich mit der Hand durch die Haare oder über den Bauch. Nachdem er am Grab ein Gebet gesprochen und Blumen auf den Eichensarg geworfen hatte, umarmte er seine Frau Josephine lange; Tränen liefen ihm übers Gesicht. Er wischte sie nicht fort. Josephine umarmte ihn merkwürdigerweise nicht, ließ es nur geschehen. Erst nach ewig scheinender Zeit stellten sie sich nahe am Grab auf, um die Beileidsbekundungen für ihren toten Sohn entgegenzunehmen.

Die engste Familie trat zu ihnen, auch Johnnys Witwe Irmela. Julius reihte sich ganz hinten ein, im Gegensatz zu Richartz, der sich wohl gut mit denen stellen wollte, deren Land er begehrte, aber vermutlich auch schnell wieder zurück in die Firma wollte. Er reichte zuerst Josephine die Hand und sprach ein paar sicher ebenso salbungsvolle wie aalglatte Worte, dann gab er sie Erhard. Doch dieser nahm mehr als Richartz' Hand. Er umarmte den Unternehmer wie einen alten Freund, ganz herzlich.

Julius' Hirn war verwirrt, und sein Herz war es auch. So vieles passte hier nicht zusammen.

Erhard Schenk und Horst Richartz gerieten leicht ins Schwanken.

Und mit einem Mal ergab alles Sinn. Mit einem Mal begriff Julius, was hier gerade geschah, begriff, was in der Nacht von Martins Tod passiert sein musste und wofür SNS stand.

Und er begriff, dass gleich ein Unglück passieren würde, das er nicht mehr verhindern konnte. Hinter Richartz stand Katrin Jolik, sehr nah, zu nah.

Julius rannte los.

Richartz musste gespürt haben, dass etwas nicht stimmte, denn er blickte auf. Doch er und Erhard standen bereits genau am Grab. Es brauchte nur noch wenig Druck von Erhard, und sie würden kippen, würden fallen und dann …

… in tausend Stücke zerrissen werden.

Es waren zwei Bomben gewesen, die Erhard damals in der Blockhütte zusammengebaut hatte. Zwei. Eine große für den Damm und eine kleine für jetzt.

Er musste sie am Bauch tragen, den er mehrfach vorsichtig gestreichelt hatte, wie um sicherzugehen, dass der Sprengsatz noch am Platz war; er hatte Julius' Umarmung abgewehrt, weil dann hätte auffallen können, dass etwas nicht stimmte. Und eben hatte er sich von seiner Frau verabschiedet. Es waren keine Tränen um Martin gewesen, es waren Tränen, die er um sein eigenes Leben vergossen hatte.

Erhard und Richartz taumelten bereits am Rand. Katrin Jolik versuchte, ihren Freund zu halten. Sie begriff nicht, was gerade passierte. Sie würde versuchen, ihm herauszuhelfen, würde sich über das Grab beugen. Würde sterben.

Horst Richartz und Erhard Schenk fielen hinein, Julius sah es wie in Zeitlupe. Und obwohl es verrückt und riskant und lebensgefährlich war, sprang er, mit aller Kraft, die er hatte. In diesem Moment spürte er die Schmerzen in seinem Körper nicht mehr, das Adrenalin ließ sie verstummen, und er hob ab. Links neben ihm das Grab, Richartz rücklings auf dem Sarg liegend, Erhard Bauch an Bauch auf ihm. Die Hand des Winzers bewegte sich in seiner Jackentasche.

Julius schloss die Augen.

Fühlte, wie er den Körper Katrin Joliks berührte.

Wie er sie umriss.

Wie sie auf dem Boden landete und er auf ihr.

Hörte ihren Schmerzensschrei, presste sich die Hände auf die Ohren.

Dann zerriss es die Welt.

Die Lautstärke der Explosion war gewaltig.

Die Druckwelle warf ihn von Katrin Jolik. Und dann war da Rauch, ganz viel Rauch, es regnete keine zerfetzten Körperteile herab, wie es bei Landminen passierte, auch kein Blut, nichts, nur Rauch, eine riesige schwarze Säule. Julius stützte sich auf und atmete die rauchgeschwängerte Luft ein, sie brannte in seinen Lungen, doch er brauchte sie. Katrin Jolik hustete, die Trauergemeinde war von den Beinen geholt worden und rappelte sich mühsam wieder auf.

Neben ihm erschien Anna und küsste ihn immer wieder, presste ihn an sich, nun war sie es, die weinte. »Du hast sie gerettet, du dummer, dummer, dummer, dummer, wundervoller Koch. Ich liebe dich. Du bist völlig wahnsinnig.« Sie küsste ihn. »Ich hätte es nicht überlebt, wenn dir was passiert wäre. Hörst du? Ich will dich nicht verlieren. Aber ich weiß, warum du all diesen Wahnsinn tust. Wegen dem hier.« Sie drückte ihre Hand auf sein Herz. »Du hast ein Herz von der Größe eines Heißluftballons.«

Julius brauchte Zeit, um wieder Luft zum Reden zu haben; seine Stimme war ein Krächzen, doch er wollte die Worte aussprechen, und zwar jetzt. »Ich hab auch immer Angst um dich, Schatz. Immer, wenn du zum Dienst gehst. Aber das ist in deinem Beruf so. Das habe ich akzeptiert. Du hast einen Koch geheiratet, aber einen, der manchmal Dinge anpackt, die gefährlicher sind als heißes Fett. Ich hoffe, du kannst damit leben. Denn ich liebe dich auch, ich liebe dich wie verrückt.«

Ein langer Blick folgte und ein noch längerer Kuss.

Danach musste Julius erst mal wieder atmen.

Er sah Josephine Schenk, die zusammengekauert auf der Erde lag. Ihre Augen waren geöffnet, sie starrte ins Nichts. Gemeinsam mit Anna brachte er sie wieder auf die Beine, stützte die alte Frau.

»Wenn du mir deinen Schlüssel gibst, dann fahre ich Josephine, wohin sie möchte. Kümmer du dich ruhig hier um alles, ich komme klar.«

Anna zögerte kurz, dann holte sie den Schlüssel aus ihrer Handtasche und drückte Julius einen Kuss auf die Lippen.

Den Weg zum Auto sprach Josephine kein Wort, und Julius fragte auch nicht. Doch als sie saßen und sie sich nicht anschnallte, sagte er etwas. Denn manchmal war es gut zu reden, dann waren die unverdaulichen Dinge raus, steckten nicht mehr im Hals und beschwerten nicht mehr das Atmen.

»Erhard hätte keinen Selbstmord begangen. Niemals. Denn es wäre ein Frevel vor Gott, eine Sünde. Er hat gerade das Urteil gegen sich selbst vollstreckt. Das Todesurteil für einen Mörder. Und er hat es dir vorher gebeichtet, nicht wahr? Deswegen hast du ihn am Grab nicht umarmt, weil du wusstest, dass dein Mann der Mörder deines Sohnes ist.«

Josephine straffte sich und presste die Lippen aufeinander, bevor sie mit fester Stimme sprach. »Ja, er hat Martin umgebracht. Er war es. Und er hat den Tod verdient.«

Julius sagte nichts, jede Nachfrage wäre ihm pietätlos erschienen. Doch nach einiger Zeit begann sie, von selbst wieder zu sprechen.

»Er hat es mir erst heute Morgen gebeichtet. Aber ich wusste nicht, was er am Grab vorhatte. Er sagte, Martin und er hätten sich bei der letzten Ballermann-Nacht gestritten. Er war vorher mit Johnny in der Kirche, und der hat ihn beleidigt und beschimpft, und dann ist der Pfarrer verunglückt, und Johnny wollte es ihm anhängen. Da hätte er getan, was er wollte, und die Leiche weggeschleppt. Aber er wollte sich an Johnny rächen, und zwar noch in dieser Nacht. Der Erhard hatte ja dieses Botrytiszeug besorgt, und Martin sollte es im Weinberg verteilen, damit Erhard ein Alibi hat. Martin sollte auch irgendwas von Johnny klauen und es in den Weinberg legen, damit es so aussieht, als wäre der es gewesen.«

Josephine putzte sich die Nase, faltete das Taschentuch dann ordentlich zusammen und verstaute es in ihrer Handtasche. »Er wollte mit Martin ungestört sein, da sind sie zu dem Zelt, in dem Martin immer die Sangria-Eimer abfüllte und zu dem niemand außer ihm mehr Zutritt hatte, weil die Mitarbeiter sich da bei den ersten Partys immer betrunken haben. Erhard war unglaublich aufgebracht nach dem, was alles in der Nacht passiert war.«

Sie wandte den Blick ab und sah aus dem Seitenfenster. »Martin nahm das alles nicht ernst. Nahm seinen Vater nicht ernst. Vor allem aber wollte er nicht tun, was Erhard von ihm verlangte, ganz und gar nicht. Es gab wohl auch irgendeine Frau, mit der er die Nacht verbringen wollte, deshalb war er so ablehnend zu seinem Vater und sagte, dass es sowieso eine Scheißidee wäre. Dieser ganze Bruderzwist, der ginge ihn nichts an, damit müsste Schluss sein. Sein Vater sei ein alter Depp, und er würde jetzt Karriere machen und dann raus aus dem elenden Ahrtal. Sein mickriges Weingut könne Erhard sich in die Haare schmieren. Er käme jetzt groß raus mit den Ballermann-Nächten. Da hat Erhard rotgesehen und Martins Kopf in einen Sangri-Ahr-Eimer gedrückt, damit er zur Besinnung käme, damit er seinem Vater half, wie es ein guter Sohn tut. Als Erhard den Kopf wieder herauszog, war kein Leben mehr in Martin. Dabei wollte er dem Jungen doch nichts tun, er wollte ihn nur zu Verstand bringen!«

Josephine nahm das Taschentuch wieder aus der Tasche und faltete es erneut, doch sie schaffte es nicht, die Ecken exakt übereinanderzubringen, so sehr zitterten ihre Hände. Schließlich zerknüllte sie es und stopfte es zurück. »Der Erhard hat den Jungen dann mit seinem Wagen irgendwohin gefahren und ist nach Hause gekommen. Nicht ins Bett, er war im Keller, die ganze Nacht. Ich hab das erst am Morgen gemerkt. Ich weiß nicht, was er da gemacht hat, aber seit dem Tag war er nicht mehr derselbe.«

»Josephine, Martin hatte eine Histaminallergie, er vertrug keinen Alkohol.«

Sie schaute ihn verständnislos an. »Aber als Jugendlicher hat er doch …«

»Eine solche Allergie kann man auch später entwickeln. Er hat es versteckt, wollte sich im Ahrtal wohl nicht die Blöße geben, keinen Alkohol zu vertragen. Vielleicht gab es eine allergische Reaktion, vielleicht sogar einen Schock, als Erhard Martins Kopf in den Sangri-Ahr-Eimer steckte. Deshalb trat der Tod vermutlich so schnell ein. Erhard konnte nicht damit rechnen, dass so etwas passiert, Josephine.«

Sie blickte zum Friedhof, wo die Wolken vom stürmischen Wind völlig verweht worden waren und es aussah, als wäre nie etwas passiert. »Es ist gut, dass Erhard tot ist, Julius. Er hätte damit keinen Tag mehr leben können. Und ich auch nicht.«

»Erhard ist jetzt bei Martin und kann alles mit ihm ins Reine bringen.«

Sie schüttelte den Kopf. »Nein, da ist er nicht. Martin ist oben.«

Sie musste nicht weiterreden. Ihr Sohn Martin war oben, im Himmel, und ihr Ehemann Erhard unten in der Hölle.

»Auch wenn es jetzt viel verlangt ist, Josephine, hab Vertrauen. Der da oben blickt den Menschen ins Herz.«

Und wenn er so rheinisch-katholisch war, wie Julius sich das wünschte, dann war er kein Bürokrat, der nur Fehler aufaddierte, kein unflexibler Paragraphenreiter, sondern einer, der um die Menschen und ihre unzähligen Fehler wusste. Einer, der Vater und Sohn lieber vereint sah als auf ewig getrennt.

»Weißt du, warum er den Richartz mitgenommen hat?«, fragte Josephine und hielt sich an der Beifahrertür fest, obwohl der Wagen sich nicht bewegte.

»Weil er Johnny umgebracht hat und die Polizei ihn vermutlich nie dafür drangekriegt hätte.«

Sie schluckte schwer. »Dann hat er ja etwas wiedergutgemacht, mein Erhard.«

Julius hielt nichts von der Todesstrafe, aber dies war nicht der richtige Moment, um darüber zu diskutieren. »Ja, das hat er.«

Er sagte Josephine nicht, dass sie sich anschnallen sollte, er fuhr einfach los. »Niemand wird von mir erfahren, was zwischen deinem Mann und Martin vorgefallen ist. Erhard hat den Prozess geführt, das Urteil gefällt und es vollstreckt. Alle kannten ihn als Ehrenmann, und so soll es bleiben, Josephine.«

»Wo fährst du mich hin?«, fragte sie. Das Wenige an Kraft war aufgebraucht und ihre Stimme blass, ohne Ziel und Wunsch.

»In die Gutsschänke von Schultze-Nögel, da hast du doch einen Tisch bestellt, und die haben sicher schon alles vorbereitet.«

Manchmal war das Beste, was einem das Leben zu bieten hatte, ein heißer Kaffee und ein Tablett mit Schnittchen.

Wenn man Glück hatte, waren welche mit Mettwurst und Zwiebeln dabei.

Für ein paar Bissen war alles ein bisschen weniger schlimm. Der Leichenschmaus war das wichtigste Essen der Welt, fand Julius. Und wenn es jemals einen Tag gegeben hatte, an dem man viel davon brauchte, dann heute.

Plötzlich legte Josephine zaghaft ihre Hand auf seine. »Gute Idee, Julius. Aber du bleibst, ja?«

»Ja«, sagte Julius. »Ich bleibe. Hab heute auch noch gar nicht gefrühstückt.«

Josephine lächelte. Dann kamen die Tränen, und nichts hielt sie mehr auf.

Epilog

Heilwasser

Zwei Wochen später stand Julius in der Eventhalle der Dernauer Winzergenossenschaft und aß ein Stück »Ave Vinum«-Torte. Auf besonderen Wunsch der »Marienthaler Klosterspieler« und hergestellt mit Eiern von seiner eigenen Hühnerschar. Auch Martha legte endlich wieder.

Eigentlich sollte die Premiere der »Antigone« in der wieder trockenen Ruine des Klosters Marienthal stattfinden, doch ein Gewitter hatte einen Strich durch diese Rechnung gemacht. Niemand hatte an einen Ausweichort gedacht, deshalb nahm Julius die Taekwondo-Abteilung des SV Rot-Weiß Dernau in die Pflicht – die war ihm schließlich einen Gefallen schuldig.

Und ein paar mehr waren auf jeden Fall auch noch drin.

Die Gruppe hatte mittlerweile der Polizei gegenüber zugegeben, dass sie die Ballermann-Party verwüstet hatte, um Martin Schenk Angst einzujagen, damit er an Richartz verkaufte. Das Gerichtsverfahren wartete auf sie.

Doch vorher durften sie sich nun »Antigone« antun.

Oder wie Julius es nannte: Teil 1 der Strafe.

Die Premiere war ausverkauft, was nur bedeuten konnte, dass die Ahrtaler kulturell wahlloser waren als gedacht – oder aber alle Darsteller ihre Verwandten und Freunde zwangsverpflichtet hatten.

Julius lächelte Anna an, die zurücklächelte, seinen Arm umfasste und ihn an sich zog. Sie freute sich wirklich auf die Vorstellung. Und war traurig, dass ihre Mutter nach den Aufführungen wieder abreisen würde – das Heimweh nach Bayern war doch zu stark. Doch sie hatte versprochen, regelmäßig für ein paar Wochen vorbeizukommen.

Und nicht mehr ins Bad zu gehen, wenn Julius duschte.

Nach der Premiere musste er noch zu Großtante Edeltrauds Namenstag. Und er freute sich darauf, denn wenn ihm diese Ermittlung etwas gezeigt hatte, dann dass man seine Familie zu ihren Lebzeiten schätzen sollte, denn allzu schnell gab es die

Gelegenheiten nicht mehr. Vielleicht würde er erst nach ihrem Dahinscheiden begreifen, was er an Annemarie gehabt hatte.

Nein, dachte Julius, wohl eher nicht.

»Darf ich dich kurz sprechen?«, fragte eine Stimme hinter ihm, die er wegen des Geräuschpegels in der Halle nicht zuordnen konnte. Erst als er sich umdrehte, sah er, dass es Antoine Carême war. Sie hatten seit dem Abend der Versteigerung nicht mehr miteinander geredet.

»Schön, dich zu sehen, Antoine!«

Der Normanne lehnte sich vor. »Hast du ein bisschen Zeit wegen die Wette? Oder lieber eine andermal?«

Julius zögerte kurz, dann nickte er. »Nein, jetzt, wir sollten es hinter uns bringen. Ich hatte ehrlich gesagt gehofft, du würdest darauf verzichten, aber Wettschulden sind Ehrenschulden. Also los.« Doch Julius hielt noch einen Moment inne. »Antoine, vorher möchte ich dir noch etwas sagen, das ist mir wichtig: Von mir hat das Radio nichts erfahren. Das schwöre ich dir.«

»Ich weiß, die Chef von das Radio hat mir erzählt, dass eine von seine Mitarbeiter in deine Restaurant gesessen hat, als wir betrunken das Wette abgeschlossen haben. Es tut mir leid, dass ich nicht geglaubt hab dir. Aber gewettet haben wir trotzdem. Deshalb komm jetzt raus, um das neue Name zu erfahren.«

»Du meinst es ernst, oder? Antoine, ich will dich nicht als Freund verlieren. Aber ich weiß nicht, wie viel Spott ich ertragen kann.«

Antoine baute sich vor ihm auf – soweit das einem Mann seiner Größe ohne Podest möglich war. »Julius, ich muss deine Restaurant eine neue Name geben, sonst die Leute reden. Darüber, dass du deine Schwanz hast eingeklemmt. Oder ich, oder wir beide.«

»Da hast du recht. Das machen sie wahrscheinlich jetzt schon. Hab ich dir eigentlich schon gesagt, dass mein Kochbuch mittlerweile auch fertig ist?«

»Nein, wirklich? Dann gratuliere ich dir von meine ganzen Herz!« Antoine schüttelte ihm beidhändig die Hand.

Von draußen war Donnergrollen zu hören. Vielleicht würde Sonnborn seinen Rekord heute noch steigern können. Aus dem Krankenhaus war er auf jeden Fall entlassen, und seinen dicken Zeh schien er nicht sonderlich zu vermissen. Für einen weiteren Blitzschlag würde er sicherlich mit Freude auch den anderen hergeben. Und noch beide Ohren oben drauflegen.

»Es ist aber kein Gemüsekochbuch geworden«, erklärte Julius.

»Sondern?«

»Ein Eierkochbuch.«

»Bitte?«

»Das habe ich aber erst gemerkt, als es fertig war. Fast überall kamen Eier drin vor, und bei den anderen habe ich dann einfach noch welche dazugeschrieben. Es ist meinen Hühnern gewidmet, die sind auch auf dem Titelbild. Mein Verlag hätte zwar lieber ein Gemüsekochbuch gehabt, aber Eier gehen wohl auch, da gibt es noch nicht so viele.«

In diesem Moment traten sie vor die Halle, wo Antoines Küchentrupp in voller Montur Aufstellung bezogen hatte.

»Mein Mannschaft hat lange über die neue Namen nachgedacht. Es gab vielen tolle Vorschläge«, erklärte er. »Aber dann hat die von mein Neffe Michel doch das meiste Zuspruch bekommen.« Er nahm Julius' Hand. »Du musst nun ganz viel von die Kraft haben.«

»Gleich ertrage ich meine Schwiegermutter als Antigone. Ich bin leidensfähig.«

»*Alors!* Julius, ›Zur Alten Eiche‹ ist eine schöne Name.«

»Find ich auch. Er wird mir fehlen.«

»Aber ›Eichenklause‹ ist einen schreckliche. Das klingt so nach eine kleine Kabuff. Deshalb hast du ab heute eine neue Zweitrestaurant. Hebt die Banner in die Höhe!«

Zwei von Antoines Mitarbeitern hielten Taschenlampen empor und richteten sie auf den neuen Restaurantnamen, dann ließen sie diese kreisen wie Suchscheinwerfer in Las Vegas.

»Et voilà«, sagte Antoine. »Oder auf die Deutsch: Tadaaaaa!«

Julius sah sich den Namen an – und dann lachte er laut. Denn er war gut, ja, er war viel besser als der alte. Er klang größer, gemütlicher, gastlicher, einfach schöner. Auf dem Banner stand »Landgasthof Eichenstuben«. Er umarmte Antoine und hob den kleinen Normannen dabei vom Boden empor.

»Kommst du morgen zu mir essen? In den ›Landgasthof Eichenstuben‹? Du sollst mein erster Gast sein!«

»Mit die größte Vergnügen!«

Michael Skowronek von der Taekwondo-Truppe lief mit einem kleinen Glöckchen umher und forderte die Besucher auf, ihre Plätze einzunehmen.

Er schaffte es nicht, dabei zu lächeln.

»Komm, lass uns reingehen!«, sagte Julius zu seinem alten französischen Freund.

»Ich muss gehen zurück in mein Küche. Wir waren bloß hier, um dich zu überraschen mit die Name. FX sagte, wir würden dich bei die Stück finde.« FX also, der konnte auch nie seine Goschn halten. Na ja, manchmal war es ja ganz gut so. Zum Beispiel jetzt, wo er in der »Alten Eiche« mit seiner Goschn dafür sorgte, dass alles wie geschmiert lief – auf seine charmante, wienerische Art.

»Ich muss dich noch mal umarmen.« Julius schloss Antoine abermals in seine Arme, dann verabschiedeten sich die beiden, und Julius ging wieder hinein. Den Stand mit der »Ave Vinum«-Torte betreuten Vanessa und François, der den passenden Wein ausgesucht hatte – für alle, denen das Dessert noch nicht genug Alkohol enthielt. Immer wenn gerade niemand Wein oder Süßes wollte, knutschten die beiden wie verliebte Teenager. Konnten nicht genug voneinander bekommen. Natürlich konnte es auch daran liegen, dass François so gut nach Wein schmeckte und Vanessa so gut nach Nachtisch und es vom kulinarischen Standpunkt gesehen eine himmlische Verbindung war.

Julius gönnte François diese unbeschwerten Stunden, denn seit zwei Wochen durfte sich sein Sommelier jeden Abend, an dem die »Alte Eiche« offen hatte, mit Kunden herumschlagen, die einen seiner exklusiven Weine wünschten, einen, der nicht auf der Karte stand. Das geschah ihm zwar recht, war aber doch sehr hart. François hielt sich mit Weinen der »Deutschen Wein-Entdeckungs-Gesellschaft« über Wasser, bis die bei André Erlen im Keller heranreifenden Weine so weit waren. Dort standen nun ein Whisky-, ein Cognac-, ein Calvados- und ein Champagner-Fass, auf die der Südafrikaner eigenhändig alte Eichen gepinselt hatte. Julius hoffte, dass ihm zu diesem unchristlichen Gesöff etwas Passendes einfallen würde. Sonst musste sein südafrikanischer Sommelier halt alles selber trinken …

Katrin Jolik trat ein. Vanessa hatte am Nachmittag gefragt, ob sie ihre Schwester einladen dürfe, um den in den letzten Tagen weiter perfektionierten »Ave Vinum« zu probieren. Katrin Jolik sah Julius und kam auf ihn zu.

»Ich habe noch gar keine Möglichkeit gehabt, mich bei Ihnen zu bedanken.«

»Es gibt Telefone, und ich habe auch ein Restaurant, in das man einfach reingehen und mich besuchen kann. Aber Sie müssen sich nicht bei mir bedanken. Ich hatte es auch gar nicht erwartet.«

»Ich verstehe Sie nicht, Herr Eichendorff. Ich verrate Sie an Ihre Frau, weswegen Sie einen Riesen-Ehekrach haben, und ich verarsche Sie im Internet, und trotzdem retten Sie mir das Leben. Ja sogar mehr als das: Sie bringen sich selbst in Gefahr. Sie sind ein merkwürdiger Mensch.«

»Und Sie sind, wie ich höre, Ihren Job los? Da bin ich lieber merkwürdig. Das bin ich eigentlich sogar sehr gerne. Probieren Sie die Torte Ihrer Schwester, einer Frau, die ich sehr schätze. Wünsche noch einen schönen Abend.«

Das Saallicht wurde gelöscht, Julius nahm fix Platz, doch er wusste, dass es noch nicht losging. Zuerst trat der Landrat auf die improvisierte Bühne und verlieh Ministerialrat a. D. Josef-Johannes Sonnborn die Ehrenbürgerwürde des Landkreises Ahrweiler, denn sein Rekord hatte weltweit Beachtung gefunden und das Ahrtal selbst im fernen Neuseeland in die Medien gebracht. Der so Ausgezeichnete wirkte wie ein kleiner Junge, der ganz dringend auf die Toilette musste – denn das ungeduldige Grummeln des Gewitters war auch in der Mehrzweckhalle zu hören. Der Landrat hielt trotzdem eine ausschweifende Rede und posierte anschließend lange mit Sonnborn.

Der danach eiligst hinausspurtete.

Auf den folgenden Teil des Abends freute Julius sich mit Abstand am meisten. Er hatte sich extra so gesetzt, dass Dieter Rutz schräg vor ihm saß. Julius achtete nicht auf die Bühne, denn was dort nun geschehen würde, wusste er genau. Julius achtete nur auf Dieters Gesicht. Rache war schließlich ein Gericht, das am besten kalt genossen wurde.

Die weiße Statue, komplett aus Gips gestaltet, war ein Kouros und damit, wie es für eine solche männliche Statue der griechischen Archaik üblich war, völlig unbekleidet. Was für Selbstbestimmung und Autonomie stand. Julius hatte sie gespendet und anfertigen lassen, sie war das zentrale Bühnenelement und wurde eben vor dem Vorhang platziert.

Und war anatomisch völlig korrekt.

Julius hatte Rutger »Wurst-Willy« Schulte dafür einen Spezialauftrag zukommen lassen. Einen unmoralischen. Aber nur ein klitzekleines bisschen. Der Currywurst-Fanatiker sollte Nacktfotos von Dieter Rutz schießen, also beim Duschen und im Bad. Auf deren Grundlage hatte dann eine befreundete Künstlerin aus Frechen die Statue erstellt. Und sie hatte es geschafft, dieser bloßen Hülle eines Mannes Leben einzuhauchen. Eins zu eins wie das Original. Julius konnte ja nichts dafür, dass Rutger sein Überwachungsobjekt kurz nach einer eiskalten Dusche fotografiert hatte. Und dass Dieter vorher so viel gegessen hatte, dass seine Speckschichten sich gestapelt hatten. Und überhaupt: Echte Kunst musste schockieren!

Die Theatergruppe hatte bei den Proben nicht begriffen, um wen es sich handelte.

Die anwesende Presse brauchte keine zwei Sekunden dafür. Blitzlichtgewitter.

Auch Dieter erkannte sich sofort wieder. Wie sein Gesicht beim Anblick des Kouros in sich zusammenstürzte, als wäre es ein Hochhaus, das gerade gesprengt wurde – einfach unbezahlbar. Am liebsten hätte Julius ihn zwar hinter Gittern gesehen, doch er hatte ja nichts mit dem Fall zu tun gehabt. Wie er mittlerweile wusste, hatte Dieter nur darüber gelogen, wann er die Ballermann-Nacht verlassen hatte, um nicht verdächtig zu erscheinen.

Der Besitzer der »Prummetaat« stürmte wutentbrannt aus seiner Reihe. Als er an Julius vorbeikam, sagte dieser zu ihm:

»Mensch, Dieter! Warum gehst du denn schon? Gefällt dir die Statue etwa nicht? Habe ich gespendet. Alles für die Kunst!«

Dieter hob die Faust, bereit zum Schlag.

»Wir machen groß damit auf«, rief ein Journalist der Rhein-Zeitung in diesem Moment. »Und erwähnen unsere Bewunderung für Ihren Mut zur Hässlichkeit!«

Gelächter brach los, und Dieter rannte hochroten Kopfes hinaus. Das Knallen der Tür war wie Musik in Julius' Ohren.

Dann ging das Licht im Zuschauerraum aus, der Vorhang öffnete sich, und Sybille trat als Antigone auf die Bühne für den ersten ihrer vielen, viel zu langen Monologe.

Julius nahm zärtlich Annas Hand, schloss die Augen und dachte an die Worte seines berühmten Vorfahren:

Wär's dunkel, ich läg' im Walde,
Im Walde rauscht's so sacht,
Mit ihrem Sternenmantel
Bedeckt mich da die Nacht.

Da kommen die Bächlein gegangen,
ob ich schon schlafen tu?
Ich schlaf nicht, ich hör noch lang
Den Nachtigallen zu.

Und obwohl Sybille nicht klang wie eine Nachtigall, kam es Julius in den nächsten zwei Stunden so vor – denn er hatte ausreichend »Ave Vinum« geschlemmt.

Sei gegrüßt, Wein, dachte Julius, du bist wahrlich sehr willkommen.

Danksagungen

Dank an Sabine Trinkaus, meinen Vater und Hagen Range fürs Erstlesen sowie Susanne Brüning-Schmitz von Ahrgeotouren, Gerd Weigl und Ingmar Püschel für fachlichen Rat und besonders Dr. Randolf Kauer für die Infos zum nichtexistenten Mittel Abrasin. Außerdem geht Dank an meine Hühner und Katzen für Inspiration und an Heston Blumenthal, ohne dessen geniale Whisky Gums ich nie auf die Idee für die Ahrtaler Weingummis gekommen wäre. Ein ganz besonderer Dank geht an Julia Floß, die Patissière des »Wein am Rhein« in Köln und Genussjournalistin des Kölner Stadt-Anzeigers für die beiden aufgrund meines Romans erstellten Rezepte. Ich weiß, wie schwer es gewesen sein muss, so viel Alkohol in einer Torte unterzubringen!

Und last but not least danke ich meiner Familie, meiner Frau und meinen Kindern für die Unterstützung – die manchmal in der wichtigen Entscheidung bestand, nicht auf mir herumzukraxeln, wenn ich schreibe.

»Sangri Ahr en miniature«
Götterspeise mit Sangri-Ahr und Orangenlikörschaum

Zutaten für die Götterspeise:
1 l Sangri-Ahr (Trockener Ahr-Rotwein)
200 g Zucker
12 Blatt Gelatine
1 Orange
1 Zitrone

Zubereitung:
Die Gelatine in Wasser einweichen. 200 ml Rotwein mit dem Zucker erwärmen. Saft und Abrieb der Zitrusfrüchte dazugeben und die Gelatine darin auflösen. Den restlichen Rotwein dazugeben, gründlich verrühren und die Götterspeise abfüllen.

Zutaten für den Orangenlikörschaum:
100 ml Orangenlikör
300 ml Sahne
75 g Zucker
2 Blatt Gelatine

Zubereitung:
Die Gelatine einweichen. 100 ml Sahne mit dem Zucker erwärmen und die Gelatine darin auflösen. Die restliche Sahne und den Orangenlikör unterrühren und die Mischung in einen Sahnespender (Espuma) abfüllen. Ein bis zwei Sahnekapseln auf die Flasche füllen und mindestens eine Stunde kalt stellen. Vor Gebrauch kräftig schütteln.

Zutaten für Brandy-de-Jerez-Perlen:
400 ml Brandy de Jerez

100 ml Läuterzucker (zu gleichen Teilen Wasser und Zucker aufkochen)
500 ml Wasser
1,5 g Citras
1,8 g Algin
2,5 g Calcic
500 ml Wasser

Zubereitung:
Das Citras im Läuterzucker auflösen. Algin und Brandy dazugeben und circa vier Stunden kalt stellen. Währenddessen das Calcic in 500 ml Wasser auflösen. Mit Hilfe einer Pipette oder Spritze die Brandy-Mischung tropfenweise in die Calcic-Lösung geben und ein paar Minuten gelieren lassen (je länger die Perlen in der Lösung bleiben, umso fester werden sie). Die Perlen vorsichtig mit einer Kelle aus der Lösung nehmen und in eine Schüssel mit klarem Wasser geben (das Calcic muss unbedingt abgewaschen werden). Die fertigen Perlen in die noch nicht gelierte Götterspeise geben, ganz vorsichtig umrühren und kalt stellen.

Zutaten für die Strohhalme aus Orangenlikörmarzipan:
250 g Marzipan
50 g Orangenlikör
50–100 g Puderzucker
1 Orange (Saft und Abrieb)

Zubereitung:
Marzipan mit Likör und Orangensaft und -abrieb verkneten. Das Marzipan mit Puderzucker bestäuben und dünn ausrollen. Das Marzipan in Rechtecke schneiden (2 x 7 cm), zu Strohhalmen rollen und trocknen lassen.

»Ave Vinum«-Torte

Zutaten für den Schokoladenmürbeteig:
300 g Mehl
200 g Butter
175 g Puderzucker
30 g Kakaopulver
1 Prise Salz
1 Ei
1 Prise Backpulver

Zubereitung:
Die Zutaten mit den Händen zügig zu einem glatten Teig verkneten, in Folie schlagen und über Nacht kalt stellen.
Den Ofen auf 175 °C vorheizen. Den Mürbeteig ausrollen und im Durchmesser der gewünschten Torte ausstechen (am besten mit Hilfe eines Tortenrings). Den Teig mit einer Gabel einstechen, damit er sich nicht wölbt, und 15 bis 20 Minuten backen. Den Mürbeteig beiseitestellen.

Zutaten für den Schokoladenbiskuit:
300 g Butter
300 g dunkle Schokolade
5 Eier
5 EL Zucker
1 Prise Salz
150 g Mehl
1 Prise Backpulver

Zubereitung:
Den Ofen auf 180 °C vorheizen. Einen Tortenring (Durchmesser des Mürbeteigtalers) mit Backpapier auslegen.
Butter und Schokolade über einem Wasserbad gemeinsam schmelzen. Eier, Zucker und Salz schaumig schlagen. Mehl und Backpulver mischen und mit der flüssigen Schokobutter unter

die Eiercreme ziehen. Masse in den Tortenring füllen und circa 35 Minuten backen. Den Biskuit auskühlen lassen und beiseitestellen.

Zutaten für die Schokoladenmousse mit Traubenlikör:
450 g dunkle Schokolade
140 g Butter
700 g Sahne
4 Eier
4 EL Zucker
8 EL Traubenlikör
4 Blatt Gelatine

Zubereitung:
Die Gelatine einweichen. Die Schokolade und die Butter in einer Schüssel über köchelndem Wasser langsam schmelzen. Vier Esslöffel Sahne erwärmen und die Gelatine darin auflösen. Die restliche Sahne steif schlagen. Eier und Zucker schaumig schlagen.
Gelatine, Traubenlikör und Schoko-Butter-Masse unter die Eier-Zucker-Mischung rühren. Die geschlagene Sahne zum Schluss vorsichtig unterheben.

Zutaten für den Marzipanmantel mit Tresterbrand:
250 g Marzipan
150 g Puderzucker
50 ml Tresterbrand

Zubereitung:
Marzipan, Tresterbrand und 50 g Puderzucker glatt kneten. Die Arbeitsfläche kräftig mit Puderzucker bestäuben und das Marzipan dünn ausrollen.

Zutaten für die Weincreme:
4 Eigelbe
100 g Zucker
200 ml Rotwein

3 Blatt Gelatine
300 ml Sahne
200 ml Rotwein

Zubereitung:
Eier, Zucker, 200 ml Rotwein über einem Wasserbad aufschlagen, das Volumen sollte sich um das 3-Fache vergrößern.
Gelatine in kaltem Wasser einweichen, gut ausdrücken und in der heißen Weincreme unter Rühren auflösen. Die Creme etwas auskühlen lassen.
Zwischenzeitlich die restlichen 200 ml Rotwein auf 4–5 EL reduzieren und unter die Creme ziehen. Die geschlagene Sahne ebenfalls unterheben.

Weitere Zutaten:
100 ml Läuterzucker
100 ml Hefebrand
100 ml Weinbrand
4 EL Traubengelee
1 Packung Richartz' Weingummi

Torten-Bauanleitung:
Eine Tortenplatte (oder ein Blech) mit Backpapier auslegen. Den Tortenring daraufstellen und den Mürbeteigboden als erste Schicht einlegen. Das Traubengelee auf dem Boden verstreichen.
Den Biskuit in 2 gleich große Taler schneiden und den ersten Taler auf das Traubengelee drücken. Die Hälfte des Läuterzuckers mit dem Weinbrand mischen und damit den Biskuit kräftig tränken.
Als Nächstes die Weincreme auf den Biskuit geben, glatt streichen und den zweiten Biskuit daraufdrücken.
Den restlichen Läuterzucker mit dem Hefebrand mischen und damit den Biskuit kräftig tränken. Die Hälfte der Schokoladenmousse auf den Biskuit geben und alles kalt stellen (besser kurz einfrieren).
Wenn die Cremes fest geworden sind, den Ring vorsichtig

ablösen und die Torte mit dem ausgerollten Marzipan einschlagen.
Zum Schluss die Torte mit der restlichen Schoko-Traubenlikör-Mousse einstreichen und mit Weingummi verzieren.

Die Fälle von Deutschlands erfolgreichstem Krimikoch im Überblick:

Alle Titel sind auch als eBook erhältlich.

In Vino Veritas
Der erste Fall für Julius Eichendorff
ISBN 978-3-7408-0702-3
Auch als Hörbuch erhältlich,
gelesen von Jürgen von der Lippe
ISBN 973-3-89705-425-7

Nomen Est Omen
Der zweite Fall für Julius Eichendorff
ISBN 978-3-7408-0703-0
Auch als Hörbuch erhältlich,
gelesen von Jürgen von der Lippe
ISBN 973-3-89705-690-9

In Dubio Pro Vino
Der dritte Fall für Julius Eichendorff
ISBN 978-3-7408-0704-7
Auch als Hörbuch erhältlich,
gelesen von Jürgen von der Lippe
ISBN 973-3-89705-547-6

Vinum Mysterium
Der vierte Fall für Julius Eichendorff
ISBN 978-3-7408-0705-4
Auch als Hörbuch erhältlich,
gelesen von Jürgen von der Lippe
ISBN 973-3-89705-458-5

Vino Diavolo
Der fünfte Fall für Julius Eichendorff
ISBN 978-3-7408-0706-1
Auch als Hörbuch erhältlich,
gelesen von Jürgen von der Lippe
ISBN 973-3-89705-616-9

Carpe Vinum
Der sechste Fall für Julius Eichendorff
ISBN 978-3-7408-0707-8
Auch als Hörbuch erhältlich,
gelesen von Jürgen von der Lippe
ISBN 973-3-89705-986-3

Ave Vinum
Der siebte Fall für Julius Eichendorff
ISBN 978-3-7408-0708-5
Auch als Hörbuch erhältlich,
gelesen von Jürgen von der Lippe
ISBN 978-3-95451-468-7

Vino Furioso
Der achte Fall für Julius Eichendorff
ISBN 978-3-7408-0634-7

Weitere Titel von Bestsellerautor Carsten Sebastian Henn:

Henkerstropfen
Kulinarische Kurzkrimis
ISBN 978-3-89705-484-4
Auch als Hörbuch erhältlich,
gelesen von Konrad Beikircher
ISBN 978-3-89705-584-1

Henkersmahlzeit
Kulinarische Kurzkrimis
ISBN 978-3-89705-712-8

111 Deutsche Weine, die man getrunken haben muss
Mit Fotografien von Tobias Fassbinder
ISBN 978-3-89705-849-1

111 mal lecker essen in Köln
Der andere Restaurantführer
ISBN 978-3-95451-214-0

Weinwissen für Angeber
Mit zahlreichen Zeichnungen
ISBN 978-3-95451-213-3

Henns Weinführer Ahr
Geschichte, Lagen, Weine und Reisetipps
ISBN 978-3-95451-215-7